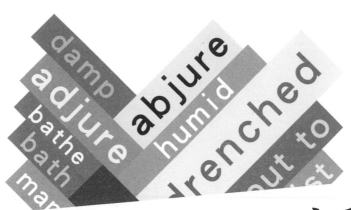

英語易混淆字速查辭典

【第二版】

黃百隆 ◎ 著

晨星出版

如何使用本書？

　　查詢時，可先翻至索引找到該字詞，但由於筆者僅列出每組字詞易混淆的意思的差異，同時並簡單比較分析，若要真正學習到該字詞的全部意思及用法，建議讀者翻閱英英字典。

實用範例說明：

　　想查「person」這個字時，先按照英文字母排序，翻至**索引處第 466 頁**進行查詢。

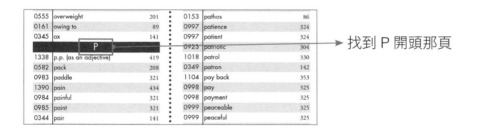

找到 P 開頭那頁

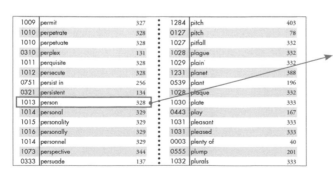

往下對照，就能馬上知道「person」是第 1013 組，在第 328 頁。

如何收聽音檔？

手機收聽
1. 每單元右上角附有該單元**第一組**易混淆字的 MP3 QR Code 與編號
2. 用 APP 掃描就可立即收聽真人朗讀
3. 如想收聽不同組音檔，請手動修改**易混淆字編號**
   （建議使用電腦）

0001 組～0143 組

A

0001

a / an vs. **one**

☞ a/an 與 one 大部份情況都相通可互換，但如果是要「**凸顯或強調數字**」，則偏用 one。

例 ① The vendor sold **a/one** basket of pineapples.
② I have only **one** tablet computer, not two.

0002

a little vs. **a few**

☞ a few 意思相當於 a number of = some，few 意思為「**極少，不多**」兩者皆後加複數名詞；a little 意思相當於 an amount of = some，little 意思為「**極少，不多**」兩者皆後加不可數名詞。

電腦收聽、下載
1. 每組易混淆字前面皆附有編號，例如：0001、0002、0003……
2. 輸入網址＋易混淆字編號即可收聽，按右鍵則可另存新檔下載
   http://epaper.morningstar.com.tw/mp3/0170002/**0001.mp3**
3. 如想收聽、下載不同音檔，請修改網址後面的**易混淆字編號**即可，
   例如：
   http://epaper.morningstar.com.tw/mp3/0170002/**0002.mp3**
   http://epaper.morningstar.com.tw/mp3/0170002/**0003.mp3**
                                             ……依此類推
4. 建議使用瀏覽器：Google Chrome、Firefox

讀者限定無料：「單字速查索引」電子版

1. 尋找密碼：請翻到本書第 321 頁，找出第 0985 組易混淆字的第一個英文單字
2. 進入網站：https://reurl.cc/ZAxLp（請注意大小寫）
3. 填寫表單：依照指示填寫基本資料與下載密碼。e-mail 請務必正確填寫，萬一連結失效才能寄發資料給您！
4. 一鍵下載：送出表單後點選連結網址，即可下載「單字速查索引」（建議使用電腦下載）

作者序

　　筆者於日常生活中，不論是新聞媒體、飯店、車站、捷運上、甚至是美術館，常見誤用英文字詞，如此不僅有傷專業形象，在外國人眼中不免暗自竊笑，嚴重點恐會引起軒然大波，諸如 2014 年食用油風暴，澳洲駐台辦事處還正式發出官方聲明：「For Industry Use（供產業用）」，而不是翻譯為「工業用」（Industrial Use），正確使用字詞的重要性可見一斑。除此之外，筆者本身為英文教師，多年的教學經驗，更深刻體會易混淆的英文字詞，對學習者造成相當大的困擾。更重要的是，坊間同類型書籍並不多，且往往只列 200 ～ 300 則字詞比較，有感於此，筆者花了近兩年時間編寫本書，以期幫助英文學習者。本書雖為字典，但其實書內的每一則都值得讀者好好細讀一番。

　　本書共計收集 1,400 則，由 A 至 Z 按字母順序排序，針對容易搞混之英文相似字，包含字義上、字形上容易混淆之單字及片語，簡單用中文說明相異處後，輔以淺顯易懂的英文例句加深讀者印象，例如：Xmas vs. X'mas，一般而言，國人常會將 Xmas 誤寫成 X'mas；又如：die of vs. die from 中文翻譯皆為「死於……」，但事實上 of 及 from 後所加的原因並不相同。另外，部分字詞又進一步增列進階學習，盼能讓讀者加深加廣學習。

黃百隆

| CONTENTS |

CONTENTS

0218 組〜 0362 組

CONTENTS

D

0363 組～ 0460 組

E

0461 組～ 0536 組

0537 組～ 0617 組

0618 組～0652 組

CONTENTS

0709 組~ 0777 組

K

0788 組~ 0798 組

L

0799 組~ 0856 組

CONTENTS

Q

1084 組～ 1086 組

R

1087 組～ 1143 組

S

1144 組～ 1257 組

CONTENTS

1258 組～ 1315 組

| CONTENTS |

A

0001

0001 ★ ★ ★ ★ ★

> ### a / an vs. one

☞ a/an 與 one 大部份情況都相通可互換，但如果是要「**凸顯或強調數字**」，則偏用 one。

例 ① The vendor sold **a/one** basket of pineapples.

② I have only **one** tablet computer, not two.

- -

0002 ★ ★ ★ ★ ★

> ### a little vs. a few

☞ a few 意思相當於 a number of ＝ some，few 意思為「**極少，不多**」兩者皆後加複數名詞；a little 意思相當於 an amount of ＝ some，little 意思為「**極少，不多**」兩者皆後加不可數名詞。

例 ① I have **a few** friends in Taipei. That's why I often go there and pay them a visit.

② Fortunately, only **few** mechanical problems occurred during the production.

③ **A little** coke is perfect after we eat fried chicken and pizza.

④ There **is little** hope of his recovery.

> 另外，a little、little 可當副詞。

例 ⑤ Brian is **a little** shy whenever he sees Mandy.

> quite a few ＝ many

例 ⑥ I made **quite a few** new friends on the orientation day.

- -

0003 ★ ★ ★ ★ ★

> ### a lot of vs. plenty of vs. a large number of vs.
> ### a large amount of vs. a great / good deal of

☞ 以上五個片語都可表達「**很多的**」，前兩個比較非正式，可與複數或不可數名詞連用；後三個比較正式，但 a large number of 後加複數名詞，而 a large amount of 及 a great deal of 則與不可數名詞連用。

例 ① My wife prepared **a lot of/lots of** cookies and coffee for the guests.
② Don't be sad. There are **plenty of** fish in the sea. You'll find a better one.
③ **A large number of** sheep and cattle are feeding on the grass.
④ The artist spent **a large amount of** time on her sculpture.
⑤ **A good deal of** radiation was leaked from the nuclear power plant.

0004 ★ ★ ★

a series of vs. a spate of

☞ a series of 是指「**一連串的……**」，通常是數個相似的事情，一件接一件發生；a spate of 亦是指「**一連串的……**」，但數量上是龐大，且令人不愉快的事件。

例 ① He finally gave up after **a series of** frustration.
② The police were lambasted for **a spate of** street gang fights.

0005 ★ ★ ★

abandon vs. desert vs. forsake

☞ 此三字都有「**放棄，拋棄**」的意思，皆是指「**原本有責任該留下，幫忙，支持，但離開了**」。

例 ① Mr. Curry **abandoned** his family and ran away with his mistress.
② The **deserted** child was sent to an orphanage.

另外，forsake 若後加事物的話，則代表「放棄掉（使用，擁有）以前很寶貴的東西」。

例 ③ Ryan **forsook** the convenience of the city and moved to the country.

0006 ★ ★ ★ ★ ★

abbreviation vs. acronym vs. contraction

☞ 三字都是縮寫，但方式不同。abbreviation 縮法如：CEO（無法唸成一個字）；acronym 縮法如：AIDS（可念成一個字的發音）；contraction 縮法如：I am → I'm。

abhorrent vs. aberrant

☞ abhorrent 是指「**令人極度厭惡的**」；aberrant 則是「**異常的，脫離常軌的**」。

例 ① Spitting in public is **abhorrent** to me.

② His behavior has been a little **aberrant** lately.

0008 ★ ★ ★ ★

abide vs. conform vs. comply

☞ 三字都有「**遵守（法律、規則）**」的意思，但 abide 與 by 搭配使用；conform 與 to 或 by 連用；而 comply 則是與 with 搭配。

例 ① Some students don't think it necessary to **abide** by the school rules.

② Those who do not **conform** to/with the new regulation will be double fined.

③ Prisoners in this jail are asked to **comply** with all orders without exception.

0009 ★ ★

abjure vs. adjure

☞ abjure 是指「**公開表達會放棄某一信念／信仰、行為**」= renounce；adjure 則是「**囑咐某人去做某事**」。

例 ① After **abjuring** Christianity, he converted to Buddhism.

② She **adjured** me to get rid of all my bad habits.

0010 ★ ★ ★ ★ ★

able to vs. capable of

☞ be able to 相較於 be capable of，比較屬於「**一般能力便可達成之事（差不多等於 can）**」；相反的，be capable of 通常是「**有點難度，不易做到的，或是指很可能會做某事**」。

例 ① My little brother is **able to** ride a bike.

② The successful businessman is **capable of** managing five companies at one time.

③ No one I know is **capable** of such a crime.

abnormal vs. subnormal

☞ abnormal 意思是「**不正常的**」；subnormal 則是「**在正常值以下的**」。

例 ① It is kind of **abnormal** to see my brother do the dishes and laundry.

② **Subnormal** temperatures are bad for dough fermentation.

- -

about to vs. going to vs. be to V

☞ 三個片語都可表達「**將……**」，但發生的時間以 be about to 比較近。

例 ① The train **is about to** leave. Everyone, get on board please!

② I **am going to** land a job first after graduation.

而過去式的 be about to 與 be going to 則有「**未完成的意圖**」之意。

例 ③ He **was about to** apologize, but he didn't.

④ She **was going to** give me her number.
（But she didn't in the end.）

另外，be to V 此用法為相當正式用法，用於「**正式的安排或計畫**」。

例 ⑤ President Obama **is to visit** China next week.

⑥ The firefighters **were to give** a demonstration of how to use extinguishers at the school.

⑦ Many families **are to escape** to the neighboring country for protection.

在英語新聞標題中，be-V 通常會省略。

例 ⑧ The prime minister **to visit** the opposition party leader.

用於「**下命令、注意或指示**」。

例 ⑨ You **are to take off** your shoes before coming into the temple.

⑩ The pills **are to be taken** after each meal for three days.

可與 if 搭配使用，if 句內若動作要完成，主要子句內動作需先達成。

例 ⑪ If we **are to achieve** the goal, we need teamwork and perseverance.

⑫ You would have to download the app first if you **were to enjoy** the thrill of racing.

但用於假設語氣時，表「不可能發生之事」。

例 ⑬ If the sun **were to rise** in the west, I would marry my daughter to you.

其他片語：be to blame

例 ⑭ Ruth **is to blame** for the bankruptcy.

0013 ★★★★★

about vs. **on**

☞ 兩介係詞都有「**與……相關**」的意思。例如：a talk about stocks，about 後面加的是一般、普通的主題（非正式）。a book on chemotherapy，on 後加的主題偏向嚴肅或專門的知識（正式）。

0014 ★★★★★

above vs. **over**

☞ 此二字都有「**在……上方**」的意思，但只有 over 有「**在正上方**」的含意。

例 ① There are colorful hot balloons **above/over** the hill.

另外，above & over 亦有「**超過……**」之意。above 與「**溫度或高度單位**」連用；over 則與「**年紀或速度**」。

例 ② Is it now **above** or below zero degrees outside?
　　③ If you are **over** 60 years old, you may be at more risk of heart disease.

0015 ★★★★★

abroad vs. **aboard**

☞ abroad 意思為「**海外地，外國地**」；aboard 則為「**在船上地；在火車上地；在車上地**」= on board。

例 ① I'm planning to study **abroad** next year.
　　② The bus lost control and fell into the valley, killing twenty passengers **aboard**.

0016 ★ ★ ★ ★ ★

absent oneself vs. be absent from vs. away

☞ absent oneself 是指「故意缺席應該出現的場合／場所」；be absent from 則是「純粹指不在現場」。

例 ① It is against the military laws for a soldier to **absent himself/herself** without leave.

② Hebe **was absent** yesterday. Did anyone know what happened to her?

> 另外，away 則是指「在某處，現在不在這裡」。

例 ③ My boss is **away** now. Would you like to leave your message?

- -

0017 ★

abstemious vs. abstinent

☞ abstemious 是指「對食物，酒類飲料有所節制的」；abstinent 則是「因為宗教，道德，健康因素而對酒類，或性生活有所克制的」。

例 ① Following the doctor's advice, he has to be **abstemious** about alcohol.

② After converting to Christianity, she has been **abstinent**.

- -

0018 ★ ★

abstractly vs. abstractedly

☞ abstractly 意思是「很難了解地」；abstractedly 則是「出神地」。

例 ① With little English learning, he could only **abstractedly** explain to the customs officer why he came to America.

② Without much interest in math, Elva looked out of the classroom window **abstractedly**.

- -

0019 ★ ★ ★ ★ ★

accent vs. intonation

☞ accent 意思是「講一種語言所具有的腔調」，如：英國腔，美國腔；intonation 則是「說話時的抑揚頓挫（語調）」。

例 ① I can hardly understand the man with a New Zealand **accent**.

② Prof. Wang's monotonous **intonation** put most of us to sleep in class.

accept vs. receive

☞ 兩字都有「**接受**」的意思，但 accept 是「**經考慮並欣然接受**」；receive 則是「**被動地接受對方所給予的東西**」。

例① After putting myself in your shoes, I **accepted** your apology.

② I **received** a letter from John, who is doing the military service in Taichung.

---

accident vs. incident vs. event vs. incidence

☞ accident 是指「**突發事件**」，如：意外；incident 強調「**偶發，不尋常或不愉快的事件**」；event 亦是指「**事件，但通常是有重要性的事件**」。

例① He had an **accident** when he was climbing the scaffolding.

② The power outage was an isolated **incident**.

③ The main **event** of the conference was the unprecedented signing of the peace treaty.

另外，形容詞 accidental 為「**意外的**」；incidental 則是「**附帶的／偶然的**」。

例④ It is merely an **accidental** leak of gas.

⑤ **Incidental** costs, such as car rental charges or travel expenses, are excluded from this limited warranty.

另外，incidence 則是「**事情發生的發生率**」= rate。

例⑥ If your immune system is weak, your **incidence** of colds will be higher.

---

acclamation vs. acclimation

☞ acclamation 意思為「**喝采，讚賞**」，是由動詞 acclaim 變化而來；acclimation 則是「**適應**」，由動詞 acclimatize 來的。

例① After finishing the speech, the mayor received warm **acclamation**.

② This animal's **acclimation** to the environment is amazing.

0023 ★ ★ ★

accurate vs. **exact**

☞ accurate 意思為「**正確的，精確的**」；exact 則是「**明確的**」。

例 ① His measurement of the mountain height is not **accurate**.

② Did Collins tell you the **exact** date of his graduation?

0024 ★

acid vs. **sour**

☞ acid 是指「**化學上的酸，PH 值在 7 以下，會腐蝕物體**」，另外，亦可指「**食物嚐起來非常酸的味道**」；sour 則是指「**東西嚐起來的味道為酸的**」。

例 ① When touching any **acid** in the lab, flush your hand with a lot of water at once.

② These grapes taste acid to me. Do you have any less **sour** grapes available?

0025 ★ ★ ★ ★

action vs. **step** vs. **measure**

☞ action 為「**（某人的）行動或行為**」；step 是指「**達到某事所需的（一連串）步驟**」；measure 則可指「**達到某目的的手段或措施**」，通常是指官方所採取的措施。

例 ① **Action** speaks louder than words.

② We have to take **steps** to stop the graffiti.

③ Extreme **measures** were taken against drunk driving.

0026 ★

acuity vs. **acumen**

☞ acuity 是指「**能夠清楚地思考、聽、看**」；acumen 則是「**能夠很快理解事情並快速做出決策或決定**」。

例 ① This child has problems of visual **acuity** and is receiving treatment.

② Mr. Lai was promoted again for his business **acumen**.

adjacent vs. adjoining

☞ adjacent 是指「在……附近的」；adjoining 則是「緊鄰著……的」。

例 ① A thousand-year temple is **adjacent** to the newly-built church.

② Our house is comparatively cheaper due to two **adjoining** walls with our neighbors.

---

adopt vs. adapt vs. adept

☞ adopt 有「認養」、「採用」的意思；adapt 為「適應」、「改編」；adept 則是「擅長於……的」。

例 ① Mr. and Mrs. Jobs **adopted** one boy and two girls last year.

② The court **adopted** a stricter law against drunk driving.

③ The best-selling novel was **adapted** for a film.

④ Johnson **adapted** himself well to the new environment.

⑤ It is said that Eve is **adept** at embroidery.

---

adopted vs. adoptive

☞ adopted 意思為「被收養的」；adoptive 則是「收養的」。

例 ① He doesn't know he was **adopted**.

② Pete is very obedient to his **adoptive** parents.

---

advantage vs. profit vs. benefit

☞ advantage 意思是「優勢，或優點」；profit 是指「（金錢上）的利潤」；而 benefit 則是「助益，裨益，也有優勢的意思」。

例 ① Having good EQ gives you an **advantage** over others who don't.

② Our company made a **profit** this quarter.

③ It is important to create harmonious workplaces for the **benefit** of all concerned.

accessible vs. assessable

☞ accessible 是指「可進入的、（東西）可得或可使用的」；assessable 則是「（價值）可評估的」。

例 ① The city library is **accessible** to everyone who needs a comfortable place to read or study.

② The damage of hacking the Pentagon was not **assessable**.

- -

0032 ★

accord vs. accordance

☞ accord 是指「兩個組織或國家間正式的協定」；accordance 則是「遵行法律或系統」。

例 ① There is a violent protest against the new fishing **accord** between the two countries.

② The whole construction of the new MRT is in **accordance** with the transportation law.

- -

0033 ★★★★★

according to vs. according as vs. in one's opinion vs. based on

☞ according to 是根據「某人」、「研究」、「報導」等等；according as 後加句子，但現代英文不常見；in one's opinion 則是指「根據某人的意見」。

例 ① **According to** the weather report, we're going to have a stormy weekend.

② The pay raise is offered **according as** the worker is efficient at work.

③ **According to** Linda, our math teacher is getting married.

④ （X）**According to** me, the gas price is up this week.

⑤ **In my opinion**, the gas price is up this week.

另外，based on 與 according to 意思相同，但差別於 based on 可直接接在 be 動詞之後，但 according to 則不行。

例 ⑥ This movie was **based on** historical facts.

⑦ You can be paid extra **based on** how well you do your job.

acetic vs. ascetic

☞ acetic 是指「**酸性的**」；ascetic 則是指「**苦行的**」。

例 ① **Acetic** acid makes vinegar taste and smell sour.

② Ashley leads an **ascetic** life after her husband died.

---

acrobatic vs. aerobic

☞ acrobatic 意思為「**特技表演的**」；aerobic 則是「**有氧的**」。

例 ① The tiger was trained to do a series of **acrobatic** stunts.

② Mom spends thirty minutes on **aerobic** exercise before going to work.

---

across vs. through vs. cross vs. thru

☞ across 與 through 皆有「**穿越之意（介係詞）**」，但前者主要指「**平面**」的穿越（到對面去），而後者則指「**立體空間**」的穿越；cross 則為動詞。

例 ① Julia helped an old lady walk **across** the busy street.

② Mr. Ivan usually jogs **through** the park after work.

③ While Sandy was **crossing** the street, a car came from nowhere and hit her.

另外，thru 為 through 之相當非正式寫法，常用於網路、email、手機簡訊。

例 ④ A sparrow just flew in **thru** the open window.

---

act vs. scene

☞ 在戲劇中，act 為「**幕**」，scene 為「**場**」。所以，Act I Scene I 是指「**第一幕第二場戲**」。

例 ① In this play, I was moved to tears during the **Act** Two **Scene** Three.

acting vs. **active**

☞ acting 意思為「（職務上）代理的」；active 則為「活躍的」。

例 ① The **acting** mayor was accused of embezzling donations.

② Mr. Wang has been **active** in the movie industry over the past ten years.

0039   ★ ★ ★ ★ ★

AD vs. **BC**

☞ AD（或 A.D.）是指「西元……」；BC（或 B.C.）則是指「西元前……」。除了意思上不同，另外數字的位置亦不盡相同。例如：54 AD = AD 54；2000 BC。AD 除非用在較早的年代，以避免誤解外，不然都不用寫出，如：2015。

0040   ★ ★

ad hoc vs. **ad-lib**

☞ ad hoc 意思是「臨時的」；ad-lib 則是「（演說或表演）即興演出」，為及物或不及物動詞。

例 ① An **ad hoc** committee was convened to solve the deadlock between the two parties.

② At the request of his fans, Jason Mraz started to **ad-lib** a song.

0041   ★

adaptation vs. **acclimation**

☞ 兩字都是指「一切生物對於環境為了生存所做的適應」，差別於 adaptation 是「一種在演化過程中，所產生恆久不易變的特徵」，例如：仙人掌的葉子為針狀；acclimation 則是「隨著環境改變生物外觀或機能，是一暫時性」，例如：皮膚若太乾會出油；天氣熱，毛孔會張開等。

例 ① For **adaptation** to scorching and dry climate, the cactus has needle-like leaves.

② Don't blame the aquarium fish store if your fish dies during its **acclimation** to your home tank.

admit vs. concede vs. confess

☞　三字都有「承認……」的意思，但 admit 比較是指「**個人說過或做過的事，加以承認或坦承**」；concede 是指「**坦承讓步某一個事實，雖然心裡不願意**」；confess 則指「**承認過去做的蠢事或壞事**」。

例 ① I have to **admit** that you really touched my heart!

　　② Mr. Vaseline **conceded** that he has an illegitimate daughter.

　　③ Alex was forced to **confess** to wiretapping us.（to 為介係詞）

---

advance vs. advanced vs. advancing

☞　三字當形容詞時，意思不同：advance 為「**事先的／事前的**」；advanced 為「**先進的，或是（課程上）進階的**」；而 advancing 則是「**年紀增長的委婉說法**」，常搭配 years 或 age。

例 ① It is better to make some **advance** preparation before the typhoon.

　　② Owing to **advanced** technology, a driverless car hit the road.

　　③ He still goes surfing despite his **advancing** years.

---

advance vs. advancement

☞　advance 當名詞時，有「**進步、事先**」等意思；advancement 則是指「**工作職位上的升遷，或指知識上的累積進步**」。

例 ① This year saw a striking technological **advance** on smartphones.

　　② Please inform me of your departure time in **advance**.

　　③ In our company, there are plenty of opportunities for **advancement** if you work hard.

---

advantage vs. strong point

☞　advantage 是指「**事物的優點，或是人的優勢**」；strong point 則是指「**人的優點**」。

例 ① What's the main **advantage** of drinking some red wine before bed?

　　② She has many **strong points**, such as frugality and honesty.

0046　★ ★ ★ ★ ★

adventure vs. venture

☞　adventure 是指「**充滿危險、刺激的冒險**」；venture 則是「**商業／商機上的冒險**」。

例 ① Ian loves **adventure(s)**, so he went to Africa for hunting.

② It is quite a **venture** to invest such a large amount of money in gold-mining.

- -

0047　★ ★ ★ ★

adverse vs. averse

☞　adverse 意思為「**不利的**」；averse 則為「**厭惡⋯⋯的**」，常搭配介係詞 to。

例 ① Corruption has an **adverse** effect on the local government's administration efficiency.

② May is **averse** to seafood, such as crabs and lobsters.

- -

0048　★ ★

advert vs. avert

☞　advert 後面常加 to，意思為「**提到⋯⋯**」；avert 則是「**避免⋯⋯**」。

例 ① Mrs. Dino often **adverts** to her son's admittance to NTU.

② Almost no one can **avert** jetlag after flying for more than eight hours.

- -

0049　★ ★ ★

advertisement vs. advertising vs. commercial vs. propaganda

☞　advertisement 為「**廣告**」（可數名詞），縮寫為 ad；advertising 則是「**廣告業**」（不可數名詞）；而 commercial 則主要是指「**電視上或廣播中的廣告**」；另外，propaganda 則主要是指「**政治相關的宣傳**」。

例 ① Nike decided to put/place another **advertisement** for Air Jordan basketball shoes.

② Adams has a successful career in **advertising**.

③ People seemed to be brainwashed by the TV **commercials** for cosmetics.

④ Whenever elections come, the city is deluged with political **propaganda**.

advice vs. advise vs. suggestion

☞ 前兩字都有「**建議、忠告**」的意思，但 advice 為名詞，且為不可數名詞；advise 則為及物動詞。

例 ① Thank you for giving me such a good piece of **advice**.

② I **advised** you to eat more fruit and vegetables each day.

③ We **advised** that Chris（should）be sent to hospital immediately.

另外，suggestion 為「建議」，並沒有一定要對方怎麼做，只是純粹給意見，但 advice 則有「要對方應該怎麼做，會最好」。

例 ④ Now, it's time for anyone who would like to make **suggestions** to speak up.

----

affect vs. effect vs. effects

☞ affect 當動詞為「**影響**」之意；effect 當名詞為「**效果／影響**」之意，當動詞時，意思則為「**使……發生**」。

例 ① The anxiety before final exams **affected** me a lot; I couldn't concentrate at all.

② The alcoholic has a negative **effect** on his children.

③ To **effect** a change in the company's morale, the boss decided to have a sound bonus system.

另外，effects 若恆為複數時，意思為「個人的所有物」＝ belongings。

例 ④ This storeroom is for personal **effects** left on the train.

----

affect vs. influence

☞ affect 是指「**影響或改變某事或某人的狀態**」；influence 是「**有點像淺移默化的方式來影響某事或某人的發展、想法、行為等**」。

例 ① The flu badly **affected** the singer's performance at the concert.

② What parents do and say **influences** every aspect of their children's growth.

0053　★ ★ ★

affecting vs. **affected**

☞　affecting 為「**感人的、動人的**」；affected 則為「**做作不自然的**」。

例 ①　Sandy couldn't help but cry after hearing my **affecting** story.

　　②　I really don't like Judy's **affected** laugh whenever I am cracking a joke.

- -

0054　★ ★

affection vs. **affectation**

☞　affection 為「**喜愛**」，常與 for 連用；affectation 則是「**言行舉止不誠懇／做作**」。

例 ①　I have a great **affection** for the NBA.

　　②　The actress' **affectation** in the press conference irritated the audience.

- -

0055　★ ★ ★ ★ ★

afraid of vs. **afraid to**

☞　afraid of 與 afraid to 基本上意思無太大差別，如：

例 ①　The little girl is **afraid of** going/**to** go out at night.

　但如果是「害怕……意外發生的事」，則使用 afraid of。

例 ②　Gina never goes to the beach because she is **afraid of** drowning.

- -

0056　★ ★ ★ ★ ★

after vs. **afterwards**

☞　after 可當連接詞或副詞，如：soon after, shortly after, not long after, etc. 而 afterwards 或 afterward 只能當副詞用，如：shortly afterwards 等等。

例 ①　**After** the sun rose, the morning fog disappeared.

　　②　Shortly **after**, "selfie" became a popular word and was collected in the dictionary.

　　③　Getting everything ready, Zoe started to bake a cheese cake soon **afterwards**.

ago vs. **before**

☞ 一段時間 +ago 指「**時間起始點從現在往前推一段時間**」；一段時間 +before 則是指「**時間起點在過去某一點，再由這一點往前推一段時間**」。

例 ① I met my history teacher three days **ago**.

② The bridge had been completed two years **before**.

另外，ago 不與現在完成式連用：

例 ③（X）Oliver has learned French five years **ago**.

④（O）It has been one year since I met Mrs. Huang.

進階學習：before 可與過去式，現在完成式，及過去完成式一同使用。

例 ⑤ Did you go to the Love River **before**?

⑥ Have you been to Taipei 101 **before**?

⑦ It occurred to Joy that he had paid the phone bill **before**.

當 before 為連接詞時，需連接另一句子，句內時態可為簡單式或完成式（完成式用來強調動作的完成）。

例 ⑧ Little Ronnie is allowed to go biking **before** he finishes/has finished his lunch.

⑨ Tammy had successfully escaped from prison **before** the guards noticed.

若表達未來概念，before 句內需用現在式代替未來式。

例 ⑩ Mom will make you a big dinner **before** you come home.

---

agree vs. **agree on** vs. **agree to** vs. **agree with** vs. **accede**

☞ agree 意思為「**同意**」，搭配介係詞用法如下：

agree on（多數人同意某一決定）

例 ① We finally **agreed on** the decision to barbecue after work.

agree to（建議）

例 ② Mr. Chang didn't quite **agree to** the doctor's suggestion to quit smoking.

agree to（動作）

例 ③ Lin's parents **agreed to** migrate to Australia.

agree with（人；意見）

例 ④ I'm afraid that I can't **agree with** you.

另外，accede 亦是「同意……」，但搭配介係詞 to。

例 ⑤ Ms. Chen **acceded** to my request to move the fountain away from the lavatory.

0059 ★ ★ ★ ★

a hundred and one vs. **101**

☞ a hundred and one 意思是「**很多的**」；而數字的 101，常放在名詞後面，意思則為「**基本知識的**」，如：Economics 101「**入門經濟學**」。

例 ① It is disgusting to see **a hundred and one** ants all over the kitchen floor.
　② This book Economics **101** will be enormously helpful to you.

0060 ★

aid vs. **abet**

☞ 兩字都有「**協助**」的意思，aid 是指「**一般正向意思的協助**」；但 abet 則常使用在「**有關犯罪活動上**」。

例 ① Mr. Glasgow **aids** the charity with a pseudo name.
　② He was accused of **abetting** the gang.

0061 ★ ★ ★ ★

aide vs. **assistant** vs. **aid**

☞ aide 為「**助理**」，特別是指政治人物的助理；assistant 則比較偏「**商業領域的助理**」，如：董事長助理。

例 ① The lawmaker's **aide** abused his privilege and was accused of influence-peddling.
　② My **assistant** is very helpful. She takes good care of all my schedules.

另外，aid 為「**協助**」= help。

例 ③ Billy is always willing to **aid** me with my computer programming.

aim vs. goal vs. purpose vs. destination

☞ aim 意思是「（所要追求的短期性）目標」；goal 指「（需經一番努力付出的長期性）目標」；purpose 則是指「（做任何事的）目的」。

例 ① He saves money with an **aim** of buying a house of his own.
② The **goal** of this charity is to help all the abused children and women.
③ The **purpose** of this study is to find out how using cellphones before bed affects one's sleep.

另外，destination 是指「旅程的目的地」。

例 ④ Paris is our **destination** of the ten-day trip.

air vs. airs

☞ air 為不可數名詞時，意思為「**空氣**」等意思；但若改成複數形式，則是指「**一個人的行為，表現出一股比他人還來得重要的態度**」。

例 ① Let's go out for some fresh **air**. It's too stuffy here.
② Nobody likes her because she always puts on **airs**.

air-conditioner vs. air-conditioning

☞ air-conditioner 是指「**冷氣機**」，為可數名詞；air-conditioning 則是指「**空調系統**」，為不可數名詞。

例 ① Although **air-conditioners** cool us off, they also worsen global warming.
② We felt hot and irritated in the office while **air-conditioning** was out of order.

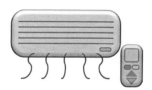

0065 ★ ★ ★ ★ ★

airplane vs. aeroplane vs. aircraft

☞ airplane 與 aeroplane 都是指「**飛機**」，前者為美式拼法，後者為英式拼法，而口語用法常用 plane 代替；aircraft 不但可指「**飛機，直升飛機，又可指任何可飛行的載具**」，另外，aircraft 的單複數同形。

例 ① It was reported that an **airplane/aeroplane** from London to Bangkok was hijacked.

② This **aircraft** has up to 200 passengers on board.

- -

0066 ★ ★

alarm vs. alert

☞ alarm 意思為「**使他人對潛在的危險感到驚慌，或擔憂**」；alert 則是「**告知他人可能的危險，以便能夠有所警覺，提早作準備**」。

例 ① Although the government has already known the cases of rabies, they try not to **alarm** people.

② She **alerted** the police after seeing several suspicious men stalking her.

- -

0067 ★ ★ ★ ★

alcohol vs. liquor vs. spirit vs. wine vs. beer vs. champagne

☞ alcohol 是指「**酒精或泛指含酒精的飲料**」；liquor 指「**烈酒**」；spirit 是指「**由水果或穀物純釀而成的酒**」，此字常用複數；wine 專指「**由葡萄釀造而成的酒（葡萄酒）**」；beer 則是指「**啤酒（穀物釀造但加水等液體）**」；champagne 則是專指「**法國香檳區所生產的香檳酒**」。

例 ① He died from **alcohol** abuse.

② I prefer **liquor** to beer. Whiskey is my favorite.

③ She doesn't drink any **spirits** unless she is forced to.

④ This **wine** has 10% alcohol.

⑤ They celebrated their victory with lots of **champagne**.

0068 ★ ★ ★ ★ ★

alike vs. **like**

☞ 兩個字都有「像……」之意，但用法稍微不同，請注意其在句中的位置。

例 ① The twins are very much **alike**. I can't tell them apart.

② Patty is **like** her sister so much that they look like twins.

0069 ★ ★ ★ ★ ★

all vs. **whole**

☞ 兩個字意思都是「全……」，但與名詞搭配的字序稍稍不同。

例 ① **All** (of) the eggs in the basket went bad.

② My **whole** afternoon was wasted on this paperwork.

請注意以下兩個句子：

例 ③ **All** villagers were evacuated by 9 pm.

(Meaning：Every villager was evacuated.)

④ **Whole** buildings collapsed in one night.

(Meaning：Some/Many of the buildings collapsed completely, but not every building.)

0070 ★ ★ ★ ★ ★

all right vs. **alright**

☞ alright 是 all right 的另一種拼法，但有些人認為這是錯誤用法。

例 ① Are you **all right**? You look pale and listless.

0071 ★ ★ ★ ★ ★

all together vs. **altogether**

☞ all together 指「全部人一起」或「一起做事」；而 altogether 為副詞，有「**完全地＝completely；一共……＝ in total**」的意思。

例 ① I'm so happy that we're finally **all together** in spite of so many obstacles.

② This is an **altogether** innovative and groundbreaking electronic product.

③ You'll earn $3,000 a month **altogether** for your part-time job.

0072 ★ ★ ★

alleviate vs. allay vs. relieve

☞ alleviate 是指「**暫時減輕痛苦，但並未完全解決痛苦**」；allay 主要是用於「**減輕恐懼，擔憂，或疑慮**」；relieve 則有前兩字的定義。

例 ① The painkiller can temporarily **alleviate** your toothache.

② You don't **allay** my concern at all.

③ I felt **relieved** when I heard I got hired by the big company.

- -

0073 ★ ★ ★ ★

alligator vs. crocodile

☞ 兩字雖然都翻作「**鱷魚**」，但 crocodile 的鼻子比較長，呈現 V 字形；alligator 的鼻子則比較短、寬，呈現 U 字形，所以又稱「**短吻鱷**」。體色的話，alligator 顏色比較深。其他差異請參閱百科全書。

例 ① I have a problem telling **alligators** from **crocodiles**.

- -

0074 ★ ★ ★

allow of vs. allow for

☞ allow of 是「**容許……**」；allow for 則是「**將（各種可能性）都考慮在內**」。

例 ① The facts **allow of** only one explanation.

② We set out two hours earlier, **allowing for** any traffic jam.

- -

0075 ★ ★ ★ ★ ★

almost vs. nearly

☞ 表達「**幾乎**」的概念，nearly 與 almost 可互換

例 ① I **almost/nearly** finished first in the race.

另外，almost 可表達「**很相似，但又不完全一樣**」，但 nearly 則沒有此用法。

例 ② Aunt Emma is **almost** a mother to Tom, who has been parentless since 3.

alone vs. lonely vs. along vs. lonesome vs. on one's own

☞　alone 為「**單獨一人**」；lonely、lonesome 表「**（心境上）孤單的**」。along 為「**沿著……**」。

例 ① It's not legal to leave a kid **alone** at home or in a car.

　② The old man feels **lonely/lonesome** after his wife died.

　③ That dog is walking **along** the street, peeing to mark its turf.

另外，on one's own 則是「**靠一己之力、獨自做某事**」，相當於 by oneself。

例 ④ He repainted the living room **on his own**.

- -

0077　★ ★ ★ ★ ★

also vs. as well vs. too

☞　此三字皆有「**也**」之意，但請注意在句中位置。

例 ① Nash can play basketball; he **also** can sing beautifully.
　　（或 he can **also** sing beautifully.）

　② Nash can play basketball; he can sing beautifully **too**.

　③ Nash can play basketball; he can sing beautifully **as well**.

too 可放置主詞後，屬正式用法。

例 ④ The snow leopard, **too**, has been extinct in Taiwan.

另外，also 可當副詞修飾整句。

例 ⑤ **Also**, the MRT is only two blocks away.

在肯定句後，可加入否定句（not…as well；not…too；not…also）。

例 ⑥ Amy's father often smokes, but fortunately he does**n't** drink **as well**.

但請比較以下這句：

例 ⑦ Amy's father **doesn't** smoke, and he **doesn't** drink either.

- -

0078　★ ★ ★

alter vs. altar

☞　alter 為「**改變；修改衣服**」；altar 則為「**祭壇**」。

例 ① My alma mater has **altered** beyond my recognition.

② The tribe made sacrifices to pray for a good year at the **altar**.

0079 ★

alteration vs. **altercation**

☞ alteration 為 alter 的名詞，意思為「**改變**」；altercation 則是「**爭吵**」。

例 ① I noticed that there is a major **alteration** in Ron's behavior after the divorce.

② Constant **altercations** led to their breakup.

0080 ★ ★ ★ ★

alternate(ly) vs. **alternative(ly)**

☞ alternate（ly）指「**交替的（地）**」；alternative（ly）指「**不同的（地），替代的（地）**」。

例 ① It's strange that Mark has been **alternately** sad and happy lately.

② The world is trying to seek reliable **alternative** energy.

0081 ★ ★ ★ ★

alumna vs. **alumnus** vs. **alma mater**

☞ alumna 為「**女校友**」，複數為 alumnae；alumnus 則為「**男校友**」，複數為 alumni。另外，alma mater 為「**母校**」的意思。

例 ① Many **alumnae** and **alumni** came back to their **alma mater** for the 50th anniversary celebration.

0082 ★ ★ ★

amass vs. **accumulate**

☞ 兩字都有「**累積……**」的意思，但 amass 著重於「**大量收集東西**」；accumulate 則是強調「**收集／累積的動作是逐漸地、緩慢地**」。

例 ① Mrs. Chris, a widow, **amassed** a great fortune by selling jewelry.

② It took Mr. Chang many years to **accumulate** his wealth and knowledge.

0083 ★

amber vs. ember

☞ amber 意思為「**琥珀**」；ember 則是「**灰燼，餘火**」。

例 ① The insect was kept almost intact in the **amber**.

② Remember to put out all the **embers** after having a campfire.

0084 ★ ★ ★

ambiguous vs. equivocal vs. ambivalent

☞ ambiguous 與 equivocal 都是「**模擬兩可的**」，但 ambiguous 是「**無意間造成（模擬兩可）**」，equivocal 則是「**有意為之造成（模擬兩可）**」；另外，ambivalent 為「**矛盾的**」。

例 ① Your answer is too **ambiguous**.

② She was **equivocal** about the question— "Do you have a boyfriend?"

③ I always feel **ambivalent** in this love-hate relationship.

0085 ★ ★ ★ ★

amble vs. ample vs. sufficient

☞ amble 意思是「**散步；漫步**」；而 ample 則是「**很充足的**」，通常比 sufficient「**足夠的**」，還要來得更多些。另外，sufficient = enough = adequate。

例 ① The old man would **amble** around the lake in the afternoon.

② We have **ample** evidence that the passenger plane was hijacked.

③ Don't worry. We've got **sufficient** food and water to stay in the mountains for a couple of days.

0086 ★

amend vs. emend

☞ amend 意思是「**針對書面或口頭上的內容加以更正或修改**」；emend 則是「**專指將尚未出版印刷之內容，加以更正**」。

例 ① Lawmakers are going to **amend** the laws to protect the underprivileged.

② A big mistake was **emended** in time before the print time.

American English vs. British English

☞　A. 拼字上：（-ize vs. –ise；or vs. –our；-er vs. –re；-ll vs. -l）

茲列出常見用字，更多字請參閱英英字典

AE	BE
center	centre
analyze	analyse
color	colour
odor	odour
enrol	enroll
program	programme

☞　B. 文法上：

AE	BE
I just phoned Ken.	I've just phoned Ken.
It's essential that Bibby leave.	It's essential that Bibby should leave.
(on the phone) Is this Ronnie?	Is that Ronnie?

☞　C. 單字上：

茲列出常見用字，更多字請參閱英英字典

AE	BE
candy	sweets
crib	cot
elevator	lift
diaper	nappy
fall	autumn
intersection	crossroads

mad	angry
first floor, second floor···	ground floor, first floor···
one-way (ticket)	single (ticket)
round trip	return ticket
railroad	railway
resume	CV
stand in line	queue
subway	underground
trunk (of a car)	boot
vacation	holiday
zipper	zip
different from	different from/to
live on xxx street	live in xxx street
on a team	in a team
on the weekend	at the weekend
row house	terraced house
ocean	sea
cart	trolley
baggage	luggage
cinema	theater
exhibit	exhibition
pants	trousers
mail	post
toward	towards
ton	tonne
flashlight	torch
chips	crisps

corn	maize
gasoline	petrol
sidewalk	pavement

0088　★

amiable vs. amicable

☞　兩字都是「**和善／友善的**」，amiable 形容人；amicable 形容事物。

例 ① **Amiable** people are always the ones who are easy to get along with.

② The two countries have been enjoying the **amicable** relationship for years.

0089　★ ★ ★

amoral vs. immoral

☞　amoral 是「**無關道德的**」；immoral 則是「**不道德的**」。

例 ① This is no **amoral** matter.

② It is **immoral** to see people suffer without lending a helping hand.

0090　★ ★ ★

amplify vs. magnify

☞　amplify 意思很多如：「**增大音量；闡釋**」；magnify 則為「**將……放大；誇張……的嚴重性**」＝ exaggerate。

例 ① The volume of the announcement was **amplified** for all the villagers to hear clearly.

② Refusing to **amplify** his comments, Westbrook turned around and left.

③ The candidate, **magnified** on a big screen, is canvassing for votes.

④ Kelly tends to **magnify** the seriousness of every trifle she hears.

0091　★ ★ ★

amuse vs. bemuse

☞　amuse 是指「**讓……發笑／愉快**」；bemuse 則是「**使……感到困惑**」＝ bewilder。

例 ① He can always **amuse** us with tons of funny jokes.

② The con man **bemused** Mrs. Howard, trying to get money from her.

an only child vs. **the only child**

☞ an only child 是指「**家中的獨生子**」；the only child 則是指「**某種場合或情境，唯一的小孩**」。

例 ① Ellen is **an only child** in her family.

② As I know, Kitty is **the only child** that has been to Italy.

---

analyze vs. **assay**

☞ 兩字都可翻譯為「**分析**」，但 analyze 是指「**分析資料，事情、問題等等**」；但 assay 則是「**分析、化驗某一物質，特別是金屬，來檢視該金屬的純度或組成成份**」。

例 ① The graduate student is busy **analyzing** his data in the pilot study.

② This new substance is being **assayed** to see what it is made up of.

---

announce vs. **declare**

☞ announce 意思為「**宣布，正式地告訴人們決定或計畫**」，也可用於「**於公共場合的廣播宣傳事情（著重事實的傳達）**」；declare 則為「**正式地宣告，或宣布（著重判斷後的宣布）**」。

例 ① The city government **announced** to punish those who litter in public space.

② Federer **announced** his wedding date during the family gathering.

③ America **declared** war on terrorists.

④ The contract was **declared** to be fake.

---

another vs. **other** vs. **others** vs. **the other** vs. **the others**

☞ another 指「**另一個**」，並無限定是哪一個。此外，another 後亦可接複數名詞，翻譯為「**額外的**」。相對於 another, the other 是指「**剩下的那一個**」有限定。

例 ① I'm still hungry. Give me **another**（piece of pizza）.

說明 ➡（another 可當名詞或形容詞）

② There are three balls in the box. One is red, **another** is green, and the other is pink.

③ It looks like we have to wait **another** three weeks for the road to be repaired.

other 意思為「其他的、剩下的」為形容詞，勿誤用為名詞。

例④ I've got some **other** things to do this afternoon.

others = other + N，詞性為名詞，並無限定；反觀 the others 則是有限定的「其他、剩下之人事物」。

例⑤ Some people like beef；**others** like pork；still others like chicken.

⑥ Some of my friends play tennis；**the others** only watch tennis matches on TV.

0096　★ ★ ★ ★

answer vs. **answer for** vs. **answer to**

☞　answer 單一個字為「**回答（問題，電話等等）**」；answer for 意思為「**為……（人、事情）負責**」（通常是向上級，為錯誤負責）；answer to sb 則為「**向……解釋（犯錯之事）**」。

例① No one can **answer** this abstract physics question.

② The boss wanted someone to **answer for** this terrible mistake in dealing with customers' complaints.

③ The PR manager **answers to** the general manager.

0097　★ ★ ★

antigen vs. **antibody**

☞　antigen 為「**抗原**」；antibody 則為「**抗體**」。

例① An **antigen** refers to any substance which can cause diseases to our bodies.

② When your immune system is down, it cannot produce enough **antibodies**.

0098　★ ★ ★ ★ ★

anxious about vs. **anxious for** vs. **anxious to**

☞　anxious about 為「**擔心……的**」；anxious for 則為「**擔心……的；渴望得到……的**」；anxious to 後加動詞，也是表達「**非常想做某事**」的意思。

例① Cole was **anxious about** when he could find a new job.

② James is **anxious for** his son who was said to have been lost in the mountains.

③ Nick is **anxious for** the result of the English speech contest.

④ Little Danny is **anxious to** go on a family outing.

any vs. some

☞ any 可用於疑問句、否定句，甚至是肯定句。some 則用於肯定句及疑問句。

例 ① A：Do you have **any** pen(s)/money on hand?

   B：I don't have **any**.

② **Any** people who smoke indoors will be fined.

（any＝no matter who⋯；every⋯）

any 亦可修飾比較級形容詞（副詞）或 different。

例 ③ Are you feeling **any** better now?

④ Does this village look **any** different from your home town?

⑤ Do you want **any** tea?（一般問法）

⑥ Do you want **some** tea?（預期對方說 Yes）

另外 some 可表達「某⋯⋯」、「大約⋯⋯」。

例 ⑦ **Some** guy just threw a stone at me!

⑧ The fire at the movie theater claimed **some** 50 lives.

---

any longer vs. no longer

☞ not⋯any longer＝no longer＝not⋯anymore 都表示「**不再⋯⋯**」；但 any longer 常置於句尾；no longer 則置於句中，常用來修飾形容詞或副詞。

例 ① Because I am already an adult, I can't live in my parents' house **any longer**.

② You are **no longer** young. Seriously, you have to think about your future.

---

any more vs. anymore

☞ any more 後加名詞，表示：「**任何更多的⋯⋯**」；not⋯anymore 則是「**不再⋯⋯**」。

例 ① I can't eat **any more** food. I am completely full.

② Selina hurt me so bad. I don't love her **anymore**.

0102 ★ ★ ★ ★ ★

anything but vs. **nothing but**

☞ anything but 意思是「**絕非……**」；nothing but 則是「**除了……什麼都不是**」。兩者後面可接形容詞或名詞，甚至動詞。

例 ① These apples from Japan are **anything but** cheap.
② He is **anything but** a liar.
③ The furniture is **nothing but** expensive.
④ Teddy eats **nothing but** junk food.
⑤ We can do **nothing but** wait.

- -

0103 ★ ★ ★ ★ ★

appeal vs. **attract**

☞ 兩字都有「**吸引**」的意思，但 appeal 為不及物動詞，若要接受詞，常與 to 連用；attract 則為及物動詞。

例 ① The scenery of this gorge **appeals** to many tourists around the globe.
② Eve's beauty **attracts** quite a few coworkers in her office.

- -

0104 ★ ★ ★ ★ ★

appear vs. **seem**

☞ 兩個字都有「**似乎…**」的意思，但 seem 比較是指「**說話者主觀的感覺或印象**」；而 appear 則指「**客觀性地觀察得來的**」。另外，appear 後，如果要加名詞，需加 to be。

例 ① Our teacher **seems/appears**（to be）sad today.
② It **appears** to be a perfect haven for refugees.

- -

0105 ★ ★ ★

appear vs. **emerge**

☞ 兩字都是「**出現**」，appear 常表示「**突然出現**」；emerge 則是「**強調從黑暗處，或所躲藏的地方出現**」。

例 ① My boyfriend suddenly **appeared** at my door with roses to surprise me.
② A fisherman saw a giant unknown fish **emerging** from the lake.

appraise vs. apprise

☞ appraise 為「**評估**」；apprise 則為「**通知**」，常與 of 連用。

例① The company is still **appraising** whether to invest in 4G or not.

② We will be **apprised** of the latest news about the general election.

---

apprehend vs. comprehend

☞ apprehend 意思為「**逮捕**」= arrest，為正式用字；comprehend 則為「**了解**」= understand，為正式用字，且常用於否定句。

例① The police successfully **apprehended** the suspect in the sting operation.

② It is impossible for me to **comprehend** how Newton's Law of Universal Gravity works.

但，在舊式用法裡，apprehend 亦有「瞭解／知道」的意思。

例③ Do you **apprehend** the final scores of both teams?

---

approach vs. arrive

☞ approach 意思很多，如：「**抵達、詢問（某人）意見、處理（事情）**」為及物動詞；arrive 意思為「**抵達**」為不及物動詞，所以後加地點時，要補介係詞。

例① The train is **approaching** the station. Let's get on board.

② If you have any doubts, feel free to **approach** me for advice.

③ After being delayed for one hour, our train finally **arrived** in Changhua.

---

approaching vs. impending

☞ 兩字皆有「**……接近的／即將到來的**」的意思，但 impending 常常指「**不好的事或是令人不愉快的事即將到來的**」= imminent。

例① Every candidate tried their best to garner votes for the **approaching** election.

② Some animals, like dogs, can sense **impending** disasters.

0110 ★ ★ ★ ★ ★

approve vs. approve of

☞ approve 通常指「**官方或正式地接受、許可某一計畫或方案等**」；approve of 則是比較偏「**個人的認同某事或某人**」。

例 ① The ministry **approved** the use of the new drug for diabetes.

② My parents don't **approve of** my plan to go canoeing with my friends.

0111 ★ ★ ★ ★ ★

aquatic vs. marine

☞ aquatic 意思是「**水生的；水棲的**」；marine 則是「**海生的**」。

例 ① Anita loves doing **aquatic** sports and has a beautiful tan.

② The oil spill has a negative effect on **marine** lives.

0112 ★ ★ ★ ★ ★

arise vs. raise vs. rise vs. arouse

☞ arise（vi）為「**發生**」（arise-arose-arisen）；raise（vt）為「**舉起、養育**」（raised-raised-raised）；rise（vi）為「**上升**」（rise-rose-risen）；arouse（vt）為「**激起**」（aroused-aroused-aroused）。

例 ① Accidents usually **arise** from carelessness.

② Please **raise** your hand if you have any questions.

③ Kim **raises** the whole family by running a convenience store.

④ The gas price is about to **rise** again!

⑤ The teacher is good at **arousing** students' imagination through pictures.

★ ★ ★ ★ ★

around vs. about vs. or so

☞ around（＝round）除了有「（在……）周圍」外，另外亦有「大約」之意（＝about）。

例 ① Our kids are happily running **around**/round the park.

② The fisher caught **around/about** 100 salmon.

> or so 亦可當「大約」，但放於要修飾的名詞之後，而 about / around 則是放於名詞之前。

例 ③ The boss is going to lay off 50 employees **or so**.（＝about 50 employees）

★

arrant vs. errand

☞ arrant 是用來「強調人或事物是多麼地糟」，只限用於名詞前，為一舊式用法；errand 則為「差事或跑腿」的意思，常用複數。

例 ① All he criticized in the meeting was **arrant** nonsense.

② Let's meet at 5 pm. I have to run some **errands** in the morning.

★

artful vs. arty

☞ artful 意思是「有點耍小聰明來得到自己想要的」＝ cunning；arty 則是「（刻意地表現出）和藝術相關的，或對藝術有興趣的」，通常含有貶意。

例 ① Little Coco often uses **artful** tricks to get what she wants.

② I don't like Helen. She is one of those **arty** types.

★ ★

artist vs. artisan

☞ artist 是「藝術家」；artisan 則是指「工匠」＝ craftsman。

例 ① An **artist** is always full of creativity and has keen senses.

② My uncle is an **artisan** who makes all his own furniture.

0117　★ ★ ★ ★ ★

as vs. **since** vs. **because** vs. **for**

☞　as 與 since 意思為「**因為**」時，是指「**聽話者已經知悉的事實**」，常放於主要子句前。

例 ① **As** you had already said no, I shouldn't force you to do it.

② **Since** it's around 11 am, we had better think about what to eat for lunch.

☞　because 帶出的事實，則為「**聽者所不知道的事實**」。若 because 子句帶出為非常重要的訊息，則常放主要子句之後。另外，只有 because 可用於單句的回答：

③ Jason was fired yesterday **because** he didn't turn in the project on time.

④ A：Why did you miss the train?

　　B：**Because** I overslept.

for 一樣帶出新的訊息，但有點像是「事後才想到來補充說明」，但注意：不可放於主要子句前。

例 ⑤ Henry must be home now **for** the lights are on in the living room.

- -

0118　★ ★ ★ ★ ★

as vs. **when** vs. **while** vs. **whilst**

☞　前三連接詞句內，皆可放較長、正在進行的「**背景動作**」，主要子句內「**另一個動作在這期間也發生了**」；另外，whilst 是相當正式的字，意思與 while 相近。

例 ① **As** Tom was peeping through the window into my living room, I walked out of the garage.

② Aoki always wears his lucky charm **when** he is playing home games.

③ **While** Julia was feeding her baby, the doorbell rang.

④ Clark fell down from the horse **whilst** riding it/he was riding it.

另外 while 連接的兩句，其實用進行式或簡單式皆可，並不一定要用進行式。

例 ⑤ **While** Leo mopped the floor, his wife cooked dinner.

當要表達某一個動作，「隨著」另一動作發生時，常用 as

例 ⑥ **As** it gets dark, nocturnal animals start to hunt.

進階學習：

→　while 除了有「當」的意思外，另有「雖然……但是」之意，相當於 although/though。

⑦ **While** the doctor asked Mark to stop drinking sugary drinks, he just didn't listen.

進階學習：只用 when, 不用 while, as

→ 前後兩個動作，第一個動作發生後，緊跟著第二個動作時。

⑧ **When** the alarm clock went off, I got up right away.

→ 事件發生指人生的成長階段時。

⑨ **When** I was a child, I seldom ate green peppers.

→ 指每次……時。

⑩ **When** Grandpa watches TV alone, he falls asleep.

0119　★ ★ ★ ★ ★

---

as if vs. **as though** vs. **like**

☞　as if, as though 中文意思為「**彷彿……；好像……**」引導出來的子句內時態，分兩種：如果表達事實可能為真，則用現在式；但如果與現在事實相反，則用過去式。like 在口語中，可代替 as if/though。若表達與過去事實相反，則用過去完成式。

例 ① He sounds **as if/as though/like** he is a teacher.

② Claudius acts **as if/as though/like** she were the president of Taiwan.

說明 ➡（were 可換成 was，但為非正式用法）

③ Kevin looked **as if** he had hit the jackpot.

0120　★ ★ ★ ★ ★

---

as soon as vs. **on**

☞　as soon as 與 on 皆有「**一……就……**」的意思。但 as soon as 後加句子，on 後加動詞，但前提為句子兩邊原本是同一主詞。

例 ① **As soon as** Tom saw me, he ran to me and gave me a big hug.

② **On** reading a letter from her family, she couldn't hold back her tears anymore.

另外，the minute, the second, the instant 亦可用來取代 as soon as。

例 ③ **The second** Bruno Mars started to sing, the audience applauded wildly.

0121　★ ★ ★ ★ ★

---

as well as vs. **and**

☞　as well as 與 and 皆有「**和，而且……**」的意思，但用法稍稍不同，and 為對等連接詞，前後可連接詞性相同的單字，片語，甚至是句子；而 as well as 則無法全部對等，請注意以下句子的相異之處：

例 ① My little sister is pretty **and/as well as** smart.（前後形容詞）

② Leona likes volleyball **and/as well as** dodge ball.（前後名詞）

③ Adam jogs, **as well as** swimming every morning.

（**As well as** swimming every morning, Adam jogs.）

④ Adam jogs **and** swims every morning.

但，如果主要子句是主要動詞，後是接不定詞，則 as well as 後之 to 可省略。

例 ⑤ Sam is supposed to cook for his family **as well as**（to）take care of his little brother.

另外試比較：

⑥ The street artist sings **as well as** playing the guitar.

（The street artist not only sings but also plays the guitar.）

⑦ The street artist sings **as well as** she plays the guitar.

（The street artist's singing is as good as her playing the guitar.）

0122 ★

ascribe vs. **impute**

☞ 兩字都有「**歸咎於……**」的意思，然而 ascribe 是指「**純粹把事情的發生，認為是某人或某物所造成**」；但 impute 常常是「**不公正地把事情歸咎於某人或某事身上**」。

例 ① The government **ascribed** high unemployment rate to students graduating from college.

② Mrs. Chang **imputed** her son's injury to a car which just passed by.

0123 ★ ★ ★

ash vs. **ashes**

☞ ash 意思為「**灰燼**」，可為可數名詞、或不可數名詞；ashes 恆為複數時，是指「**人死後的骨灰**」。

例 ① What's in my soup? My goodness! It's cigarette **ash**.

② The old man asked his offspring to scatter his **ashes** around a tree.

ashamed vs. shameful

☞ shameful 是「**可恥的**」（形容事物）；ashamed 則是「**感到尷尬或內疚的**」主詞為人。

例 ① It is a **shameful** thing to disguise as a beggar to con people for money on the street.

② I feel **ashamed** whenever I have to talk to a foreigner with my poor English.

---

ask vs. demand

☞ 兩字都有「**要求**」的意思，但 ask 為一般用字；demand 則語氣較強，「**立場堅定地要求對方**」。另外，用法上亦有差別：ask sb to V；ask for sth. demand sth；demand that s ＋（should）＋ V；demand to V.

例 ① The police officer **asked** me to show her my driving license.

② One of the guests **asked** for some more water.

③ William **demanded** a formal apology from me.

④ Our enemy **demands** that we（should）release all the hostages.

⑤ She **demanded** to leave before the meeting was over.

---

asleep vs. sleeping vs. sleepy

☞ asleep 與 sleeping 都有「**睡著**」的意思，但 asleep 用於要修飾的名詞後，sleeping 則放名詞前或後都可以；sleepy 則是「**想睡覺**」的意思。

例 ① The student can't help falling **asleep** in class.

② Let **sleeping** dogs lie.

③ After lunch, I usually feel **sleepy**.

---

asphalt vs. pitch

☞ 兩字都可翻譯為「**瀝青**」，但 asphalt 主要是用於鋪設馬路用；而 pitch 則是填充於木船或建築物的縫隙以達防水功用。

例 ① The one-year-old baby fell hard against the **asphalt** ground.

② The room is as black as **pitch**; turn on the lights now.

0128 ★ ★ ★ ★ ★

as such vs. such as

☞ as such 意思為「**以此身份而言**」；such as 則是「**例如……**」。

例 ① Tim is a public figure; **as such**, he can positively influence many people.

② Mars has many shortcomings, **such as** arrogance and carelessness.

0129 ★ ★

assault vs. assail vs. attack

☞ 三字都可指「**身體上的攻擊**」，但 assail 和 attack 另又可指「**言語上的攻擊或批評**」。

例 ① A policeman was **assaulted** by a group of rioters last night.

② Henry's new sale proposal was **assailed** by his boss.

③ The media **attacked** the prime minister's new taxing policy.

0130 ★ ★ ★

assemble vs. ensemble

☞ assemble 為「**聚集（人群）；組裝（零件）**」可為及物或不及物動詞；ensemble 為「**一群／團（演員、舞者、或音樂家等）**」。

例 ① The crowd is **assembling** in front of the stage, waiting for the pop singer.

② The furniture we ordered has to be **assembled** by ourselves.

③ Let's welcome an **ensemble** of tap dancers from Spain!

0131 ★

assume vs. presume

☞ 兩字都有「**推測、假想**」的意思，也都沒有確切證據，但 assume 比起 presume 又多了幾分確定性。

例 ① I **assume** that Hill will take you to dinner.

② "Sam must be out of town," he **presumed**.

assure vs. ensure vs. insure

☞　assure 為「**向……保證；讓……心安**」；ensure 是「**確保……（事情發生）**」；insure 則是「**為……保險**」。

例 ① I **assure** you that everything will turn out as we expected.

② What we've done for years is to **ensure** the best products we can offer to our consumers.

③ The super model **insured** her long legs for three million dollars.

④ The boss **insured** his plastic factory against fire and theft.

---

astronaut vs. cosmonaut

☞　兩字都是指「**太空人**」，astronaut 指「**一般所知的太空人**」；cosmonaut 則是指「**前蘇聯的太空人**」。

例 ① The **astronaut/cosmonaut** is doing the moon walking.

---

at vs. in

地點比較：

☞　in 一般用於強調「**在……空間內**」；或置於「**大地點**」前

例 ① My friends and I are chatting cheerfully **in** the office.

② The tiger is looking for prey **in** the jungle.

③ Frank was born **in** Mexico.

☞　at 則用法稍多：

A. 基本上用法為，視該地點為一個「點」

④ She is sitting **at** the bus station alone.

B. 旅程中的一站

⑤ We had fantastic seafood **at** Bangkok during the seven-day trip.

C. 用在某人家或商店

⑥ A：Where is your father?

　　B：He's **at** the barber's now.

⑦ My grandfather is always **at** Uncle's after dinner.

D. 用在地址或街道

⑧ Watson lives **at** 66 Gold Street. Watson lives **at/on** Gold Street.

E. 強調該地點的功能性及活動

⑨ Judy had a great time with her family **at** the movie theater last night.

⑩ It is polite to turn off your cellphone **at** the meeting or a concert.

⑪ Is your daughter still **at/in** school?

☞ 時間比較：（另增 on）茲以例句說明

⑫ The plane leaves **at** 8：30.（時間點）

⑬ Mike goes to the hospital **on** Friday.

說明 ➡（若 Friday 字尾加 s，表重複性＝ every Friday）

⑭ Ted died **in** July/**in** summer/**in** 1885.（較長時間）

⑮ Let's exercise **in** the morning.

⑯ Linda goes to church **on** the morning of Sunday/(**on**) Sunday morning.

說明 ➡（特定某一天的早上／下午／晚上）

⑰ Grandpa usually goes fishing **at/on** the weekend.

⑱ We had an egg hunt **on** Easter.（當天）

⑲ We visited our relatives **at** Easter.（整個假期）

⑳ My aunt is going to visit us **in** three weeks.（在……的時間內）

0135　★★★★★

---

at vs. **to**

☞ shout, laugh, throw, point 若與 at 搭配使用，有「**攻擊**」之意；但搭配 to 則沒有此意，要翻譯為「**朝……**」。

例 ① The angry father was shouting **at** his little daughter.

② Federer threw a ball **at** me. That really hurt!（Federer 用球丟我，真痛）

③ Would you throw the ball **to** me?（你可以把球丟給我嗎？）

0136　★★

---

atheist vs. **agnostic**

☞ atheist 是「**無神論者**」；agnostic 則是「**不可知論者（認為神的存不存在無法證明）**」。

例 ① Tom is an **atheist** and he only believes in science and technology.

② Susan remained **agnostic** all her life.

attend vs. join vs. take part in

☞ 三字都有「參加」的意思，但所搭配的詞，不盡相同。attend 常與「上課、典禮（婚喪喜慶）、演講等連用」；join 是「參加隊伍、社團，某一組織等」；take part in 則是「參與某一活動」= join = participate in。

例 ① Could I borrow your notes? I didn't **attend** Professor Lin's class.

② This semester I decided to **join** the chess club.

③ People from different countries **took part in** this annual carnival.

---

attitude vs. aptitude vs. altitude vs. latitude vs. longitude

☞ attitude 意思是「態度（toward/to…）」；aptitude 是「傾向（for）、天資」；altitude 是「海拔高度」；latitude 是「緯度」；longitude 則是指「經度」。

例 ① Don't have such a passive **attitude** towards your life.

② Michael Jordan has an excellent **aptitude** for basketball.

③ This plant can only be found at an **altitude** of 1,000 feet.

④ I have trouble telling **latitudes** from **longitudes** when studying geography.

---

at the crossroads vs. at a crossroads

☞ at the crossroads 意思是「在十字路口」；at a crossroads「處於關鍵時刻；在緊要關頭」。

例 ① Molly didn't know in which direction the temple was when she was **at the crossroads**.

② Quinn said his lawyer career was **at a crossroads**.

---

audience vs. spectator vs. viewer

☞ audience 比較指「觀賞音樂性表演，演說」等；spectator 則比較偏「球賽方面」。

例 ① The variety show host is good at entertaining the **audience**.

② The player hit his 200th career home run, wildly cheered by all the **spectators**.

另外，viewer 是指「電視的收視觀眾」。

例 ③ Conan's new talk show attracts plenty of **viewers**.

0141　★

auger vs. augur

☞　auger 是指「用來鑽木頭／冰塊的鑽子」；augur 則是「預示」。

例 ① Father used an **auger** to drill a hole in the piece of wood.

② Constant protests didn't **augur** well for the reconciliation between the government and protesters.

0142　★ ★ ★

autobiography vs. biography vs. memoir

☞　autobiography 意思是「自傳」；biography 及 memoirs（常用複數），則都是指「傳記」，但 biography 是「由他人所撰寫」；memoirs 比較強調是「有關有名之人所撰寫自己的人生」。

例 ① Our final reports are to write an **autobiography** of our own.

② He has been writing Mr. Wells' **biography** lately.

③ Kobe Bryant is about to publish his **memoirs** of his years in the NBA.

0143　★ ★ ★ ★ ★

awesome vs. awful

☞　awesome 為「很棒」的意思，用於口語英文；awful 則剛好相反，是指「很糟糕」的意思。

例 ① Your singing is **awesome**!

② That's an **awful** performance.

A fox smells its own lair first.
要刮別人鬍子前，先刮自己的。

B

0144

0144 ★ ★

babysitter vs. childminder vs. nanny

☞ 三字都可翻譯為「**保姆**」，但差別於 babysitter 可以是「**鄰居、親朋好友來做這個工作，時間短且臨時性**」；childminder 則是「**需要通過國家認證考試，具備證照**」。另外，nanny 則專指「**女性保姆，且會在雇主家中照顧小孩跟料理家中一些事情**」。

例 ① I need to find a **babysitter** for Friday after afternoon.

② Not having a license, Mrs. Huang is unqualified to be a **childminder**

③ She landed a job as a **nanny** with a rich family.

0145 ★ ★ ★

bacteria vs. germ

☞ 兩字都有「**細菌**」的意思，但 bacteria 可指「**好菌**」，亦可指「**益菌**」；germ 則是只指「**會引起疾病或感染的細菌**」。

例 ① Human beings need some good **bacteria** to help digest food.

② He took some medicine to kill the **germs** that caused his sore throat.

0146 ★ ★ ★ ★ ★

bag vs. sack

☞ bag 是指「**用布，皮革等作成的包包**」；而 sack 則是指「**非常大的袋子、麻袋**」等。

例 ① She asked the police to retrieve the **bag** she had left on the taxi.

② This **sack** is big enough to hold all your stuff.

0147 ★

baleful vs. baneful

☞ baleful 是指「**惡意的**」；baneful 則是指「**邪惡的**」。

例 ① Don't give me that **baleful** look. I won't give in.

② The witch was cursed because of her **baneful** magic.

bang vs. boom

☞　bang 是指「**槍枝擊發或東西撞擊到地面的聲音**」；boom 則是指「**大砲或打雷所產生的隆隆聲**」。

例 ① Every pedestrian was frightened by the loud gun **bang**.

　　② Thunderous **booms** can be extremely scary for some people.

---

bankrupt vs. insolvent vs. broke

☞　三字都有「**破產**」的意思，但 bankrupt 通常是「**被法院宣布破產**」，常用片語如：go bankrupt 或 be declared bankrupt；insolvent 可指個人或公司；broke 為破產的一般說法，另外，也可指「**一個人沒錢**」，但不一定是破產。

例 ① To everyone's surprise, Detroit was declared **bankrupt**.

　　② Our company is on the verge of being **insolvent**.

　　③ He spent more than he earned, and was **broke** in the end.

　　④ She is often **broke** at the end of every month.

---

barber vs. hairdresser

☞　barber 為「**理髮師**」，通常為男性，且除了剪頭髮外，有時還會幫客人刮鬍子；hairdresser 則為「**髮型師**」，可為男亦可為女，除了剪髮外，往往會替客人設計造型。

例 ① My father is a **barber** whose customers are all old men in the neighborhood.

　　② Jordan asked his **hairdresser** to give him a funky hairstyle.

---

basement vs. cellar

☞　basement 為「**地下室**」；cellar 則是「**地窖**」，用來儲存雜物等。

例 ① The **basements** of department stores are usually for car parking.

　　② My father stores his favorite brandy in the **cellar**.

bath vs. bathe

☞ 都有「（幫某人）洗澡」之意。

例 ① It's your job to **bath/bathe** the baby.
② The homeless man doesn't often **bath/bathe**.

說明 ➡ （此為正式用法；口語英文會用 take a bath/have a bath 來代替）

> 另外，bathe 還有「清洗……」之意，通常是清洗傷口或受傷部位。舊式用法還有「游泳」之意，現代英文則以 have / take a swim 代替。

例 ③ My mother started to **bathe** my injured leg with clean water.
④ It's pretty dangerous to **bathe** in the sea when typhoons are coming.

---

bathos vs. pathos

☞ bathos 是指「修辭學中的突降法（由原本嚴肅、有道德的……，突然轉為平凡、滑稽的）」；pathos 則指「文章或戲劇中產生的悲傷感」。

例 ① The writer used **bathos** twice in his fiction.
② This play was full of **pathos** so the audience were moved to tears.

---

bathroom vs. restroom vs. powder room vs. toilet

☞ bathroom 主要是指「住家內的浴室」；restroom 可指「公共場合的廁所」；powder room 主要是「女生常說的廁所委婉用語」；toilet 可指「馬桶本身」，或指「廁所」。

例 ① May I use the **bathroom**?
② Excuse me. I may need to go to the **powder room**.
③ Flushing the **toilet** with the lid closed can flush more bacteria down.

> 另外，lavatory 與 WC 亦指「廁所」，但為舊式用法。口語上，loo 也可泛指「廁所」；小寫的 john 與 jane 分別可指「男廁與女廁」。至於「公廁」，英式英文為 public conveniences；而常見的 the gents = men's room「（男廁）」，the ladies「（女廁）」= ladies' room 則為美式英文用法。

bay vs. gulf

☞ 基本上兩字都可翻譯為「**海灣**」，差別在於面積上，gulf 往往比 bay 來得更大；但海灣的開口處，bay 反而比 gulf 來得寬廣。

例 ① Goods are imported and exported at the **bay** in this small country.

② The Persian **Gulf** War was a famous war in history.

0156 ★ ★ ★ ★ ★

be vs. being（N / adj.）

☞ be N/adj. 表「**事實、狀態（長時間性）**」；be being N/adj. 表「**動作及行為，且為暫時性之行為**」。

例 ① He **is** polite.

② She **is** a doctor.

③ He is **being** polite.（他正做出一些有禮貌行為）

④ She is **being** a good girl.（暗指她可能之前很調皮）

0157 ★ ★ ★ ★ ★

be used to vs. be accustomed to

☞ 兩片語都有「**現在習慣於……**」的意思，但 be used to 比較口語用法；be accustomed to 則是比較正式用法。to 為介係詞，後加動名詞或名詞。

例 ① He **is used to** only drinking milk for breakfast.

② She **is accustomed to** the weather in New York.

0158 ★ ★ ★ ★

bear vs. stand vs. dislike vs. hate vs. hatred

☞ bear 與 stand 用在否定句時，都有「**無法忍受人／物的意思**」；dislike 為「**不喜歡**」，後只能加動名詞；hate 則為「**討厭**」，厭惡程度比 dislike 略高，且常用於口語中，後可加不定詞或動名詞；名詞的 hatred 則是指「**極度的厭惡**」。

① I can't **bear** the noise from upstairs.

② None of us can **stand** the bad smell of Henry.

③ He **disliked** being disturbed when he was enjoying watching TV.

④ I really **hate** to say this — You are fired!

⑤ She has a deep **hatred** of cockroaches and toads.

0159 ★ ★ ★ ★ ★

> ┌───┐
> │ **beat** vs. **defeat** vs. **win** vs. **overcome** vs. **conquer** │
> └───┘

☞ beat/defeat 指「**打敗**」，後可加：人、隊伍等等；但 win「**贏……**」則後加：比賽、爭執、競賽、選舉、戰爭等等。另外，overcome 後不只可加人，亦可加隊伍等。

例 ① The Lakers **beat** the Nets and won the NBA championship.

② Tiger Woods finally **won** the golf game.

③ Mr. Wu tried his best to **win** Ms. Lin's heart.（贏得……的心）

④ In the soccer final, Cuba easily **overcame** Spain.

> 另外，conquer 不但可用於「競賽擊敗對手」，亦可用於「戰場上戰勝對手，或是克服自己的恐懼、征服山岳」。

例 ⑤ He trained himself to **conquer** his fear of flying.

⑥ We planned to **conquer** the peaks of Jade Mountain.

0160 ★ ★ ★ ★ ★

> ┌───┐
> │ **beautiful** vs. **pretty** vs. **stunning** vs. **gorgeous** │
> │ vs. **good-looking** vs. **handsome** │
> └───┘

☞ 這些字都有「**漂亮的，好看的**」的意思，但 beautiful 是指女性；pretty 大部分指女性，但亦可指外表陰柔好看的男性；stunning 與 gorgeous 皆是指「**非常非常好看**」的意思，男女皆可；good-looking 亦可用在男或女；handsome 大部分用於男性，但也可用於臉上線條比較男性化的女性。

例 ① To be more **beautiful**, some people get plastic surgery.

② A **pretty** woman is walking down the street.

③ What a **gorgeous** man!

④ He is **good-looking** but has a mean streak.

⑤ She has a **handsome** boyfriend.

because vs. because of vs. owing to vs. thanks to vs. due to

☞ 以上都有「**因為**」的意思。只有 because 為連接詞，需後加一句子；其餘皆為片語，後加名詞或動名詞。而 due to 與 owing to 又比 because of 來得正式。

例 ① **Because** the wind is so strong, it's not easy to put out the forest fire.
= **Because of** the strong wind, it's not easy to put out the forest fire.

可於 because 或 because of 前加 partly, mainly 來修飾

例 ② Mainly **because of** the influence of my father, I made up my mind to become a pilot.
③ **Thanks to** your timely help, I finally made it to Janet's wedding.

另外，due to 與 because（of）可置於 be 動詞後。

例 ④ It is **due to** the heavy snow, so our flight is delayed.
⑤ （X）It is **owing to** the heavy snow, so our flight is delayed.

- -

become vs. get vs. go vs. turn vs. come vs. grow

☞ 此類動詞都有「**變成**」的意思，後加形容詞，細說如下：

例 ① He **became** angry about the flight delay.
② He **became** the boss of a hardware factory.（become 可後加名詞）

get 比較屬「非正式用法」。

例 ③ Let's **get** ready to go.
④ Mark's **getting** hungry now.

go 與 turn 後與「顏色轉變」連用。

例 ⑤ The maple leaves **turned** red in fall.
⑥ Watt **went** red with embarrassment after seeing the pretty girl.

turn 亦與「年紀」連用。

例 ⑦ My grandma is **turning** eighty-eight this year.

go 另外也常與 blind, deaf, sour, mad, wrong, stale, bad, crazy 等連用。

例 ⑧ Those fans are **going** crazy when seeing the big star coming out.

come 後面所接的形容詞都比較固定，例如：true, right, undone, loose, apart。

例 ⑨ My dream finally **came** true.

⑩ Some pages of this old book **came** loose.

come 與 get 後加 to V，可表達「慢慢變成……」。

例 ⑪ You will like her after you **get** to know her.

⑫ The rogue **came** to regret what he had done to the neighborhood.

grow 內含「慢慢轉變成……」的意思，其後亦可接顏色。

例 ⑬ When people **grow** old, they need medical care.

⑭ Patrick **grew** pale when he saw the big snake.

0163　★ ★ ★ ★ ★

---

been to vs. gone to

☞ 現在完成式中的 have（has）been to 與 have（has）gone to，分別為「曾經去過（某地）與已經去了（某地）」。但，在美式用法中，have gone to 亦有「曾經去過（某地）的意思」。

例 ① I have **been/gone to** Egypt three times.

② Ms. Lin is not here. She has **gone to** Sydney.

0164　★ ★ ★ ★ ★

---

before long vs. long before

☞ before long 為副詞，意思是「**不久、很快地**」= shortly，可用於過去式與未來式；long before 則是「**很久以前**」，常與過去式搭配。

例 ① **Before long** all fish in this pond will be dead because of the pollution.

② In fact, I heard about the lame joke **long before**.

0165　★ ★ ★ ★ ★

---

begin vs. start vs. commence

☞ 前兩個字意思相同，用法相去無幾，皆是「**開始**」的意思。只是 begin 會比 start 來得正式一點。

例 ① Kobe **began/started** playing in the NBA right after he graduated from senior high school.

② Marion **began/started** to cry after seeing his mother was gone.

③ Look! It's **starting** to snow outside.

進階學習：有些情況，只能用 start。

 A. I can't **start** this compressor.（發動機器、引擎等）
  This compressor can't **start**.

 B. If we **start** early, we can avoid the traffic congestion.（出發）

 C. Mr. Justin **started** his computer business at the age of 21.（創業）

> commence 可為及物動詞或不及物動詞，屬正式用字，後加動詞需改成動名詞。

例 ④ The scientist **commenced** analyzing the results of the experiment.

> 另外，commencement 可翻譯為「（高中、大學之）畢業典禮」。

例 ⑤ The successful businessman was invited to give a speech at our **commencement**.

0166 ★ ★ ★ ★

---

behavior vs. act vs. deed

☞ behavior 是指「**非刻意的行為**」為不可數名詞，如：習慣性咬指甲；act 則屬「**（刻意）表現出來的行為或樣子**」為可數名詞。動詞分別為：behave 與 act。

例 ① Biting one's fingernails is not good **behavior**.

② Ronan's selfless **act** touched many people.

> 另外，deed 亦是指「**行動**」，但通常是帶有好或壞的價值判斷。

例 ③ He was praised for his good **deeds** when he was alive.

0167 ★ ★ ★ ★ ★

---

behind vs. after

☞ behind 是指「**（位置上）在……之後**」；after 則可用於「**（時間上）在……之後**」。

例 ① Run! A lion is **behind** you.

② **After** lunch, we usually take a nap.

試比較：

③ Close the door **after** you.（隨手關門）

④ Close the door **behind** you.（關上你身後的門）

例外：Ted's work is a little **behind** schedule.

believe vs. believe in vs. trust

☞ believe 是用在「相信（對方所講的話）」；believe in 則是「相信……的存在；信任某人或相信某人會有一番作為」。

例 ① **Believe** it or not. I hit the jackpot!

② **Believe** me. You'll like it.

③ A：Do you **believe in** ghosts? B：Honestly, I do.

④ I **believe in** Erica. She is always trustworthy and capable of doing everything well.

另外，trust 則是「信任某人的為人」。

例 ⑤ You can **trust** Ronnie. He is a responsible and hard-working man.

---

below vs. under vs. underneath vs. beneath

☞ below 與 under 皆有「比……低」之意。

例 ① We are sitting **below/under** the colorful ceiling.

under 另有「在……正下方」及「覆蓋」之意；而 below 則無此意思。

例 ② Our kitten is sleeping soundly right **under** the fan.

③ The small town is covered **under** a thick layer of snow.

有關「溫度、高度」，使用 below；有關「年紀」，則使用 under。

例 ④ I guess today's temperature must be **below** 10 degrees.

⑤ In Taiwan, it's illegal to drive a car if you're **under** 18 years old.

underneath 意思近 under；beneath 則為文學用字。

例 ⑥ The girl was frightened by a cockroach **underneath** the desk.

⑦ Most of the shipwreck was buried deep **beneath** the ocean.

bend vs. curve

☞　兩字皆可指「**道路或河流的彎曲處**」，但 curve 另外可指「**線條上的彎曲**」，例如：在雕刻上或圖案上。

例① You must slow down. There are some sharp **bends/curves** ahead.

② The **curve** of your sculpture is very delicate.

- -

bereaved vs. bereft

☞　bereaved 意思為「**親友剛過世的**」；bereft 則是「**完全沒有任何……的**」，常與 of 連用。

例① The **bereaved** mother seemed to lose hope in her life.

② Tom is **bereft** of ideas；what's worse, the project is due tomorrow.

- -

besides vs. in addition to vs. except (for) vs. excepting vs. other than vs. aside from vs. apart from

☞　以上皆有「**除……之外**」的意思。besides 除了與 in addition to 意思用法相近，皆有包括後面所提之物；亦有 except(for) 或 excepting，不包括後面所提之物的意思。

例① There are still other things people should pursue **besides/in addition to** money.

② All my classmates joined the graduation trip **except/besides** Jim because he was seriously sick in bed.

但注意：besides 不要與 beside 搞混了，beside 為 next to 的意思

例③ Peter has a crush on the girl sitting **beside** him.

另外，other than, apart from, aside from 的意思同時包含 except 及 in addition to，會依據上下文來決定究竟是哪一個用法。

例④ Which course have you taken **other than** semantics this semester?（＝ in addition to）

⑤ I have nothing left **other than** some bread.（＝ except）

★ ★ ★ ★ ★

between vs. among

☞ between 常用於「**兩者（事物或人）**」，或者「**多個清楚分隔的人事物**」。

例 ① This secret is only **between** you and me.

② The color balloon is tossed **between** Jake, Oliver, and Richard.

③ Can you tell me the difference **between** "besides" and "except"?

among 常用於「**一群體之人事物**」。

例 ④ I am going to pick a leader **among** these kids.

⑤ She found a gold coin **among** all the trash.

0174 ★ ★ ★

beware vs. aware

☞ beware 只用於祈使句或原形動詞，沒有任何動詞變化，常用片語為 beware of sb/sth，意思為「**提醒……有傷害性**」。be aware of sth 則是「**察覺到……，或注意到……**」。

例 ① **Beware** of the falling rocks and stones when driving in this area on a rainy day.

② Sandra had better **beware** of the man who was trying to cheat her.

③ I'm not **aware** of any possible threat in the making.

0175 ★ ★ ★

biannual vs. biennial

☞ biannual 為「**一年兩次的**」；biennial 則為「**兩年一次的**」。相關類似用法，例如：weekly「**每週一次的**」；monthly「**每月一次的**」；yearly「**每年一次的**」。

例 ① The competition is held on a **biannual** basis.

② The **biennial** academic conference always draws many scholars to attend.

0176 ★ ★ ★

bias vs. prejudice

☞ 兩字都有「**偏見**」的含意，但 bias 是「**不經理性判斷，就因個人喜好對某一個人，團體，甚至是意見，而產生偏見**」；而 prejudice 則是「**因為宗教，種族，甚至是性別，產生對某一團體或個人的偏見**」。兩字常以不可數名詞出現。

例 ① Any **bias** against old people and women is not allowed in this society.

② Mr. Liu was often complaining about the racial **prejudice** he experienced in America.

0177　★ ★ ★ ★ ★

big vs. **large** vs. **great**

☞　big 與 large 主要形容「**具體事物**」；而 great 則與「**抽象名詞**」連用。

例 ① We enjoyed the breeze under the **big** tree.

② Though the rich man lives in a **large** house, he isn't happy.

③ She seemed to be in a **great** hurry.

但 large 可與有關「**數量**」之抽象名詞搭配。

例 ④ You made a **big/great** mistake this time. You are doomed!

⑤ A **large** amount of gas is leaking in this kitchen.

0178　★ ★ ★ ★ ★

bill vs. **beak**

☞　兩字都是「**鳥嘴**」，但 bill 比較是指直的鳥嘴；而 beak 尤指彎曲的鳥嘴。

例 ① A **bill** is different from a **beak** in terms of shape.

0179　★ ★ ★

bimonthly vs. **semimonthly**

☞　bimonthly 為「**兩個月一次地**」（every two months）；semimonthly 則是「**一個月兩次地**」（twice a month）。

例 ① My uncle visits us **bimonthly**.

② The office telephones are disinfected **semimonthly**.

0180　★ ★ ★

bizarre vs. **bazaar**

☞　bizarre 意思為「**不尋常的，奇怪的**」＝ weird；bazaar 則是「**兩旁有許多小店的街道或市集，通常在印度或東方國家等**」。

例 ① It is **bizarre** to see so many earthworms coming out of the soil.

② People are looking for some good bargains at the **bazaar**.

black eye vs. dark circle

☞　兩片語都可翻譯為「**黑眼圈**」，但 black eye 是因為「**被東西或拳頭打到，導致眼睛四周變黑**」；而 dark circle 則是因為「**睡眠不足、遺傳、老化、哭太久、甚至是盯電腦螢幕過久等等所導致**」。

例 ① I got a **black eye** because my brother hit me in anger. It still hurts now.
　　② Julie puts some slices of cold cucumbers around her eyes, trying to remove **dark circles**.

----

blond vs. blonde

☞　兩字都是指「**金髮碧眼的人**」，但是 blonde 是指女性；blond 以前是指男性，而現在則可指男或女。

例 ① Look at that **blonde**. She is absolutely stunning.
　　② The **blond** over there is my dreamboat.

----

bloom vs. blossom

☞　bloom 是指「**一般（觀賞用等）的花**」；blossom 則是特別指「**果樹上的花**」。

例 ① Flowers in my garden are in full **bloom**.
　　② The apple tree is in **blossom**.

----

blue vs. blues

☞　blue 為形容詞，為「**藍色的**」；但若為複數名詞，則意思變為「**憂鬱**」。

例 ① The bench in the park was painted **blue** and it is still wet.
　　② Cathy gets the **blues** whenever her vacation is over.

0185 ★

blue-sky vs. sky-blue

☞ blue-sky 是指「新奇或有趣的點子，但不切實際的」；sky-blue 則是「天藍色」。

例 ① Jeff always comes up with some **blue-sky** ideas during meetings.

② The **sky-blue** Lamborghini attracted every pedestrian's eyes.

0186 ★★★★

boast vs. boast of

☞ boast 主詞為地方，且為及物動詞時，表示「該地點有引以為傲的事物」；boast of 主詞為人時，意思相近於 brag，為「過度自豪（臭屁）」的意思。

例 ① Beitou **boasts** hot springs and beautiful scenery.

② Grandpa often **boasts of** his first prize in the chess tournament.

③ Zack **boasted** that he has the smartest son in the neighborhood.

0187 ★★★★

boat vs. ship vs. yacht vs. ferry vs. vessel vs. liner

☞ 一般而言，boat 主要是「以帆或槳來驅動的船」，相較於 ship 而言，boat 比較小艘；ship 則是指「可跨洋的大型船」；yacht 是指「遊艇」；ferry 是「渡船」；vessel 是指「大艘的船」，為一正式用字；liner 則是「大型（跨洋）客輪」。

例 ① The businessman travels between Taiwan and Kinmen by **boat**.

② A **ship** was loaded with cargo, heading to Korea.

③ The young couple took the **yacht** to Guam for their honeymoon.

④ We took a **ferry** to the uninhabited island to spend our vacation.

⑤ A fishing **vessel** collided with a navy destroyer and caught fire.

⑥ Rescue teams were sent to search for a missing ocean **liner**.

0188 ★★★

bold vs. courageous vs. foolhardy

☞ bold 意思是「大膽的，無所懼怕的」；courageous 是指「勇敢的，有勇氣的」＝ brave；foolhardy 則是指「有勇無謀的」。

例 ① The **bold** and tough warrior fought against ten enemies on his own.

② It is a **courageous** act to admit one's mistake and apologize.

③ **Foolhardy** soldiers usually die first in the battle.

border vs. boundary vs. frontier

☞　border 用於「**國與國之間的邊疆**」；boundary 用於「**某一地區的邊界**」，例如：縣市或行政區；frontier 則是有 border 的意思外，又可指「**有駐軍的邊疆地帶**」。

例 ① Some Mexicans illegally sneaked across the **border** into America each year.
② The college is located on the **boundary** between two cities.
③ There are some fights on the **frontier** of these two hostile countries.

0190　★ ★ ★ ★

boring vs. tedious vs. monotonous

☞　三字都有「**無聊乏味**」的意思，boring 為一般用字，可形容人事物；tedious 是形容「**（事物）無趣又冗長**」；monotonous 則是「**因為單調無變化而無聊**」。

例 ① How could you marry such a **boring** man?
② I dozed off during the **tedious** speech.
③ She hates her **monotonous** job, so she quit.

0191　★ ★ ★ ★ ★

born vs. borne

☞　兩字皆為 bear 之過去分詞，意思為「**出生**」，但請注意用法：

例 ① Jeff was **born** in Singapore.
② A girl baby was **borne** to a kind woman/into a poor family.

說明 ➡（後加 to，用 borne）

③ Jojo has **borne** no children.

說明 ➡（當生產用法且為完成式時，用 borne）

0192　★ ★ ★ ★ ★

borrow vs. lend vs. loan

☞　borrow 是「**借入**」；lend 則是「**借出**」。另外，borrow 常與 from 連用；lend 則與 to 連用。

例 ① I **borrowed** Jack's sports car for a ride this afternoon.
　　= I **borrowed** the sports car from Jack for a ride this afternoon.
② Could you **lend** me some money?
　　= Could you **lend** some money to me?

另外，lend 可「借出任何東西」，但 loan 比較專指「借出金錢」。

例 ③ Could you **loan** me ten thousand dollars? I'm a bit hard up.

0193 ★ ★ ★ ★ ★

box lunch vs. lunch box vs. bag lunch

☞ box lunch 是指一般常見的「**便當**」；而 lunch box 則是指「**用來裝食物的便當盒**」。

例 ① I finished my **box lunch** and am totally stuffed now.

② When cleaning your **lunch box**, don't leave any leftovers in the sink. They may clog the pipe.

另外，bag lunch = sack lunch 亦可指「便當」，但通常是用紙袋裝一些輕食類，如：水果、三明治、飲料等等。

例 ③ I've got two sandwiches and a pear as my **bag lunch**.

0194 ★ ★ ★

brace vs. bracket vs. parenthesis

☞ 三字都是「**括號**」，且常用複數。brace 為「**大括號**」；bracket 為「**中括號**」；parenthesis 則為「**小括號**」。

例 ① You have to use the math formula in the **braces** so that you are able to answer this question.

② The author put footnotes in the **brackets** in his new book.

③ I wrote the synonym of each new word in **parentheses** for you to refer to.

0195 ★ ★ ★

branch vs. twig vs. limb vs. bough

☞ 前兩字都可翻譯為「**樹枝**」，但 twig 為長在 branch 上，「**更小更細的樹枝**」。另外，limb 與 bough 都是指「**樹木的主幹**」，但 bough 比較文言。

例 ① Several sparrows are jumping from one **branch** to another.

② The bird is pecking up some **twigs** for its new nest.

③ A woodpecker is making a hole in the **bough/limb** of the tree.

brand vs. trademark

☞ 兩字皆可翻譯為「商標」，但 brand 是「公司或廠商自己選取的品牌名」；trademark 則是「有跟政府註冊過的商標，其他廠商不能使用，或取類似易混淆消費者的商標」。

例 ① We need an easy-to-remember **brand** for our company.

② It is time to file a lawsuit against the company which uses our **trademark**.

---

break vs. interval

☞ break 是指「停止正在做之事，而去休息」，例如：上班中間的休息時間；interval 則是指「兩個活動／表演中間的休息時間」。

例 ① Let's take a **break** for ten minutes and have a cup of java.

② During the **interval** of the show, some went to the toilet, and others chatted on the phone.

---

breed vs. race

☞ breed 是指「人類所飼養的寵物或農場上動物的品種」；race 則是指「人種」。

例 ① Labrador is my favorite **breed** of dog.

② People of different **races** are supposed to live in harmony.

---

brief vs. debrief

☞ brief 當動詞時，意思為「為（上級等）做簡報」；debrief 則為「要求（下屬等）做簡報」。

例 ① The general was **briefed** by his lieutenant about the latest situation on the battlefield.

= The lieutenant was **debriefed** about the latest situation on the battlefield by the general.

0200　★ ★ ★ ★ ★

briefcase vs. suitcase

☞　briefcase 意思為「**公事包（放文件資料用）**」；suitcase 則是「**手提箱（旅行用，放衣服等等）**」。

例 ① In his **briefcase**, the salesperson had the documents of insurance policies ready for his client.

② It is very troublesome to retrieve a lost **suitcase** during a trip.

0201　★ ★ ★ ★ ★

bring…to an end vs. put an end to… vs. come to an end

☞　前兩個片語皆有「**（人）使……結束**」的意思，但前者尤指慢慢地結束；而後者則是強調強制、武斷的涵義；另外，come to an end 主詞為事物，意思是「**某事（慢慢地）結束**」。

例 ① Let's **bring** today's meeting **to an end**; it's 10 pm already.

② Father **put an end to** the conversation with me.

③ The party **came to an end** after almost everyone was drunk.

0202　★ ★ ★ ★ ★

bring vs. take vs. fetch

☞　bring 是「**將東西或人帶至說話者或聽話者的地方**」；take 則是「**將東西或人帶離至某地**」。

例 ① Could you **bring** me pearl milk tea on your way back home?

② **Take** this letter to Mr. Elves and he'll tell you what to do.

另外，fetch 是指「去某處把東西帶回來（go and bring）」＝ get（比較口語）。

例 ③ He drove five miles to **fetch** some ghost money and incense sticks for worshipping.

0203　★ ★ ★ ★ ★

bring up vs. educate

☞　bring up 簡單來說是指「**從小在家庭所受的教育**」＝ raise（如道德，生活習慣）；而 educate 則指「**學校教育（文化薰陶及知識傳授）**」。

例 ① Catherin **brought up** her three children on her own.

② Mr. Patterson is a well-**educated** man.

broad vs. wide

☞ 兩字皆可表達「**實體距離上的寬**」，只是 broad 比較正式點。另外，broad 也可與身體部位連用（broad shoulders, broad back, broad smile）。

例 ① The traffic is not that congested because of the newly-built **wide** road.

② A **broad** valley lies between the hut and the forest.

③ As the desserts were put on the table, a **broad** smile appeared on every kid's face.

---

broccoli vs. cauliflower

☞ 兩字一般都翻譯為「花椰菜」，但 broccoli 為「**綠色花椰菜**」；而 cauliflower 則是「**白色花椰菜**」。

例 ① I have a hard time telling **broccoli** from **cauliflower**.

---

broth vs. stock

☞ broth 翻譯為「高湯」，是用「**大骨、蔬菜小火熬製，通常是用來當作其他湯品及醬料的基底**」；stock 則是「**有肉及蔬菜的濃湯**」，需用滾水長時間熬煮，可單獨直接食用。

例 ① Mom often adds chicken **broth** to the noodles she cooks.

② I like the vegetable **stock** as the appetizer at this restaurant.

---

building vs. complex

☞ building 是指「**（單一）建築物**」；complex 則是指「**某一特定目的用的建築區塊**」，例如：住宅區、工業區。

例 ① Some **buildings** were destroyed by the big earthquake.

② He regretted buying a house near the industrial **complex**.

built vs. **erect**

☞ 兩字都有「**建造**」的意思，但 built 為一般用字；erect 除了有 built 的意思外，另外，亦有「**豎立起……**」的意思＝ put up。

例 ① A shopping mall is going to be **built** on this block.

② As I remember, this wall was **erected** thirty years ago.

③ The police are **erecting** some barriers to keep the rioters at bay.

---

burglar vs. **robber** vs. **thief** vs. **shoplift** vs. **pickpocket** vs. **bandit**

☞ burglar 是指「**闖入建築物偷東西的歹徒**」；robber 通常是「**路上強搶東西的歹徒**」；thief 指「**一般所謂的小偷**」；shoplifter 是在「**商店偷東西的人**」；pickpocket 指「**扒手（主要是專從別人口袋偷東西的歹徒）**」；bandit 則是「**土匪，專搶旅人**」。

例 ① This is an awful family—the father is a **burglar**, the mother a **shoplifter**, the sister a **thief**, and the brother a **robber**.

② Unfortunately, we ran into a group of bandits who **robbed** us of all we got.

---

burst vs. **explode** vs. **erupt**

☞ burst 是「**由內而外，因為壓力差而爆炸**」；explode 可指「**引爆炸彈，或使……爆炸**」＝ detonate ＝ blow up；erupt 則是指「**火山的爆發**」。

例 ① The child blew into the balloon so hard that it **burst**.

② A car bomb **exploded** in front of the museum.

③ The dead volcano shockingly **erupted** last month.

---

burst out vs. **burst into**

☞ 兩片語都有「**突然……**」的意思，但 burst out 後加動名詞，burst into 則加名詞。

例 ① He **burst out** laughing, which frightened the sleeping child.

② After hearing she failed the test, she **burst into** tears.

business vs. **commerce**

☞ business 有「**商業，生意，甚至是公司**」的意思，但 commerce 則是「**商務**」。business 的定義涵蓋範圍較大，commerce 只能算是 business 其中的一種商業行為，另外，commerce 比較著重「**買賣的行為，以及涉及國與國之間的貿易行為**」。

例 ① He learned a lesson of how to do **business** with a big company.

② If you want to know how to run a **business**, ask Uncle Sam.

③ In fact, **commerce** is the selling and buying part of business.

0213 ★ ★ ★ ★

businessman vs. **merchant** vs. **dealer** vs. **entrepreneur**

☞ businessman 是指「**一般的商人**」；merchant 通常指「**大量買賣交易，特別是進出口貿易**」；dealer 亦是指「**商人，但只針對特定單一商品做買賣**」。

例 ① He is a **businessman** who sells cellphone accessories.

② Although she is a wine **merchant**, she doesn't drink at all.

③ Shannon is our top car **dealer** this year.

另外，entrepreneur 則是指「**企業家，尤指剛創業者或涉及金融風險的人**」。

例 ④ Nowadays, more and more **entrepreneurs** are young and ambitious.

0214 ★ ★ ★ ★ ★

but vs. **except**

☞ but 除了當連接詞以外，亦可與 except 意思相通，常接在 any, all, nothing, no 等之後。

例 ① All my relatives attended my wedding **but/except** Aunt Judy.

② Nobody **but** she/her can sing that super difficult song.

說明 ➡（her 比較口語）

③ Landry can't (help) **but** steal some stationery from the store.

說明 ➡（can't but 比較正式）

④ Victor can't help laughing out loud after seeing me wearing a new t-shirt inside out.

⑤ Missing the last bus, Howard had no choice/option **but** to walk home.

by vs. near

☞ 兩字都有「靠近……」的意思。但，by 比起 near 而言，又更靠近一點。

例 ① There was a gas station **near** the hotel where we stayed.（可能是幾分鐘車程）

② There is a river **by** my house.（就在旁邊可見）

---

by vs. with

☞ by 後加動作；with 後加工具或其他物品

例 ① We overcame the crisis **by** teamwork.

② Lisa woke her kid up **by** kissing him on the forehead.

③ How could Steve open our door **with** his key?

試比較以下兩句：

例 ④ The bird was hurt **by** a stone.（落石擊中小鳥）

⑤ The bird was hurt **with** a stone.（有人丟石頭擊傷小鳥）

---

by vs. before(time)

☞ by 除了有 before 意思外，亦有 at 之意。

例 ① The mess has to be cleaned up **by** 3 pm.（at or before 3 pm）

② **By** the time Polly gets home, I will have prepared her a hearty dinner.

③ **By** the time the plane landed, the fans of the super star had already gathered in the arrival lobby.

Beauty is but skin deep.
美麗只是表面的，如皮膚一樣淺薄

0218 ★ ★ ★

cafeteria vs. **buffet**

☞ cafeteria 可翻譯為「**自助餐**」，例如：大學，公司，醫院內的餐廳；buffet 則是指「**歐式自助餐**」。

例 ① To save money, I usually have my dinner at the school's **cafeteria**.
② There is a variety of food at the **buffet**.

0219 ★ ★ ★

calf vs. **cub** vs. **pup**

☞ 三字都有「**動物的幼獸**」；但 calf 是指「**大型動物的幼獸（如：小牛、小象）**」；cub 是指「**中型的動物（如：狐狸、獅子等等）**」；pup 則是指「**犬科類動物（如：狗、野狼等等）**」。

例 ① Normally, an elephant **calf** will be nursed for many years by its mother.
② Don't underestimate any lion **cub** which can be ferocious sometimes.
③ Several **pups** are following their mother wandering on the street and looking for food.

0220 ★ ★ ★

call vs. **exclaim** vs. **blurt**

☞ call 使指「**大聲呼喊以引起別人注意**」；exclaim 指突然「**大聲喊叫，通常帶有強烈情緒**」；blurt 則是「**不假思索，脫口而出**」。

例 ① I thought I just heard Hill **call**. Did you hear that?
② "I am doomed," Bibby **exclaimed**.
③ She **blurted** out her secret even though she didn't want us to know.

callous vs. callus

☞ callous 意思為「**冷酷無情的**」；callus 則是「**繭**」。

例 ① Her unsympathetic and **callous** remarks left me fuming.

② The **calluses** on my father's palms show how much he has done for the family.

camel vs. dromedary

☞ 兩字都是指「**駱駝**」，但 camel 可指「**單峰駱駝或雙峰駱駝**」；dromedary 則指「**單峰駱駝**」。

例 ① **Camels** are ships of the desert.

② A **dromedary** has only one hump.

campaign vs. activity

☞ 兩字都是「**活動**」的意思，但細分而言，campaign 是指「**一連串有計劃的活動，以達政治上、經濟上，甚至是經濟上的目的**」；activity 則是「**廣義指活動**」，除了有 campaign 的含意外，另外，activity 也常指個人的興趣或樂趣而從事的活動。

例 ① All parties have launched a series of **campaigns** to win the election.

② There must be some illegal economic **activities** going on among these two companies.

③ Chris loves outdoor **activities** very much, such as surfing and canoeing.

can vs. could

☞ can/could 可表「**一般、長時間能力**」。

例 ① He **could** ride a bicycle when he was four.

② I **can** sing and play the drums.

若要表達「**過去某一場合所具備能力**」，則用 be able to / manage to / succeed in 等。

例 ③ He **was able to** eat up ten bowls of beef noodles.

④ He **managed to** pass the test by pulling an all-nighter.

could 亦可與 can 一樣，表達「請求、要求」之意，不過 could 比較客氣有禮貌一點。

例 ⑤ **Can** I borrow your car?（More polite：**Could** I borrow your car?）

表可能性：could 可表達「對現在或未來事情的推測」，若要表達「過去事情的推測」，則後加 have+pp；can 用於對於「現在事情推測」，以否定句為主。

例 ⑥ The dog **could** die soon because it's seriously hurt.
　　⑦ We **could have** had a good night sleep but for the drunk man yelling outside.
　　⑧ This **can't** be true. Don't listen to Tom. He is a liar.

另外：could 可以用來「批評對方該做而沒做」。

例 ⑨ You **could** ask for my permission before using my computer.
　　⑩ You **could** have given me a call before stopping by.

0225　★★★★★

can't vs. cannot

☞ 兩字意思相同，但 can't 常用於口語中；cannot 則為正式用字。另外 can not 分開亦對。

例 ① Sorry, I **can't** help you this time.
　　② People under 18 **cannot** ride a scooter or motorcycle in Taiwan.

0226　★★★★★

cancel vs. cancer vs. abolish

☞ cancel 為動詞，意思為「**取消……**」，通常是取消先前所預定的事項或安排；cancer 為名詞，為「**癌症**」，大寫的 Cancer 則為「**巨蟹座**」，但就是沒有動詞用法。另外，abolish 則是「**廢除**」的意思，常與制度、法律的廢止有關。

例 ① The game will be postponed or even **canceled** due to the storm.
　　② He finally came down with lung **cancer**.
　　③ The law against abortion was **abolished** under the pressure of public opinion.

canon vs. cannon

☞ canon 意思為「**法典、規則、原則**」；cannon 則為「**大砲**」。

例 ① Everyone here has to follow the **canon**.

② We found several antique **cannons** here.

---

can't help but vs. can't help

☞ can't（help）but 翻譯為「**不得不……**」後加原形動詞；can't help 則是「**忍不住……**」後加動名詞。

例 ① We ran out of gas. We **couldn't help but** walk all the way to the nearest gas station.

② Ronnie is so funny. We **can't help** splitting our sides whenever he is joking around.

---

cantaloupe vs. honeydew

☞ 兩字一般都翻譯為「**哈密瓜**」，但 cantaloupe 為「**橘色哈密瓜**」；honeydew 為「**綠色哈密瓜**」。

例 ① No matter whether it is a **cantaloupe** or a **honeydew**, we all like it.

---

canvas vs. canvass

☞ canvas 為「**帆布**」（不可數名詞）；canvass 則為「**遊說；爭取支持；詳細討論……**」。

例 ① My **canvas** bag is very durable.

② The woman is **canvassing** support from the crowd.

capital punishment vs. corporal punishment

☞ capital punishment 為「**死刑**」= death penalty；corporal punishment 則是「**體罰**」。

例 ① **Capital punishment** is abolished in some countries.
  ② **Corporal punishment** is banned in Taiwan.

----

capitol vs. capital

☞ 大寫的 Capitol 為「**美國的國會大廈**」；capital 為「**首都**」。

例 ① The congressmen had an emergency meeting in the **Capitol**.
  ② Taipei is the **capital** of Taiwan.

----

captain vs. skipper

☞ captain 可指「**船／艦長，機長，甚至是隊長（運動上）**」；而 skipper 則只可指「**船長（小船／漁船）**」。另外，在非正式用法，skipper 也可指「**隊長**」，不過限於英式用法。

例 ① The **captain** ordered all the crew to abandon the sinking ship.
  ② Despite the absence of our **captain**, we still have to overcome all the odds to win this game.
  ③ It was reported the **skipper** abused his crew and was arrested.

----

caption vs. subtitle

☞ 兩字都可指「**電視字幕**」，而 subtitle 又可指「**電影字幕**」；另外，caption 可用於「**報紙或雜誌中的圖片說明**」。

例 ① A live TV show cannot possibly run with **captions/subtitles**.
  ② One way to train one's listening ability is to watch a foreign movie without **subtitles**.
  ③ The **caption** tells readers where the picture was taken.

★ ★ ★ ★

capture vs. captivate vs. catch

☞ capture 是指「捕捉動物或虜獲（敵人）」；captivate 則是指「使人深深著迷」；另外，catch 是指「一般抓住（東西或身體某部位）」。

例 ① We **captured** one rabbit and two wild ducks.

② The rebel leader was **captured** yesterday evening.

③ Her beauty **captivated** many people, even women.

④ He didn't **catch** the basketball. It was a terrible turnover.

⑤ Turner **caught** me by the arm.

0236 ★ ★ ★ ★ ★

carat vs. caret vs. carrot

☞ carat 是指「（鑽石）的克拉」；caret 指「插入符號（＾）」；carrot 則是「紅蘿蔔」。

例 ① The man gave his wife an 18-**carat** diamond.

② A **caret** is used to insert words into a sentence.

③ Mom used a **carrot** and stick approach in getting me to do the dishes.

0237 ★ ★ ★ ★ ★

careless vs. carefree

☞ careless 指「粗心大意的」，相反詞為 careful；carefree 則是「無憂無慮的」。

例 ① It is **careless** of that mother to leave her two-year-old daughter in the car.

② Lillard is so **carefree** that I've never seen him look worried or jumpy.

0238 ★ ★

carousal vs. carousel

☞ carousal 是指「喝酒狂歡的宴會」；carousel 則為「旋轉木馬」＝ merry-go-round。

例 ① All the adults are having a **carousal** indoors, while all the children are riding the **carousel**.

carpet vs. rug vs. blanket

☞　前兩字都可翻譯為「**地毯**」，但 carpet 是用於「**舖在地板大範圍面積**」；而 rug「**尺寸較小，可舖於地板，掛於牆上，甚至放於床上當裝飾，用途較廣**」。另外，blanket 則是「**毛毯**」的意思，可用於野餐。

例 ① Please be careful not to spill coffee onto my new **carpet**.
　② My cat likes to sleep on the **rug** near the fireplace.
　③ We got everything ready for the picnic, except for a **blanket**.

---

casual vs. causal

☞　casual 意思為「**隨意的、偶然的、非正式的**」；causal 則為動詞 cause 的名詞，意思是「**因果（關係）的**」。

例 ① It is improper to wear **casual** clothes to a formal party.
　② We are interested in the **causal** relationship between natural disasters and global warming.

---

catalogue vs. index

☞　catalogue 是指「**型錄，通常為一整本，來介紹產品或書籍**」；index 則是指「**一本書的目錄，通常只有幾頁而已**」。

例 ① Glen is browsing through the **catalogue** to decide what furniture to purchase.
　② It is easy to find the definition of any term if you start by looking through the **index**.

---

cathedral vs. church vs. chapel

☞　cathedral 是指「**（有主教的）大教堂**」；church 是泛指「**教堂（可大可小）**」；chapel 則是指「**小教堂**」。

例 ① Canterbury **Cathedral** is one of the oldest in England.
　② Christians go to **church** on Sundays.
　③ Richard had a small wedding at the **chapel**.

cease vs. stop

☞ 兩字都是「**停止**」的意思，但用法稍稍不同，cease 後可加動名詞或不定詞，意思無異；而 stop 後加動名詞，意思為「**停止做目前的事**」，若加不定詞，則是「**停下正在做的事，而去做其他的事**」。

例 ① On seeing his father coming home, the kid **ceased** to cry/crying.
② Tell me how I could **stop** thinking about you.
③ After running 30 minutes, Connie **stopped** to drink some water.

cement vs. concrete

☞ cement 是指「**水泥（粉）**」；而 concrete 則是指「**混凝土（包含 cement、沙子、甚至是小石子等）**」。

例 ① We will need a bag of **cement** to repair the stairs.
② The **concrete** pavement was damaged by the big earthquake.

censor vs. censure

☞ censor 為「**審查書籍／電影中不適當的文字**」；censure 則是「**譴責、責備**」。

例 ① My job is to **censor** books published in this state.
② Thompson was **censured** for mistreating his grandparents.

center vs. middle

☞ center 是指「**正中心**」：一個空間或物體的正中心；middle 則是「**（最靠近中心的）中間**」可指空間上、時間上、直線上（2D）的中間。

例 ① A tower is situated in the **center** of the town.
② I am sitting in the **middle** of the bench.
③ The dog was barking in the **middle** of the night.

ceremonial vs. ceremonious

☞ ceremonial 為「**典禮的；無實權的（職位）**」；ceremonious 則為「**隆重的**」。

例 ① All **ceremonial** preparation was already made on schedule.

② The position of the general manager is **ceremonial** in this company.

③ It is inappropriate to crack a joke or laugh out loud at a **ceremonious** funeral.

---

certain vs. some

☞ 兩字都是指「**某（一）……**」，但 certain 後，「**可能會，也可能不會再敘述細節**」，而 some 則「**不會再敘述細節**」。

例 ① He cannot eat or drink **certain** dairy products, especially milk.

② She is dating **some** salesperson selling cosmetics.

---

certain of vs. certain to

☞ certain of 主要是講當事人自己的感覺，「**肯定會……**」；而 certain to 則是說話人的感覺，「**肯定會……**」。

例 ① You seem very **certain of** defeating your opponent, but let me remind you that your opponent this time is a former champion.

② Federer is well-prepared this year. He is **certain to** win the Australia Open.

---

certainty vs. certitude

☞ 兩字都可指「**確定性、或對……肯定**」；但 certainty 另外又可指「**某事為一肯定之事**」。

例 ① It seems to be a **certainty** that the Lakers are going to win this year's championship.

② No one can say with **certitude** that the injured basketball player can make a successful comeback.

cf vs. **vs (vs.)**

☞ 兩個縮寫皆有用來「**比較（兩者）**」的意思，但 cf 通常會「**將讀者從原本的論點帶往另一個看法或另外不同資料**」；vs. 為 versus 的縮寫，「**用於並列比較兩者不同事物／選擇間的優缺點**」。

例 ① The study aims to explore how cellphone use affects people's sleep. (**Cf** Professor Lin's research on this issue.)

② He has a choice of studying abroad **vs.** accepting a job offer now.

> 另外，vs. 亦常用於「**運動比賽上，兩隊間的競爭**」。

例 ③ It is the Miami Heat **vs.** the San Antonio Spurs for the NBA title.

---

chair vs. **armchair** vs. **stool** vs. **bench**

☞ 這些字都有「**椅子**」的意思，但 chair 為一般用字，且有靠背；armchair 則是指「**有扶手的椅子**」；stool 指「**圓凳**」；bench 則是「**出現在公共場合（如：公園）的長椅**」。

例 ① I can't find a **chair** to sit on and have been standing for three hours!

② Tourists are not allowed to sit on this **armchair** in the palace.

③ With a **stool**, Berry could reach the top bookshelf for the novel.

④ Sitting on the **bench** under a tree, Grandpa couldn't help falling asleep.

---

channel vs. **strait**

☞ 兩字都是「**海峽**」，但 strait「**較窄且為狹長，且常用複數**」；channel 則相對而言，「**比較寬大，連接兩個海域**」。

例 ① Hundreds of cargo ships sail through this **channel** every week.

② Taiwan has several outlying islets in the Taiwan **Straits**.

character vs. role

☞ 兩字皆可指「**角色**」的意思，但 character 用於「**書中、電影和戲劇中**」；role 則只用於「**電影與戲劇中**」。

例 ① Sally is only a minor **character** in this play.

② Allen played the leading **role** in this movie.

---

charge vs. accuse vs. sue

☞ 這三個字都有「**指控**」的意思，但搭配的介係詞不一。charge sb with…；accuse sb of…；sue sb for…。

例 ① Alexandra was **charged** with sexual harassment.

② She was **accused** of poisoning her mother.

③ I am going to **sue** you for damaging my house.

> 另外，charge 後若加金錢，則表示「**需付款金額**」。

例 ④ I was **charged** plenty of money for buying new furniture.

---

cheap vs. inexpensive

☞ cheap 意思為「**廉價的（遠低於你所預期）**」；inexpensive 則是「**不貴的（沒有貶低的意思）**」。

例 ① Alexandra likes to buy **cheap** clothes from night markets.

② I bought a nice and **inexpensive** watch for Ken as his birthday present.

---

cheat vs. deceive vs. con vs. fool

☞ cheat 是指「**作弊**」，通常是在比賽、考試上，但亦可加 on sb，此時則有背叛伴侶的意思，即劈腿；deceive 是用在「**欺騙相信自己的人**」，即親朋好友；con 用在「**用話語欺騙對方的錢財**」，con man 即為「**騙子**」；fool 則是「**用詭計，欺騙對方，讓對方出糗或得到你想要的東西**」。

例 ① He was caught **cheating** on the exam.

② Cook found his wife **cheating** on him.

③ I will never ever let you **deceive** me twice.

④ The old woman was **conned** out of one million dollars.

⑤ Riley **fooled** me into buying what she said.

0258 ★ ★ ★ ★ ★

chef vs. **chief**

☞ chef 為「飯店或餐廳廚師（主廚）」；chief 則是「一個單位的領導者」，而當形容詞時，意思為「主要的」。

例 ① The **chef** came to the table to show customers how he cooked the dish.

② Many health **chiefs** have openly opposed Obama's new health insurance policy.

③ The **chief** goal of this project is to bridge the gap between the poor and the rich.

0259 ★ ★ ★ ★

chew vs. **munch**

☞ chew 是「咀嚼」最一般的用字；munch 亦為咀嚼之意，但「咀嚼的時候是嚼出聲音」。

例 ① It is forbidden to **chew** gum on the MRT.

② It is funny to see my little daughter **munching** on potato chips.

0260 ★ ★ ★ ★ ★

childlike vs. **childish**

☞ childlike 為「天真的，無心機的」＝ innocent；childish 則是「行為表現很幼稚的」。

例 ① I like Cathcrine because she is **childlike**.

② Would you stop the **childish** behavior, please? It's very annoying.

0261 ★ ★ ★

chimney vs. **funnel**

☞ 兩字都是「煙囪」，但 chimney 是指「住家屋頂上的煙囪」；funnel 則是「金屬做成，常用來當船上的煙囪」。

例 ① It is time to clean up the **chimney** or the smoke can't be vented.

② This gigantic ship has four colorfully-painted **funnels**.

choose vs. select vs. pick

☞　choose 是指「一般的選擇」；select 有「精挑細選」的意思；pick 則是「從一個群體中，挑選出所要的」。

例 ① It took me ten minutes to **choose** a pair of good shoes.

② Tom was **selected** as the representative in Canada.

③ I have some snacks in my bag. **Pick** one.

---

cigarette vs. cigar

☞　cigarette 意思為「香煙」；cigar 則為「雪茄」。

例 ① It is duty-free to buy **cigarettes** on the airplane.

② People seldom smoke **cigars** in Taiwan.

---

citizen vs. civilian

☞　citizen 為「公民／市民」；但 civilian 則是「相對於軍人或警察的平民百姓」。

例 ① People over there need to be re-educated to be good **citizens**.

② We were asked not to attack or kill any **civilians** in this mission.

---

classic vs. classical

☞　classic 為「經典的、很棒的」；classical 則為「古典的、有關希臘羅馬文學的」。

例 ① That book is considered **classic** in American literature.

② Yuka enjoys listening to **classical** music while driving.

---

clean vs. neat

☞　clean 是指「乾乾淨淨的」；neat 則是指「東西排列得整整齊齊的」＝ tidy。

例 ① This river is so **clean** that we can see fish here and there.

② Your room is **neat**；everything is in the right place.

0267 ★ ★

clearance sale vs. liquidation

☞ clearance sale 是指「**清倉大拍賣**」；liquidation 則是「**變賣設備、資產而清償債務**」。

例 ① The furniture store is having a **clearance sale**. Let's go find some bargains.

② Our company went into **liquidation** two months ago.

0268 ★ ★ ★ ★

climactic vs. climatic

☞ climactic 意思為「**（情節或故事）高潮的**」；climatic 則是「**天氣的**」。

例 ① The **climactic** part of this movie really surprised me.The leading actor turned out to be a double agent.

② Some claim that dramatic **climatic** change is caused by global warming.

0269 ★ ★ ★ ★ ★

climate vs. weather vs. whether

☞ climate 是指長時間的「**氣候**」；weather 則是指短時間的「**天氣**」，可能是一天兩天或是一個禮拜；而 whether 則是「**是否……**」的意思。

例 ① In no way will I live in a country with a cold **climate**.

② The **weather** lately has been warm and dry.

③ I still cannot decide **whether** to go or not.

0270 ★ ★ ★ ★

climax vs. peak

☞ climax 是指「**故事或經驗的最精采部分（高潮）**」；peak 則是「**事物最棒、最強烈的點**」，亦可指「**山頂**」。

例 ① I just missed the **climax** of the story. Could you tell me about it?

② Mr. James is at the **peak** of his business career.

③ It will take another thirty minutes to reach the **peak**.

0271 ★ ★ ★ ★

climb vs. **ascend**

☞ 兩字都有「**攀爬……**」的意思，但 ascend 另外亦可指「**（飛機等）的上升**」，climb 則無此用法。

例 ① It is quite dangerous to **climb** up the shaky ladder.

② An ambulance helicopter rapidly **ascended** for the rescue mission.

- -

0272 ★ ★ ★ ★ ★

close vs. **shut**

☞ 大部分情況，兩字可互換，但若是指「**將罐子、盒子等容器關上**」，則用 shut。

例 ① Would you **shut/close** the window? It is freezing!

② Most convenience stores don't **close/shut** at night；they are open 24 hours.

③ Could you **shut** the suitcase for me?

close 可指「慢動作」的關上。

例 ④ Now **close** your eyes and imagine lying on the beach with a cool breeze blowing against your face.

但被動的 closed 及 shut，只有 closed 可擺在名詞前。

例 ⑤ The drunk broke the **closed** door of his own house.

試比較：

⑥ **Close** your mouth when you chew, please.（闔上嘴巴）

⑦ **Shut** your mouth, kids.（閉嘴！）

- -

0273 ★ ★ ★ ★ ★

close up vs. **close down**

☞ 兩片語常常都指商店、公司、工廠等等的關門，但 close up 意思是「**（打烊）關門**」；而 close down 則是「**（倒閉）關門**」。

例 ① Most convenience stores in Taiwan never **close up**.

② Mr. Wu **closed** his factory **down** and is in debt now.

cloth vs. clothes vs. clothing vs. garment vs. attire

☞ cloth 指「**布料**」時，為不可數名詞；但若為「**抹布**」時，則可數。clothes 可指「**衣服／褲子**」，恆為複數。clothing 亦為「**衣服／褲子**」，為不可數名詞，不常在口語使用。

例 ① This jacket is made of expensive and delicate **cloth**.

② Give me a **cloth** now because my drink was spilled over the table.

③ Let's shop for some new **clothes**.

④ I suggest wearing protective **clothing** if you want to climb that high mountain.

我們可以使用 article / piece 來「數」clothing，如：an article of clothing, two pieces of clothing。另外，garment 與 attire 也是指「**衣服**」，但皆為正式用法，常出現在文學作品內，且都是不可數名詞。

例 ⑤ Only formal business **attire/garment** is appropriate for today's conference.

coast vs. shore vs. bank

☞ coast 是指「**介於陸地與海的海岸**」；shore 則指「**湖、大河的邊緣**」，如河岸。bank 是指「**一般的河岸或湖岸**」。

例 ① Mr. Jones travels from **coast** to coast for business.

② Mrs. Dove took a walk along the lake **shore**.

③ Houses around the river **bank** are very expensive.

cohesion vs. coherence

☞ 在寫作用語裡，cohesion 意思為「**凝聚**」，是指透過轉承詞（therefore, however, etc.），重複重點字或片語，代名詞，等來讓文章形成密切關係；coherence 則是指「**文章的連貫性**」，透過合理邏輯來書寫，目的在於易於讀者理解文章的組織架構。

例 ① This article is lacking in **cohesion** and **coherence**；therefore, it is hard to comprehend the main idea.

★ ★ ★ ★ ★

cold vs. freezing vs. lukewarm vs. cool

☞ cold 指「一般體感溫度感覺冷」；freezing 指「非常冷（常指攝氏零度以下）」；lukewarm 為「微溫的（常有負面意思）」；cool 指「涼的」。

例 ① It's **cold** outside. Come on in!
② Let's not go outside. The weather is **freezing** !
③ I usually don't drink **lukewarm** coffee.
④ We enjoy playing in the **cool** water on hot summer days.

- -

★ ★ ★

collaborate vs. cooperate vs. corroborate

☞ collaborate 是指「人們合作同一件事」；而 cooperate 所指的合作，比較強調「相互間的幫忙」。

例 ① Bill and I are **collaborating** on a profit-and-loss statement for the meeting tomorrow.
② The two newspapers decided to **cooperate** to work on an in-depth report on the presidential election.

另外，corroborate 則是「（提供資訊來）證實……」。

例 ③ So far, there is not enough evidence to **corroborate** the accuser's statement.

- -

★ ★ ★ ★ ★

college vs. university vs. collage

☞ 兩者都可指「大學」，但 college 又可指「學院」，所以一間 university 可能有好幾個 college，如：business college, college of art and design。

例 ① Next year, I hope I can enter a good **college/university**.
② My brother is currently studying at Columbus **College** of Art and Design.

另外，collage 為「圖片拼貼」。

例 ③ The **collage** is made up of all my friends' faces on Facebook.

0280　★ ★ ★

collision vs. collusion

☞　collision 意思為「**（車輛等）相互碰撞**」；collusion 則是「**陰謀、勾結**」，為不可數名詞。

例 ① The school bus was in a **collision** with a taxi.

② The police officer was charged with **collusion** with the gang leader.

0281　★ ★ ★ ★ ★

coma vs. comma

☞　coma 是指「**昏迷狀態**」；comma 則是「**標點符號中的逗號**」。

例 ① He has been in a **coma** for three days since the car accident.

② It is a commonly made mistake to connect two sentences with a **comma** but without any conjunction.

0282　★ ★ ★ ★ ★

come true vs. realize

☞　兩組詞皆可與夢想搭配使用，意思為「**美夢成真**」，但 come true 應以夢想為主詞；realize 則通常是以人為主詞（或以虛主詞 it），受詞才用夢想。

例 ① We all hope your dream will **come true** someday.

② She **realized** her dream of being a top stylist.

0283　★ ★ ★ ★ ★

comic vs. manga

☞　兩字都可翻譯為「**漫畫**」，但 comic 為一般用字，而 manga 則是專指「**日本漫畫**」，由於其畫風獨樹一格，很具特色，故原日文字亦收錄為英文。

例 ① In my pastime, I usually read **comic** books and play video games.

② I like several **manga** characters, such as Conan and Doraemon.

comic vs. comical

☞ 兩字都有「令人覺得好笑」的意思，但 comic 是指「**原本就意圖要讓人發笑**」；但 comical 則不一定總是這種定義，「**有時候並非本意，但表現出來，但在他人眼中就是覺得奇怪好笑**」。

例 ① Grandpa used to tell us his **comic** stories in the military.

② The way characters spoke in the old movie was **comical**.

另外，comic 又可指「有關喜劇的」，只置於名詞前。

例 ③ He shot to fame because of playing the **comic** role in a soap opera.

---

comment vs. commentary

☞ comment 比較是指「**個人的評論（意見看法）**」；而 commentary 則是在「**媒體上所作的評論**」，例如：政治評論等。

例 ① About the case, I have no **comment**.

② My father likes to watch some political **commentaries** on TV after dinner.

另外，做出 comment 的人為 commenter（批評家）；做出 commentary 的人為 commentator（評論家）。

例 ③ There are thousands of page views on the **commenter's** blog.

④ The NBA **commentator** always gives elaborate analyses of both teams in each game.

---

company vs. accompany

☞ company 為名詞，需搭配 keep 才有「**陪伴某人**」的意思；accompany 則本身即為及物動詞。

例 ① Thank you for keeping me **company** when I am alone.

② I decided to **accompany** Irene to the job interview.

---

company vs. firm vs. corporation

☞　三字都是「**公司**」。company 與 firm 為同義字；但 corporation 的規模會比 company 來得更大。

例 ① There are 50 applicants for two job vacancies in our **company** today.

　② This **firm** has a serious financial crisis caused by embezzlement.

　③ Working in the famous **corporation** is a dream job for everyone.

---

comparable vs. comparative vs. superlative

☞　comparable 是「**可比擬的、與……相當的**」。

例 ① Some say Kobe Bryant's achievements in his NBA career can be **comparable** with Michael Jordan's.

comparative 與 superlative 則分別是比較級與最高級。

基本原則：

☞　A. 形容詞比較級是在形容詞（單音節或雙音節）字尾加「-er」或前加「more」以形成比較級，如：quieter, fatter, simpler, easier, better；less, more efficient；而最高級形容詞則在形容詞（單音節或雙音節）則字尾加「-est」或前加「most」如：quietest, fattest, simplest, easiest, best, least, most efficient。

例 ② He is **more considerate** than **me/I am**.

說明 ➡（I am 會比 me 來得正式）

　③ Watermelons are (the) **sweetest** in summer.

說明 ➡（若與自身相比則可省略 the）

☞　B. 修飾強調形容詞比較級可用 far, even, much, a lot（informal）, very much, a little, a bit（informal）, any, no, twice（three times...）；而最高級形容詞則須借用 very, much, by far, nearly 等等。

例 ④ Is it **any** better to do that?

　⑤ Verlander is **much** more conservative than Sanchez.

　⑥ Ortiz is **much** the best batter I've ever seen.

　⑦ The old tree is **twice** taller than the one next to it.

另外，most 也有「very」的意思。

例 ⑧ Robert was **most** disappointed to learn that Anita turned down his invitation.

☞　C. 而副詞比較級／副詞最高級形成方式則大部分皆為：字首加 more 或 most，只有一些例外，如：early, late, hard, fast, long, near, high, soon 等等，這些字則在字尾加 -er 或 -est。

例 ⑨　Timothy studied **more diligently** than Tom.

⑩　Tim works **harder** than Lucy.

⑪　Julia finished the task the **most quickly** in her class.

⑫　Hank runs the **fastest** in his class.

⑬　Eve works (the) **most efficiently** when she isn't disturbed.

說明 ➡ （自身比較可省 the）

⑭　In the contest, who eats **fastest** can win it all.

說明 ➡ （非正式用法可省 the）

0289　★ ★ ★ ★

compare vs. contrast

☞　compare 是比較兩者之間的「**相似點**」；contrast 則是比較兩者之間的「**相異處**」。

例 ①　Can you **compare** and **contrast** the similarities and differences between apes and gorillas?

0290　★ ★ ★ ★ ★

compare to vs. compare with

☞　兩片語都可當作「**與……比較**」，但 compare to 尚有「**把……比喻成……**」的意思。

例 ①　Carter's mother likes to **compare** him **with** other children, which makes Carter very annoyed.

②　The great artist was **compared to** Da Vinci.

0291　★ ★ ★ ★

compass vs. compasses

☞　compass 單數使用時，意思為「**羅盤**」；當為複數名詞，則為「**圓規**」。

例 ①　Smartphones usually have the **compass** function.

②　School is about to start. Let's buy some stationery, such as **compasses** and correction tapes.

0292 ★

---

complacent vs. **complaisant**

☞ complacent 意思為「**自滿的**」；complaisant 則為「**（個性）柔順的，殷勤的**」。

例 ① As he was promoted to general manager, he looked very **complacent**.

② He is being **complaisant** to everyone. I really don't know what he is up to.

- -

0293 ★ ★ ★

---

complain vs. **grumble** vs. **whine**

☞ 三字都有「**抱怨**」的意思，但 complain 為一般用字；grumble 是指「**脾氣不好的發**
牢騷抱怨」；whine 則是「**邊發牢騷邊發出一些帶哭聲的聲音（哭訴）**」。

例 ① A：How have you been?

　　 B：Can't **complain**.

② My sister was **grumbling** that the music I played distracted her.

③ Stop **whining**! I have been working on it, ok?

- -

0294 ★ ★ ★ ★

---

complain about vs. **complain of**

☞ 兩片語都有「**抱怨**」的意思，但 complain of 尚有「**企圖引起別人注意，希望情況可**
改善」的意思。另外，complain of 可後加疾病。

例 ① Many customers **complained about** slow service in the restaurant.

② The street artists **complained of** poor treatment from the city government.

③ Jason **complained of** chronic rheumatoid arthritis.（Jason said that he had chronic rheumatoid arthritis.）

- -

0295 ★ ★ ★ ★

---

complete vs. **intact**

☞ complete 是指「**完全的、全部的、完整的**」；而 intact 則是指「**完好無缺的、無損壞**
的」。

例 ① He is a **complete** idiot when it comes to love.

② My life won't be **complete** without you.

③ The ship remained **intact** after the storm.

complex sentence vs. compound sentence

☞ complex sentence 翻譯為「**複雜句**」；compound sentence 則為「**複合句**」。所謂的複雜句是指：一主要子句＋一從屬子句，換句話說，是以副詞連接詞連接兩子句。如：Call me as soon as you arrive. 而複合句則是：兩個主要子句，以對等連接詞 and, or, but 連接而成。如：He seriously hurt his ankle, and his basketball career is nearly over.

- -

compliment vs. complement

☞ compliment 為「**恭維／讚美某人**」；complement 則為「**補充／互補**」。

例 ① Everyone **complimented** me on my achievement in academics.
② Red wine **complements** stewed beef perfectly.

- -

composition vs. essay vs. paper

☞ composition 是指「**（學校）內所寫之作文**」；essay 則是指「**小論文**」；paper 不但可指「**學術會議所發表的短篇論文**」外，亦可指「**學校的作文**」。

例 ① Our **compositions** are due this Friday, and I don't know what to write about.
② I need to conduct an interview for my **essay**.
③ My **paper** was finally admitted by the conference held in Cambridge University.

- -

comprehensive vs. comprehensible

☞ comprehensive 意思為「**廣泛的，全面的**」；comprehensible 意思則為「**易於了解的**」。

例 ① The scientists are conducting **comprehensive** research on why bees disappeared for no apparent reasons.
② I like Mr. Huang's lectures which are really **comprehensible** to me.

0300 ★ ★ ★ ★ ★

comprise vs. **compose** vs. **constitute** vs. **consist of** vs. **make up**

☞ 以上各字都有「**組成……**」的意思，但用法（主動／被動）稍稍不同。

例 ① Our team **comprises**（＝ is comprised of）ten starting players and five backup players.

② The committee is **composed** of two professors and ten civil servants.

③ The public transportation in the city **consists of** bus, tram, and the MRT.

④ Our participants are **comprised** of people from ten different countries.

⑤ The band is **made up** of a drummer, two guitarists, and a singer.

以上四句，組成的各份子放後面。

⑥ A drummer, two guitarists and a singer **constitute** the band. ·

⑦ Two professors and ten civil servants **make up** the committee.

以上兩句，組成份子放主詞位置。

- -

0301 ★ ★ ★

concave vs. **convex**

☞ concave 為「**凹的**」；convex 則為「**凸的**」。

例 ① This store sells both **concave** and **convex** lenses.

- -

0302 ★

concept vs. **conception**

☞ 兩字都有「**概念**」的意思，差別於 concept 為可數名詞，conception 則常為不可數名詞，另外，conception 又可指「**形成點子或概念的過程**」，為不可數名詞。

例 ① It is time to teach your children the **concept** of sharing.

② People in that country do not have the **conception** of liberty.

③ This idea in its **conception** was the hard work of the whole team.

- -

0303 ★ ★ ★ ★

concerned vs. **worried**

☞ 兩字都是「**擔心、憂心的**」，但 concerned 是指「**擔心別人，社會，甚至國家**」；worried 則是「**比較通用的字**」，除了有 concerned 的用法外，也可用於「**個人事情的擔心上**」。

例 ① I'm very **concerned about** the current political unrest.

② She was **worried about** going home alone after 10 pm.

0304 ★ ★ ★ ★ ★

concerned N vs. N concerned

☞ concerned 擺名詞前，意思為「**擔憂的**」；但若擺名詞後，則為「**……受影響的、有關聯的**」。

例 ① I can tell that the mother is very anxious from her **concerned** face.

② The government will bring to justice anyone **concerned** with this explosion case.

0305 ★ ★ ★ ★ ★

concerned about vs. concerned with

☞ be concerned about 意思是「**擔心……**」；be concerned with 則是「**與……有關**」。

例 ① Scientists are **concerned about** the fast-melting ice in the Arctic.

② Our work in Mexico is **concerned with** training more doctors for local medical service.

0306 ★ ★ ★ ★

concrete vs. specific

☞ concrete 是指「**感官觸及的具體的東西，或是事實證據方面的具體**」；specific 則是指「**（說話、文章）的內容細節具體明確的、不模糊的**」。

例 ① The witness was asked to provide **concrete** evidence for the judge.

② Would you be more **specific**? What you just said was kind of vague.

0307 ★ ★ ★ ★ ★

condition vs. situation

☞ condition 是常指「**（內在）狀態，狀況**」；situation 意思常為「**（周遭）情況**」。

例 ① He was in a poor **condition**. He played badly in today's game.

② Barkley was probably in a dangerous **situation** because he was out of reach in the mountains for five days.

confident vs. confidant vs. confidante

☞ confident 是指「**有信心的**」；confidant 為「**（男的）密友**」；confidante 為「**（女的）密友**」。

例 ① I feel **confident** about myself to win the semifinal.

② People need **confidants** or **confidantes** to tell secrets to and share feelings with.

- -

confirm vs. make sure

☞ 兩個字都可翻譯為「**確認**」，但 confirm 是要確認「**一件事的正確性**」；而 make sure 要確認的是「**一個動作會發生**」。

例 ① Could I **confirm** my reservation for dinner for six people at 7pm?

② **Make sure** that you double check your answers before submitting your test sheet.

- -

confuse vs. perplex vs. bewilder

☞ 三字都有「**使……困惑**」之意，confuse 是指「**（事物）一般令人感到困惑**」；perplex 常指「**非常難懂的事物令人感到困惑**」；bewilder 指「**令人感到困惑的事物，通常是有點奇怪或不尋常**」。

例 ① Don't try to **confuse** me with the jargon.

② Statistics always **perplex** me.

③ Fred's strange behavior **bewildered** us all.

- -

congenial vs. congenital

☞ congenial 意思為「**令人覺得愉快舒服的**」；congenital 則為「**天生的**」。

例 ① This new department store provides a **congenial** shopping environment for its customers.

② Lisa was born with a **congenital** heart defect. She can't exercise too intensely.

congress vs. parliament

☞ 兩字都有「**國會或議會**」的意思，但如果大寫的話，Congress 主要是「**美國等國家的國會**」。在美國，Congress 又包括 Senate 參議院及 the House of Representatives 眾議院；Parliament 則是指「**英國等國的國會**」。而在英國，Parliament 又包含 House of Lords 上議院及 House of Commons 下議院。

例 ① **Congress** will vote on the bill concerning arms purchase.

② Some energy bills are to be passed by **Parliament**.

---

conscience vs. consciousness

☞ conscience 意思為「**良心**」；consciousness 則為「**知覺**」。

例 ① I have nothing to hide or fear. I have a clear **conscience**.

② Owen lost **consciousness** after being hit by a reckless driver.

---

conscious vs. conscientious

☞ conscious 意思為「**查覺到……；有意識的**」，而 conscientious 則是「**做事很仔細負責的**」。

例 ① The office lady was **conscious** of a man following her into the alley.

② Seriously injured as Sean was, he was still **conscious**.

③ A **conscientious** person knows that the devil is always in the details.

---

consent vs. assent

☞ 兩字皆有「**同意**」的意思，且為正式用字，但 assent 更強調是「**深思熟慮後，才同意**」。

例 ① The child reluctantly **consented** to lend me his favorite toy.

② Mr. Phillips not only **consented** to his daughter's marriage but also gave her a villa as the dowry.

③ None of us **assented** to Jimmy's compensation deal.

consequent vs. subsequent

☞ consequent 為一只能置於名詞前的形容詞，意思是「**因……而發生的**」；subsequent 則為「**在……之後才發生或來臨的**」。

例 ① We can see a rise in gas and electricity and a **consequent** rise in nearly everything.

② The issue of rampant bribery in this election will be discussed in the **subsequent** section of today's show.

- -

conservative vs. reserved

☞ conservative 意思為「**保守的，可形容人及態度，甚至是政黨（Conservative Party）及政策**」；reserved 則為「**害羞內向的**」，只可用來形容人。

例 ① Most teachers have a **conservative** attitude toward dressing at school.

② The **Conservative** Party won the presidential election.

③ She is a **reserved** person and doesn't talk much even at home.

- -

consider vs. regard vs. view vs. think vs. think of vs. refer to vs. deem

☞ 以上各字（片語）皆有「**認為……為……的意思**」。但搭配的介係詞不一。

例 ① We **consider** the leader (to be) irresponsible.

② Fiona **regarded** consulting dictionaries as beneficial to learning English.

③ I always **view** what I have as a blessing.

④ Kevin **thinks** it time-consuming to take the boat to the island.

⑤ She **thought of** him as kind and honest.

⑥ Many people **refer to** their smartphones as a necessity no matter where they go.

⑦ They **deemed** what Ted did meaningless.

- -

consider vs. ponder vs. contemplate vs. dwell on vs. brood

☞ consider 是指「**仔細思考某事，再採取行動**」；ponder 亦有類似意思，不過更強調「**事情的複雜性**」（＝ muse）；contemplate 強調「**思索未來要做的事**」；dwell on 與 brood 則是強調「**反覆的想（令人擔心或心煩的事）**」。

例 ① I'm **considering** studying abroad next year.
　　② The firefighters **pondered** how to catch the snake hiding in the house.
　　③ Have you ever **contemplated** buying a house in Ilan after retirement?
　　④ Stop **brooding** over how to win back our trust. It's too late.
　　⑤ Dickson is **dwelling on** how to tell his parents the mess he made in the kitchen.

0320　★ ★ ★ ★ ★

considerate vs. considerable

☞　considerate 相當於 thoughtful，意思為「**體貼的**」；considerable 意思則為「**大量的**」。

例 ① It is **considerate** of you to give me a cup of hot coffee in such cold weather.
　　② The government appropriated a **considerable** amount of money on infrastructure.

0321　★ ★ ★

consistent vs. persistent

☞、consistent 意思為「**一致的**」；persistent 則是「**鍥而不舍的**」。

例 ① Teachers ought to be **consistent** in treating every student.
　　② Success belongs to those who are **persistent**.

0322　★ ★ ★ ★ ★

consult vs. look up

☞　兩詞組都有「**查詢（詢問）**」的意思，但請注意用法差別：consult a dictionary, consult an expert；look up a word/term in the dictionary。

例 ① If you feel like buying a new smartphone, **consult** your uncle first.
　　② It is convenient to **look up** any medical term on this website.

0323　★ ★ ★ ★ ★

contagious vs. infectious

☞　contagious 主要指「**接觸性傳染**」的（疾病）；infectious 則指「**空氣傳染**」的（疾病）（airborne）或「**由水傳染**」的（疾病）（waterborne）。

例 ① Most venereal diseases are **contagious**.
　　② Cover your nose and mouth when you've got influenza because it is an **infectious** disease.

另外，若用在比喻方面，contagious 與 infectious 皆可指「（思想、情緒、笑聲）很有傳染力的」。

例 ③ I like it when Jeanne is around because she has a **contagious** laugh.

0324 ★ ★ ★

contemporary vs. contemporaneous

☞ 兩個字都可以指「**同一時代或同一時期的**」，但 contemporary 也可形容人或物；contemporaneous 則只能形容物。

例 ① Hummel was a pupil of Mozart and a **contemporary** Beethoven.
　　② These castles were **contemporaneous** with Alexander the Great.

0325 ★

contemptuous vs. contemptible

☞ contemptuous 意思為「**對……輕視的／鄙視的**」= scornful；contemptible 則是「**（本身是）不值得尊敬的**」= despicable。

例 ① The rich woman is **contemptuous** of what the poor wear.
　　② Those betraying their own country during a war are **contemptible**.

0326 ★ ★ ★ ★ ★

content vs. contented vs. contents

☞ content 意思為「**樂意去做……（be content to），樂意接受……（be content with）及對……感到滿意，但只用於名詞後**」；而 contented 則為「**對……感到滿意的**」，用於要修飾的名詞前後皆可；此外，content 可用於「**人對於生活的態度（滿意知足）**」，主詞若為動物，則不可用此字。

例 ① Teachers are **content** to give their time to students who need help.
　　② Nobody was **content** with the way the factory disposed of the waste water.

另外，contents 則是指「**目錄**」的意思。

例 ③ You can find which chapter interests you by referring to the **contents**.

contest vs. competition vs. game vs. match vs. race

☞ contest 比較偏「**靜態需大量腦力的比賽**」，如：a speech contest, a writing contest, a singing contest, beauty contest 等等；competition 則比較偏「**動態，運動方面，或商業方面**」，如：a gymnastics competition, fierce competition for market share, etc.

例 ① Emily came out second in the speech **contest**.
　② Our company is facing fierce **competition** from other rivals.

> 另外，與 game 搭配使用的比賽，如：basketball game, baseball game, a game of cards, etc. 與 match 搭配使用的比賽，如：tennis match, wrestling match, a golf match, etc. 與 race 搭配使用的比賽（偏競速），如：drag race, running race, swimming race, etc.

contingent vs. contingency

☞ contingent 意思為「**代表團**」；contingency 則是指「**可能發生的狀況**」= possibility。

例 ① Has the Japanese **contingent** arrived at the venue yet?
　② Faced with global economic downturn, we had better make **contingency** plans.

continual(ly) vs. continuous(ly)

☞ continual 指「**事情重複發生**」，可用「-------------」表達意義，常常表達「**惱人**」的含意；continuous 則指「**不間斷地發生**」，可用「_____」表達意義。

例 ① I can't stand the **continual** noise from upstairs.
　② It has been raining **continuously** for two weeks.

0330 ★ ★ ★

continuance vs. continuation

☞ 兩字都是指「**持續、繼續**」，但 continuance 是指「**持續不間斷**」；continuation 則是「**中間會有間斷，又再繼續**」的意思。

例 ① The prime minister's **continuance** in office means unending political infights will continue.

② This week saw a **continuation** of the gas price hike.

- -

0331 ★ ★ ★ ★ ★

continue vs. resume

☞ continue 可指「**事情中斷或停止後繼續進行，或指事情持續進行**」，後可加名詞，不定詞，或動名詞；resume 則只有可指「**事情中斷後，再進行**」，其後也只可加名詞或動名詞。

例 ① The forest fire **continued** for two weeks.

② After the break, let's **continue** to work/working on the proposal.

③ The rain finally stopped. Let's **resume** (playing) our game.

- -

0332 ★ ★ ★ ★ ★

conversation vs. dialogue

☞ conversation 是指「**兩方有互動式的對話，屬於私底下或較不正式的對話**」；dialogue 也是指「**對話，通常是指電影，故事內的對話**」；亦可指「**正式場合雙方的對話**」。

例 ① It is hard for me to strike up a **conversation** with a stranger.

② I enjoyed the movie a lot because it was full of hilarious **dialogues** and action.

- -

0333 ★ ★ ★ ★ ★

convince vs. persuade

☞ convince 意思為「**說服某人認同你的看法（convince sb of sth）**」；而 persuade sb to do sth，則是「**不但說服某人，還讓某人去做某事**」。

例 ① All the evidence **convinced** me of the suspect's wrongdoings.

② I failed to **persuade** Alex to have his tires changed. He now has a flat tire on the highway.

cook vs. make

☞ cook 是「**最通用的煮飯／菜**」；make 可指 cook，也可指「**準備飲料**」。

例 ① Mother is **cooking** turkey for Thanksgiving.

② Thank you for **making** me a hearty brunch.

另外，尚有其他烹煮方式：boil 為「**水煮**」；steam 為「**蒸**」；bake 為「**烘培**」；roast 為「**烤**」；grill 為「**（烤肉架）烤**」；toast 為「**烤（麵包）**」；deep-fry 為「**炸**」；stir-fry 為「**炒**」；pan-fry 為「**煎**」；stew、casserole、braise 為「**燉**」；pickled 為「**醃漬的**」；smoked 為「**煙燻的**」；marinated 為「**滷的**」；mashed 為「**搗成泥的**」等等。

另外，cook 當名詞時是「**廚師**」的意思；cooker 則是「**廚具**」。

例 ③ The **cook** is busy at the kitchen roasting chicken.

④ There are a variety of **cookers** on sale on this shelf.

---

cookie vs. cracker

☞ cookie 是指「**甜的餅乾**」= biscuit；cracker 則是指「**鹹的餅乾**」。

例 ① My cousin likes to chew on **cookies** and watch his favorite cartoon.

② When it comes to snacks, my grandma prefers **crackers** rather than biscuits.

---

council vs. counsel

☞ council 為「**議會，協會**」等；而 counsel 則為動詞，意思為「**商議、給……建議等**」。

例 ① The city **council** will review the city budget today.

② My job is to **counsel** couples with marital problems.

country vs. **nation** vs. **state**

☞ 三字都可以指「**國家**」，可互換，但 country 比較「**偏重於國家的疆域領土**」；
nation 比較「**偏重國民／民族，連帶其社會其政治架構**」；state 則比較「**強調政府**」。

例 ① Canada is a large **country**.

② We all think the government should serve the **nation**.

③ This is a **state**-run enterprise.

> 另外，country 當不可數名詞時，指「**鄉間或鄉下**」。

例 ④ I love the quiet **country** with fresh air and less traffic.

- -

court vs. **field** vs. **track** vs. **course** vs. **rink**

☞ 以上都是「**運動場地**」，但習慣上，我們會用 basketball court, tennis court, volleyball
court；baseball field, soccer field（大場地）；running track, racing track（田徑類和賽車
類）；golf course；skating rink, ice hockey rink（溜冰場）

例 ① Those kids are having great fun on the basketball **court**.

② The man romantically proposed to his girlfriend on the baseball **field**, witnessed
by all the baseball fans.

③ Although he tripped on the running **track**, the athlete still got up and finished
the race.

④ Some business deals are made on the golf **course**.

⑤ As a novice, I hardly have much fun on the skating **rink**.

- -

corner vs. **angle** vs. **angel**

☞ 兩字都有「**角**」的意思，但 corner 是指「**房屋角落，街角**」等；angle 則是指「**（實
體的）角度或指看事情的角度**」。

例 ① A detective stood on the street **corner**.

② My brother is trying to measure the **angle** of these two lines.

③ Sometimes, things will be easier if we look at them from different **angles**.

> 另外，angel 為「**天使**」。

例 ④ My son and daughter are like **angels** to me.

corporal vs. corporeal

☞ corporal 是指軍隊中的「**下士**」；corporeal 則是指「**身體的**」= physical。但 corporal punishment 又與身體有關，為學校中的「**體罰**」。

例① The **corporal** was accused of abusing his soldier in an inhumane way.

② Nelly is indulged in pursuing **corporeal** desires, instead of spiritual values.

----

corps vs. corpse

☞ corps 意思是「**軍團**」；corpse 則是「**屍體**」= body。

例① I'm planning to join the Marine **Corps**.

② A **corpse** was found in the deserted building.

----

costs vs. spending vs. expenses

☞ 三字都可指「**費用、花費**」，但 costs 偏向「**公司企業所用之花費**」；spending 常指「**政府的花費**」；expenses 則可指「**個人或某一組織的花費**」。

例① Our company can't help but cut down on the PR **costs**.

② Government **spending** has been increasing year by year.

③ We can have tonight's dinner at our company's **expenses**.

----

cotton candy vs. marshmallow

☞ cotton candy 意思是「**（用棉花糖機做出來的）棉花糖**」（美式）= candy floss（英式）；而 marshmallow 則是「**棉花軟糖**」。

例① Each time Hannah goes to a night market, she always buys **cotton candy**.

② The child is chewing some **marshmallow** and looks quite satisfied.

0344 ★ ★ ★ ★

couple vs. **pair**

☞ 兩字都有「**一對**」的意思，但 couple 用於「**有婚姻關係的一對**」；pair 可指「**鞋子，襪子等的一雙，或兩人一組**」亦可稱為 a pair，用於動物方面，則是指「**一公一母**」的關係。

例 ① Are you a perfect **couple**?
② I bought two **pairs** of socks at the night market.
③ Now, everyone, please work in **pairs**.

- -

0345 ★ ★ ★

cow vs. **bull** vs. **cattle** vs. **ox** vs. **calf** vs. **bison** vs. **buffalo**

☞ cow 是指「**（成年）母牛**」；bull 是指「**（成年）公牛**」；cattle 是指「**牛群（單複數同形）**」；ox 是指「**被閹割過的公牛，主要用來當肉牛飼養**」；bison 是指「**（北美／歐洲）野牛**」；而 calf 與 buffalo 則分別指「**小牛**」及「**水牛**」的意思。

例 ① The **cow** is protecting its calf from some hungry lions.
② Have you ever joined the **bull**-running fiesta in Spain?
③ Herds of **cattle** are feeding on the grass.
④ There are two kinds of **bisons** : American bisons and European bisons.
⑤ An adult **buffalo** is strong enough to beat a lion.

- -

0346 ★ ★ ★ ★ ★

coworker vs. **colleague**

☞ 兩字都是「**同事**」，但 colleague 比較是指「**在專業性工作或從事商業類工作的同事**」。

例 ① One of my **coworkers** called in sick today.
② Bella's **colleague** is assisting her with the presentation.

- -

0347 ★ ★ ★ ★

curious vs. **nosy**

☞ curious 意思為「**有好奇心的**」，為一般用字；nosy 雖然也有好奇的意思，但比較「**偏向於打聽他人的私事**」。

例 ① I'm **curious** about how the universe was formed.
② Don't be a **nosy** person. Just mind your own business.

current vs. currant

☞ current 為「**目前的**」；currant 則為「**葡萄乾**」。

例 ① Your method is not feasible in the **current** situation.

② She likes to eat the toast with some **currants** in it.

---

customer vs. patron vs. client

☞ customer 是指「**一般的顧客**」，如：去大賣場或超商超市買東西的顧客；patron 則是比較「**正式用字，特別是指光顧特定餐廳，酒吧的顧客**」；client 則是「**尋求專業知能／顧問費用**」，例如：會計師，法律事務所等等。

例 ① The store rolled out a variety of new products to attract more **customers**.

② Patrick is a **patron** of BB Restaurant. He frequents it for dinner.

③ Mr. Chen is my **client**. Tomorrow we are going to have a discussion about his divorce.

---

cram vs. press

☞ 兩字皆有「**擠壓**」的意思，但 cram 是「**將物體塞入另一個小空間（如：箱子）**」；press 則是「**將物體按壓於某一表面**」。

例 ① She **crammed** all her clothes and necessities into her suitcase.

② The policeman **pressed** the thief against the ground.

另外，cram school 為「**補習班**」。

例 ③ Many students in Taiwan go to **cram school** after school.

---

crawl vs. creep

☞ 兩字都可指「**人趴在地上前進**」，但 crawl 另外也可指「**昆蟲或爬蟲類動物的爬行**」。

例 ① A snake is **crawling** on the ground.

② Crawford's baby is **creeping** toward me.

crayon vs. canyon

☞ crayon 意思是「**蠟筆**」；但 canyon 則是「**峽谷**」。

例 ① My birthday gift is a box of **crayons**.

② The Grand **Canyon** is definitely worth a visit.

0353 ★ ★ ★

cream vs. lotion

☞ cream 為「**乳霜**」；lotion 則為「**乳液**」。cream 是比 lotion 來得濃稠的乳狀物。

例 ① She is applying **cream** to her face to reduce the wrinkles.

② You need body **lotion** for your dry skin in winter.

0354 ★ ★ ★

cream vs. butter

☞ cream 為「**鮮奶油**」（為液態），乳脂含量大概 10-30%；而 butter 為俗稱的「**固態奶油**」，乳脂含量可高達 80%。

例 ① Apple pie with some **cream** on top of it is my favorite.

② I always apply some **butter** to toast before putting it into the microwave oven.

0355 ★ ★

credence vs. credibility

☞ credence 是指「**相信……為真**」；credibility 則是「**可信性（具有令人相信的特質）**」。

例 ① People can hardly give **credence** to those who have lied to them.

② Failing to honor his promise, Dickson lost all his **credibility**.

credible vs. creditable vs. credulous

☞　credible 是「**可信的／可靠的**」；creditable 為「**值得稱讚的**」；credulous 則是「**容易相信別人／容易上當的**」。

例 ① I regard what Gimmy said as **credible** since he is my old friend.

　　② The singer's debut was **creditable**. She performed like a veteran.

　　③ **Credulous** old people are vulnerable to the cheating of fraudsters.

---

credit card vs. debit card

☞　credit card 是指「**信用卡**」；debit card 則是指「**金融卡**」，此種卡有刷卡功能，亦有提款功能，但都是在你的活期帳戶內扣款，一旦帳戶內無存款，便無法刷卡或提領現金。

例 ① Do you want to pay in cash or by **credit card**?

　　② You can't withdraw money with your **debit card**; you have no money left.

---

crime vs. sin vs. guilt

☞　crime 意思為「**（違反法律）的罪**」；sin 則是指「**（宗教或道德上的）罪**」。

例 ① Those who commit **crimes** in this country will receive canning.

　　② While confessing his **sins** to the priest, he burst into tears.

另外，guilt 為「自己本身所感覺到的罪惡感，或者指既有的犯罪事實」。

例 ③ He has feelings of **guilt** about stealing things when he was a child.

---

crow vs. raven

☞　crow 是「**烏鴉**」，而 raven 為「**渡鴉**」。兩種鳥外型很相似，但 raven 體型稍大，另外，就掠食地區而言，crow 會飛到人類居住的地區覓食，但 raven 則不習慣接近人類。

例 ① The **crow** is a smart bird. It can use tools to solve its problems.

　　② Honestly speaking, I don't like **ravens'** rough unpleasant cry.

cry vs. weep

☞ 兩字都是「哭」，但 weep 屬於舊式用法。

例 ① The new-born baby usually **cried** in the night, which kept his mother busy comforting him.

② On hearing her husband was hurt in the battle, the princess **wept**.

> 另外，尚有其他種哭法：sob 是「嗚咽」；lament 為「慟哭」；snivel 為「啜泣」；wail 為「哀嚎痛哭」等等。

---

cup vs. glass vs. mug

☞ cup 是指「瓷杯」，通常用來裝茶或咖啡，並有把手；glass 則為「玻璃杯」。

例 ① A **cup** of hot coffee is just what the doctor ordered.

② Don't touch the broken **glass**. It is pretty dangerous.

> 另外，mug 是指「馬克杯」。

例 ③ A series of Hello Kitty **mugs** were launched by 7-11.

---

cupboard vs. wardrobe vs. cloakroom

☞ cupboard 意思為「櫥櫃／碗櫃」；而 wardrobe 為「衣櫥／衣櫃」；cloakroom 則是「專放大衣的小房間」。

例 ① Put all the clean dishes and glasses into the **cupboard**.

② There are a variety of clothes in Tina's **wardrobe**.

③ Your **cloakroom** needs dehumidifying.

> 另外，內嵌於牆壁的 cupboard 或 wardrobe，亦叫做 closet（美式用法）。

> Comparisons are odious.
> 人比人氣死人。

D

0363

0363 ★ ★ ★ ★ ★

'd

☞ 'd 可為 had 的縮寫，亦可為 would 的縮寫。辨別法很簡單，只要 'd 後面加的是過去分詞，則為 had 的縮寫；若是 'd 後接原形動詞，則為 would 的縮寫。

例 ① **Hector'd** left the city before I visited him again.

② **I'd** like one hamburger and one cola, please.

0364 ★ ★ ★ ★ ★

damp vs. **humid** vs. **muggy** vs. **moist** vs. **soaked** vs. **drenched**

☞ 前兩字都有「**潮濕**」的意思，但 damp 是指「**（冬天）濕濕冷冷**」；humid 則是指「**（夏天）悶濕的**」＝ muggy；moist 指「**有點濕，但是令人感到舒服的**」。

例 ① Taipei is cold and **damp** in winter.

② I can't stand the **humid** and stuffy weather here.

③ This cake is still soft and **moist**.

另外，soaked 及 drenched 都是指「**非常濕**」，soaked 比較是用於「**非正式文體**」。

例 ④ Without an umbrella, I got totally **soaked/drenched**.

0365 ★ ★ ★

dance vs. **ball**

☞ 兩字都有「**舞會**」的意思，但 dance 為一般用字，如：學校舞會 school dance；ball 為「**正式的舞會**」。

例 ① Our school **dance** is going to be held this Friday night. Hope you can come.

② Many celebrities came to the **ball** for charity fund-raising.

dare vs. dare to

☞ dare 意思為「**敢……**」。可當助動詞及一般動詞使用，但當助動詞使用時，常出現在疑問句及否定句。

例 ① **Dare** you have a one-on-one basketball game with the coach?
② Tim **daren't** jump into the lake in the winter.
③ She **dares to** walk home alone because she has pepper spray in her bag.
④ He doesn't **dare to** show his parents his grade report.

D

date vs. day

☞ date 是指「**日期**」（幾月幾號）；day 則是指「**星期幾**」。

例 ① A：What **date** is your wedding?
B：It's September 15th
② A：What **day** is today?
B：Friday.

date vs. appointment

☞ 兩字皆有「**約定好日期會面**」的意思，但 date 是指「**一般會面**」；appointment 則是「**比較正式的敲定日子，進而會面**」，通常是為了工作，或是與醫生的約診。

例 ① Why don't we make a **date** to dine out together again?
② Mr. Steve made an **appointment** with his client this afternoon at three.
③ I have a dental **appointment** at four, which is nothing but a nightmare to me.

date back to vs. trace back to

☞ 兩片語皆有「**回溯到某一時期或是時間點**」，但 date back to 常用主動式，而 trace back to 則是用被動式。

例 ① Dad's treasurable vase can **date back to** the Song Dynasty.
② This oil painting is said to be **traced back to** 1912.

dawn vs. dusk vs. twilight

☞ dawn 是指「**日出之時**」；dusk 意思是「**黃昏之時**」；而 twilight 則同時具備 dawn 與 dusk 的意思。

例① We must leave at **dawn** to catch the earliest flight to Kyoto.

　② At **dusk**, most birds fly home to rest.

　③ The hard-working farmer usually leaves his farm in the **twilight**.

- -

0371　★ ★ ★ ★ ★

day after day vs. day by day

☞ day after day 有「**日復一日**」的意思，特別指無聊單調的方式；day by day 則是「**逐漸地**」= little by little = gradually。

例① She is fed up with running errands for her coworkers **day after day**.

　② Simon's health improves **day by day**.

- -

0372　★ ★ ★ ★ ★

dead vs. deadly vs. die vs. death

☞ dead 有「**死亡的或完全地**」的意思；deadly 則是指「**致命的**」= fatal。

例① A cockroach was found **dead** in my closet.

　② I think you are **dead** right this time.

　③ That snake launched a **deadly** strike at the rat.

另外，die 為不及物動詞動詞，但不與 for ＋一段時間連用或 since ＋時間點連用，若要表達「**去世多久**」，則須用形容詞 dead；而 death 則為名詞。

例④ Mr. Horrace **died** last week.

　⑤ Jim has **died**.

　⑥ Jim has been **dead for** five years.

　⑦ I don't quite believe in life after **death**.

0373 ★ ★ ★ ★ ★

deal vs. traffic vs. barter

☞ 三字都有「**交易**」的意思，但 deal 為一般用語；traffic 尤指非法交易；barter 則是以物易物的交易。

例 ① We made a two-billion-dollar **deal** with the big company.

② Bob was arrested for drugs **traffic**.

③ They used daily necessities for **barter** to get gold from the tribespeople.

0374 ★ ★ ★ ★

deal with vs. cope with

☞ 兩片語都有「**處理**」的意思，但 deal with 只是「**純粹指處理本身**」，而 cope with 則是有「**成功處理某事的意思**」＝ manage。

例 ① Should we start to **deal with** this thorny problem now?

② Our manager **coped with** the crisis so well as to get another promotion.

0375 ★ ★ ★ ★

debate vs. argument

☞ debate 是指「**就某一議題舉行正式的辯論**」；argument 則是「**雙方生氣地爭辯某一事情**」。

例 ① We'll have a **debate** on whether to build a dam or not.

② Jason and his wife are having an **argument** about who is to blame for their son's injury.

0376 ★ ★ ★ ★

deceased vs. departed

☞ 兩字都有「**死亡的**」的意思＝ dead，但 deceased 比較是指剛去世，常用於法律上；departed 則只用於名詞前。另外，the deceased 與 the departed 都可用來指死者，可為單數或複數皆可。

例 ① Peter inherited all the property from his **deceased** parents.

② Villagers will always remember their honorable **departed** priest.

decent vs. descent

☞ decent 為「**得體的，端莊的**」；descent 則為「**下降**」。

例 ① Anyone who is invited to the banquet has to wear **decent** suits or dresses.

② The passengers were all frightened by the sudden **descent**.

---

decide vs. decide on

☞ 兩組字都有「**決定**」的意思，但 decide 是「**在考慮過各種可能性，再做出判斷或決定**」，後可加不定詞、that 子句，或名詞子句；decide on 則是「**考慮後，從各種可能性中，選出一項**」，後加名詞或名詞子句，但不接不定詞。

例 ① Lillian **decided** to go on a working holiday after graduation.

② The boss **decided** that all employees won't have to clock in starting this Monday.

③ Have you **decided on** a date to get engaged?

④ I haven't **decided on** which dress to wear to the banquet.

---

decision vs. resolution

☞ 兩字都是「**決定**」，但 decision 偏指「**個人在審視事情後，所做出的決定**」；resolution 為一正式用字，是「**一團體經過討論和投票後所做出的決議**」。

例 ① He made a **decision** to cut down on smoking.

② The committee finally passed the **resolution** on Monday.

---

decrease vs. decline

☞ 兩字皆有「**（數量）減少**」的意思，但 decrease 可為及物和不及物動詞；decline 則為不及物動詞。另外，decline 亦可有「**重要性或價值減少**」之意。

例 ① The number of people committing suicide **decreases** by 5% this year compared with last year.

② She **decreased** the time she spends on her smartphone.

③ House sales have **declined** a little in July in the Chinese calendar.

④ The importance of this seaport has **declined** dramatically.

decry vs. descry

☞ decry 是指「**公開反對或譴責……**」；descry 則是「**突然看見……**」，為一正式用字。

例 ① Some political commentators **decried** the new tax policy as unfair.

② When **descrying** a police car, the robbers immediately drove into a small alley.

D

---

deduce vs. deduct

☞ deduce 是「**推論，或演繹**」的意思；deduct 則是「**將……減去**」。

例 ① We **deduced** that this strange species possibly evolved from birds.

② If you **deduct** 5 from 30, you get 25.

---

defensible vs. defensive

☞ defensible 是指「**主張，意見，論點，甚至是行為是可輕易辯護的**」；defensive 則是指「**防衛的，可指戰場上或比賽場上**」。

例 ① To some people, capital punishment is morally **defensible**.

② Taiwan is only allowed to purchase **defensive** weapons from America.

---

definite vs. definitive

☞ definite 為「**明確的**」；definitive 則為「**最終的（不可改的）；最棒的**」。

例 ① Since you have a **definite** goal, you ought to strive for it and leave no stone unturned.

② We finally reached a **definitive** consensus.

defuse vs. diffuse

☞　defuse 原本是指「**拆除炸彈的引信（de-fuse），又可引申為處理問題的核心**」；diffuse 則是「**（氣體或液體）滲入……**」。

例 ① Thanks to Fred's resourcefulness, the crisis was **defused**.

② We can't grow anything on this land because plenty of toxic water **diffused** into the soil.

-----

delegate vs. relegate

☞　delegate 意思為「**代表人**」＝ representative；relegate 則是「**將（某人）貶低降職**」。

例 ① All the **delegates** will be well received before they attend the conference.

② Because of the love affair, Mr. Duncan was **relegated** to a typing job.

-----

delicate vs. dedicate

☞　delicate 詞性為形容詞，意思為「**精巧的、脆弱的**」等意思；dedicate 則是動詞，是指「**將（時間，精力）投入／奉獻於某事**」。

例 ① Babies' skin is usually white and **delicate**.

② Mother Teresa **dedicated** herself to helping people in need.

-----

delicious vs. tasty vs. tasteful

☞　兩字都是形容食物「**美味的**」；另外，delicious 不只可表達甜食的美味，又可指「**聞起來很美味**」（tasty 則無此用法）。tasteful 則是指「**有品味的**」意思。

例 ① The fried chicken tastes **delicious/tasty**.

② What are you cooking in the kitchen? It smells so **delicious**.

③ It must have cost you a lot to buy the **tasteful** furniture.

0389 ★ ★ ★ ★ ★

delighted vs. delightful

☞ delighted 為「（人）感到高興、興奮的」；delightful 則是指「（事物）令人感到高興、興奮的」。

例 ① I'm **delighted** to know that Alma gave birth to her first child last night.
　② The dog-loving organization is **delighted** with the increasing number of dogs adopted.
　③ It is **delightful** to go on a trip with someone you are madly in love with.

0390 ★

demur vs. demure

☞ demur 意思為表示「**反對／異議**」，後常搭配 at 或 to；demure 則為形容詞，是形容「**女生矜持的、含蓄的**」。

例 ① We all **demurred** to the plan that Vicky proposed.
　② In old times, Chinese women were educated to be **demure** and obedient.

0391 ★ ★ ★ ★ ★

den vs. burrow

☞ 兩字都可指野生動物的「**巢穴**」，但 den 特別指大型肉食動物的獸穴，如：獅子；而 burrow 則是指兔子或狐狸等，在地下所挖掘的洞穴。

例 ① The explorer accidentally entered a lion's **den**.
　② A python sneaked into the rabbit's **burrow**.

0392 ★ ★

denote vs. connote

☞ denote 為「**一個字最直接的含意**」；connote 則是「**有弦外之音（有隱藏的意義）**」。

例 ① The color red usually **denotes** danger.
　② What does the phrase "buy the farm" **connote**?

deny vs. **refuse** vs. **reject** vs. **decline** vs. **rebuff**

☞ deny 意思為「**否認**」，後加 that 子句，或名詞，或動名詞；refuse 則為「**拒絕**」，後加不定詞；reject 意思亦為「**拒絕**」，但後加名詞，通常是東西或提案不夠好，被拒絕；decline 則是「**有（客氣地）婉拒**」的意思，後可加名詞或不定詞。

例 ① Sara **denied** having a love affair with the famous director.

② Julia **denied** that she had pulled some strings for her cousin.

③ Wendy **refused** to elaborate on what had happened the previous night.

④ It was unfortunate that our proposal was **rejected**.

⑤ Lily was seriously ill, so she **declined** my invitation to the party.

⑥ He **declined** to say anything about his scandal with the married woman.

另外，rebuff 則是「**斷然拒絕對方善意的邀請或建議**」。

例 ⑦ Although he is obviously obese, he still **rebuffed** the doctor's advice.

---

dependable vs. **dependent**

☞ dependable 意思為「**可依靠的**」；dependent 則是「**依靠……的**」，通常與 on 搭配使用。

例 ① I don't think the man is **dependable**. You should be careful.

② Some jobless adults are still economically **dependent** on their parents.

---

dependence vs. **dependency**

☞ 兩字都有「**依賴……**」的意思，但 dependency 另外又有「**附屬國**」的意思＝ colony。

例 ① Nina despised her boyfriend for his financial **dependence/dependency** on his parents, so she broke up with him.

② India used to be one of the **dependencies** of Britain.

deprecate vs. depreciate

☞　deprecate 是指「藐視或強烈批評……」；depreciate 則是指「（商品、貨幣等）貶值」。

例 ① The minister was **deprecated** by lawmakers because of severe inflation.

② Desktop computers have **depreciated** quickly due to the popularity of smartphones and tablet computers.

- -

descend vs. ascend vs. transcend vs. condescend

☞　字根 -scend 為「攀爬」的意思。descend 意思為「下降」；ascend 為「上升」；transcend 為「超越」；condescend 則為「屈就」的意思。

例 ① The airplane **descended** so suddenly that some children on board burst out crying.

② Those climbers **ascended** the mountain very slowly because of the snow.

③ Love can **transcend** the barrier of different cultures, ethics, and religions.

④ She wouldn't **condescend** to talk to the rude man.

- -

describe vs. prescribe vs. subscribe vs. proscribe

☞　describe 意思是「描述」；prescribe 是「（醫生）開藥方」；subscribe 指「訂購／訂閱」；proscribe 則是指「廢除或禁止」。

例 ① Would you **describe** the man who just robbed you?

② The doctor **prescribed** some medicine for my cold.

③ I used to **subscribe** to the China Post to improve my English.

④ The rule which discriminated against women at work was finally **proscribed**.

desert vs. dessert

☞ desert 當名詞，意思為「**沙漠**」，當動詞時，為「**拋棄**」；dessert 則為「**點心**」。兩者發音亦不同。

例① Water is precious in the **desert**, sometimes more valuable than money.

② The man **deserted** his family and was nowhere to be found.

③ No matter how full she says she is, she can still eat some **dessert** after a big meal.

---

desperate vs. disparate

☞ desperate 意思為「**不顧一切，願意鋌而走險的**」；disparate 則是指「**不同的**」。

例① Conan got **desperate** and decided to rob a bank.

② Each of us, though having **disparate** backgrounds, still works hard together for the team.

---

destroy vs. ruin vs. spoil vs. destruct vs. decimate

☞ destroy 意思是「**徹底的破壞，以致無法使用或根本消失不見**」＝ annihilate；ruin 與 spoil 也是指「**破壞，但還有殘骸**」，比較起來，ruin 又比 spoil 語氣強，另外，spoil 還有「**寵壞小孩**」的意思。

例① This city was totally **destroyed** in WWII.

② Our tomatoes were **ruined** by the extreme weather.

③ Don't let the rainy day **spoil** your good mood.

④ Spare the rod；**spoil** the child.

此外，destruct 若當動詞，已很少用了，通常出現在 self-destruct 中。

例⑤ This rocket self-**destructed** shortly after it lifted off.

而 decimate 比較強調是「**大數量地殺害／破壞……**」。

例⑥ All living things were **decimated** by the atomic bomb.

determine vs. decide

☞ 兩字都有「**決定**」的意思，但 determine 有著「**某個因素導致或決定後面發生的事**」的意思；decide 則是「**從多項選擇中，擇一決定**」。

例 ① What you eat and how you exercise **determine** your health.
② She **decided** to apply for a working holiday visa after graduating from high school.

D

0403 ★ ★ ★ ★ ★

device vs. devise

☞ device 為可數名詞，意思是「**裝置**」；devise 則為動詞，意思是「**設計，策劃，想出……**」。

例 ① This **device** can function as an SOS phone if necessary.
② Scientists are trying to **devise** a more efficient and low-pollution way to generate electricity.

0404 ★ ★ ★ ★

diagnosis vs. prognosis

☞ diagnosis 意思是「**診斷，確認問題的所在**」；prognosis 則是除了有 diagnosis 的意思以外，也有「**預測，預知**」的意思。

例 ① The **diagnosis** of kidney cancer shocked Tim.
② A promising **prognosis** of the company's future excited every employee.

0405 ★ ★ ★

dialect vs. idiolect

☞ dialect 為「**某一地方的方言**」；idiolect 則是「**個人獨特的講話方式**」。

例 ① Most of the **dialect** expressions of this area are quite confusing.
② I can't help laughing whenever I hear Jenny's **idiolect**.

diary vs. dairy

☞　diary 為「**日記**」；dairy 則為「**乳製品，酪農場**」。

例 ① Mandy writes in her **diary** every night.

② Some vegetarians even don't eat any **dairy** products.

---

die of vs. die from

☞　兩個片語都翻譯為「**死於……**」。但 die of 是「**因內在原因而亡，如：疾病、衰老等**」；die from 是「**因外在原因而亡，如：車禍、受傷、地震等等**」。

例 ① Nicole finally **died of** the chronic kidney cancer.

② A majority of the soldiers **died from** the landmines.

---

different to vs. different from

☞　different 常與 from 連用。但其實也與 different to 與 different than 意義、用法皆相同，前者（different to）為英式用法；後者（different than）為美式用法。

例 ① Living alone is quite **different from** living with one's parents.

② Eating junk food is no **different than** taking in calories without nutrition.

③ This watch is little **different to** that one.

---

difficult vs. hard vs. challenging

☞　difficult 與 hard 意思相同，但 difficult 稍稍正式一點；challenging 則是指「**事情困難且具有挑戰性**」。

例 ① It's **hard** to believe that he is the son of the president.

② Physics is **difficult** enough for me.

③ Walking across the desert is **challenging** for travelers.

dilemma vs. quandary

☞ 兩字皆有「進退兩難，不知如何是好的意思」，但 dilemma 比較強調「從兩個或多個具有相同重要性的選擇中，做出抉擇」；quandary 則比較強調「在一困難的問題上或情況中，顯得困惑與不知所措」。

例 ① I am facing a **dilemma**—whether to go to my best friend's birthday party or stay home to prepare for the final exam.

② She is in a **quandary** because her boyfriend just proposed, but she is not ready for this.

0411 ★★

dining vs. dinning

☞ dining 為 dine 的動名詞形式，意思為「用餐」；dinning 則是 din 的動名詞，是指「反覆說教讓他人能記住或學習某事」，常與 into 連用。

例 ① What do you say to **dining** out tonight?

② My parents are **dinning** the importance of frugality into us.

0412 ★★★★★

dinosaur vs. dragon

☞ dinosaur 是指「恐龍」；dragon 則是指「東方想像中的龍」。

例 ① Eve is studying how **dinosaurs** went extinct.

② **Dragons** are seen as a lucky symbol in the Chinese culture.

0413 ★★★

dip vs. submerge

☞ dip 是「將物體浸入液體中，並馬上拿起」；submerge 則是「將物體完全浸入液體中」，與 immerse 意思相近。

例 ① Tom **dipped** sashimi in the mix of wasabi and soy sauce.

② The small island was finally **submerged** underwater due to global warming.

dirty vs. filthy vs. messy

☞ dirty 是「髒的、不乾淨的」；filthy 則是「非常髒，令人無法忍受的地步」。

例 ① Won't you clean up your **dirty** room?

② The restroom is so **filthy** that no one wants to use it.

另外，messy 除了有 dirty 的意思外，亦有「不整齊的」意思＝ untidy。

例 ③ When can you clean up your **messy** desk, Judy?

---

disable vs. enable vs. unable

☞ disable 為「殘障（常用被動）；癱瘓（電腦）」（及物動詞）；enable 為「使……能夠」（及物動詞）；unable 為「不能……」（形容詞）

例 ① This parking space is for the **disabled**.

② Your encouragement **enabled** us to team up well and win the game.

③ I was **unable** to show up on time. I'm deeply sorry about that.

---

disabled vs. handicapped

☞ 兩字都有「殘障或殘廢的」意思，但都是對身殘人士很不敬的字眼，可用委婉語來表達，如：physically challenging, people with disabilities.

例 ① Seats with a sign **"Disabled"** or **"Handicapped"** on a bus or train is not very respectful for people with disabilities.

---

disadvantage vs. shortcoming

☞ 兩字都是「缺點」的意思，但 disadvantage 是指「事物的缺點」；shortcoming 則是指「人的缺點」，且常用複數＝ weak point。

例 ① There are several **disadvantages** to this tunnel-building plan.

② I have some **shortcomings**. For example, I am very forgetful.

disappear vs. vanish

☞　兩字意思皆為「**消失**」，但 disappear 為一般用字；vanish 則是比較強調「**突然地消失或無法輕易解釋的消失**」。

例 ① How come my watch **disappeared** just like that?
② The man in black just **vanished** before we were aware of it.

---

disarmed vs. unarmed

☞　disarmed 意思是「**（被）解除武裝的**」；unarmed 則是指「**沒有攜帶武器的**」。

例 ① The robber was **disarmed** by the policewoman.
② How could the rebel hurt someone who was **unarmed**?

---

discomfit vs. discomfort

☞　discomfit 為動詞，意思為「**使……不舒服、尷尬，或不愉快**」；discomfort 為名詞，是指「**身體或心理上的不舒服**」。

例 ① Jolin was **discomfited** by Jason's rude gestures.
② If you feel any **discomfort**, I can fetch a doctor for you.

---

disease vs. illness vs. ailment vs. complaint

☞　disease 常指「**身體上比較嚴重的疾病**」；illness 則常指「**精神上的疾病**」；ailment 則是指「**小病**」。此外，談到疾病的發病的時間長短，則用 illness。

例 ① The chronic liver **disease** has bothered him for several years.
② Mr. Wang suffers from a mental **illness**.
③ She committed suicide due to a long **illness**.
④ He didn't sleep well last night because of a minor **ailment**.

另外，complaint 亦是指「**疾病，但通常不是很嚴重的身體局部的小症狀**」，是比較正式的字。

例 ⑤ He went to the clinic for the treatment of his ear **complaint**.

discrete vs. discreet

☞ discrete 是「離散的，不集中的」；discreet 則是「（言行舉止）謹慎的」。

例 ① This remote village consists of twenty **discrete** houses.

② Mark is **discreet** about everything he says and does. No wonder he seldom makes mistakes.

---

disinfect vs. sterilize

☞ 兩字都是「消毒」，但 sterilize 消毒的範圍與消除病毒細菌的徹底程度，會比 disinfect 來得徹底。

例 ① Rinse your wound and then **disinfect** it.

② All the instruments for operations were fully **sterilized**.

---

disinterested vs. uninterested

☞ disinterested 為「公正的，不偏袒的」；uninterested 則是「對……不感興趣的」。

例 ① Owing to the judge's **disinterested** judgment, he was finally released.

② Justin is really **uninterested** in comic books.

---

distinct vs. distinctive

☞ distinct 為「不同的；很清楚明白的」；而 distinctive 則為「有辨識度的」。

例 ① Chinese is totally **distinct** from English.

② There is a **distinct** trace left by a shooting star in the sky.

③ Because of his **distinctive** voice, Parker was recruited to be a radio station DJ.

---

distinguish vs. extinguish

☞ distinguish 意思是「分辨」，用法為：distinguish A from B, distinguish between A and B；而 extinguish 則是「將火滅熄」。

例 ① I have a hard time **distinguishing** "wish" from "hope."

② **Extinguish** the fire before it is too late.

---

distracted vs. abstracted vs. absent-minded

☞ distracted 是指「因……而分心的／分散了注意力的」；abstracted 是指「因考慮著其他事情而分心的」；absent-minded 則是「心不在焉的」。

例 ① When Greg was studying, he was **distracted** by the sound of firecrackers outside.

② He gave me an **abstracted** look and then returned to his paperwork.

③ The teacher can easily tell who is **absent-minded** in his class.

---

disturb vs. perturb

☞ 兩字都有「困擾、打擾」的意思，但 disturb 主要是指「身體的」，而 perturb 則是指「心理上的」。

例 ① His speaking so loudly **disturbed** me a lot.

② She has been **perturbed** by her unsuccessful marriage.

---

dissatisfied vs. unsatisfied

☞ dissatisfied 意思為「（人）對……感到不滿意的」；unsatisfied 則是指「（需求）沒被滿足的」。

例 ① Mr. Diaw was **dissatisfied** with the current political infighting.

② There has been an **unsatisfied** demand for nurses in Taiwan.

---

disused vs. misuse vs. abuse vs. unused

☞ disused 意思為「不再使用的」；misuse 為動詞，意思為「誤用」＝ abuse；unused 則為「根本都沒使用過的」。

例 ① The building has been **disused** since the fire.

② Fertilizers can be harmful to plants, if **misused**.

③ She was sent to the hospital after **abusing** drugs.

④ He dusted off his **unused** guitar, trying to play a tune with it.

0431 ★ ★

diversity vs. **diversion**

☞ diversity 意思是「**各式各樣**」；diversion 則有很多意思，例如：「**轉移，甚至是娛樂**」的意思。

例 ① In this forum, a **diversity** of opinions can be freely expressed.

② By creating a **diversion**, the agent easily nailed the bad guy.

③ Tourists are seeking **diversions** in this city that never sleeps.

0432 ★ ★ ★ ★ ★

divide vs. **separate**

☞ divide 意思為「**分隔**」，也就是說「**將原本為一整體的東西，分為幾個部份**」，常與 into 連用，如：將一塊披薩分成 8 塊；separate 意思則是「**分開**」，「**將原本聚集在一起的獨立個體，或是相連在一起的分開**」，所以常與 from 連用，如：把一籃的水果，蘋果和蓮霧分開。

例 ① The cheese cake was **divided** into four pieces for each child.

② We are taught to **separate** the sheep from the goats.（good things from bad things）

0433 ★ ★ ★ ★ ★

do vs. **conduct**

☞ 兩字都有「**做**」的意思，do 為一般用字；conduct 則是指「**做特定某一活動／行為**」，如：investigation, survey, experiment, interview, campaign 等等。

例 ① Honestly, I have nothing to **do** this afternoon. Let's go for some coffee.

② Why don't we **conduct** a survey to find how our colleagues reacted to this plan?

0434 ★ ★ ★ ★

do the washing vs. **do the washing-up**

☞ do the washing 意思是「**洗衣服**」＝ do the laundry；do the washing-up 則是「**清洗碗盤**」。

例 ① My mother always **does the washing** every three days.

② It's my turn to **do the washing-up** this time.

document vs. documentation

☞　document 意思為「**文件**」，為可數名詞；documentation 則是指「**（證明）文件**」，為不可數名詞。

例 ① Could you have these legal **documents** copied for me?

② You can't visit the country without necessary **documentation**.

- -

dodge vs. duck

☞　兩字都有「**躲藏**」的意思，但 dodge 是指「**將身體迅速地躲藏於……之後，讓對方看不見**」；duck 則是指「**將頭或整個身體快速往下移動，以達躲避的動作**」。

例 ① The student who cut class **dodged** behind a tree in case he should be seen by the military instructor.

② He **ducked** all the time as he walked through the jungle.

- -

donkey vs. ass

☞　兩字都是「**驢子**」，但 ass 為舊式英式用法。

例 ① Riding the **donkey** is the only way to go through this forest.

② The **ass** carried the belongings of the traveler all the way to downtown.

- -

double bed room vs. twin bed room

☞　double bed room 是指「**雙人單床房**」；twin bed room 則是指「**雙人雙床房**」＝兩張 single bed。

例 ① A：May I book a **double bed room** for this Friday night?

B：Sorry, we only have a **twin bed room** left. Is that ok with you?

另外，king size bed 是指「國王尺寸的床（最大尺寸的床）」；queen size bed 為「皇后尺寸的床（比 king size bed 略小）」；sofa bed 則為「沙發床（平時為沙發），但可拉出作為床」。

doubtful vs. suspicious

☞ doubtful 意思為「對……持懷疑態度，通常指：是否會成真或發生」；suspicious 則是「對（某人／某事）起疑的，通常是涉及不法」。

例 ① I feel **doubtful** about whether or not the school meet can be held tomorrow since it has been raining lately.

② The police became **suspicious** of the speeding car, so they began to give chase.

dot vs. point vs. period

☞ 兩字都可翻譯為「點」，但 dot 是用於「英文字書寫時的點」，如：i 上面的那一點，或者（www.edu.gov.tw 中的點）可當名詞或動詞；point 除了寫指「英文書寫時的一點外」，如：10.5 外，特別是用於「分開數字的那一點，另外亦可指指物體的尖端的那一點」。

例 ① Remember to **dot** the i's and cross the t's when you deal with the case.

② The soldier's face was slashed by the spear **point**.

另外，period 則是指英文句尾或縮寫時用的「句點」。= full stop（英式用法）

例 ③ This sentence is incorrect because there is no **period** at the end of it.

dough vs. batter

☞ dough 是指「麵團」，用來做麵包等；batter 則是「麵糊」，用來作蛋糕，薄煎餅等。

例 ① It takes time and strength to knead the **dough**.

② The French chef just showed the audience how to mix macaron **batter**.

0442 ★ ★ ★ ★ ★

---

dove vs. pigeon

☞ 兩字都是「**鴿子**」，但 dove 體型較小，俗稱的「**小白鴿**」，為和平的象徵；pigeon 則為一般常見的「**鴿子**」。

例 ① **Doves** are often used to symbolize peace.
② The children are having fun feeding the **pigeons** with biscuits.

0443 ★ ★ ★ ★

---

drama vs. play

☞ 兩字都可指「**戲劇**」，但 drama 是「**文學分類上的戲劇**」，為不可數名詞；若要指「**單一戲劇**」，則用 play。

例 ① I am so interested in **drama** that I am going to take some courses about it.
② This **play** really touched me to tears.

0444 ★ ★ ★ ★ ★

---

dream of vs. dream about

☞ dream of/about 都可用來指「**作夢夢到……**」；但 dream of 又可用於「**夢想……或想像……**」。

例 ① Have you ever **dreamed of/about** a dinosaur chasing you?
② When Ashly was young, she **dreamed of** being the president of the USA.

0445 ★ ★ ★ ★ ★

---

drill vs. exercise

☞ 兩字都有「**學習時做的練習題**」的意思，但 drill 另外又可指「**運動方面的重複練習動作**」。

例 ① Let's have a listening **drill** for fifteen minutes.
② We need to finish all these math **exercises** today.
③ The basketball player is having dribbling **drills**.

drink vs. sip vs. guzzle vs. gulp vs. imbibe

☞　drink 是指「**一般的喝**」；sip 指「**啜飲**」；guzzle 是指「**暴飲暴食**」，與 gulp 意思相近；imbibe 則是一正式用字，通常是指「**喝酒**」，亦可用於幽默用語。

例 ① People normally need to **drink** 3,000 cc of water per day.

② My father likes to **sip** some red wine before going to bed.

③ Jim **guzzled/gulped** plenty of beer and fried chicken for dinner.

④ All my teammates **imbibed** some alcohol to celebrate our victory.

drip vs. drop vs. leak vs. fall

☞　drip 是指「**（液體）滴落**」；drop 是泛指「**東西掉落**」；leak 是「**氣體或液體因為孔洞而滲出或漏出**」；fall 是指「**東西或人從高處落下／掉下**」。

例 ① He was hurt with his leg **dripping** blood.

② An apple just **dropped** on my head.

③ The window is **leaking**. Could you get someone to fix it?

④ It is spectacular to see so many maple leaves **falling** at the same time.

driver vs. pilot

☞　兩字都有「**駕駛員**」的意思，driver 是「**駕駛車輛**」；而 pilot 則是「**駕駛飛行器**」，如：飛機，直升飛機。

例 ① There was no way the **driver** could have avoided the old woman who seemed to come out of nowhere.

② Three enemy aircraft were shot down by our **pilots**.

driveway vs. parkway

☞　driveway 意思是「**（住宅前停車用的）私人車道**」；而 parkway 則是「**（兩旁有樹木花草的）林蔭大道**」。

例 ① Who parked this blue car on our **driveway**?

② I got a speeding ticket when driving on the **parkway**.

driving test vs. test drive

☞ driving test 是指「駕照的考試」；test drive 則是「汽車的試駕」。

例 ① My grandma failed the **driving test** five times!

② Almost every car dealership provides free **test drives** of their cars.

dual vs. duel

☞ dual 為「**雙重的**」；duel 則為「**決鬥**」。

例 ① The lawmaker resigned because of her **dual** nationality.

② The farmer challenged the ruffian to a **duel**.

dull vs. boring

☞ 兩字都是「無聊」的意思，但 dull 專指「**書籍，電影，戲劇，演講等的內容無聊／無趣**」；boring 則「**泛指無聊，既可形容事物，亦可用在人上面**」。

例 ① That was a **dull** action movie. I fell asleep midway through it.

② How could you watch such a **boring** variety show for one hour?

③ We seldom hear the **boring** man do or say something interesting.

dumb vs. mute

☞ 兩字都是「啞」的意思，但 mute 在此意思中，屬舊式英文用法，mute 在現代英文中較常用的意思，為「**沉默的**」＝ silent，亦可用於電器產品，如：電視或音響等，則為「**靜音**」的意思。

例 ① He has been **dumb/mute** since he was born.

② Terrified by the mouse, little Ruka sat on the floor **mute**.

③ Would you please **mute** the stereo while I'm on the phone?

dump vs. landfill

☞ dump（garbage dump）「**垃圾場**」，通常為一傾倒垃圾之處，衍生許多衛生及環境汙染問題；而 landfill 則為「**垃圾掩埋場，會定期用土覆蓋垃圾，且受政府及法律所管制**」。規模上，landfill 會比 dump 來的大。

例 ① Rodents are found thriving in this illegal garbage **dump**.

② This **landfill** is regulated by the city government.

during vs. in vs. over

☞ 三字都可用來說明「**某事在……期間內發生**」。

例 ① We usually have a family gathering **in/during** February.

② **Over** the past year, the landscape here has changed a lot.

但如果「**強調整個期間**」，during 比較適用。

例 ③ Jay painted the wall **during** the whole afternoon.

若是在「**某一事件、活動期間**」，亦使用 during。

例 ④ I had a great time **during** my stay at Josh's house.

⑤ **During** the school meet, every student strove for the best performance.

drawer vs. drawers

☞ drawer 是指「**抽屜**」；但恆為複數的 drawers 則是舊式英文中的「**內褲**」。

例 ① May screamed out loud as soon as she saw a cockroach in the **drawer**.

② Soldiers may not be able to change their **drawers** in the battlefield. .

dressing vs. seasoning

☞ dressing 主要是「**用來放在沙拉上的醬**」，如：千島醬、凱薩醬等；seasoning 則是「**調味料**」，如：辣椒等等。

例 ① I'd like Caesar **dressing** for my salad.

② Didn't you add any **seasoning** to this dish? It has no taste at all.

0458　★ ★ ★ ★

drown vs. sink

☞　drown 是指「**人快溺水，或溺斃**」；而 sink（sink-sank-sunk）則是指「**船隻的沉船**」。

例 ① Help! Help! I am **drowning**.
　　② The cargo ship **sank** to the bottom of the sea.

D

0459　★ ★ ★ ★

drunk vs. drunken vs. tipsy

☞　前兩字都有「**喝醉**」的意思，但 drunk 可放於名詞前或於名詞後來修飾；drunken 則放於名詞前。

例 ① The man was obviously **drunk** because he tripped several times.
　　② **Drunk** driving is a dangerous and irresponsible act.
　　③ She is unwilling to talk to her **drunken** husband.

另外，tipsy 是指「微醺的」。

例 ④ He starts to feel relaxed whenever **tipsy**.

0460　★ ★ ★ ★ ★

dying vs. dyeing vs. dead

☞　dying 為「瀕死的」；dyeing 則為「染色 **dye** 的動名詞形式」。

例 ① The terminally ill patient is **dying** and is about to say his last words.
　　② The hair dresser is **dyeing** my hair blonde.

另外，dead 為「死亡的」。

例 ③ The **dead** rat has rotted and smells nasty.

Don't quarrel with your bread and butter.
不要跟自己的飯碗過不去

0461　★ ★ ★ ★ ★

each vs. every

☞　基本上意義無異，為「**每一……**」。

例 ① Rockie is always radiant **every/each** time we see him.

差別如下：

☞　A. 但若要「**強調個人**」，則偏好使用 each；若「**強調整體**」，則偏好使用 every。

例 ② **Each** passenger will get a 50% discount this time.
　　③ **Every** competitor tried their best to win the prizes.

☞　B. each 一般用在「**兩者或以上**」；every 一般用在「**三者**」。

例 ④ I got some bruises on **each** leg.（not every leg）
　　⑤ I dished out candy to **every/each** kid in the neighborhood.

☞　C. each 可單獨當主詞用，every 不可。

例 ⑥ Grace has five children, and **each** has a decent job.（NOT every has a ….）

☞　D. each 可後接 of 複數名詞，every 不可。

例 ⑦ **Each** of the games will be held on the central court.（NOT Every of the games….）

☞　E. each 可置於受詞後，every 不可。

例 ⑧ The city government fined the violators **each** $2, 000 dollars.

☞　F. each 可擺主詞後，every 不可。

例 ⑨ We **each** joined the color run and had a blast.

- -

0462　★ ★

eagle vs. hawk

☞　兩字都可翻譯作「**鷹**」，但 eagle 體型較大，hawk 則是屬於「**中小型的鷹**」。

例 ① Sometimes, we can see some **eagles** hovering around this area.
　　② A **hawk** is swooping to grab the chicken.

0463 ★★★★

earnings vs. winnings

☞ earnings 是指「**由工作所賺得的收入**」；winnings 則是「**因為比賽或賭博（如賽馬），所贏得的獎金**」。兩字恆為複數形。

例 ① Most of my **earnings** go to the mortgage of my new house.

② He donated half the **winnings** from horse racing to homeless children.

0464 ★★★★★

earphone vs. headphone

☞ earphone 是指「**耳機（塞在耳朵內）**」；headphone 亦是「**耳機**」，但為「**套在頭頂並整個罩住耳朵式的耳機**」。

例 ① When using **earphones**, don't turn up the volume too loud, or else you'll damage your ears.

② I like to use **headphones** in winter because I can listen to music and also keep my ears warm.

0465 ★★★

earthly vs. earthy

☞ earthly 意思是「**地球上的**」，文言用法；earthy 則是「**（聞，嚐，看起來像）泥土的**」，另外，亦可指「**事物是粗俗的**」。

例 ① This religious group cares a lot about **earthly** lives.

② Nina was scolded for using **earthy** gestures.

0466 ★★★★★

east vs. eastern

☞ 習慣上，我們會用 eastern 來指「**大略、模糊的或大範圍的東方**」；而 east 則指「**定義清楚的東方**」。（western, west；southern, south；northern, north 分法一樣）。但有些國家名則會例外。如 South Australia, Western Australia。

例 ① The waves on the **east** coast are expected to be higher than those on the west coast.

② It will be cloudy and windy today in **eastern** Taiwan.

進階學習：若 east 當名詞時前面加的介系詞 in 或 to 意思不同。

例 ③ Taiwan lies **to the east** of China.

說明 ➡ （不同區域範圍內）

④ Hualien lies **in the east** of Taiwan.

說明 ➡ （同區域範圍內）

0467　★ ★ ★ ★

> **eat** vs. **nibble** vs. **savor** vs. **chew** vs. **swallow** vs. **gobble** vs. **take**

☞　eat 是最一般的用字；nibble 為「**小口咬**」；savor 是「**細細品嚐**」；chew 是指「**咀嚼**」；swallow 是「**吞食**」；gobble 則是指「**狼吞虎嚥**」。

例 ① We are asked to **eat** breakfast at home before going to school.

② The lady **nibbled** on the French fries and **chewed** slowly.

③ Eric is **savoring** a box of strawberries after lunch.

④ After **swallowing** the frog, the snake rested in its hole.

⑤ I was so hungry that I **gobbled** up five slices of pizza.

另外，eat vs. take 兩字在中文裡都可翻譯為「吃」，但我們會說：eat the soup；take the medicine。

例 ⑥ I'd like to **eat** some soup before the main course.

⑦ **Take** the medicine if you feel dizzy again.

0468　★ ★ ★

> **eatable** vs. **edible**

☞　eatable 意思是「**不難吃，可下嚥的**」；edible 則是指「**可以食用、沒有毒的**」。

例 ① The beef, though overcooked, is still **eatable**.

② The mushrooms are **edible**.

economic vs. economical

☞　economic 指「**經濟的**」；economical 指「**節儉的；妥善使用金錢、物品，不浪費的**」。

例① The country's **economic** situation and outlook are disappointing to many people.

② More and more people like to buy hybrid cars because they are **economical** and fuel-efficient.

③ I've never thought Sam was an **economical** person.

E

edit vs. proofread vs. compile

☞　edit 為「**編輯，校訂等等**」意思，編輯者（editor）可針對文法錯誤修改、甚至刪去整句及累贅字眼，確保文章流暢；proofread 可翻譯為「**校稿**」，通常是在一篇文章 edit 完後，再做一次校稿，要確保文章毫無錯誤。

例① This article can't be published online until fully **edited** and proofread.

② Kevin is **proofreading** my draft before it is put to print.

另外，compile 則為「**彙編**」。

例③ To **compile** a dictionary takes a long time and great effort.

efficient vs. effective vs. efficacious vs. effectual vs. affective

☞　efficient 為「**有效率的**」；effective 與 efficacious 和 effectual 皆為「**有效的**」。

例① Noel is very **efficient**. He can do two things at one time.

② This medicine is highly **effective** against flu.

③ Drinking a cup of hot coffee is an **efficacious** way to fight drowniess for me.

④ Doctors are searching for an **effectual** remedy for this disease.

另外，affective 為「**有關情感的**」。

例⑤ He was diagnosed with some **affective** disorders.

either vs. neither

☞ either 為「任一……」；neither 為「任一……皆不」。

☞ either…or…意思為「不是……就是……」；neither…nor…意思則是「不是……亦不是……」。

例 ① I am free this weekend. **Either** day is fine if you drop by.

否定時：

例 ① I don't like **either** tomatoes or bananas. = I like **neither** tomatoes nor bananas.

② A：Jeffrey won't give in.

B：I won't, **either**. = **Nor** will I. = **Neither** will I.

③ A：I don't have any choice.

B：Me **neither**. = Me **either**.

> 當連接兩個主詞時，要以最靠近動詞的主詞決定動詞之單複數。

例 ④ **Either** you or he is to blame.

⑤ **Neither** we nor Fred is allowed to take a day off.

> 主詞為 neither of N，後面之動詞可單數（正式用法）亦可複數（非正式用法）。

例 ⑥ **Neither of** the CDs belongs/belong to me.

- -

either vs. any

☞ 就修飾複數名詞而言，either 用兩者間之「任一……」；any 則用於三者以上之「任一……」。

例 ① A：Which day can you come, Monday or Friday?

B：**Either** is ok.

② I bought a basket of pears；you can pick **any** one you like.

---

elder vs. older

☞　elder 限用在「**家庭內的長幼關係**」，可與 older 互換；但 elder 只能放名詞前來修飾，不能置於 be 動詞後，當主詞補語。eldest 與 oldest 用法亦同上。

例① 　My **older/elder** brother is coming back next Friday.

　② 　（ X ）Kitty is **elder** than me.（Kitty is **older** than me.）

　③ 　I am the **oldest/eldest** daughter in her family.

　④ 　（ X ）Kitty is the **eldest** in her company.

- -

0475　★ ★ ★ ★ ★

---

elderly vs. old vs. aged vs. senile

☞　elderly 是「**稱呼老人比較客氣的說法**」；old 是「**最普通的字眼**」，可形容人或物，但沒那麼禮貌的用字；aged 是「**非常老**」的意思，為一正式用字。

例① 　The lady generously yielded her seat to the **elderly** woman.

　② 　The **old** lady had trouble getting on the bus.

　③ 　My **aged** grandma can't even remember who she is.

> 另外，senile 不但指「**老**」，而且「**精神上也有毛病**」。

例④ 　The **senile** man needs to be taken care of. However, his children don't care much about it.

- -

0476　★ ★

---

elect+N vs. N+elect

☞　形容詞的 elect 放在名詞前，有「**特別選擇的**」；而放在固定的一些字後面，如：president, governor, chairman, mayor 等，則有「**已當選，但尚未就任的**」之意思。

例① 　The **elect** advisory body meets three times a year.

　② 　Many people came to congratulate the **mayor-elect**.

electric vs. electrical vs. electronic

☞ electric「以電力發動的，或是和電有關的」如：electric fan, electric razor；electrical 則用在「比較專業的領域上，或廣泛指與電有關的」，如 electrical engineering；electronic 則為「電子的」，內裝有微電腦裝置 electronic reader, electronic devices。

例 ① This **electric** guitar costs fifty thousand dollars!

② An **electrical** fault led to the fire of this factory.

③ Avoid using **electronic** devices before sleep.

---

elegy vs. eulogy

☞ elegy 為「哀歌，輓歌」；eulogy 則為「歌頌文」。

例 ① Hearing the **elegy**, the relatives of the dead soldier couldn't help crying.

② A **eulogy** is a piece of writing used to praise someone or something.

---

elemental vs. elementary

☞ elemental 是指「基本的、簡單的，卻是重要的；或是元素的」意思；elementary 則 是指「初級的、簡單的、基本的」。

例 ① Love and care are two **elemental** needs for a child.

② I decided to take an **elementary** French course this semester.

---

eloquent vs. talkative

☞ eloquent 意思為「能言善辯的」；talkative 則是「說起話來滔滔不絕，愛講話 的」。

例 ① He was so **eloquent** that each of us was convinced by him.

② Tim becomes **talkative** whenever he drinks too much.

emigrate vs. immigrate

☞　migrate 本身有「**移居**」的意思，字首 e- 有往外的意思，故 emigrate 是「**（往外）移居別處**」；im- 則有往內的意思，所以 immigrate 是「**（由外）移入某地**」。

例 ① The Lin family decided to **emigrate** to Australia.

② Many Asians **immigrated** to America in the 1970s.

0482　★ ★

E

eminent vs. imminent

☞　eminent 為「**出名的、受尊重的**」；imminent 則是指「**（通常是壞事）即將發生的**」。

例 ① The **eminent** professor was hired as a counselor for the city government.

② Bluefin tunas are in **imminent** danger of extinction due to overfishing.

0483　★ ★

emotional vs. emotive

☞　兩字皆有「**讓人激起強烈情感**」的意思，但 emotional 另外還有「**與情感有關的**」意思。

例 ① Domestic violence is an **emotional/emotive** issue.

② When I was depressed, it was you that gave me **emotional** support.

0484　★ ★ ★ ★

empathy vs. sympathy vs. mercy

☞　empathy 意思為「**同理心**」；sympathy 則是指「**同情心**」＝ pity。

例 ① If people have more **empathy** for those in need, the world can be a better place.

② I have no **sympathy** for those who do bad things and end up in prison.

另外，mercy 是「**憐憫（心）**」，通常是「**指在上位者對其底下的人而言，或是一方握有懲罰權對犯錯者所給予之憐憫**」。

例 ③ The warlord showed no **mercy** to his enemies.

emphasis vs. stress

☞　兩字都有「**強調**」的意思，為名詞，但 stress 亦可當及物動詞，相當於 emphasize。

例 ① Parents in Taiwan put significant **emphasis** on their children's grades.

② Wendy lays/places **stress** on her material comforts.

③ We can't **stress** driving safety enough.

----

empty vs. vacant vs. hollow vs. blank

☞　empty 是指「（容器或空間的，甚至是心靈上）空空的／空虛的」；vacant 則是指「（建築物、座位，甚至是職缺的）空缺的」。

例 ① This is an **empty** drawer.

② Nelly felt **empty** after he lost his family.

③ Could I sit on this **vacant** seat?

④ Mr. Chang is looking for **vacant** jobs in the newspaper.

另外，hollow 是指「物體中空的」，而 blank 則是「（考卷，表格等）空白的，沒寫任何字或做任何符號」。

例 ⑤ The lizard is resting in a **hollow** trunk.

⑥ Please fill in your personal information in this **blank** form.

----

end vs. ending

☞　兩字都有「**結束、結尾的**」意思，但 end 常是指「**一個事件、故事、時間上的結束**」；ending 則是指「**故事、電影，或是活動的結尾**」。

例 ① At the **end** of this semester, we are going to have a farewell party.

② Not all stories have a happy **ending**.

endemic vs. epidemic vs. pandemic

☞ 三字都是「傳染病（的）」，但 endemic 為「**小範圍或限於團體中**」；epidemic 傳染範圍「**又比 endemic 廣**」；pandemic 影響「**範圍最廣，可能是一整個國家，甚至是全球性**」。

例 ① The rash is only **endemic** and it is only found in this community.

② A flu **epidemic** had left hundreds of people vomiting and having high fever.

③ SARS used to be a **pandemic** disease and was very infectious.

---

enemy vs. foe vs. opponent

☞ 前兩字都是「敵人」，但 foe 為「**舊式用法且較為文言用法**」；另外，opponent 則是指「**比賽場上、辯論，或選舉上的對手／敵營**」。

例 ① There are no everlasting friends or **enemies** in business.

② Are you a friend or a **foe**?

③ Our **opponent** in this year's NBA Finals is the Miami Heat.

---

enjoyable vs. amusing

☞ enjoyable 意思為「**讓人很開心，愉悅的**」；amusing 指「**使人想發笑的**」。

例 ① It is always **enjoyable** to talk to you.

② The clown and his tricks are so **amusing**.

---

enlarge vs. increase

☞ enlarge 是指「**增加某東西的尺寸或規模比例**」；increase 則是「**數量、程度上的增加**」。

例 ① I'm thinking about having plastic surgery to **enlarge** my nose.

② Accidents due to drunk driving have been **increasing** over the past few years.

enter vs. enter into

☞ enter 為「**進入（場所／空間等等）**」；enter into 則為「**進入（議題／討論／爭吵）**」等等。

例 ① Before **entering** my room, please knock on the door first, OK?

② Before we **enter into** today's discussion, I would like to recap the conclusion we made before.

----

entry vs. entrance

☞ entry 是指「**進入某一建築物或空間**」的意思；而 entrance 則是指「**進入建築物或室內，所走的走道／大門，或是一般的門**」。

例 ① The investigators made their **entries** into the victim's house.

② At the **entrance** stood a gentleman and a lady.

----

enquire vs. inquire vs. ask

☞ 三字都是「**詢問**」，enquire 及 inquire 為正式用字，英式用字為 enquire，美式用字為 inquire；但英式用法裡，enquire 是「**一般詢問**」，inquire 則是有「**正式調查**」的意思（＝ inquire into）。另外，ask 是一般字。

例 ① The man is **enquiring** where his long-lost friend lives.

② Sam **inquired** about the arrival time of the flight.

③ The police are **inquiring**（into）the suspect's whereabouts.

④ "Where is Mom?" **asked** Kelly.

----

entomology vs. etymology

☞ entomology 為「**昆蟲學**」；etymology 則為「**字源學**」。

例 ① He majored in **entomology**, and often went into the mountains to study insects.

② **Etymology** is an interesting subject for me, but not for my classmates.

envelop vs. envelope

☞ envelop 為及物動詞，意思為「**完全包覆／包裹**」；envelope 則為「**信封**」。

例 ① The whole city is **enveloped** in heavy fog.

② Children are happy about receiving red **envelopes** during the Chinese New Year.

---

environment vs. surroundings vs. milieu

☞ environment 泛指「**環境（包含空氣，水，土地等等），亦可指生活環境**」；而 surroundings 則是指一個人「**周遭的環境**」。

例 ① It is always necessary to evaluate the impact of any new factory on the **environment** before building it near rivers or in the mountains.

② The body guards of the president are carefully keeping an eye on the **surroundings**.

另外，milieu 亦是指「**（工作或生活的）環境**」，原本是法文字。

例 ③ Sandy enjoys herself very much, especially when she is in a learning **milieu**.

---

envy vs. jealous

☞ envy 為「**羨慕**」，為及物動詞，用法為：envy sb sth；jealous 則為「**忌妒的**」，用法為 be jealous of。

例 ① I **envy** Lind's long and thin legs.

② People shouldn't be **jealous** of others. Instead, they ought to be content with what they are and what they have.

---

epic vs. epoch vs. era

☞ epic 意思為「**史詩（的）；史詩般的**」；epoch 則為「**新紀元；時代**」，通常會以一重要的事件為開端；era 則是指「**一般的世紀**」＝ age。

例 ① This is an **epic** film about the middle-age war.

② The crowning of the king marked a new **epoch** for the kingdom.

③ We live in an **era** where smartphones bring us convenience and entertainment.

epicure vs. gourmet vs. glutton vs. gourmand

☞ epicure 與 gourmet 都是指「**喜愛美食／美酒，美食主義者**」；glutton 與 gourmand 則是指「**飲食不節制，喜歡狼吞虎嚥的人**」。這四個字都是很正式的用字。

例 ① I like to dine out with Chandler because he is an **epicure** who knows a lot about food.

② Chris is a **glutton**. It seems that he swallows food without chewing.

---

epigram vs. epigraph

☞ epigram 為一「**短語，或警語**」，常以幽默或智慧方式來呈現；epigraph 則是「**常出現在建築物，雕像，甚至是書一開頭的一句話或片語**」。

例 ① The novel starts with the **epigram** "I can resist everything but temptation."

② On the bottom of the statue, the **epigraph** reads "Where there is a will, there is a way."

---

equal vs. equalize

☞ 兩字當動詞時，equal 意思為「**（數量、價值、尺寸上）是相同／相等**」；equalize 則是「**使某事物的（數量、價值、或尺寸）為均等的**」。

例 ① Ten plus ten **equals** twenty.

② One foot **equals** 12 inches.

③ The foreman tries to **equalize** workload among all the workers.

---

equip vs. furnish

☞ equip 是指「**提供所需之設備**」；furnish 則是「**提供家具**」。

例 ① This room is fully **equipped**, perfect for meetings.

② My apartment is only **furnished** with a bed and nothing else.

escalator vs. elevator

☞　escalator 意思為「**手扶梯**」；elevator 則指「**一般的電梯**」＝ lift。

例 ①　When on the **escalator**, make sure your shoelaces are well tied.

　　②　This **elevator** can take 11 persons with a total weight of 700 kilograms.

---

escape vs. escape from

☞　escape 是指「**避 免 掉 不 好 的 情 況 或 危 險**」等；escape from 則 用 於「**逃出……**」，例如：監獄。

例 ①　It was rumored that the criminal had **escaped** death and was still alive.

　　②　A bunch of the prisoners tried to **escape from** prison but none succeeded.

---

especially vs. specially

☞　口語上，當兩字意思為「**非常**」時，可互換互通。

例 ①　This villa is **especially/specially** expensive.

　　②　Logan **specially/especially** adores Lillian.

> especially 可指「**特別地**」，用在：名詞，介係詞片語，副詞子句前，甚至是主詞後。

例 ③　All my friends hate seafood. Justin, **especially**, is very allergic to shellfish.

　　④　I love all the subjects, **especially** geography.

　　⑤　She hangs out with her friends a lot, **especially** on weekends.

　　⑥　He misses his parents so much, **especially** when he looks at their pictures.

> 另外，specially 可指「**特定地**」。

例 ⑦　This suit is **specially** made for important occasions.

etc vs. **and so on / forth**

☞ 兩字皆為在舉例時，舉到最後一個例子時所使用，中文翻譯為「……**等等**」。差別於 etc 前不用再加 and。

例① I have been to France, Germany, New Zealand, **etc**.

② He ate a lot of food tonight, including fried chicken, pizza, ice cream **and so on**.

---

eternity vs. **infinity**

☞ eternity 意思是「**永恆／永遠**」；infinity 則是指「**（空間或距離上）無止盡的**」。

例① Our love will last for **eternity**.

② Out of curiosity, humans keep exploring the **infinity** of space.

---

even if vs. **even though**

☞ 兩個連接詞皆有「**即使……**」的意思，但 even if 是指「**對某事的假設**」；而 even though 則是「**對已存在的事情的看法**」。

例① **Even if** I don't have money, I won't borrow any from a loan shark.（我現在還有錢）

② **Even though** Smith earns NT$ 100,000 a month, he still ends up with little money at the end of each month.（Smith 一個月真的賺 10 萬）

---

evening vs. **night**

☞ 兩字都可指「**傍晚到就寢這段時間**」，但 night 另外又可指「**就寢到隔天天亮這段夜晚時間**」。

例① What are you going to do on Saturday **evening**?

② Nocturnal animals are active at **night** and sleep in the daytime.

eventually vs. in the end vs. at last vs. lastly vs. finally vs. at the end

☞　A. eventually 與 finally 用於「在一段長時間後，發生」。

例 ①　The mayor **eventually/finally** turned up after the citizens waited for two hours.

☞　B. eventually 與 in the end 用於「事情的結果」。

例 ②　**In the end**, the prince and princess got married and lived happily ever after.

③　The suspect **eventually** came clean and confessed all the crimes.

☞　C. at last 用於「漫長的等待或嘗試後，發生（通常指事情有點難度或拖延很久」。

例 ④　The plane hovered in mid-air for one hour due to the thick fog；**at last**, it landed.

☞　D. lastly 與 finally 用於「列點時最後一點；一連串動作最後一動作」。

例 ⑤　**Lastly**, cellphone use is not allowed during the flight.

⑥　**Finally**, I would like to thank you all for giving us such a wonderful performance.

☞　E. at the end 則指「事物的尾端或時間的尾聲」，若指稱的名詞前面已提過，夠清楚，可省略 of ＋ N。

例 ⑦　Be careful! There is a big hole **at the end**（of the bridge）.

⑧　We usually have a substantial banquet **at the end** of the year.

⑨　We were overloaded with too much work today；luckily, we had good overtime pay **at the end**.

- -

evergreen vs. perennial

☞　evergreen 是指「樹木常青的」；perennial 則是指「植物可活超過兩年的」。

例 ①　I prefer to grow **evergreen** trees to deciduous ones in my backyard.

②　The **perennial** tree is already ninety years old this year.

everyone vs. every one

☞ A. 意思上差別。

例 ① everyone = everybody
  ② **Everyone** is ready to go except Tim.

every one 則可「指人或指物」。

例 ③ The vendor sold all kinds of cheap watches. **Every one** is fake.
  ④ Ron has five children. **Every one**（of his children/them）has been to the North Pole for research purposes.

☞ B. 所有格的選用。

例 ⑤ **Everyone** on board has to turn off his or her electronic devices during the flight.

說明➡（代名詞用 his/her 較正式）

  ⑥ **Everyone** on board has to turn off their electronic devices during the flight.

說明➡（代名詞用 their 較不正式）

☞ C. 若要否定 everyone，則使用 not，放 every 之前。

例 ⑦ **Not everyone** can stand running the marathon under the scorching sun.
  ⑧ **Everyone** cannot stand running the marathon under the scorching sun.

說明➡（較不自然）

- -

everyday vs. every day vs. daily

☞ 以上三個字詞，意思皆為「每一天的／地」。every day 可當名詞、副詞；everyday 則只能當形容詞。另外，daily 不僅可當形容詞外，亦可當副詞用。

例 ① **Every day** at work is a happy day for Tim.
  ② Ian does aerobic exercise for thirty minutes **every day**.
  ③ Our shoes on sale are perfect for **everyday** wear.
  ④ Making tea for each of us is my father's **daily** routine.
  ⑤ She does yoga **daily** to keep in shape.

0515 ★

exacerbate vs. exasperate

☞ exacerbate 是指「**讓原本的病情或情況更嚴重**」＝ aggravate；exasperate 則是指「**激怒某人**」＝ infuriate。

例 ① His continuing to smoke **exacerbates** the lung cancer.

② It **exasperated** me to hear strange noise from upstairs during the night.

- -

0516 ★ ★

exalt vs. exult

☞ exalt 意思為「**稱讚（某人）；將（某人）職位提升**」；exult 則為「**非常歡欣鼓舞的（因為成功做成一件事）**」。

例 ① Cindy was **exalted** as the best chef of the year.

② Hard-working people are easily **exalted** to a higher position.

③ After achieving this year's sale goal, all employees **exulted**.

- -

0517 ★ ★ ★ ★ ★

except vs. except for

☞ A. except 與 except for 常 會 與 all, every, no, any, anything, anyone, nothing, no one, nobody, everything, etc. 連用。但習慣上會省略 for。

例 ① All the monkeys jumped onto the tree **except**（for）the oldest one.

② Little Danny ate everything on the table **except**（for）the cabbage.

☞ B. do…except 句型中，通常會省略 to，以原形動詞呈現。

例 ③ William is a lazybone. He **does** nothing **except** eat and sleep.

④ Kevin is enthusiastic about all sports **except** surfing.

說明 ▶（若不是 do…except 句型，則動名詞是比較合宜的）

☞ C. 但若後接有介系詞片語或子句，則用 except。

例 ⑤ Jolin is quite busy on weekdays **except** on Monday.

⑥ The child is rather naughty, **except** when his mother is with him.

⑦ You told me every single detail **except** that nothing was related to my real question.

☞ D. 放於句首，習慣上，會以 except for 為主。

例 ⑧ **Except for** the ending, this sci-fi movie is pretty good.

☞ E. 另外，要「**否定掉前一句的整體概念並不完全為正確**」，則用 except for。

例 ⑨ The sedan was totally undamaged, **except for** the dented bumper.

exceptional vs. exceptionable

☞ exceptional 為「**非常優秀的；非比尋常的**」= remarkable；exceptionable 則是「**會引起反對／反感的**」= objectionable。

例 ① Ms. Chang has an **exceptional** child. He can play ten musical instruments!

② This song has many **exceptionable** words. You'd better avoid it.

- -

excuse vs. alibi

☞ excuse 是指「**藉口**」；alibi 則是「**法律上的不在場證明**」。

例 ① I'm fed up with your lame **excuses**.

② The judge said, "If you can't provide an **alibi**, you're guilty."

- -

excuse vs. forgive

☞ 兩字當動詞，都有「**原諒**」的意思，但 excuse 通常用在「**原諒對方所犯的小過失**」；forgive 則可用於「**原諒對方的小過失，甚至是大過錯**」= pardon。

例 ① Please **excuse** my French.

② Maria won't **forgive** her husband, who cheated on her.

- -

excuse me vs. sorry

☞ excuse me 使用時機為：1.「**你接下來要做的事，可能會引起對方的不便或是有點尷尬或粗魯**」；2.「**借過的時候**」；3.「**叫陌生人前**」；4.「**打斷對方講話時**」；5.「**要暫時離開一下時**」；6.「**聽不清楚或聽不懂對方講的話時**」；7.「**打嗝、咳嗽，或打噴嚏後**」。

☞ sorry 使用時機為：1.「**道歉你之前做的事**」；2.「**聽不清楚或聽不懂對方講的話時**」。

例 ① **Excuse me**. Do you know what time it is?

② **Excuse me** for a moment.

③ **Excuse me**. Could you repeat that? I didn't hear it clearly.

④ I'm **sorry** about that.

⑤ I feel **sorry** for you.

⑥ **Sorry** for breaking your tablet computer.

⑦ **Sorry**. I didn't catch that.

0522 ★ ★ ★ ★ ★

exercise vs. sports vs. sporting

☞ exercise 為「一般為了健康或訓練而作的運動」；sport 則是包含「**exercise**」的意思，亦可能「**為了樂趣而運動，另外則是為了競賽**」。

例 ① Taking **exercise** regularly is the way we keep healthy and fit.

② Would you like to **do/play sports** today?

③ Basketball and tennis are my favorite **sports**.

另外，sporting 為形容詞，只能置於名詞前，它的意思很多，例如：「跟運動相關的；有運動家精神與風度的」等等。

例 ④ Winning an Olympic gold medal is an outstanding **sporting** achievement.

- -

0523 ★ ★ ★ ★ ★

exhausted vs. exhausting vs. exhaustive

☞ exhausted 與 exhausting 意思分別為「**很累的及令人感到疲累的**」，前者形容人，後者形容物。另外，exhaustive 意思為「**鉅細靡遺的**」。

例 ① I felt extremely **exhausted** after the marathon.

② Driving for five straight hours is **exhausting**.

③ The witness told the police how the robbery took place in **exhaustive** detail.

- -

0524 ★ ★ ★

exhort vs. extort

☞ exhort 意思為「**力勸某人去做某件事**」= urge；extort 則是「**向……勒索**」= blackmail。

例 ① My English teacher **exhorted** me to keep on learning and not to give up.

② A gangster **extorted** protection money from the vendors in the night market.

exile vs. expel

☞　兩字分別皆有「**將（某人）放逐／驅逐出境至其他國家**」的意思，通常是「**因為政治因素，也可能是犯法**」，但 exile 是針對本國人，而 expel 則是對於國內的外國人而言。

例 ① The party leader was **exiled** and didn't return until recently.

　　② Some foreigners were found working illegally in Taiwan and were **expelled** later on.

----

expatiate vs. expatriate

☞　expatiate 意思是「**詳細說明……**」，常跟 on/upon 連用；expatriate 則是「**居住在其他國家的外籍人士**」。

例 ① Millet **expatiated** on his research results during the conference.

　　② An American **expatriate** was charged with a hit-and-run accident.

----

expect vs. hope vs. look forward to vs. wish

☞　expect 比較指「**心理上的期待，而且是有幾分把握事情會發生**」；hope 則指「**情感上的期待，希望事情發生，但不知道會不會發生**」；look forward to 則指「**高興地／興奮地想著期待事情的發生**」。

例 ① We're **expecting** Mr. Chen to arrive at 10 am.

　　② We **expect**（that）the letter from Mrs. Christina will arrive today.

　　③ She is **expecting**（a baby）. = She is pregnant.

　　④ I **hope** you（will）enjoy today's banquet.

說明 ➡（I'm hoping…. 則比較委婉客氣）

　　⑤ We **hope** to win the championship next year with our strong lineup.

　　⑥ I'm **looking forward to** seeing you again.

另外，wish 意思為「但願」，常與假設語氣連用。

例 ⑦ I **wish**（that）I were a billionaire.

　　⑧ I **wish** I could learn tap dance now, but I'm too busy at work and too tired after work.

　　⑨ Cherry **wished** that she had bought some fire insurance for his factory.

另外，wish 可用於「祝福」。

例 ⑩ We **wish** you a merry Christmas.

⑪ I **wish** you every success and good health.

wish 與 hope 後都可加不定詞，意思相去不多。

例 ⑫ I **wish/hope** to have a great date tonight with the girl I have a crush on.

0528 ★

expedient vs. **expeditious**

☞ expedient 意思為「**權宜之計的**」；expeditious 則是「**有效率的**」。

例 ① This solution is only economically **expedient** and another problem may still crop up.

② He always resolves every crisis in an **expeditous** way.

0529 ★ ★ ★ ★ ★

expensive vs. **dear** vs. **costly**

☞ 三字都有「**昂貴**」的意思，但差別在於 dear 大多只放於名詞後；expensive 則可置於名詞前或後來修飾。

例 ① Don't buy me any **expensive** gift; a hand-written card will be good enough.

② This diamond ring is too **dear** to me. I can't afford it.

另外，costly 亦是指「**非常昂貴的**」，通常指「**把錢浪費在原本並無預期要花的東西上**」。

例 ③ Building nuclear power plants is **costly**; what's worse, it's not easy to dispose of the nuclear waste.

0530 ★ ★ ★ ★

experience vs. **undergo**

☞ experience 指「**經歷……**」，是一個比較中性的字，後加的事件比較沒有正面或負面之分；但 undergo 則是「**經歷一些改變或比較負面的事件**」，例如：手術，婚變等等。

例 ① We are **experiencing** some turbulence so please buckle up your seat belt.

② He was sent to a hospital nearby to **undergo** medical treatment.

experience vs. experiences

☞ 當 experience 是指「**泛指經驗**」，為不可數名詞；但若指「**某單一經驗的話**」，則又為可數名詞。

例 ① She has a lot of **experience** of cooking and baking.

② Travelling abroad by myself is a totally new **experience** for me.

---

expert in vs. expert on

☞ 兩個片語皆是「**在……的專家**」，但 expert in 後加某一領域或活動；expert on 則是後加學科或議題。

例 ① Grant is an **expert in** accounting.

② Fred wanted to be an **expert on** terrorism.

---

explore vs. explode

☞ explore 意思是「**探索**」；explode 則為「**爆炸**」的意思。

例 ① A young eagle flapped its wings, ready to **explore** this marvelous world.

② A suicide bomb **exploded** on the crowded street.

---

extend vs. extent vs. expand vs. extant

☞ extend 為動詞，意思為「**（時間上）延長；給予；表示**」；extent 為名詞，意思為「**程度**」，搭配詞為 to a ......extent（到……的程度）；expand 則是指「**尺寸上，數量上，數字上的變大**」。

例 ① The grace period is to be **extended** to September 15th.
　② I'd like to **extend** my sincere condolences to your mother.
　③ The rumor about a possible layoff affected the employees' morale to some **extent**.
　④ To what **extent** did the variant influence the research results?
　⑤ China's population is going to **expand** to a large extent due to the easing of the one-child policy.

另外，extant 為「現存的」。

例 ⑥ Some of the relics from the Ming Dynasty are still **extant**.

0535　★ ★ ★ ★

extended vs. extensive

☞　extended 為「（時間上）延長的／增長的」；extensive 則為「（地區）涵蓋廣大範圍或（討論）涉及相當多細節的」。

例 ① If you are going on a trip for an **extended** period of time, take your credit card.
　② The Roman Empire covered **extensive** land in today's Europe.

0536　★ ★ ★ ★

external vs. exterior

☞　external 是指「人或物體的外部的」；exterior 則專指「建築物的外部」。

例 ① This medicine is only for **external** use, so keep it away from kids under three years old.
　② The paint of the factory **exterior** has been peeling since 2012.

East or west, home is best.
金窩銀窩不如自己的狗窩好。

F

0537

0537 ★ ★ ★ ★

facility vs. **equipment**

☞ facility 意思為「**設施**」，常用複數；equipment 則是「**設備**」，為不可數名詞。

例 ① This hotel is famous for its fancy toilet **facilities**.

② Our school bought some sports **equipment** for PE class.

0538 ★ ★ ★ ★ ★

fact vs. **truth**

☞ fact 是指「**客觀上的事實**」；truth 則是「**比較偏主觀層面的事實**」。

例 ① It is a **fact** that people are easy to doze off with too much carbon dioxide around.

② The **truth** is I don't like history. I usually failed this subject at school.

0539 ★ ★ ★ ★

factory vs. **plant** vs. **mill**

☞ factory 泛指「**一般工廠**」；plant 則常搭配 chemical, power 等詞；mill 則是指「**某一特定材料的生產工廠**」，如：cotton mill, paper mill, steel mill, etc.

例 ① My uncle runs a bicycle **factory** whose products are mainly exported to Europe.

② No one would welcome a nuclear power **plant** near one's home.

③ The paper **mill** gets its 60% of raw material from "used paper."

faculty vs. staff vs. staffer

☞ faculty 與 staff 分別為「**學校內（含大學）的教員及職員，前者負責授課，後可則負責行政業務**」。不過，staff 亦可指「**一般公司或某一組織內的職員總稱**」。

例 ① This college boasts an excellent **faculty** and state-of-the-art facilities.

② Our company has a **staff** of 50 and is still recruiting new blood.

另外，staffer = a staff member 指「**單一個職員**」。

例 ③ A new **staffer** usually has to complete some job training first.

F

faint vs. feint

☞ faint 是指「**暈倒**」；feint 則是「**在運動場上，運動員做假動作，以欺騙對手**」。

例 ① Billy didn't have breakfast, and **fainted** after some intense exercise.

② He **feinted** in order to pass his opponent to the basket.

fairly vs. quite vs. rather vs. pretty

☞ 這四個副詞可修飾後面形容詞或副詞，語氣及程度強烈依序為：rather/pretty（informal）> quite > fairly

例 ① This is a **fairly** good necklace to buy in terms of its price.（差強人意但可接受）

② I'm **quite** satisfied with my English grades.（相當滿意）

③ It was a **rather** boring movie；I fell asleep in the middle of it.

另外，quite 與 rather 除了可修飾形容詞與副詞，亦可修飾動詞與名詞；但 fairly 與 pretty 只可修飾形容詞與副詞。

例 ④ Yesterday was **quite/rather** a long day；fortunately, we all got through it.

⑤ We **quite** enjoyed the time with you tonight.

⑥ Tom would **rather** hope that he didn't oversleep this morning.

fall vs. fell vs. collapse

☞　fall 指「**掉落**」時，動詞三態為 fall-fell-fallen；fell 當動詞，意思為「**砍（樹）**」，三態為 fell-felled-felled。

例 ① It is amazing to see so many maple leaves **falling** at the same time.

② It is not easy to **fell** such a big tree simply with an ax.

> 另外，collapse 則是指「（建築物因老舊）而倒塌」，亦可指「人（因生病或太虛弱）而倒下」。

例 ③ The wall **collapsed** due to strong wind and heavy rain of the typhoon.

④ Every passenger was terrified because the bus driver **collapsed** with a stroke while driving.

---

fallible vs. fallacious

☞　fallible 是指「**可能會出差錯的**」；fallacious 則是「**錯誤的**」。

例 ① Children are inevitably **fallible**.

② Your inference itself is **fallacious**.

---

famous vs. infamous

☞　famous 是指「**有名的**」，相似字如：noted, well-known, famed, celebrated, distinguished, renowned 等等；infamous 並不是 famous 的反義字，而是指「**因為所做一些壞事，而眾所周知的**」，有點類似 notorious。

例 ① This restaurant is **famous** for its steamed buns which always have people lining up for the delicacy.

② Yesterday, netizens successfully found out who the **infamous** cat abuser was.

---

fang vs. **tusk**

☞　fang 常為複數，是指「**狗或蛇之類兩根長尖牙**」；tusk 則是常指「**大象等動物非常長且有點彎曲的長牙／獠牙**」。

例 ① Some snakes' **fangs** can spill venom and it can be deadly if it touches the wound or eyes.

② Elephants in Africa are often illegally killed for their **tusks**.

- -

F

---

far-sighted vs. **long-sighted**

☞　兩個形容詞都可表達「**遠視**」的意思，（相反詞為 near-sighted/short-sighted），但 far-sighted 另外又有「**有遠見的**」的意思。

例 ① My grandmother is **long-sighted** so she can't see things clearly if they are too close.

② We need a **far-sighted** leader who is able to make important decisions and prepare for something unexpected beforehand.

- -

---

fare vs. **fee** vs. **rate** vs. **rental** vs. **rent**

☞　fare 指「**搭乘交通工具的費用**」，如：bus fare, train fare, plane fare；而 fee 則指「**委託專業人員的辦事費用，或進入某機構所需費用**」，如：admission fee, doctor's fee, tuition fee, entrance fee, etc.

例 ① In this country, children under 5 years old don't have to pay the train **fare**.

② I can't afford the tuition **fee** this semester.

> 另外，rate 通常是指「以小時，天數，甚至是以月為單位，來計算的費用」；rental 則是「租用（東西）一段固定時間所需費用」；rent 通常是指「房租」。

例 ③ The room **rate** for this hotel is $ 3, 000 a night.

④ Did you pay your car **rental**?

⑤ The **rent** for our apartment is $10, 000 each month, including utilities.

farmer vs. **peasant**

☞ farmer 是「一般所指的農夫」；peasant 則是指「佃農，或是因為貧窮只擁有一小塊田地的小農」。

例 ① Seeing the watermelons soaked in water during the typhoon, the **farmer** couldn't help feeling helpless.

② Poor **peasant** though he is, he lives a happy life with his wife.

- -

farther vs. **further**

☞ farther 與 further 都可指距離上的「較遠的」。

例 ① For us, Japan is **farther/further** than Korea.

另外，further 亦可指「額外的／地」、「更進一步的／地」。

例 ② Before we go any **further**, let me clarify my point first.

③ Need more **further** information. Please dial 0800102102.

- -

fashion vs. **trend**

☞ fashion 是指「流行」；而 trend 則指「事物的趨勢或走向，並不單指流行時尚而已」。

例 ① This kind of hairstyle is in **fashion** now.

② We see a growing **trend** toward using "green" products.

- -

fashion vs. **fashionable**

☞ fashion 為名詞，意思是「時尚／（尤指服裝、髮型、妝容的）流行款式」；fashionable 才是形容詞，意思是「時尚的」。

例 ① Jeans barely go out of **fashion** in any season.

② Rita is truly a **fashionable** person.

fast vs. quick

☞ 兩字都有「**快**」的意思,但 fast 常跟實體的名詞連用,如:車子、火車、飛機等; quick 則指「**事情／動作很快做完**」,如:決定、回答等等。

例 ① That is a **fast** car which can go up to 300 km/h.

② Nate always makes **quick** decisions and seldom thinks twice.

---

fasten vs. tighten

☞ fasten 是指「**將原本不相連的兩端扣在一起**」,如:fasten the seat belt;但 tighten 則是指「**將原本的(繩或線等)拉緊或變緊**」。

例 ① Please make sure your seat belt is properly **fastened** before we take off.

② He is **tightening** the rope so that things won't drop out of the box.

---

fat vs. chubby vs. portly vs. squat vs. plump vs. overweight vs. obese

☞ 以上都有「**胖**」的意思,但程度不一。fat 為一「**中性字**」,並無詆毀的意思; chubby 是「**形容嬰兒或小朋友胖嘟嘟的**」;portly 是形容「**中年人很福態**」;squat 是「**又矮又胖**」,有貶低別人的意思;plump 指「**圓圓,有點肉肉,但又很可愛**」的意思,通常指女性;overweight 是指「**有點過重(中性的字)**」;obese 則是「**醫生常對病人說的詞:肥胖**」。

例 ① The **fat** man is trying to lose some weight on the treadmill.

② I like to pinch the face of a **chubby** baby.

③ The **portly** professor is an expert in linguistics and phonology.

④ The woman is reluctant to go out with that **squat** man.

⑤ His girlfriend is **plump** and attractive.

⑥ I feel I am a little **overweight**. It's time to exercise.

⑦ The **obese** patient refused to follow his doctor's advice.

fate vs. **destiny**

☞ fate 可翻譯為「**宿命**」，常常是指不好的方面；destiny 則為「**命運**」，通常比較中性，雖然為人們無法改變或避免。

例 ① They are trying to avoid meeting the same **fate** as we did.

② I guess it's our **destiny** to meet again and fall in love.

---

fatigue vs. **tiredness**

☞ fatigue 是指「**疲憊、勞累**」，通常是長期累積或累到筋疲力盡；而 tiredness 則是「**累**」的一般用字，是指需要休息或睡覺的那種累。

例 ① We suffered from **fatigue** after the long journey.

② Oliver was overcome by **tiredness** and soon fell asleep.

---

fearful vs. **fearsome**

☞ 兩字都是「**恐懼的**」，但 fearful 形容人（對……感到恐懼）；fearsome 則是形容事物（令人感到恐懼的）。

例 ① Mrs. Sandra is **fearful** of her violent neighbor.

② A **fearsome** python was seen several times in this community.

---

feed on vs. **live on** vs. **live off**

☞ 這三片語都是指「**以……為食**」，但 feed on 主詞為動物；live on 主詞為人；另外，live off 的主詞可為人或動物。

例 ① Our rabbits are **feeding on** the carrots in the cage.

② The Chinese **live** mainly **on** rice and noodles.

③ The homeless person **lives off** leftovers that he finds in the trash.

④ Interestingly, this weird fish **lives off** the feces of other fish in the tank.

female vs. **effeminate** vs. **womanly**

☞ female 可指「**人或動物，意思為女性的或母的，主要是用於科學或研究文章中**」，一般若以此字來稱呼女性，則顯得不尊重，應該用 woman/women 才得體；effeminate 則是指「**有女生氣息、動作、或長相**」，是有點不禮貌的用字。

例 ① Male animals are usually bigger in size and brighter in color than their **female** counterparts.

② Men seldom like to be regarded as **effeminate**.

另外，womanly 是指「**符合女性行為穿著或氣質的**」。

例 ③ Linda is good-looking but she doesn't seem to have **womanly** qualities.

---

ferment vs. **foment**

☞ ferment 是指「**水果、果汁、或酒類的發酵**」；foment 則是「**煽動（造成不安）**」= incite = stir up。

例 ① The juice must have **fermented** because it smells like alcohol.

② He was sentenced to three years in jail because of **fomenting** social unrest.

---

festival vs. **festivity**

☞ festival 是指「**節日、節慶**」；festivity 則是「**慶祝某事情所舉行的活動本身**」。

例 ① During the Moon **Festival**, many people in Taiwan have a barbecue.

② The couple are busy preparing their wedding **festivities**.

---

fever vs. **temperature**

☞ have a fever 是指「**發高燒，病得不輕**」；而 have a temperature 則是指「**身體微恙，體溫有點比平常高**」。

例 ① Thor had a high **fever** and felt very weak.

② Loki seemed to have a **temperature** but he ignored it.

fictional vs. fictitious

☞ fictional 是指「**虛構的；小說的**」；而 fictitious 則是指「**虛假的，騙人的**」。

例 ① Iron Man is a **fictional** character. However, in the future, with the help of technology, the super hero might be with us.

② Allen was cheated by a woman with a **fictitious** name in the online chat room.

---

fight vs. brawl vs. clash

☞ 三字都有「**打鬥、打架**」的意思，但 fight 為「**最一般用字，可能涉及個人或群體**」；brawl 通常為「**公共場合的打鬥**」；clash 則是「**涉及兩群人的衝突**」，如：暴民與鎮暴警察。

例 ① I got into a **fight** with David because he humiliated me.

② They were all drunk and ended up in a **brawl**.

③ The **clash** between the protesters and the police doesn't seem like it will end soon.

---

figure vs. constitution

☞ 兩字都可指「**身材體格**」，但 figure 只限用於女性；constitution 則無性別限制，且除了指「**身材**」外，亦可指「**身體健康狀況**」。

例 ① Madonna does yoga every day to keep a good **figure**.

② Hulk has a strong **constitution** that everyone envies.

---

filter vs. sieve

☞ filter 是「**過濾氣體、光線或液體**」；但 sieve 則是「**篩／濾掉麵粉或其他食物**」。

例 ① The tap water was completely **filtered** so you can drink it directly.

② Before using the flour, you need to **sieve** it first.

find vs. **finding**

☞ 兩字都可當「**發現**」，find 當可數名詞時，意思是「**找到的東西或人，特別是挖掘或水中尋得；或珍貴的東西／人**」；finding 則是指「**透過實驗或研究得到的發現**」，常用複數。

例 ① This second-hand grammar book at the flea market was a real **find**.

② Our experiment yielded the same **findings** as yours.

- -

find vs. **found**

☞ find 意思為「**找……或發現……**」，動詞三態為 find-found-found；found 當原形動詞用時，意思則是「**建立、創立**」。

例 ① I can't **find** my cellphone. Would you call my phone so I can hear it ring?

② This organization was **founded** by a group of retired teachers in 1976.

- -

fire vs. **flame** vs. **blaze**

☞ fire 泛指「**火本身**」；flame 的火焰呈紅色居多，溫度比起 blaze 低很多，如：打火機的火焰；blaze 則是「**溫度極高的火**」，顏色常呈藍色，如：用來焊接的火焰。

例 ① **Fire** and water are useful for humans, but they sometimes can be deadly.

② People in old times used candle **flames** to light up their houses at night.

③ The **blaze** is so hot as to burn and cut the iron bar in half.

- -

firework vs. **firecracker**

☞ 兩字都常以複數出現，firework 主要是指「**煙火**」；firecracker 則是指「**鞭炮**」。

例 ① Colorful **fireworks** lighted up the sky on New Year's Day.

② Children in this neighborhood like to set off **firecrackers**.

first floor vs. **ground floor**

☞　first floor 在美式英語中，意思是「**一樓**」；相對於英式英語 ground floor 為「**一樓**」。second floor 為「**二樓**」(美式)；first floor 為「**一樓**」(英式)，以此類推。

例 ① Hotel counters are usually on the **first floor**.

　② Please carry your suitcase to the **ground floor**.

- -

first lady vs. **ladies first**

☞　first lady 是指「**總統或元首夫人（第一夫人）**」，常常大寫；而 lady first 則是「**女士優先**」。

例 ① The **First Lady** of the USA will visit South Korea this week.

　② **Ladies first**. I can wait; that's no problem at all.

- -

fit vs. **suit**

☞　fit 是指「**（尺寸上）的合適**」；suit 則是指「**（花樣／顏色／款式上）的合適**」。

例 ① This suit doesn't **fit** me. Could you get me a larger size?

　② Wow! This pink dress **suits** you so well. You look like a million dollars.

- -

flag vs. **banner**

☞　flag 是指「**一般常見的旗子，通常代表一個國家或組織**」，如：national flag（國旗）；banner 則為「**旗幟，旗面會有書寫之文字，用來表達支持某一隊伍或信念**」等等。

例 ① The **flag** was hung at half mast to remember those who died in the air crash.

　② The crazy fans are waving **banners** to welcome their favorite baseball team at the airport.

flat vs. flatly

☞ flat 意思為「**平坦的／地或仰臥的／地**」，可為形容詞或副詞；flatly 意思不是平坦地，而是「**斷然地**」。

例 ① What we see now is a **flat** field.

② She was lying **flat** on the grass, enjoying the breeze.

③ He **flatly** refused my invitation.

---

flaunt vs. flout

☞ flaunt 是指「**炫耀（某物／事）**」；flout 則是「**公然藐視法律，做出違法的事**」。

例 ① Mrs. Chen has been **flaunting** her new wedding anniversary diamond.

② The factory keeps **flouting** the law by discharging chemicals into the river.

---

flee vs. flea

☞ flee 意思為「**逃跑、逃脫**」，動詞三態為 flee-fled-fled；flea 則是「**跳蚤**」。

例 ① Groups of refugees **fled** to the neighboring countries for protection.

② My skin itches. I guess there must be some **fleas** on my bed.

---

flesh vs. meat

☞ flesh 可指「**動物或人類的肉**」；但 meat 則只能指「**動物可食用的肉**」。

例 ① It is easy to cut into the **flesh** with that sharp knife if it is used carelessly.

② Crocodiles are **flesh**-eating animals.

③ Are you a **meat** eater or vegetarian?

另外，「牛肉」為 beef；「豬肉」為 pork；「雞肉」為 chicken；「羊肉」為 lamb；「魚肉」為 fish。

flexible vs. elastic

☞ 兩字都可翻譯為「有彈性的」，但 flexible 是指「**為人或計畫行程，方法等，很有彈性，可因應情況而改變**」；elastic 則是指東西，如：橡皮筋等，「**有彈性的**」。

例① We should have been more **flexible** about our plan.
② This rubber band is no longer **elastic**.

0581 ★ ★ ★ ★ ★

floating vs. afloat

☞ 兩字都有「**漂浮於水上**」的意思，但 floating 可置於名詞的前或後；afloat 則不可置於名詞前。

例① Robert's boat is **floating/afloat** on the lake.
② Some ants are smart enough to use **floating** leaves to cross a river.

0582 ★ ★ ★ ★ ★

flock vs. herd vs. pack vs. school vs. swarm vs. flight vs. group

☞ 以上都是「**（一）群……**」，但常搭配的動物如下：a flock of sheep, goats（羊群）；a herd of cows, bisons, horses（牛／馬群）；a pack of wolves, foxes, dogs（狼，狐，狗群）；a school of fish（魚群）；a swarm of ants, bees（昆蟲類）；a flight of birds（鳥群）；a group of people（人群）。

例① The **flock** of sheep were frightened by the appearance of the tiger.
② A large **pack** of wolves can be a big threat for a lone lion.
③ The dead grasshopper drew a **swarm** of ants.
④ Our newly-opened egg tart store attracts a large **group** of customers every day.

0583 ★ ★ ★ ★ ★

flood vs. flooding

☞ 兩字都可指「**洪水**」，但 flood 為可數名詞；flooding 則為不可數名詞。

例① The **flood** in July killed hundreds of people in this town.
② All necessary preparations were made to prevent serious **flooding**.

floor vs. ground

☞ 兩字皆指「**地板或地面**」，但 floor 是指「**室內地板**」；而 ground 是指「**室外的地面**」。

例 ① Eddy just spilt the coke all over the **floor**.

② Curry is skateboarding on the open **ground** in the park.

---

floor vs. story

F

☞ 兩字都可翻譯為「**樓層**」，但 floor 是指「**單一層樓**」；story 則是指「**建築物全部樓層**」。

例 ① Please deliver this package to the fifth **floor** of this apartment.

② The 30-**story** building is the landmark of this area.

---

florescent vs. fluorescent

☞ florescent 是指「**開花的過程／狀態的**」；fluorescent 則是「**螢光的**」。

例 ① All flowers in my garden are **florescent**. What a beautiful sight!

② While riding a bicycle at night, Jeremy prefers to wear **fluorescent** clothes.

---

flow vs. flown

☞ flow 意思是「**（尤指液體、氣體或電等的）流動**」，動詞三態為：flow-flowed-flowed；而 flown 則是 fly「**（鳥、昆蟲或飛機等的）飛行**」的過去分詞，fly 的動詞三態為：fly-flew-flown。

例 ① This river **flows** through four counties before flowing into the Pacific Ocean.

② A sparrow **flew** in through the window and scared many female students.

0588 ★ ★ ★ ★ ★

flush vs. blush

☞ 兩字皆可指「**因尷尬，害羞而臉紅**」＝ go red，但 flush 另外也可能是「**因為生氣或天氣熱而臉紅**」。

例 ① Offended by his son's rude words, Cliff **flushed** with anger.

② Seeing the boy she has a huge crush on, Linda **blushed** and was speechless.

0589 ★ ★ ★

foal vs. colt vs. filly vs. pony

☞ foal 是指「**小馬**」，明確來說，通常是指「**一歲以下的公馬或母馬**」；colt 是「**公的小馬**」；filly 則是「**小的母馬**」。

例 ① Two horses are protecting their **foals** from the hungry lions in the vicinity.

② The **colts** and **fillies** are running around, having great fun.

另外，pony 是指「**體型較為迷你的小型馬匹**」。

例 ③ It costs 200 dollars to ride the **pony**.

0590 ★ ★ ★ ★

foam vs. bubble

☞ foam 除了有「**bubble（泡沫、泡泡）**」的意思外，另外，亦可指「**座椅上的，或建材用的泡泡材料，甚至刮鬍泡的泡沫**」。

例 ① Thanks to the **foam** packaging, all the apples didn't bruise.

② My little son is playing with **bubbles** in the bathtub.

0591 ★ ★ ★ ★

fog vs. mist vs. smog

☞ fog 為「**濃霧**」；mist 為「**薄霧**」；smog 則是「**因為汙染而造成的煙霧**」，是由 smoke 與 fog 而來。

例 ① Thick **fog** this morning caused many flights to be delayed for two hours.

② I like to jog in the morning, especially when the whole park is covered in **mist**.

③ This city is shrouded in **smog**, which is harmful to people's respiratory systems.

-fold vs. times

☞ 兩字都可當「**倍數**」，但使用上差別為：-fold 直接與數字連用，合成一個字，如「**三倍**」為 threefold；但若使用 times，則變成 three times。

例 ① The average price of vegetables during this typhoon has increased **threefold**.

② A giraffe can be four **times** taller than a zebra.

---

follow vs. chase

☞ 兩字都有「**追／跟**」的意思，但 follow 純粹是指「**跑／駕車跟在某人的後面**」；chase 則是「**跟在……後方，目的是要抓住對方**」。

例 ① Please **follow** me to the next pavilion.

② The puma is **chasing** its prey at full speed.

③ Two police cars are **chasing** a suspect in a red van.

---

foot vs. leg

☞ foot 是指「**腳踝以下的部分**」；leg 則是指「**整條腿**」。

例 ① Sorry for stepping on your **foot**.

② She fell and bruised her **legs**.

另外，thigh 是指「大腿」；shin 為「脛骨」；calf 是「小腿」。

---

football vs. soccer

☞ football 為英式用法，soccer 為美式用法，兩字都可指「**足球**」；football 在美式用法中，又可指「**橄欖球**」。

例 ① **Football** is very popular in Europe and Africa, just like baseball in America.

② Victor is the captain of the school **soccer** team.

for vs. **since**

☞ for 後接一段時間，指「**動作持續多久**」；since 後接時間起點。所接時態上，for 可與現在完成式，過去完成式，過去簡單式，未來式，現在簡單式連用。

例 ① He has worked/has been working on the project **for** two days.
② She had mopped/had been mopping the floor **for** twenty minutes.
③ I practiced the piano **for** ten years.
④ You can take a rest **for** a couple of minutes if you like.
⑤ Kelly will go shopping **for** the whole afternoon.
⑥ If the symptom lasts **for** three days, then you'd better see a doctor.

since 則可與現在完成式，過去完成式連用。

例 ⑦ We have planted five hundred trees **since** last year.
⑧ Stark has been reading the novel **since** he finished dinner.
⑨ Judy has been adored **since** she has become a pop singer.
⑩ Mandy had fought with lung cancer **since** Christmas.
⑪ Denny came home at 6 pm and has been sleeping ever **since**. （當副詞）

- -

for vs. **to**

☞ 表「**目的或用途**」，主詞為物，用 for ＋用途；主詞為人／動物，用 to ＋用途。

例 ① A bottle opener is used **for** opening any bottle with ease.
② She used a blanket **to** keep her pet dog warm.

- -

for example vs. **for instance**

☞ 兩個都可用來「**舉例**」，但 for instance 會比 for example 稍稍正式一點。

例 ① Erica likes many vegetables, **for example** cabbages and eggplants.
② Some animals, **for instance** owls and bats, are nocturnal.

forbear vs. forebear

☞　forbear 意思為「**克制不去……**」與 to 或 from 搭配使用；forebear 則是「**祖先**」＝ ancestor。

例① I have to **forbear** myself from buying anything online this week.

② Kim's **forebears** fought and died in World War II.

- -

forbid vs. ban vs. prohibit

☞　三字都是「**禁止**」，但用法上有點差異。forbid sb from/to；ban sb from；prohibit sb from。比較口語用法，則是用 be not allowed to。

例① Blair was **forbidden** to join any gang by his father.

② I absolutely **forbid** you from using my car without my permission.

③ Contaminated food was **banned** from exporting.

④ Students **are** not **allowed** to leave until 5 pm.

- -

forcible vs. forceful

☞　forcible 意思為「**使用身體力量／武力的**」；forceful 則是「**有說服力的**」。

例① The jewelry store showed no signs of **forcible** entry.

② The **forceful** speaker was elected as a legislator.

- -

forecast vs. foretell

☞　forecast 是「**根據已知的資訊，做出預測**」，如：預測天氣；foretell 則通常「**透過法術或魔法等能力，所做出預言**」。

例① A tropical storm is **forecast** for this weekend.

② Let me read your palm and I can **foretell** your fortune.

0603 ★ ★ ★ ★ ★

forget vs. leave

☞ 當 forget 為「**忘記什麼東西**」，後不加地點；leave 為「**遺留……在某處**」則是後要加地點。

例 ① Oh no, I **forgot** my wallet. Could you foot the bill this time?

② I **left** my umbrella on the bus and it is pouring right now.

0604 ★ ★ ★ ★ ★

forgettable vs. forgetful

☞ forgettable 為「**可遺忘的（因為不怎麼有趣或不是那麼好）**」；forgetful 則為「**健忘的**」。

例 ① If you consider those bad memories **forgettable**, you'll feel better.

② Tom's grandma is becoming more and more **forgetful**, only remembering those old days.

0605 ★ ★ ★

forgo vs. forego

☞ forgo 意思為「**放棄……（樂事）**」；forego 則為「**在……之前；放棄……（樂事）**」。

例 ① I decided to **forgo** the habit of using my smartphone before going to bed.

② The ceremony **forewent** a huge celebration.

0606 ★ ★ ★ ★ ★

former vs. late

☞ former 為「**前一任的**」；late 則為「**已故的**」

例 ① Our **former** general manager was convicted of embezzlement.

② The **late** minister donated 95% of his wealth to orphanages.

foundation vs. base

☞ foundation 是指「**建築物的地基**」；base 則是指「**物品的底座**」= bottom。但若指「**理論、學說發展的基礎**」，則兩字互通，又等於 basis。

例 ① The workers are digging the **foundation** of the building.
② There is a gift shop at the **base** of the tower.
③ Your research has a solid economic **base**.

---

founder vs. flounder

☞ founder 是指「**（計畫等）因遭遇困難而失敗收場**」；flounder 則是「**不知所措**」。

例 ① Our plan to play a trick on Ronnie **foundered**.
② Allen **floundered** when we asked something about his secret lover.

另外，founder 亦可當名詞，意思為「**創辦者**」。

例 ③ As the **founder** of the company, Mr. Quan always sees his employees' welfare as his top priority.

---

fragrant vs. flagrant

☞ fragrant 意思是「**芬芳的**」；flagrant 則是「**惡意的，令人憤慨的**」。

例 ① Your room smells **fragrant**. Is it essence oil?
② That's a **flagrant** foul. He should be ejected from the game.

---

frank vs. direct vs. outspoken

☞ 三字都有「**坦白說，老實說**」的意思，但 frank「**比較溫和**」= honest；direct 則「**比較直接，可能會沒有顧及對方感受及說話禮貌**」；outspoken 是指「**直言不諱，不留任何情面**」。

例 ① To be **frank** with you, I don't quite like the way you talk about my dog.
② Don't be frightened about my sister's **direct** manner when you speak with her.
③ He is **outspoken**. I feel hurt every time he gives me suggestions.

★ ★ ★ ★ ★

free vs. freely

☞ free 當形容詞，意思為「**自由的或免費的**」，當副詞時，則為「**免費地**」；副詞 freely 則為「**自由地**」。

例 ① I wish I could be as **free** as a bird.
② There are **free** newspapers at the Taipei MRT.
③ If you buy two, you can get one **free**.
④ It is better to see a bird fly **freely** in the sky than to keep it in a cage.

★ ★ ★ ★

freedom vs. liberty

☞ freedom 是指「**廣義的自由、無拘無束**」的含意；liberty 比較「**偏指法律，或政治上所賦予自由權**」。

例 ① Without **freedom**, I would rather die.
② This is a country of **liberty**, equality, and justice.

★ ★ ★ ★ ★

freeway vs. highway vs. expressway

☞ freeway 和 highway 各國的翻譯都不同，茲以台灣為例，freeway 是指「**高速公路**」（free 並非指免費，而是無限制）；highway 則是「**連接城鎮與城鎮的省道**」；expressway 則是指「**快速道路**」。

例 ① Normally, it takes 2.5-3 hours to travel from Taipei to Changhua on the **freeway**.
② We decided to take the **highway** to travel around the island.
③ There is not much time left. Let's take the **expressway**.

★ ★ ★ ★ ★

friend vs. pal vs. acquaintance

☞ friend 是「**朋友意思中最一般的用字**」；pal 為「**非正式用法，且慢慢變為舊式英文**」；acquaintance 則是「**認識但不熟的一般朋友**」。

例 ① Berry has a couple of **friends** working for Google.
② Mrs. Austin used to be my mother's pen **pal**.
③ Hayes is just an **acquaintance** of mine, not a close one.

0615 ★ ★ ★ ★ ★

friendly vs. friendlily(?)

☞ friendly 意思是「**友善的**」，為一形容詞，不可將字尾去 y 並加 ly 來形成副詞，正確表達應用其他說法：in a friendly way。

例 ① He is being **friendly** in front of his boss, but actually he is kind of mean.

② Professor Brook always treats each of his students in a **friendly** way.

- -

0616 ★ ★ ★ ★ ★

from vs. since

☞ from 起始點可以是過去或是現在；since 起始點是過去，持續到現在或者到過去的某一時間；而時態上，from 可與現在簡單式，過去簡單式，未來式連用；since 則一般與主要子句為完成式，since 內用過去式。

例 ① Employees in that company usually work **from** 7 am to/until/till 5 pm.

② **From** his early manhood, he usually bullied people in his neighborhood.

③ **From** now on, I'll stick to my guns, not swayed by others' opinions.

④ Potter has been in such a bad mood **since** I told him the bad news.（NOT … from I told him….）

⑤ Ian had indulged himself in gambling **since** he divorced.

- -

0617 ★ ★ ★ ★ ★

fun vs. funny

☞ fun 可當名詞或形容詞，意思為「**讓人享受的，有樂趣的**」；funny 則為「**好笑的，滑稽的；奇怪的（strange）**」。

例 ① The kids are having **fun** on the playground, chasing each other.

② Is it a **fun** Halloween party to go to?

③ Korver wore a **funny** hat to school and was teased by his classmates.

④ I can smell a **funny** odor from the closet. It's a little bit yucky.

First come first served.
先來先伺候

G

0618

0618 ★ ★ ★

gaffe vs. **slip of the tongue**

☞ gaffe 可指「（行為或言語）的出糗、口誤或做錯事」；slip of the tongue 則單指「口誤」。

例 ① The minister made a **gaffe** on a TV interview, which immediately grabbed the headlines.

② Mom sometimes calls me my brother's name. It is just a **slip of the tongue**.

0619 ★ ★ ★ ★ ★

gain vs. **earn**

☞ gain 意思為「**得到**」，搭配詞為 confidence, ability, weight, power, control, access 等等；earn 意思為「**賺取、贏得**」，搭配詞有：money, respect, reputation 等

例 ① After making a successful debut, Justin **gained** more confidence.

② The worker only **earned** 20, 000 dollars a month.

0620 ★ ★ ★

gamble vs. **gambol** vs. **bet**

☞ gamble 意思為「**賭博**」；gambol 則是「**高興地跑跳嬉戲**」。另外，bet 則是「**打賭**」，亦可指「**在某一賽事中下賭注**」。

例 ① He **gambled** away all his savings.

② Those children are **gamboling** in the attic.

③ I decided to **bet** 3, 000 dollars on the No. 5 horse.

garbage vs. trash vs. rubbish vs. litter vs. junk vs. refuse vs. waste

☞ garbage 在美式英文中，是指「**吃剩要丟棄的食物**」，「**其他廢棄物**」稱為 trash；在英式用法裡，垃圾統稱 rubbish；litter 主要是指「**在公眾場合隨手丟棄的垃圾**」，如：紙屑，瓶瓶罐罐等；junk 指「**老舊沒用或沒價值的垃圾**」；refuse 為「**很正式的垃圾用字**」；而 waste 則是指「**生產過程產生之副產品的垃圾**」，如：nuclear waste，hazardous waste。以上各字皆為不可數名詞。

例 ① Would you take out the **garbage**? It smells so bad.
② Look at your room. It's filled with **rubbish**.
③ The old, broken sofa is a big piece of **junk**.
④ The **refuse** in this factory needs to be cleaned and recycled.
⑤ Nuclear **waste** is hard to be disposed of.

G

gather vs. collect

☞ 兩字都翻譯為「**收集（東西）**」，但 gather 通常是指「**收集手邊的／近在咫尺的東西**」；collect 則是「**要從不同地方，不同人手中慢慢去收集**」。另外，如果要「**收集資訊或情報**」，則兩字無差異。

例 ① He is **gathering** his personal belongings and ready to leave.
② We are **collecting** second-hand clothes from the neighborhood for orphans.
③ I am busy **collecting/gathering** the information about Taiwan's night markets.

gaze vs. stare vs. glare vs. gape

☞ gaze 意思為「**凝視**」，通常是凝視很驚奇的事物；stare 則為「**盯著看**」，通常是令人吃驚／奇怪的人事物。另外，glare 為「**很生氣地瞪著某人**」＝ glower，三字搭配介係詞皆為 at。

例 ① He is **gazing** at the blue moon.
② Everyone is **staring** at Brad's new hairstyle with seven colors.
③ She **glared** at me because I accidentally spilled coffee onto her white shirt.

另外，gape 也是指「**吃驚地看著人或物，且強調吃驚到嘴巴張得很大**」。

例 ④ Everyone is **gaping** at the girl who is running naked on the street.

★ ★ ★ ★ ★

gerund vs. **present participle**

☞ gerund 中文翻譯為「**動名詞**」（Ving）；present participle 為「**現在分詞**」（Ving）。

A. 動名詞兼有動詞功能及名詞功能：

例 ① I am thinking about retiring in two years.（動詞功能）

② Taking a deep breath helps me relax when I feel nervous.（名詞功能）

B. 現在分詞可形成：分詞構句或當形容詞：

例 ③ Suffering from allergy to pollen, I always stay away from flowers.

④ The toddler was frightened by a barking dog.

0625 ★ ★ ★ ★ ★

get vs. **have**

☞ 兩字皆有「**叫……去做……**」，但 get+sb+to V；have 為使役動詞，後加原形動詞。

例 ① It's hard to **get** Jim to say "I love you" to his parents.

② The policewoman **had** Jim show his driving license to her.

> 另外，亦可表被動。

例 ③ When can you **get** it done? We've been waiting for too long.

④ Once you **had** this machine turned on, it's not easy to turn it off.

進階學習：「**讓……開始從事……**」

例 ⑤ Once you **get** the old man talking about the life in the military, he won't stop!

⑥ If you **get** the ball rolling down the hill, you can never get it back.

⑦ The speaker soon **had** all the audience laughing out loud.

0626 ★ ★ ★ ★ ★

get in(to) vs. **get on(to)**

☞ get in 通常是「**上轎車、小貨車等之類的交通工具**」，而「下車」為 get out of；相反地，get on 則是「**上像火車、公車、船、飛機等交通工具**」，而「下車」為 get off。

例 ① The two policemen **got in** the police car to chase the wanted criminal.

② Judy successfully **got on** the train at the last minute.

give sb a hand vs. give sb a big hand

☞ give sb a hand ＝ help；give sb a big hand ＝ applaud 是「**鼓掌**」的意思。

例 ① Would you **give** me **a hand**? I'm too busy to answer the door.

② Everyone **gave** the violinist **a big hand** for her wonderful performance.

---

give sb up vs. give up on sb

☞ give sb up 意思是「**與某人（感情上）絕交**」；give up on sb 則可指「**放棄某人或不再期望某人的到來**」。

例 ① I **gave** Rubio up because he cheated on me.

② The parents decided to **give up on** their drug-addicted son.

---

glad vs. happy

☞ 兩字皆為「**開心的**」，但 glad 不用於名詞前；happy 則可置於名詞前或後來修飾。
例外：在舊式用法中，give sb the glad eye 則是「**頻送秋波**」。

例 ① I'm **glad** you could make it.

② The young girl is as **happy** as a lark.

③ The girl I don't like is giving me the **glad** eye. I'd better leave as soon as possible.

---

glimpse vs. glance vs. spot

☞ glimpse 是指「**一瞥（無刻意，且時間很短暫地看到東西）**」；glance 亦是「**一瞥，（但是刻意地看東西）**」；spot 則是指「**突然看到，或指平常不易看到的人事物**」。

例 ① She **glimpsed** a strange man beside her car.

② He **glanced** at the door, expecting his father's coming.

③ **Spotting** a police car around, he refrained from violating the traffic law.

0631 ★ ★ ★

---

global vs. international

☞　global 中文翻譯為「**全球的，範圍涉及全球各國**」；但 international 意思為「**國際的，牽涉到二個或以上的國家**」。

例 ①　**Global** warming is playing a crucial role in today's dramatic climate change.

②　This company only deals in **international** trade.

0632 ★ ★ ★ ★

---

glove vs. mitten

☞　兩字都可翻譯為「**手套**」，但 glove 的設計是「**穿戴時，五根手指頭是分開的**」；而 mitten 設計上則是「**除了大姆指以外，其他四根手指頭是在一起**」。

例 ①　In winter, I prefer to wear gloves rather than **mittens** because it is easier for me to grab something.

0633 ★ ★ ★ ★ ★

---

go on vs. go on to

☞　go on doing something 意思為「**繼續從事某事（相同的事）**」，相似字為 keep（on）；但 go on to do something 則是「**接著做（不同的事）**」。

例 ①　Howard **went on** practicing his free throws.

②　James Harden **went on to** play 3 on 3 after the full-court practice.

0634 ★ ★ ★ ★ ★

---

go out vs. put out

☞　兩片語皆有「**熄滅**」的意思，但 go out 主詞為火源；put out 主詞通常為人。

例 ①　The camp fire didn't **go out** until early morning.

②　The firefighters **put out** the fire in half an hour.

go to bed vs. go to sleep

☞ go to bed 意思是「**上床睡覺，但不一定馬上睡著**」；go to sleep 則是指「**睡著**」＝ fall asleep。

例 ① Children, it's time for you to **go to bed** now.

② Miller didn't **go to sleep** until 2 am.

0636 ★★★★

gold vs. golden

☞ gold 是指「**黃金的、金製的**」；golden 則是指「**絕好的、金色的、成功的**」。

例 ① She got a **gold** ring for her wedding anniversary.

② We must grasp this **golden** opportunity to invest more in stocks.

0637 ★★★★

goodbye vs. farewell vs. so long

☞ 三字都有「**再見**」的意思，goodbye 為一般用字；farewell 另有「**永別了**」的意思；so long 則用於「**要一段長時間才會再相見**」。

例 ① **Goodbye**, my dearest friend.

② He left without saying **farewell**.

③ "**So long**," she said with tears in her eyes.

0638 ★★★

goods vs. cargo

☞ 兩字都有「**貨物**」的意思，但 cargo 比較「**偏向是船貨或航運的貨物**」。

例 ① Teresa's shop mainly sells leather **goods**.

② The ship and all its **cargo** were taken by a pirate ship.

gorge vs. canyon

☞ 兩字都有「峽谷」的意思，但 gorge「**通常谷底溪流不斷沖蝕著**」，如：太魯閣；canyon 則是「**由高原經由非常長時間風吹雨打，侵蝕而來**」，如：美國大峽谷。

例 ① Scenery around this **gorge** is beyond description.

② Have you ever been to the Grand **Canyon**?

0640　★ ★ ★

govern vs. reign

☞ 兩字都有「治理」，但 govern 為及物動詞＝ rule，是指「**政府的治理**」；reign 則是指「**君王、女皇的治理**」，且為不及物動詞，常搭配 over。

例 ① **Governed** by a good president, the country has been prosperous for years.

② Queen Victoria **reigned** over Britain for most of the time in the 19th century.

0641　★ ★ ★

guide vs. guidance

☞ guide 是指「**導引，常用於書，雜誌，甚至是電視上，或指 tour guide（導遊）**」；guidance 則是指「**給別人輔導、建議、或指導**」。

例 ① The tour **guide** is giving an introduction of the relics to those tourists.

② This horror movie definitely needs parental **guidance**.

0642　★ ★ ★

guilty of vs. guilty about

☞ guilty of 意思為「**有……的罪**」；guilty about 則是指「**對……感到內疚**」。

例 ① He was **guilty of** sexual harassment.

② I felt **guilty about** not confessing to you the wrongdoings I did.

gun vs. pistol

☞ gun 泛指「槍」；而 pistol 則是指「可一手操控的手槍」＝ handgun。

例 ① A gangster used a machine **gun** to shoot the police.

② The terorrist's **pistol** was found and confiscated at the airport.

0644 ★ ★ ★ ★

grade report vs. transcript

☞ 兩字都可指「**成績單**」，但 grade report「**常用於高中（含）以下的成績單**」；transcript 主要是「**用於大學成績單**」。

例 ① I hid my **grade report** from my parents because it wasn't satisfying.

② He got all A's on his **transcript** this semester.

0645 ★ ★ ★ ★

graft vs. corruption

☞ 兩字都有使用「**非法手段，以獲取利益（貪汙）的意思**」。graft 泛指「**貪汙，可發生於政府單位或私人機構**」；corruption 則專指「**政府相關單位**」。

例 ① The new CEO vowed to put an end to any **graft**.

② Another government official was charged with **corruption** and stepped down.

0646 ★ ★ ★ ★

grasp vs. grip vs. seize vs. cling to

☞ grasp 是指「**一般的（用手）抓牢**」；grip 是指「**抓得非常牢**」；seize 強調「**突然抓住**」；cling to 則是強調「**整個身體趴過去抓牢**」。

例 ① My kid **grasped** his toy Ironman firmly, not letting go of it.

② **Grip** the rope as tightly as you can；otherwise, you may fall.

③ The man **seized** the woman's arm, telling her he loved her.

④ Jack and Rose **clung to** a floating piece of wood.

G

grass vs. weed vs. lawn

☞ grass 是指「**一般的青草**」；weed 則是指「**雜草**」。另外，lawn 指「**草坪**」，上面可能包含 grass 及 weed。

例 ① Mary is having a good time with her pet dog on the **grass**.

② **Weeds** in the garden grow relatively faster in summer.

③ We need to mow the **lawn** every two weeks.

-----

graveyard vs. cemetery

☞ 兩字都有「**墓地**」的意思，但差別為 graveyard 通常「**比較靠近教堂**」；cemetery 則是「**不靠近教堂**」。

例 ① Houses near **graveyards** or **cemeteries** are usually cheaper.

另外，graveyard shift 則是所謂的「**大夜班**」；試比較 day shift（日班）；night shift（小夜班）。

例 ② I'll work the **graveyard** shift this month.

-----

green bean vs. mung bean

☞ green bean 意思是「**四季豆**」；而 mung bean 意思才是「**綠豆**」。

例 ① Parker likes vegetables, especially **green beans**.

② Sweet **mung bean** soup is a refreshing summer snack.

greeting vs. greetings

☞ greeting 的意思是「**問候、打招呼；（信件上）的稱呼**」；而複數的 greetings 則是「**（節日時）的祝福、祝賀**」＝ wishes ＝ regards。另外，greetings 在舊式用法中，相當於 Hello。

例 ① Teresa said nothing to me but nod and smile in **greeting**.
② The children walked around to send Xmas **greetings** to people in the neighborhood.

0651 ★ ★ ★ ★ ★

gym vs. stadium

☞ gym 可指「**健身房或體育館（有屋頂）**」；stadium 則是「**大型運動場，有看台座位**」。

例 ① To keep in shape, Mark goes to the **gym** every three days.
② The **stadium** was crowded with enthusiastic football fans.

0652 ★ ★ ★ ★ ★

ground vs. grounded

☞ ground 為 grind「**磨（碎）；碾（碎）**」的過去式及過去分詞；grounded 則是動詞 ground「**（船）擱淺；（飛機）停飛；（小孩）禁足**」的過去式及過去分詞。

例 ① Mother put some **ground** beef into the dish and started to stir-fry.
② A ship was **grounded** off the coast.
③ The plane was **grounded** because of heavy snowfall.
④ Ronnie didn't behave well so he was **grounded** for two days.

Give knaves an inch and they will take a yard.
得寸進尺

0653　★ ★ ★ ★ ★

habit vs. **custom**

☞ habit 指「**個人的習慣**」；custom 則是指「**群體或某一地方的風俗習慣**」＝ convention。另外，恆為複數的 customs 亦有「**海關**」的意思。

例 ① I dislike the **habit** of chewing something with an open mouth.

② It is a **custom** to give red envelopes to children on the Chinese New Year's Eve.

③ The man was so suspicious that he was stopped at **customs**.

- -

0654　★ ★ ★ ★

hair vs. **hide** vs. **fur** vs. **peel**

☞ 前三個字都是「**頭髮／毛髮**」的意思，hair 可用於人類，及一些動物的毛髮；hide 主要是指「**動物的獸毛**」，這些獸毛是可以剃下來製作加工的；fur 亦是指「**動物毛髮，不過是比較柔軟的毛髮**」，常用來做衣服用。

例 ① She washes her **hair** every other day in winter.

② I can't afford this tent that is made of ox **hides**.

③ The cat is licking its **fur** on the roof.

另外，peel 則是指「**果皮**」。

例 ④ He slipped due to stepping on the banana **peel**.

進階學習：當指「**整頭頭髮**」的時候，hair 為不可數名詞；但若指「**幾根頭髮時**」，又變為可數名詞。

例 ⑤ The girl with long **hair** absolutely caught my eyes.

⑥ Mrs. Albert found two gold **hairs** on her husband's shirt, but they are not hers.

- -

0655　★ ★ ★ ★ ★

haircut vs. **hairdo**

☞ 兩字都可以指「**髮型**」＝ hairstyle，但若要指「**剪髮**」，則只能用 haircut。

例 ① We all thought Ronnie's new **haircut/hairdo** was funky.

② I really need a **haircut**. It's way too long.

0656 ★ ★ ★ ★ ★

hand vs. **arm**

☞ hand 是指「**手**」；但 arm 則是指「**整隻手臂**」。

例 ① Mom just cut her **hand** when slicing onions.

② He got a weird tattoo of a unicorn on his left **arm**.

0657 ★ ★ ★ ★

handy vs. **handful**

☞ handy 意思為「**方便使用的**」；handful 則為「**少數的、一手握的量**」。

例 ① For me, the tape is a **handy** tool for packing.

② Little Johnny was given a **handful** of candy to enjoy.

0658 ★ ★ ★ ★

hangar vs. **hanger**

☞ hangar 意思為「**停機坪**」；hanger 則為「**衣架**」。

例 ① A jumbo plane is being repaired in the **hangar**.

② We are one **hanger** short, unable to hang your wet pants.

0659 ★ ★ ★ ★ ★

happen vs. **occur** vs. **take place**

☞ happen 與 occur 用於「**事情發生但無計畫性、為突然性**」，happen 的主詞通常為無明確性的名詞，如：something, what 等；明確性的名詞，較常與 take place, occur 連用；另外，take place 用於「**事情或活動有計畫性之發生**」。

例 ① Something strange **happened** during the night.

② What **happened** to you? You don't look good.

③ A tremendous earthquake **occurred**, killing hundreds of people in China.

④ The anniversary celebration is going to **take place** on April 1st.

haul vs. **drag** vs. **tow**

☞　三字都有「拉或拖……」的意思，但 haul 是「**把東西拉向你身體方向**」；drag 是「**拖著東西在你身後**」；tow 則是「**專用在拖汽機車上**」，如：違規被拖吊。

例 ① She **hauled** the curtain toward her to see if it needs mending.

　② The man **dragged** a bag of trash toward the garbage truck.

　③ It's too late. Your car was **towed** away.

- -

haunted vs. **possessed**

☞　兩字都有「**被鬼魂佔據**」的意思，但 haunted 是形容「**房子鬧鬼**」；possessed 則是指「**人中邪，被鬼靈纏身**」。

例 ① No one would ever dare to visit the **haunted** house.

　② He was **possessed** by some evil spirit and acted very strangely.

- -

hard vs. **hardly** vs. **hardy**

☞　hard 可當形容詞或副詞，意思為「**困難的、硬的、努力的（地）**」；而 hardly 為副詞，意思為「**幾乎不……**」。

例 ① No matter how **hard** it is, he always works hard to achieve it.

　② I **hardly** drink alcohol, nor does my brother.

另外，hardy 是指「**能挺得過嚴峻天氣／環境考驗的**」。

例 ③ The **hardy** Eskimos can survive the worst weather in the Arctic Circle.

- -

hardship vs. **difficulty**

☞　hardship 是指「**因為沒錢或日常必須品所產生的苦難**」；difficulty 則是「**一般所指（事情）的困難**」。

例 ① Any government should care more about those who are suffering economic **hardship**.

　② Alex has **difficulty** teaching his parrot to say "Hello."

hardware vs. firmware

☞ 在科技用詞中，hardware 為「（**實體**）**的硬體設備**」，例如：主機板等等；firmware 則是「**韌體，是程式的一種，用來驅動或使硬體運作**」。

例 ① If we change the broken **hardware** with a new one, your computer may still run.

② There must something wrong with the **firmware**. My MP4 just can't turn on.

---

hat vs. cap

☞ hat 指「**有圓邊帽沿的帽子**」；cap 可指「**一般的鴨舌帽**」。

例 ① Hannah put on a big **hat** to avoid the scorching sun.

② The popular singer wore a baseball **cap** to keep passengers from recognizing him.

---

have vs. possess vs. with

☞ 前兩字都是「**擁有**」的意思，但 have 為一般口語用字＝ have got；而 possess 為正式用字，亦常出現於法律相關文章中。

例 ① I am willing to give you all I **have** and do anything for you.

② He was arrested for **possessing** a gun and some drugs.

另外，with 亦有「**有……**」的意思，差別於：with 為介係詞，且所帶出的片語為補語。

例 ③ I like the girl **with** big blue eyes and long legs.

---

have a word vs. have words

☞ have a word 可翻譯為「**借一步說話**」；have words 則是「**與（他人）起爭執**」。

例 ① Could I **have a word** with you? I really need your advice.

② Mr. Hung often **had words** with his wife, which finally led to their divorce.

have the time vs. have time

☞ Do you have the time? 意思為 What time is it? 或 Could I have your time?；而 Do you have time? 則是 Are you free/available now?

0669 ★ ★ ★ ★ ★

have to vs. have got to

☞ have to 可用於現在式、過去式、未來式；而 have got to 則用於現在式（表當前的義務）。另外，have got to 適用於「**一次性**」的必須；have to 則可用於「**一次性**」或「**連續性**」的必須。

例 ① We **have to** cut down on the expenses on entertainment.
② Rita **had to** pay the rent first to live in the apartment for another year.
③ Watson will **have to** sell his car to clear the debts.
④ I**'ve got to** go now. Thank you for the big meal.

說明 ➡（可把 have 省略）

⑤ Why does Eric **have to** brush the toilet again and again?
⑥ What **have** you **got to** do next?

0670 ★ ★ ★

hay vs. straw

☞ hay 是指「**乾草，主要用來當牛的飼料**」；straw 則是指「**小麥等穀類的莖，曬乾而成，可用來當飼料或編製草蓆**」。

例 ① Make **hay** while the sun shines.
② When farmers burn rice **straws**, the smoke not only causes air pollution but also endangers road safety.

0671 ★ ★ ★ ★ ★

heal vs. cure

☞ 兩字皆有「**治療、治癒**」的意思，但 heal 偏重於「**傷口的治療**」；cure 則是主要用於「**疾病的治療**」。

例 ① This ointment will help **heal** the wound on your knee.
② The terminally ill patient was miraculously **cured** of cancer.

healthy vs. healthful vs. wholesome

☞　前兩字都有「**有益於健康**」的意思，但若是要指人、動物或植物是健康的，則用 healthy。

例 ① Eat more **healthy/healthful** food rather than junk food.

② He keeps early hours to stay **healthy**.

另外，wholesome 也是翻譯為「有益健康的」，但通常用於食物方面。

例 ③ Mr. Chang only eats **wholesome** food, never having a bite of fast food.

---

hear vs. listen to

☞　hear 指「**無刻意地聽**」；listen to 則是「**有意地聽，而且聽的東西正在進行**」。

例 ① I **heard** you sing in the bathroom last night.

② The child **listened** carefully **to** his parents talking about the trip next weekend.

hear 無現在進行式，可用 can + hear 來表達「現在正在聽」。

例 ③ I can **hear** the birds chirping in the tree now.

④ I **heard** that Eddie was getting married soon.

說明 ➡ （hear 後可接 that 子句）

---

heaven vs. sky vs. haven vs. paradise

☞　heaven 是指「**上帝或在世是好人，過世後會去的地方，也就是天堂或如人間仙境，好玩的地方**」= paradise；sky 則是指「**天空**」。而文言中，複數的 heavens 亦是指「**天空**」的意思。

例 ① People say good people will go to **heaven** after they die.

② At Pingxi, many sky lanterns are sent to the **sky** by tourists each year.

③ Johnny stood on the hill, looking toward the **heavens**.

④ Guam is a **paradise** for water activities.

另外，haven 意思則是「避風港、避難所」。

例 ⑤ This school acted as a **haven** for those homeless people after the earthquake.

hedge vs. fence

☞ hedge 是「用矮灌木或一些矮樹所形成的樹籬」；fence 則是「籬笆」。

例 ① My rabbit is hiding between the **hedges**, barked at by my neighbor's dog.
② Several birds are chirping on the **fence**.

---

hello vs. greetings

☞ 兩字都是「打招呼」的意思，但 greetings（常用複數）則是舊式用法。

例 ① "**Hello**, Dave. How have you been lately?"
② "**Greetings**! Guys."

---

helmet vs. hamlet

☞ helmet 意思是「安全帽、頭盔」；hamlet 則是「小村莊」的意思。

例 ① Be sure to wear your **helmet** before riding your scooter.
② Let's stay overnight in this **hamlet** and get some rest.

---

heritage vs. inheritance

☞ heritage 主要是指「家庭或社會，國家所傳承下來的傳統價值，風俗，或信仰」等；inheritance 則偏向「指（人死後所留下的）遺產」。

例 ① Nothing can buy the cultural **heritage** of any country.
② There has been a serious quarrel over the distribution of the rich man's **inheritance**.

---

heroin vs. heroine

☞ heroin 意思為「海洛因」；heroine 則是「女英雄」。

例 ① The man was arrested for illegally possessing **heroin**.
② Hua Mu Lan was a **heroine** in many people's heart.

hew vs. hack

☞　兩字皆有「砍或劈」的意思，但 hew 為一般用字；而 hack 比較強調亂砍亂劈。

例 ① Bear Grylls **hewed** some logs to build a raft to cross the river.

　 ② The hunter **hacked** his way through the bushes.

---

hiccup vs. burp

☞　兩字都可翻譯為「打嗝」，但 hiccup（hiccough）通常是指「吃太快、喝太猛，或是胃裡或腹中的空氣過多，造成橫膈肌痙攣，而有持續性的打嗝」，可為動詞或名詞；而 burp 則是指「因為吃飽而打飽嗝，通常為一聲或數聲便停止」＝ belch。

例 ① When you drink or eat too fast, it is easy for you to have **hiccups**.

　 ② **Hiccuping** for the whole morning really killed me.

　 ③ Eve felt so embarrassed after **burping** loudly in front of her friends.

---

hide vs. conceal vs. disguise

☞　三字都有「隱藏」的含意，hide 為一般用字，conceal 則為正式用字；disguise 除了有隱藏之意，更有「改變原來特質／特性」的意思。

例 ① He sat in silence, trying to **hide** his anger.

　 ② It is impossible to **conceal** such a big scandal.

　 ③ The robber **disguised** himself, avoiding the police's pursuit.

---

high vs. tall vs. lofty

☞　tall 與「人、動物、樹、高樓、煙囪等等」連用；其他則用 high，如：「山、價格」。

例 ① How **tall** are you?

　 ② The **tall** tree behind my house is 100 years old.

　 ③ Mount Jade is the **highest** mountain in Taiwan.

　 ④ The price of this camera is too **high** for me to afford.

但在「量測上」，人／動物用 tall，物用 high。

例 ⑤ I'm 171 cm **tall**.
⑥ Taipei 101 is about 509 m **high**.

另外，lofty 則可用於「建築物，山，甚至是理想或信念態度等」的崇高，是比較文言的字。

例 ⑦ This city features **lofty** towers and ancient churches.
⑧ She has a **lofty** ambition to become a county magistrate in the future.

0684　★ ★ ★ ★ ★

high vs. highly

☞ 兩字都是形容詞 high 變化而來的副詞，但 high 通常是指「**具體的行為或動作**」，如：跳，飛（高）等等；highly 則是指「**抽象的行為或狀態**」，如：（高度）推崇，有競爭力的等等。

例 ① My son is trying to jump **high** enough to get the apple on the tree.
② It is not easy to survive in this **highly** competitive smartphone market.

0685　★ ★ ★ ★ ★

historic vs. historical

☞ historic 為「**歷史上重要的**」；historical 則為「**歷史上的**」

例 ① We finally won the war. I think this will be a **historic** moment.
② Hibbert is highly interested in **historical** studies.

0686　★ ★ ★

hoard vs. horde

☞ hoard 是指「**秘密地囤積（食物，錢財等），不讓他人發現**」；horde 是指「**一大群人**」。

例 ① The pirates are seeking a **hoard** of gold on the uninhabited island.
② A **horde** of customers are lining up to get free vouchers in front of the department store.

hobble vs. wander vs. swagger vs. clump vs. tiptoe vs. wade

☞　hobble 是指「**因為腳傷而吃力地走**」＝ limp；wander 指「**漫無目的地走**」；swagger 指「**大搖大擺，很驕傲地走**」＝ strut；clump 是指「**大力踩地並發出聲響地走**」；tiptoe 指「**躡手躡腳地走**」；wade 則是指「**涉水（泥）而走**」。

例 ① He **hobbled** toward me because of the injured leg.

② Dumped by his girlfriend, Brian was heartbroken, **wandering** around the city.

③ The new manager **swaggered** into the office, giving orders to his employees.

④ Mr. Bryant **clumped** down the stairs and shouted, "I'm hungry."

⑤ Anna **tiptoed** into her sister's room, trying to scare her.

⑥ He **waded** into the mud to push the car onto the road.

---

hobby vs. interest

☞　兩字都有「**嗜好、興趣**」的意思，但比起 interest，hobby 通常比較常指「**有關動態的活動**」，而 interest 則「**比較不明顯**」，舉例來説，interest in water skiing 可能指「**閱讀相關文章或觀看運動節目，比較不強調從事本身**」。

例 ① Playing basketball is my main **hobby**.

② Her only **interest** is reading novels.

---

hole vs. cave vs. cavern

☞　三字都有「**洞**」的意思，但 hole 為「**實體上或的孔或洞**」；cave 是「**洞穴的一般用字**」；cavern 則是「**大洞穴**」。

例 ① Be careful! There's a big **hole** in the lane.

② Bats come out of the **cave** when night falls.

③ It is said a man-eating python is lurking in the **cavern**.

holiday vs. vacation

☞ 英式用法中 holiday 用於「**單一假日**」，若後加 s，holidays 則為「**比較長的假期**」；而 vacation 則為「**學校不用上課的長假期**」。美式用法中，holiday 亦指「**單一假日，通常為國定假日**」，vacation 則指「**長假期**」。

例 ① Tomorrow is a **holiday**. Let's have some fun at the beach.

② I'm planning to do something meaningful during the upcoming **holidays**.

③ Mr. Brown is away. He is on **vacation** now.

---

home vs. house

☞ home 比較「**偏重情感定義上的家，或是某人所居住的家**」；而 house 則指「**建築物本身**」。

例 ① East or west, **home** is the best.

② We'll have a farewell party at Tina's.

說明 ➡（省略 home）

③ The **house** by the riverside looks magnificent.

> 另外，房子依建築外貌又可分為：bungalow「平房」；condo「公寓」；cottage「小屋（鄉間）」；detached house「獨棟房屋」；studio「套房（供出租）」；room「雅房（供出租）」；mansion「豪宅」；villa「別墅」；suite「套房（旅館內）」；hut「茅草小屋／棚屋」等等。

---

homeland vs. hometown

☞ homeland 是指「**人所在的國家，祖國**」；hometown 則是指「**家鄉**」的意思。

例 ① A large number of refugees were forced to leave their **homeland**.

② Rich man as he is, he never makes any contributions to his **hometown**.

homely vs. comely

☞ homely 是指「**相貌普普**」；comely 則是指「**漂亮的**」。

🈁 ① Strange to say, Hank only dates **homely** girls, not **comely** ones.

---

homework vs. assignment vs. housework

☞ homework 是指「**學生帶回家的作業，多數需要書寫**」；而 assignment 也是 homework 的一種，但也可能是指「**一項 task**」，如：去訪問一位外國人，去參觀美術館並寫下記錄等等。

🈁 ① I'm not in the mood for play now. I've got tons of **homework** to do!
　　② My English teacher gave each group an **assignment** to interview a foreigner.

另外：housework 則是指「**家事**」，為不可數名詞。

🈁 ③ We each share the **housework** on an equal basis.

---

honor vs. cash

☞ 兩字如果當動詞，且後面都加 check 的話，都有「**兌現支票**」的意思，但 honor the check 是指「**實現所說出的承諾**」，例如：政治人物選舉時所開出的選舉支票；cash the check 則是「**把真正的支票兌現成現金**」。

🈁 ① The politician failed to **honor** her check and was severely criticized.
　　② I need to **cash** this check before Friday.

---

honorable vs. honorary

☞ honorable 意思為「**值得尊敬／敬重的**」，可形容人或物；honorary 則是「**榮譽的**」。

🈁 ① Professor Pitt is an **honorable** scholar.
　　② In my opinion, every righteous job is **honorable**.
　　③ The philanthropist was given an **honorary** degree at the ceremony.

hope vs. **wish**

☞ hope 翻譯為「**希望**」，指事情可能發生；wish 翻譯為「**但願**」，指事情不太可能發生，需用假設語氣。

例 ① I **hope** I get/will get over the pain soon.

② Mathew is **hoping** that you could come over and enjoy the dinner together.（委婉）

③ She **wishes** that her son were still alive.

④ He **wishes** that he hadn't made the rude remarks in front of his manager.

> 但是後面加不定詞，則用法差不多。意思皆是：希望事情未來能實現。

例 ⑤ Lily **hoped/wished** to get promoted in the near future.

> wish 亦可用於「祝福」。

例 ⑥ We **wish** you a merry Christmas.

⑦ We **wish** you every success in your career!

---

horn vs. **antler**

☞ horn 泛指「**動物頭上的角**」，例如：牛或羊；antler 則「**專指公鹿的角，又稱鹿茸**」。

例 ① The matador was slashed by the **horn** of the bull.

② **Antlers** are considered to be conducive to people's health in Taiwan.

---

horoscope vs. **astrology** vs. **astronomy**

☞ horoscope 為「**星座**」= star sign = zodiac；astrology 為「**占星學**」；astronomy 則為「**天文學**」。

例 ① This newspaper provides daily **horoscopes** for readers.

② A：What's your **star sign**?

　　B：Capricorn.

③ I am interested to know what sign of the **zodiac** she was born under.

④ I have a hard time telling **astrology** from **astronomy**.

hotel vs. **motel** vs. **hostel**

☞　hotel 是指「**一般的飯店旅館**」；motel 除了也有「**旅館功能外，更提供房客停車的車位**」；而 hostel 則是「**青年旅社**」。

例 ① How could a five-star **hotel** provide such lousy service for customers?

　　② We stopped by a **motel** for a rest on our way to California.

　　③ Lee could only afford to spend the night at a **hostel**.

- -

How…! vs. **What…!**

☞　how 與 what 引導出來的肯定句子，稱為感嘆句。用法差別以例句說明：

例 ① **How** hot（it is today）**!**

説明 ➡（how 後加形容詞）

　　② **How** fast he ran!

説明 ➡（how 後加副詞）

　　③ **How** cute a baby (he is)!

説明 ➡（how 後加形容詞＋單數名詞）

　　④ **What** a lovely day (it is)!

説明 ➡（what 後加名詞）

　　⑤ **What** dirty water!

説明 ➡（what 後加不可數名詞，how 無此用法）

　　⑥ **What** tall buildings!

説明 ➡（what 後加複數名詞，how 無此用法）

- -

however vs. **but** vs. **yet**

☞　三字都是「**然而／但是**」的意思，但 however 為副詞＝ nevertheless, nonetheless；but 與 yet 既可當連接詞，又可當副詞。

例 ① Mary has plenty of shoes；**however**, she doesn't seem to stop buying more.

　　② She tried some Haggis, **but/yet** she didn't quite love the flavor.

　　③ A：How could you lie to me?

　　　　B：**But** you lied first!

H

human vs. humane vs. human being vs. mankind vs. humanity vs. humankind

☞ human 意思是「人類（的）」；humane 則是指「人道的、仁慈的」。

例 ① An adult **human** brain weighs about 1.3 to 1.5 kg.

② It is not **humane** to treat the stray dog like that. Stop kicking it!

> 另外，human being, mankind, humankind, humanity 亦都可指「人類」，但 human being 常用複數，mankind, humanity, humankind 則是視「人類為一群體」，為不可數名詞。

例 ③ **Human beings** should care more about the world and also make it a better place.

④ It has been a **mankind**'s dream to seek another earth-like planet in the universe.

⑤ **Humankind** is weak and vulnerable in the face of natural disasters.

---

humorous vs. funny

☞ humorous 為「有幽默感的，以致令人會心一笑，通常是針對當時的情境」；funny 則是「好笑的、滑稽的，可形容人、故事、笑話」等等。

例 ① He often makes very **humorous** remarks.

② She told us a **funny** joke which made us laugh out loud.

---

hurdle vs. hurtle

☞ hurdle 是指「跳過障礙物」；hurtle 則是「朝著某一方向快速移動」。

例 ① The cat **hurdled** the fence after being chased by a fierce dog.

② A truck just **hurtled** toward me and it nearly hit me.

hypercritical vs. hypocritical

☞ hypercritical 意思是「**非常愛批評的，尤其是小事**」；hypocritical 則是「**偽善的**」。

例 ① Would you stop being so **hypercritical**? No one is perfect.

② It is **hypocritical** of Jason to help Catherine just in order to win the reputation.

---

hyperthermia vs. hypothermia

☞ hyperthermia 是指「**體溫過高**」；hypothermia 則是「**體溫過低**」。

例 ① He suffered from heat stroke, and unfortunately, he died of **hyperthermia**.

② The climber was dead in the mountains due to **hypothermia**.

---

hyphen vs. dash

☞ hyphen 為連字符號，標為「**-**」；dash 則為破折號，標為「**—**」

例 ① Many people sometimes mistake **dash** for **hyphen**.

He who laughs last laughs best.
最後笑的人笑得最得意

I

0709

★ ★ ★ ★

idea vs. point

☞ 兩字都可用來表達做某事的「**目的**」，但 point 會比較用在負面的意思上，有種「**說話人認為對方做此事，根本沒什麼道理**」。

例 ① The **idea** of taking shortcuts is to get there ahead of time.

② What's the **point** of doing that? Actually, it's just a waste of time.

0710

★ ★ ★ ★ ★

identity vs. identification

☞ identity 是指「**身份**」；identification 是由動詞 identify 來的，指「**事物或人的辨識（過程）**」。

例 ① In no way can we know the **identity** of the detective.

② It is hard to make a correct **identification** of whose body it is after the crash.

0711

★ ★ ★ ★ ★

idiom vs. slang

☞ idiom 意思為「**成語**」，成語的意思無法從個別的字中得出，如：under the weather , compare apples and oranges；slang 則為「**俚語**」，如：The song is a hit. 特別注意，slang 本身為不可數名詞，若要指單一俚語，需用 a slang word/term。

例 ① I found it fun to learn English **idioms**.

② Avoid using **slang** and other informal words in your essay.

244

idle vs. idol

☞ idle 當形容詞時，有「**閒置的、懶散的**」意思，當動詞時，則有「**虛度（時光）或是（機器／引擎）空轉／閒置**」；idol 則是「**偶像**」。

例 ① The factory has been **idle** for six months.
② Stop **idling** away your precious time.
③ Drivers will be fined if **idling** their vehicles for too long.
④ Bruno Mars is one of my favorite pop **idols**.

------

i.e. vs. e.g.

☞ i.e. 為「**也就是說**」= that is（to say），namely；e.g. 則為「**舉例來說**」= for example, for instance.

例 ① Our boss gave us a big red envelope at the end of the year, **i.e.** a 7% pay raise.
② I have many resolutions this year, **e.g.** going bungee jumping.

------

if vs. whether

☞ if 與 whether 意思為「**是否**」時，用法如下：

例 ① I really need to know **if** Michael will come.
② I really need to know **whether** Michael will come（or not）.
③ I really need to know **whether** or not Michael will come.

但

☞ A. whether 子句可當主詞，if 不行。

例 ④ **Whether** Bella can stay overnight（or not）is not a big deal.

☞ B. whether 子句可當主詞補語，if 不行。

例 ⑤ What I am really concrened about is **whether** the super typhoon will threaten Taiwan（or not）.

☞ C. whether 子句可當介係詞補語，if 不行。

例 ⑥ Ashley is quite worried about **whether** she is admitted to her ideal college（or not）.

☞ D. whether 後接不定詞，if 不行。

例 ⑦ He is not sure **whether** to invest in the stock market（or not）.

☞ E. whether 子句可當名詞之同為格，if 不行。

例 ⑧ This is the real problem **whether** the corrupt minister will step down（or not）.

進階學習：

1. if 後子句內可能發生或實現。

例 ⑨ **If** the comet flies over the sky, it will definitely draw a large number of astronomy fans.

2. if 後子句內與現在事實相反。（if 子句內用過去式，be 動詞改為 were）

例 ⑩ **If** I were you, I should/would/could/might buy the second-hand car.

　説明 ➡（可倒裝成：Were I you…）

　　⑪ **If** Hank sent his wife flowers, she would probably forgive what he had done.

3. if 後子句內與過去事實相反。（if 子句內改為過去完成式）

例 ⑫ **If** the speaker hadn't made the racial comment, he would not have faced the fierce criticism.

　説明 ➡（可倒裝成：Had the speaker not made…）

4. if 後子句內與未來事實相反。（動詞用 were to）

例 ⑬ **If** the sun were to rise in the west, I would marry you.

5. as if 及 as though 後可加假設語氣子句。

例 ⑭ He speaks **as if/as though** he were the boss.

　　⑮ She acted **as if/as though** she had voted for the wrong candidate.

6. 另外 it is（high）time…；would rather…亦可以引導假設語氣。

例 ⑯ **It is time** that you organized your travel itinerary.

　　⑰ I **would rather** I were at home now, instead of waiting in line for 3 hours.

0715　★ ★ ★ ★ ★

if only vs. only if

☞ if only 意思為「**但願……**」意思相近於 I wish；而 only if 則是「**只有如果……**」（需倒裝）。

例 ① **If only** the policeman were at the scene of the accident!（與現在事實相反）

　　② **If only** the Ebola virus hadn't spread in Africa.（與過去事實相反）

　　③ **If only** the judge would sentence the criminal to life imprisonment, all the relatives of the victim would feel relieved.（與未來事實相反）

　　④ **Only if** you quit smoking will I talk to you again.

ill vs. sick vs. ailing

☞　ill 與 sick 兩字皆可指「**生病的**」，但 ill 通常不放於名詞前，除非有副詞在前。

例 ① Ella used to go to the hospital to take care of her **sick** mother.

　② Tom is seriously **ill** because of the lung infection.

> ill 若放於名詞前，則意思變為「**不好的，有害的**」

例 ③ **Ill** news travels fast.

> sick 也有「**嘔吐**」的意思。

例 ④ Meeks is being **sick**. He doesn't look well.

> ailing 常置於名詞前，意思為「病很重，而且不太可能復原」。另外也有「不成功」或「有問題無法解決」的意思，常與 company, business, economy, 等連用。

例 ⑤ Mr. Mark is too old to drive his **ailing** wife to see a doctor.

　⑥ The **ailing** company is at the edge of bankruptcy.

---

illicit vs. elicit

☞　illicit 意思是「**非法的**」＝ illegal；elicit「**使……照你想要的結果發生；引出……**」。

例 ① It is shocking to know our cooking oil was adulterated with some **illicit** substance.

　② Jane's sad past **elicited** sympathy from the public after televised.

---

illiterate vs. ignorant

☞　illiterate 是「**因為無接受教育而文盲的**」；ignorant 則是「**無知，比較強調該知道的卻不知**」。

例 ① With the popularity of education, there are few **illiterate** people in Taiwan.

　② Don't be so angry with that **ignorant** child. He's only three.

imaginative vs. **imaginary** vs. **imaginable**

☞ imaginative 意思為「**富有想像力的**」；imaginary 則是「**虛構的、想像中的**」；而 imaginable 為「**可想像得到的**」，可置於名詞前或名詞後來修飾。

例① The advertising agency is recruiting highly **imaginative** and creative new blood.
② The dragon is an **imaginary** creature in the Chinese culture.
③ The tour-guide map includes every scenic spot **imaginable** in Tainan.
④ There are several **imaginable** items on Mom's shopping list.

imagine vs. **fantasize**

☞ imagine 意思為「**想像**」，想像之事是有可能發生；fantasize 意思則是「**幻想**」，幻想之事通常不太可能發生。

例① Can you **imagine** catching some rays on the Bali beach?
② Gene sometimes **fantasizes** about quitting her job and running for president.

I'm done. vs. **I'm done for.**

☞ I'm done. 這句話意思是「**我（事情）做完了；我（東西）吃完了等意思**」；而 I'm done for. 則是「**我完蛋了**」= I'm finished.。

例① **I'm done**. Let's go play basketball now.
② **I'm done for**; my mother found out that I lied to her.

imitate vs. **ape** vs. **copy**

☞ imitate 與 ape 都是「**模仿（他人講話、舉止行為的方式，來使他人發笑）**」；copy 則是「**學他人做一樣的事**」，ape 也有此意思，但通常有貶意，常指「**學得很糟**」。

例① The talk show host is good at **imitating** some politicians to make the audience laugh really hard.
② Watson likes to **ape** Professor Oliver's talking style, which is very hilarious.
③ My little brother just **copied** what I did—going to bed without taking a bath.

0723　★ ★

imperial vs. imperious

☞　imperial 意思為「帝王的／帝國的」；imperious 則為「專橫的」。

例 ① She came from an **imperial** family.

② I cannot stand her **imperious** manners anymore.

- -

0724　★ ★ ★ ★

imply vs. infer vs. refer

☞　imply 為「暗示」，並無明確說出你所指的事情；而 infer 則是「根據你手邊現有的資訊，所做出的推論」。

例 ① His facial expression **implied** that he felt like a fish out of water.

② We can **infer** from this report that bees are indispensable to all living things on earth.

> 另外，refer 通常後加 to，意思為「參閱……；把……當作」。

例 ③ In class, students should take notes which they can **refer** to at home.

- -

0725　★ ★ ★ ★

impotent vs. important

☞　impotent 意思為「無力的、無效力的；性功能障礙的」；important 則是指「重要的」。

例 ① Humans seem **impotent** in the face of natural disasters.

② It is **important** to drink enough water every day.

- -

0726　★

impudent vs. imprudent

☞　impudent 意思是「粗魯的、沒禮貌的」；imprudent 則是「輕率的、不明智的」。

例 ① Lillian is not welcome simply because she always makes **impudent** remarks.

② Owing to an **imprudent** decision, this company lost up to ten million dollars.

in a minute vs. just a minute

☞ in a minute 是指「**很快地**」＝ very soon；just a minute 則是「**要別人等一下下，你處理完事情，馬上好**」。

例 ① Don't go away. I'll be back **in a minute**.
② A：Are you ready?
　　B：**Just a minute**.

- -

in case of vs. in the case of

☞ in case of 是指「**以防萬一**」；in the case of 則是指「**就……的事情上**」。

例 ① The emergency exit door is for use **in case of** fire in the theater.
② **In the case of** Amy's condition, it will take at least one month for her to recover.

- -

in charge of vs. in the charge of

☞ 兩片語都有「**負責……**」的意思，但 in charge of 的主詞通常為人；in the charge of 主詞則是物。

例 ① Trout will be **in charge of** his father's company after he retires.
② The PR department is now **in the charge of** Robin.

- -

in front of vs. in the front of

☞ 若在目標物「**外面**」的前方，使用 in front of；若在目標物「**裡面**」的前方，使用 in the front of。

例 ① We are waiting for Joanne **in front of** the movie theater.
② The manager is talking about the new insurance policies **in the front of** the office.

in future vs. in the future

☞　in future 意思為「**從今以後**」＝ from now on；而 in the future 則是「**在未來、在將來**」。

例① The factory promised to properly dispose of the toxic gas **in future**.

　② She hopes she will become a fashion designer **in the future**.

----

in red vs. in the red

☞　「**in ＋顏色**」可表達穿該顏色的衣服，所以 in red 為「**穿紅衣服**」；但 in the red 則是「**負債、出現赤字**」，與 in the black「**盈餘**」相反。另外，in the pink 表示「**身體健康**」的意思，不過為舊式英文。

例① Do you know the man **in red**? He just struck a conversation with me.

　② Because the company has long been **in the red**, the CEO decided to resign.

----

in spite of vs. despite vs. although vs. though

☞　各字意思相同，差別於 despite 與 in spite of 後加名詞或動名詞，且 despite 比 in spite of 來的正式；而 although 與 though 後加句子，而 although 又比 though 正式。

例① **In spite of** the storm, Henry still went fishing.

　② **Despite** catching a bad cold, Linda continued to eat her favorite vanilla ice cream.

　③ **Although/Though** the baby was crying, the mother still ignored her.

　④ Brave **though** he is, he seldom thinks twice before doing anything.

說明➡（though 可用於倒裝，但 although 則無此用法）

----

in the corner vs. on the corner

☞　兩個片語皆是「**在……角落**」，但 in the corner 為「**在室內的角落**」；on the corner 則是「**在室外的角落**」，如：街角。

例① Yuki screamed out loud after seeing a cockroach **in the corner** of the room.

　② The secret agent kept a close eye on the target standing **on the corner** of the streets.

★ ★ ★ ★ ★

in the meanwhile vs. at the same time

☞ 兩片語都可翻譯為「**同時**」，但 in the meanwhile 是用於「**兩件事發生有前後之別，通常第一件事的尚未達成，會導致某人去做出第二件事**」；而 at the same time 比較常指「**兩件事同一時間的發生**」。

例 ① Your flight is delayed one hour. **In the meanwhile**, what are you going to do to pass time?

② Normally, we cannot sneeze and keep our eyes open **at the same time**.

0736 ★ ★ ★ ★ ★

including vs. included vs. inclusive

☞ 三字都有「**包括**」的意思，但用法不盡相同：including+N；N+included；inclusive of+N。

例 ① We need some tools here, **including** a screwdriver and two hammers.

② Everyone has to submit their final papers, Tina **included**.

③ This sick baby was diagnosed of some diseases, **inclusive** of hepatitis B.

0737 ★ ★

incredulous vs. incredible

☞ incredulous 意思為「**對……懷疑的、不相信的**」；incredible 則為「**不可思議的**」。

例 ① Don't give me that **incredulous** look. I did tender my resignation.

② Finishing ten burgers in three minutes is **incredible**.

0738 ★ ★ ★

indebted vs. in debt

☞ indebted 是「**感恩於某人的**」，常與 to 連用；而 in debt 則意思是「**負債**」。

例 ① We are deeply **indebted** to you for your donation.

② Indulging in gambling, he was deep **in debt**.

indoor vs. **indoors**

☞　indoor 為形容詞，意思為「**室內的**」，而 indoors 則是副詞。試比較 outdoor（室外的）vs. outdoors（室外地）。

例 ① Jeannie prefers **indoor** activities to outdoor activities.

② Let's have some fun outdoors, instead of staying **indoors**.

---

induction vs. **deduction**

☞　induction 是「**歸納法**」；deduction 則是「**演繹法**」。

例 ① Students were asked to make **inductions** about today's grammatical rules from the sample sentences.

② Joe is teaching the principle of **deduction** to his children.

---

industrial vs. **industrious**

☞　industrial 意思是「**工業的**」；industrious 則是指「**勤勉的、努力的**」＝ hard-working ＝ diligent。

例 ① The **industrial** development has developed rapidly in this country.

② As far as I know, Mr. Wang only likes **industrious** students.

---

infant vs. **toddler** vs. **child** vs. **newborn**

☞　若以年紀來分此三字，一般而言，infant 是指「**1 歲以下**」；toddler 指「**1-3 歲**」；「**3 歲以上**」則稱 child。另外 newborn 是指「**剛出生的**」，為形容詞。

例 ① It takes a lot of effort and energy to take good care of an **infant**.

② The mother is watching her **toddler**, afraid of him getting hurt while walking.

③ To be honest, you really have a way with naughty **children**.

④ A **newborn** baby was found deserted in the public lavatory.

infest vs. infect

☞ infest 是指「某一地區受到昆蟲、老鼠等害蟲侵襲，而造成損害」；infect 則是「（疾病的）感染，可以用於人身上或植物身上」。

例 ① This deserted town is **infested** with rats and cockroaches.

② People **infected** with the flu had better avoid going to public places.

----

infinite vs. infinitive

☞ infinite 意思是「無限的、無窮的」；infinitive 則是文法上的用語，不定詞（to + V）。

例 ① The universe is so **infinite** that no one knows if there exists another earth-like planet.

② **Infinitive** and gerund can often be exchangeable when used as the subject in a sentence.

----

inflammable vs. flammable vs. nonflammable

☞ inflammable 與 flammable 意思皆為「容易著火的」= combustible；nonflammable 則是「不易著火的」= incombustible = noncombustible。

例 ① It is dangerous to put something made of **inflammable** material too close to the stove.

② The **nonflammable** interior decoration is usually more expensive.

----

inflict vs. afflict

☞ inflict 指「將……強加於某人，使其受害」；afflict 則是「使……痛苦」。

例 ① Recent political unrest **inflicted** damage on our economic development.

② A bad neighbor who just moved in **afflicted** all the people in this community.

③ Severe flooding has **afflicted** the areas along this river.

ingenious vs. ingenuous

☞ ingenious 意思為「**聰穎的，善於設計東西的人，或指很有創意，能為人們解決不便的東西**」；ingenuous 則是指「**太天真，太容易相信別人的**」。

例 ① This **ingenious** invention won several international prizes.

② She was so **ingenuous** that she was deceived several times.

---

insect vs. bug vs. pest

☞ insect 與 bug 都是「**昆蟲**」，但 bug 體型較小；pest 則是指「**害蟲或有害的動物**」。

例 ① Some flying **insects** tend to fly around the lamp post at night.

② The lizard just swallowed a **bug** and kept looking for another.

③ Farmers use pesticide to kill all the **pests** which do damage to their crops.

---

insidious vs. invidious

☞ insidious 意思為「**隱伏的，通常是指問題／影響漸漸發生且不為人所察覺，但又會造成重大傷害**」；invidious 則是「**令人不快的，且不公平的**」。

例 ① The **insidious** effect of eating junk food for a long time can be serious.

② It can be **invidious** to choose any colleague as the scapegoat for this case.

---

insist

☞ insist 有兩個意思，其一為「**堅稱**」；其二為「**堅持**」。在堅稱的用法中，後接的 that 子句，時態依語意而定；但若為堅持的意思，則 that 子句中，因為省略 should 而出現原形動詞，此為正式用法，若在日常用語中，則不必遵循此規則。

例 ① Bruce **insisted** that he didn't hack into the computers of the bank.

② Alexandra **insisted** that we (should) not drive after drinking.

insist on vs. persist in

☞　insist on doing sth 意思是指「**堅持做某事，雖然別人覺得困擾，厭煩**」；persist in doing sth 則是指「**持續做某事，但此事是很困難或別人反對之事，但不一定對他人造成困擾**」。

例① Our neighbors **insisted on** throwing a party every other night.

② Gary **persisted in** finishing the difficult task on his own.

- -

installation vs. installment

☞　installation 為「**安裝……設備；或是指就職典禮**」；installment 則為「**購買東西時，分期付款**」。

例① It cost me NT$ 500 for the **installation** of my new air conditioner.

② Thousands of people, including envoys from overseas, attended the **installation** of the President of the United States.

③ This electronic shop allowed customers to pay by monthly **installment**.

- -

instead of vs. instead vs. rather than

☞　instead of 翻譯為「**而不是……**」，不做後面接的事情；instead 翻譯為「**相反地；而是……**」，則是要做當句的動作。

例① We chose beef for dinner, **instead of** pork.

② Victor opted for going window shopping, **instead of** doing outdoor activities.

③ Jay didn't buy popcorn; **instead**, he bought plenty of macarons.

另外，rather than 亦有 instead of 的意思，但需詞性對等，請看下列例句：

例④ Dundly usually composes songs during the night **rather than** in the daytime.

⑤ Why did you sell the antique vase **rather than** the second-hand car?

⑥ **Rather than** drive/driving to work, he chooses to bike to work.

說明 ➡（當擺句首時，動詞原形或動名詞皆可）

instinct vs. **intuition**

☞　兩字都有「**直覺**」的意思，但 instinct 另有「**（人類或動物）本能的含意**」。

例 ① Sometimes, we need to rely on our **instincts** to make a choice.

② Most spiders weave their webs by **instinct**.

---

institute vs. **institution**

☞　institute 意思為「**學會；協會**」；institution 則是「**制度；習俗**」。

例 ① Peter is currently working at a research **institute**.

② Religions and marriage are both social **institutions**.

---

instructive vs. **instructional**

☞　instructive 是指「**給予豐富資訊的**」；instructional 則是指「**教育性的**」。

例 ① Watt told me a very **instructive** experience when he was in the army.

② This bookstore mainly sells **instructional** books, especially for kids.

---

intensive vs. **intense** vs. **extensive**

☞　intensive 意思為「**加強的、密集的**」；intense 為「**強烈的**」；extensive 則為「**廣泛的、大量的**」。

例 ① I went to cram school for a four-week **intensive** training of spoken English.

② After repeated failure, the feeling of frustration was more and more **intense** for him.

③ The tsunami caused **extensive** damage to the small island.

intent vs. intention

☞ 兩字當名詞時，都翻譯為「意圖……」，但 intent 為正式用字且常用於法律上，用法上後加 to V，而 intention 後可加 to V 或 of Ving。

例 ① He was charged with hurting his wife with **intent**.

② She was found carrying a knife with **intent** to wound pedestrians.

③ I donated half my property with the **intention** of helping the poor.

④ It is my mother's **intention** to give my dad a surprise birthday party.

- -

interested in vs. interested to

☞ 當表達「有興趣／意願去做某事」，習慣上用 interested in；而當表達「對於所得知的事情有興趣／意願反應」，習慣上用 interested to。

例 ① I'm **interested in** learning Japanese next year.

② She is **interested to** see that Peter finally got through the crisis.

- -

intercom vs. walkie-talkie

☞ intercom 是指「（大樓或建築物外的牆上）對講機」；而 walkie-talkie 則是「（手持）對講機」。

例 ① David heard his name called on the **intercom**.

② We used **walkie-talkies** to communicate during the game.

- -

interfere in vs. interfere with

☞ interfere in 意思是「干預……」；interfere with 則是「干擾、阻礙」。

例 ① Never do my parents **interfere in** my business.

② The protest **interfered with** the building of the new incinerator.

interment vs. internment

☞　interment 為 inter 的名詞，意思為「**埋葬**」＝ burial；internment 則是指「**在戰爭或因政治因素入監，但未被判刑**」。

例 ①　The dying man only asked for a solemn funeral with the **interment** on his own farm.

②　Two Japanese soldiers were captured and placed in the **internment** camp.

Intern vs. apprentice vs. part-time worker vs. workstudy

☞　intern 意思為「**實習醫生；在學學生或剛畢業學生到職場當實習生**」；apprentice 指「**（跟著師傅學技能的）學徒**」；part-time worker 是指「**（領時薪打工的）工讀生**」；workstudy 則是指「**（在學校等內的）工讀**」，但不是指人，而是指這種計畫或方案。

例 ①　This is our new **intern**. He majored in economics in college.

②　Alfred works in a motorcycle shop as an **apprentice**.

③　Some students work as **part-time workers** and sacrifice the time for studying.

④　I am glad that our school has a **workstudy** system. I can earn some pocket money.

---

internal vs. interior

☞　internal 意思為「**（東西的）內部的**」；而 interior 則是指「**（建築物或車輛的）內部，內裝**」。

例 ①　The woman hit by a car died of **internal** bleeding.

②　The **interior** of your house makes me feel comfortable and relaxed.

---

intolerable vs. intolerant

☞　intolerable 意思為「**（事情）無法忍受的**」；intolerant 則是「**（人）對……不寬容的（因對方與你意見不合，或看不慣）、偏執的**」。

例 ①　Living a busy life without any aims is **intolerable** to me.

②　I found the man **intolerant** of different religious beliefs.

invaluable vs. **valuable** vs. **priceless** vs. **worthless** vs. **valueless**

☞ invaluable, valuable, 與 priceless 意思皆為「非常珍貴的，甚至是無價的」；而 worthless 與 valuelesss 則為「一點價值都沒有的」。

例 ① I really cherish this **invaluable** friendship with Eve.

② Oliver usually spends a lot on something **worthless**.

> 另外，valuable 若加 s 形成複數名詞，意思為「寶貴／珍貴的東西」。

例 ③ Grandfather usually stores his **valuables** in the safe.

---

inveigh vs. **inveigle**

☞ inveigh 是指「嚴厲地批評……」；inveigle 則是「誘騙某人去做某事」。

例 ① Several lawmakers **inveighed** the Minister of Education for the college tuition hike.

② Samantha successfully **inveigled** her boyfriend into buying an LV bag for her.

---

invent vs. **discover**

☞ invent 意思為「發明……（以前沒有的東西）」；discover 則為「發現（已存在的東西）」。

例 ① It is widely believed that Thomas Edison **invented** light bulbs.

② Ben Franklin **discovered** electricity by accident.

---

investigate vs. **probe** vs. **examine** vs. **scrutinize** vs. **inspect**

☞ 這些字都有「調查的意思」。investigate 主要是「找出真相的調查」；probe 是「找出別人不願透露的真相」；examine 及 scrutinize 都有「非常仔細地檢查」；inspect 則是「為了找出缺失而檢查」。

例 ① The police are **investigating** how the fire burned down the restaurant.

② Mrs. Wang hired someone to **probe** into her husband's unusual relationship with his secretary.

③ It took a lot of time to **examine/scrutinize** the misspellings of this article.

④ He is **inspecting** the oil stain on his newly-bought furniture.

★ ★ ★ ★ ★

invoice vs. receipt

☞ 兩字都可翻譯為「**發票**」，但事實上，invoice 是指「**下訂貨物／商品後，廠商給你的付款通知**」；等到你真的付了，才給你所謂的「**發票／收據**」：receipt。另外，我們常說的「**統一發票**」：receipt lottery。

例① The **invoice** tells you how much and when you have to pay.

② People can donate their **receipts**（receipt lotteries）to the charity.

★ ★ ★

involve vs. revolve vs. evolve

☞ involve 意思為「**與……有關或包含……**」；revolve 為「**旋轉、公轉**」；evolve 則為「**演化**」。

例① Any investment **involves** many risks.

② Does the moon **revolve** around the earth?

③ Some said humans **evolved** from monkeys or apes.

★ ★ ★ ★ ★

involved+N vs. N+involved

☞ involved 放於所要修飾的名詞前，意思為「**非常複雜**」；如果置於名詞後，則為「**涉入……其中的、有關聯的**」。

例① I'm still working on my **involved** physics assignment.

② Many generals got **involved** in the coup.

★ ★ ★ ★

irrelevant vs. irreverent

☞ irrelevant 是指「**無關聯的**」；irreverent 則是「**不表尊重的**」。

例① What the defendant said was not **irrelevant** to the murder case.

② Some tourists hold an **irreverent** attitude when attending aborigines' Harvest Festival.

island vs. isle vs. islet

☞ 三字都是「**島嶼**」，island 與 isle 同義，但 isle 用於「**詩中或島嶼名**」，而 islet 是指「**非常小的島嶼**」。

例 ① Green **Island** used to be a place for keeping prisoners.

② The British **Isles** include Great Britain, Ireland, and all the offshore islands.

③ This tropical **islet** is a paradise for vacationing.

---

it vs. he / she

☞ 通常媽媽不用會 it 來指稱自己的「**小孩**」，會用 he 或 she 明確指出；除非是與嬰兒不相干的人，在嬰兒保溫室外指指點點哪一個嬰兒如何如何；或是醫學／教育專業文章中才會使用 it。

例 ① My new-born baby is so cute. **He** always waves his little hands when being fed.

② A new-born baby needs intense care to help **it** grow healthy.

It is adj for sb to… vs. It is adj of sb to…

☞ 當形容詞是形容人時，介係詞用 of；但若形容詞是修飾事情，則用 for。

例 ① **It is** <u>kind</u> **of you to** lend me a helping hand.

② **It is** <u>exciting</u> **for me to** ride a roller coaster.

It is nice to talk to you. vs. It is nice talking to you.

☞ It is nice to talk to you. 與 It is nice talking to you. 兩句皆表達相同概念，只是 It is nice to talk to you. 常用於「**對話開始前**」；It's nice talking to you. 通常用於「**對話中或結束時**」。

> If you can't beat them, join them.
> **如果打不過他們，就加入他們吧**

J

0778

0778 ★ ★ ★ ★ ★

jacket vs. coat

☞ jacket 指「**一般的夾克**」；coat 則是指「**大衣款式**」。

① Honestly speaking, your leather **jacket** is pretty cool.

② Put on your **coat** when riding to work. It's pretty cold outside.

0779 ★ ★ ★ ★

jelly vs. jam

☞ 兩字都翻譯為「**果醬**」，但 jelly 是「**由果汁製成，比較稀，也沒有水果顆粒，通常用在麵包或吐司上**」；而 jam 則是「**有水果顆粒在裡面，很濃稠，通常都會加糖一起熬煮**」。

① Ian likes to eat toast with strawberry **jelly** and milk for breakfast.

② I am looking for the recipe for blueberry **jam**.

0780 ★ ★ ★ ★ ★

jewel vs. jewelry

☞ 兩字都是「**珠寶**」，但 jewel 為可數名詞；jewelry 則為不可數名詞。

① I found a **jewel** stuck in the crack of the sidewalk.

② **Jewelry** means nothing to me.

0781 ★ ★ ★ ★ ★

job vs. post vs. position vs. work vs. employment vs. labor vs. career vs. profession vs. calling

☞ job 是「**泛指一般工作**」，post 與 position 為「**工作的正式用字（職位）**」，此外，job 常可跟 work 互換，但 work 為不可數名詞，而 employment 和 work 相同，亦為不可數名詞，但比較正式用字；labor 是比較「**偏勞動的工作**」；career 則指「**會長期從事的工作**」；profession 則是「**偏較專門專業的工作**」；calling 是比較正式的字，亦偏「**較專門專業的工作**」。

例 ① Tom has two part-time **jobs**.
  ② She was promoted to a higher **position/post**.
  ③ **Work** at the convenience store is not as easy as I expected.
  ④ After a fifty-minute interview, Lu was offered **employment** in that firm.
  ⑤ Manual **labor** is usually tiring and doesn't pay well.
  ⑥ Teaching is my **career**.
  ⑦ Why did you choose accounting as your **profession/calling**?

0782 ★ ★

joker vs. clown

☞ 兩字皆是「小丑」，服裝裝扮上大同小異，做出一些很蠢的行為，來讓觀眾開心大笑；唯一的差別是：joker「會開別人玩笑」；而 clown 則是「開自己玩笑」。

例 ① All the audience enjoyed the **joker**'s show and split their sides with laughter.
  ② Look at that circus **clown**. He was just tripped by his own props.

0783 ★ ★ ★ ★

journalist vs. reporter vs. correspondent

☞ 三字都是「記者」，但 correspondent 不同於 journalist 與 reporter，是指「通訊記者」，也就是說報社或雜誌社派駐於外國，或偏遠地方的記者。

例 ① A **journalist** should cover news fairly and without personal judgments.
  ② Tony's dream job is a **reporter** and, even better, an anchorman.
  ③ Some **correspondents** risk their lives reporting war news.

0784 ★ ★

judicial vs. judicious

☞ judicial 是指「司法的」；judicious 則是指「明智的」。

例 ① There is no denying that **judicial** injustice still exists in every country.
  ② George made a **judicious** decision to sell his shares as early as July.

jump vs. leap vs. skip vs. hop vs. caper

☞　jump 泛指「**跳**」這個動作；leap 是「**使勁一跳**」；skip 是「**小小跳躍一下**」；hop 指「**單腳跳**」；caper 則是「**開心地跳來跳去**」。

例 ① My dog **jumped** over me and started to lick my face.

② The man tried to **leap** over the fence but failed.

③ The little boy happily **skipped** around his mother.

④ I hurt my ankle so I had to **hop** to my home.

⑤ Tina was **capering** when she heard the good news.

---

junction vs. juncture

☞　junction 是指「**道路或軌道交會處**」；juncture 則是「**某事件的某一關頭／時間點**」。

例 ① This three-way **junction** is prone to accidents.

② At this **juncture**, nothing is better than merging with a bigger company.

J

just now vs. right now

☞　just now 可指「**剛剛（過去式）或指現在／當前（現在式）**」；right now 則是指「**現在，有強調之意，或指馬上立刻**」。

例 ① He was here **just now** but I don't know where he is now.

② The patient's condition is stable **just now**.

③ **Right now**, I am going to show you a great magic trick.

④ Zack, put on your coat **right now**!

> ## Jack of all trades, master of none.
> ### 萬事通，樣樣鬆

K

0788

0788 ★ ★ ★ ★ ★

> ## keep vs. put

☞ 兩字都有「放……於某處」，但 keep 比較屬於「**長時間的存放**」；put 則常指「**短期／短時間的寄放**」。

例 ① It is safer to **keep** your diamond in the bank.

② I **put** some change in my pocket in case I may need it.

0789 ★ ★ ★ ★ ★

> ## keen to vs. keen on

☞ keen 後接 to V，意思是「**未來渴望（做某事）的**」；而 keen 後接 on N/Ving，意思則變為「**熱衷於某事的**」。

例 ① The young man is **keen to** become a successful YouTuber someday.

② Mrs. Wang is **keen on** buying lottery tickets.

0790 ★ ★ ★ ★ ★

> ## kid vs. child

☞ 兩字都是指「**小孩**」，但 kid 比較常用在「**口語及非正式情境**」，但 child 也可能「**由 70 歲的老人稱呼自己 50 歲的小孩**」。

例 ① Would you keep an eye on my **kid**? I need to answer the call of nature.

② However old you are, you are always the **child** that your parents care about most.

kill vs. **butcher** vs. **execute** vs. **massacre** vs. **carnage** vs. **assassinate**

☞　kill 是「**最普遍的用字**」；butcher 可用於為了「**食用肉而屠殺動物，亦可用於屠殺人**」；execute 為「**處決某人**」，通常是為了懲罰；massacre 與 carnage 都指「**大屠殺**」，而被屠殺者通常無反抗能力；assassinate 則為「**刺殺**」。

例 ① Peter is wondering how to **kill** the cockroaches in the kitchen.
　② Mr. Thompson **butchers** pigs for a living.
　③ The most wanted criminal was **executed** five months after he got caught.
　④ The army **massacred** ten thousand soldiers.
　⑤ Three hundred unarmed people died in the cruel **carnage**.
　⑥ He was **assassinated** because some people didn't like what he was standing for.

king vs. **emperor** vs. **tsar** vs. **monarch**

☞　king 是指皇室家族的「**國王**」；emperor 是指「**帝國的皇帝、君王**」；tsar 則是「**舊式俄國帝王的稱號**」；另外，monarch 亦是指「**統治者**」，但可指 king 或 queen。

例 ① The **king** ordered that everyone should pay an extra tax on their land.
　② Corrupt, violent and cruel, the **emperor** was overthrown.
　③ A **tsar** was the ruler of Russia in old times.
　④ The friendly **monarch** was admired by all her people.

knit vs. **sew**

☞　knit 是指「**編織（毛線等）**」；sew 則是「**縫紉**」。

例 ① Grace **knitted** a sweater for her daughter.
　② She is good at **sewing**. She can even make herself a dress.

K

knob vs. knot

☞ knob 的意思是「（開關）旋鈕、門把」；knot 則為「（繩、線）結」。

例 ① Little Manson hurt his forehead after hitting the door **knob**.

② We can tie the **knot** to make the rope longer.

----

knock vs. tap

☞ knock 是用於「敲（門，窗，或桌子等等），以引起他人注意」；tap 則是「輕觸／擊」，如：智慧型手機輕觸螢幕。

例 ① Father **knocked** on the table to draw everybody's attention.

② A stranger **tapped** me on the shoulder, telling me I just dropped my wallet.

----

knock out vs. pass out

☞ 兩個字都可翻譯為「暈倒」，但 knock out 是因為外力而暈倒，如：撞擊、襲擊、或藥物等；而 pass out 則是因為疾病、飢餓、或疲累等而暈倒＝ black out ＝ faint。

例 ① The new cold medicine really **knocked** me **out**.

② Some people can nearly **pass out** when they see blood.

----

know of vs. know about

☞ know of 為「聽過／知道……」；know about 則為「知道有關……的情況」。意思差異有如：hear of vs. hear about.

例 ① I don't know Fred. I only **know of** him.

② Do you **know about** Kelly's miserable situation in the military?

另外，hear from sb 是指「有收到某人的信，接到電話」等。

例 ③ I haven't **heard from** Hank since April 6th.

known to vs. known as vs. known for

☞ 三個片語意思相近，但 be known to 後加人，意思是「**為……所熟知**」；be known as 後加身份，表示「**以……的身分為人所熟知**」；be known for 後加原因，表示「**因為……原因而聞名**」。

例 ① The pop singer is **known to** teenagers in Asia.
② Mr. Steven is **known as** the greatest poet in his country.
③ She was **known for** her great talent in music.

K

Keep no more cats than will catch mice.
只留有用的東西

L

0799

0799　★ ★ ★

label vs. tag

☞　兩字都可翻譯為「**標籤**」，但 label 通常是「**縫在衣服上，且常為織物**」；而 tag 通常是「**紙板做成的標籤**」。

例 ①　The **label** shows that this T-shirt is 100% cotton.

　　②　The price **tag** of this coat is NT$10,000.

0800　★ ★ ★ ★ ★

ladder vs. stairs

☞　ladder 是指「**（可活動式，有些甚至可以伸縮）的梯子**」；stairs 則是指「**樓梯**」。

例 ①　I need a **ladder** to have these spring couplets sticked onto the wall.

　　②　He prefers to climb up the **stairs**, instead of taking the elevator, to his office.

0801　★ ★

lama vs. llama vs. alpaca

☞　lama 意思為「**喇嘛**」；llama 則為「**羊駝（的一種）**」翻譯為「**駱馬**」。另外，台灣觀光區常見的 alpaca（草泥馬），亦是羊駝的一種，與 llama 的差別為：llama 的耳朵為彎彎的形狀，alpaca 則為直耳朵，此外，llama 是短頭髮，alpaca 為長頭髮。

例 ①　The Dalai **Lama** is the spiritual leader of people in Tibet.

　　②　The man shepherded a flock of **llamas**.

　　③　**Alpacas** have been popular recently at some recreational farms.

0802　★ ★ ★ ★

lamb vs. mutton

☞　lamb 除了指「**小羊**」外，現在已用來統稱「**羊肉**」；mutton 早先也是指「**羊肉**」，不過現在已不常用。

例 ① A flock of sheep and their **lambs** are grazing on the grass.

② I prefer beef to **lamb** because the smell of lamb makes me sick.

0803　★ ★ ★ ★

landslide vs. mudslide

☞　landslide 是指「**土石流**」，形成原因可為地震、大雨、乾旱等，將土、石，等沖落山坡；mudslide 則是因為大雨引起的「**泥流**」，通常也會沖下石頭，但以泥和水為主。

例 ① A strong earthquake triggered **landslides** seen on those barren slopes.

② After days of heavy rain, **mudslides** were formed and destroyed many houses.

0804　★ ★

laudable vs. laudatory

☞　laudable 意思是「**值得讚美／稱讚的**」；laudatory 則是「**表達讚賞的**」。兩字是由動詞 laud 來的。

例 ① Her courageous deed to save a child from drowning is **laudable**.

② The retiring employee will deliver a **laudatory** speech at the year-end banquet.

0805　★ ★ ★ ★ ★

last vs. the last vs. the latest vs. the newest

☞　last week 指「**上個禮拜**」；the last week 則是指「**從今天開始往前算 7 天這段期間**」。相同道理，假使今天是 4 月 2 日，那 last month 則是 3 月；the last month 大約是指 3 月 2 日到 4 月 2 日這段時間。

例 ① I adopted a stray dog **last** week.

② I planted several trees **the last** month.

試比較：the last 與 the latest

例 ③ In **the last** lesson, we learned about how black holes are formed.（前一個）

④ In **the latest** episode, the chef will be showing how to cook the shrimps.（最新的）

> the latest 與 the newest 幾乎無差異。

⑤ Ben felt very excited about Bruno Mars' **latest/newest** album.

0806 ★ ★ ★ ★ ★

late vs. lately

☞ 兩字都是由形容詞 late 變化而來的副詞，但 late 意思仍為「晚到地／遲到地」；lately 則為「最近」= of late = recently。

例① We can't put up with John's coming **late** again and again.

② The weather has been unpredictable **lately**, which is very annoying.

- -

0807 ★ ★ ★ ★ ★

later vs. in vs. latter

☞ later 主要用在過去式；in 則用於未來式。意思皆為「在……之後」。

例① Curry survived the car accident ; fortunately, two weeks **later**, he was discharged from the hospital.

② The color run in Changhua is to be held **in** four days.

> 另外，latter 為「後者」。

例③ Mr. Lin and Mr. Chen are my very important clients. The former is from Tainan; the **latter** comes from Taichung.

- -

0808 ★ ★ ★ ★ ★

laugh vs. laughter

☞ 兩字都是「笑」的意思，但 laugh 為可數名詞；laughter 為不可數名詞。

例① The joker's tricks got many **laughs** from the audience.

② She burst into **laughter** as soon as she heard the joke.

- -

0809 ★ ★ ★ ★ ★

laugh at vs. laugh about

☞ laugh at 所笑的對象或事件，「設定於當下」；laugh about 則是指「事後想起而笑」。

例① Everyone is **laughing at** the clown's funny moves.

② At least, we have something to **laugh about** when we are old.

---

lava vs. magma

☞　lava 中文為「**熔岩**」；magma 則為「**岩漿**」。magma 出現於地底下，一旦冒出地面就稱為 lava。

例　① The **lava** from the volcano's eruption can be deadly to villagers nearby.

　　② **Magma** is very hot liquid rock below the earth's surface.

0811　★ ★ ★ ★ ★

---

lay vs. lie

☞　lay（**放置、下蛋**）-laid-laid；lie（**說謊**）-lied-lied；lie（**躺、位於**）-lay-lain。

例　① Our hen **lays** one egg every three days.

　　② The person who **lies** has to tell another lie to make people believe his/her first lie.

　　③ The couple **lay** on the beach to get a suntan.

0812　★ ★ ★

---

lawyer vs. solicitor vs. barrister vs. attorney

☞　lawyer 是「**泛指律師**」，最一般用字；solicitor「**類似律師事務所裡的律師（英式用法）**」；barrister 是「**在高等法院裡，擔任辯護的律師**」；attorney 亦指「**一般律師（美式用法）**」。

例　① The **lawyer** is an ambulance chaser.

　　② I went to a **solicitor** for some advice on property selling.

　　③ The eloquent **barrister** won the case.

　　④ We can't afford an **attorney** to defend for us.

0813　★ ★ ★ ★

---

lazy vs. idle

☞　兩字皆有「**懶惰的／怠惰的**」，可形容人，但若是要形容引擎「**怠速的**」或工廠「**閒置的**」，則只能用 idle。

例　① Billy is so **lazy** that he never lifts a finger with the housework.

　　② This peanut oil factory has been sitting **idle** for five years.

lead vs. escort

☞ 兩字都有「引導，帶領某人至某處」的意思，但 escort 除了有 lead 的意思外，尚有「保護、護送」的意思。

例 ① During the earthquake, the students were **led** to the playground for safety.

② The president was **escorted** to a safe place after a bomb exploded.

---

learn vs. study

☞ learn 意思為「學習，以獲得知識或技能」；study 則指「在學校中讀書」。

例 ① Students are supposed to **learn** how to swim at school.

② Don't make noise. Your sister is **studying** in her room.

> 另外，learn 也可指「從經驗中學習；得知」等意思。而 study 尚有「研究、細看」的意思。

例 ③ Successful people always **learn** from their own mistakes as well as others'.

④ I **learned** that Uncle Drew is coming to town.

⑤ The team is **studying** how to transfer solar power more efficiently.

⑥ The little girl is **studying** the wound on her knee.

---

leave vs. depart

☞ 兩字意思皆為「離開」，用法也相似：leave/depart for A 地（from）B 地，唯一差別於 depart 為「比較正式用字」，leave 則為「一般用字」。

例 ① The ship is **leaving** for Liverpool from Hamburg.

② One of our delegates **departed** for Moscow on July 4th.

---

leave a message vs. take a message

☞ leave a message 是「打電話者，留下訊息」；take a message 則是「接電話的人，記下訊息」。

例 ① Mr. Li **left a message** for you, hoping you will call him back.

② I'm sorry Mr. Huang is not here. Can I **take a message**?

lead vs. leaden

☞　lead 意思是「**由鉛所製成的**」；leaden 則是「**如鉛般顏色的／深灰色**」，屬文學用字。

例 ① Drinking water delivered through **lead** pipes is found containing lead.

② My heart sank when I saw the sun lost in the **leaden** skies.

---

legal vs. lawful vs. legitimate vs. legit

☞　legal 與 lawful 意思皆「**為合法的**」，但 lawful 比較正式；legitimate 亦可指「**合法的，另外亦有正當的，婚生的**」的意思；legit 也是指「**合法的**」，但不用於名詞前，是非正式用字。

例 ① It is **legal/lawful** to possess a gun in America, but it also causes many violent problems.

② Our company's business activities are totally **legitimate**.

③ What he did in the fire was **legitimate** because five people were still trapped inside.

④ It was reported that Denny was not the lawmaker's **legitimate** son.

⑤ Everyone knows the transaction isn't **legit** but none dares to say anything about it.

---

legible vs. readable

☞　legible 是指「**字跡可辨識的**」；而 readable 則是指「**（內容）容易理解閱讀的**」。

例 ① The three-year-old child's handwriting is not **legible**.

② I like Dr. Johnny's books, which are **readable** to me.

---

lemon vs. lime

☞　lemon 翻譯為「**檸檬**」，lime 則為「**萊姆**」。這兩種水果，外觀差異不大，但 lemon「**有籽，果皮較厚，呈橢圓形**」；lime 則是「**無籽，皮薄，略呈圓形**」。

例 ① The fried fish will taste better if you add some **lemon** juice to it.

② **Lime** juice is often used in cooking.

lemon juice vs. lemon water vs. lemonade

☞ lemon juice 為「檸檬汁（無添加水）」；lemon water 則是「將少量 **lemon juice** 加入水中」，常可於餐廳見到；lemonade 則是「又有 **lemon juice** 及水，另外又加了糖，所以喝起來甜甜的」。

例 ① **Lemon juice** is not only healthy to our body but also useful for keeping annoying ants away.

② **Lemon water** is commonly served in restaurants.

③ Jason likes to drink **lemonade** rather than coke.

---

leopard vs. puma

☞ leopard 是指「花豹」；puma 則是「美洲豹」= cougar。

例 ① A **leopard** is sharing a deer with its cubs in the bush.

② Every animal is highly alert because they sense a **puma**'s presence.

---

less vs. fewer

☞ 基本上 less 用於不可數名詞前；fewer 用於複數名詞前，但越來越多人將 less 亦使用於複數名詞前，特別是非正式用法中，指時間，距離，或是一個數量。

例 ① **Fewer** people around here set off firecrackers during the Chinese New Year.

② Going that way won't save you **less** time than going this way.

③ Joe is rude and mean, so he has **less** friends than before.

④ Erica will be with us in **less** than ten minutes.

另外，less 可當副詞用，fewer 不行。

例 ⑤ Spend **less** and save more.

進階學習：lesser 意思為「比較小的；比較不重要的」

例 ⑥ It is time to choose the **lesser** of two evils.

let's vs. let us

☞ let's 是「**有包括聽話者，要對方也一起去做某事**」；let us 則是「**不包括聽話者**」。

例 ① Come on. **Let's** paint the town red.

② Mom, please **let us** stay up late for the soccer game.

---

letter vs. alphabet vs. character

☞ 前兩字都是指「**字母**」，但 a letter 指「**單一字母**」；alphabet 則是指「**全部字母**」。

例 ① In the English **alphabet**, there are twenty-six **letters**.

另外，character 則可指「**漢字**」。

例 ② It is hard for a foreigner to write Chinese **characters**.

---

lick vs. suck

☞ lick 意思為「**（用舌頭）舔**」；suck 則是「**吸（入）**」。

例 ① Phillips is having fun **licking** a lollipop.

② He was so thirsty that he noslly **sucked** juice through the straw.

---

lid vs. cap vs. cork

☞ 三字都有「**蓋子**」的意思，但 lid 是指「**一般容器的蓋子**」；cap 則常指「**筆的筆蓋，或相機，攝影機的鏡頭蓋**」；cork 則是「**專指酒瓶的軟木塞**」。

例 ① Would you lift the **lid** off the jar for me?

② Without a **cap**, the lens of my camera becomes dusty easily.

③ She taught me how to pop the champagne **cork**.

lie vs. lounge vs. sprawl

☞ 三字都有「躺」的意思，但 lie 為一般用字；lounge 為「慵懶放鬆地躺著」；sprawl 則是強調也是「慵懶地躺著，但四肢是處於伸展開來的狀態」。

例 ① I can't wait to **lie** down because I'm exhausted.

② Tina and her friends **lounged** on the grass, gossiping about their professor.

③ Patty often **sprawls** on the sofa and watches TV during the weekend.

---

lift vs. hoist vs. heave

☞ 三字都有「拉起或舉起」的意思，但 lift 為一般用字；hoist 通常是「藉由繩索，進而拉起某物／人」；heave 則是指「舉起之物，都是比較重的物體」。

例 ① He was too drunk to walk so he was **lifted** onto his bed.

② Two students will be responsible for **hoisting** the national flag at the ceremony.

③ It is impossible to **heave** such a heavy box only by myself.

---

light vs. lite

☞ light 為「（重量）輕的；（顏色）淡的」等等意思；lite 主要是「形容食物或飲料低卡路里／低油脂的」。

例 ① This electric fan is not as **light** as it looks.

② Painted **light** blue, your room looks very relaxing.

③ A：Do you have **lite** cola?

B：Sure, we do.

---

lighted vs. lit vs. alight

☞ 前兩字都是 light 的過去式及過去分詞，有「點燃，或點燈」的意思。

例 ① People used to **light** a candle at night in old times.

② He **lit** a cigarette and brooded over his problematic marriage.

③ The building that was all **lighted** must have cost a lot of money.

但，如果於副詞後，則只能使用 lit。

例 ④ The freshly **lit** match was blown out by the wind.

另外，alight 為「燃燒的」，只能置於主詞補語的位置，不能放於名詞前。

例 ⑤ Several houses in this neighborhood were set **alight** by a drunk last night.

0833　★ ★ ★ ★ ★

lightening vs. lightning

☞　lighten 為動詞，意思是「減輕（工作量，擔心等等）」；lightning 則是「閃電」。

例 ① To **lighten** my mother's workload, I share some housework with her.

② The chance of winning the jackpot is lower than being struck by **lightning**.

0834　★ ★ ★ ★ ★

like vs. as vs. alike vs. liken

☞　兩字都可翻譯為「像……」。但 like 為介係詞，as 為連接詞，但於非正式用法中，like 亦可當連接詞，請注意以下例句中的用法。

例 ① Like father, **like** son.

② The cold drinks smelled **like** medicine.

③ Everyone, do **as** I do.

④ Everyone, do **like** I do.

說明 ➡（非正式用法）

⑤ We'll have a snow festival, **as** in Moscow.

說明 ➡（後加介係詞片語）

⑥ They'll have a computer exposition this month, **as** in December.

⑦ **As** you know, many people nowadays are addicted to 3C products.

⑧ **As** was expected, Mr. Carlos was elected（as）mayor of New York.

⑨ **As** usual, Ellen orders an espresso sitting in the corner at the café.

like 可用於舉例。

例 ⑩ I **like** to eat seafood, **like** crabs and shrimps.

alike 可當形容詞或副詞。

例 ⑪ My brother and I are very much **alike** although we aren't twins.

⑫ Believe me that no one thinks **alike**.

另外，liken 則是「比擬」的意思，常跟介係詞 to 連用。

例 ⑬ Justin was **likened to** a young Picasso.

0835　★ ★ ★ ★ ★

like vs. **such as**

☞　like 與 such as 都可用來「**舉例**」，但 like「**後面所舉的例子比較不明確，甚至不一定是包括所提之人或物**」；such as 後「**所舉之例，則是明確，一定包含在內**」。

例 ① Give me some candidates for this position **like** James and Kobe.

說明➡ （有 James 和 Kobe 相似特質或條件的人選，但不一定包含 James 和 Kobe 兩人）

② I love summer fruit, **such as** watermelons and lychees.

說明➡ （喜愛的水果包含西瓜和荔枝）

0836　★ ★ ★ ★

lily vs. **lotus**

☞　lily 為「**水仙花**」；lotus 則為「**蓮花**」。兩種植物，外型很相似，但 lily 的葉子是攤平在水面上；但 lotus 葉子則是離開水面。

例 ① There is a frog resting on the leaf of a **lily**.

② Visitors are busy taking pictures of **lotuses** on the pond.

0837　★ ★ ★

limit vs. **limitation**

☞　limit 意思為「**極限**」，也就說本身所能容許最大或最小的（數量，速度等）；而 limitation 則為「**限制**」。

例 ① The coach said "The sky is the **limit**." to encourage his players.

② Slow down! The speed **limit** around this area is only 40 km/h.

③ The two countries are to sign a nuclear **limitation** treaty this Friday.

④ London City Hall imposed **limitations** on the number of cars coming into town.

listen to vs. listen for

☞ listen to 是指「**注意聽……**」；listen for 也是指「**注意仔細聽，但是要聽出有所差異的聲音或期待中的聲音**」。

例 ① Everyone is **listening to** Prof. Smith's informative and interesting speech.

② The children are **listening for** the footsteps of their father.

- -

literal vs. literate vs. literary

☞ literal 意思為「**字面上**」的意思；literate 為「**識字的（能讀寫的）**」；literary 則為「**文學的**」，只用於名詞前。

例 ① The real meaning of "compare apples and oranges" is not like the **literal** meaning.

② Nearly every child in Taiwan is **literate** due to the popularity of education.

③ Helen is only interested in **literary** works.

- -

live vs. inhabit vs. reside vs. dwell vs. lodge vs. stay

☞ 就前四字而言，都有「**居住**」的意思，但 inhabit 為及物動詞，其他三字為不及物動詞，另外，後三字是屬於比較正式的字。

例 ① Do you live in the school dormitory or **live** off campus?

② Once upon a time, there was a one-eyed monster **inhabiting** the cave.

③ For me, it is not so convenient to **reside** in an area without convenience stores.

④ The billionaire **dwells** in a five-story villa on the hill.

另外，lodge 為舊式英文，是指「**付費借住宿於他人家中**」。

例 ⑤ She **lodged** with one of my friends in New Zealand.

而 stay 是指「**短暫待在某處／地**」。

例 ⑥ You are always welcome to **stay** overnight at my place.

L

livestock vs. poultry

☞ livestock 是指「**家畜**」，如：pig、cow 等；poultry 則是指「**家禽**」，如：chicken，duck 等。值得特別注意的是，兩字都是集合名詞，本身恆為複數。

例 ① It's my job to feed the **livestock** every morning.
② We used to keep many **poultry** in the backyard.

0842 ★ ★ ★ ★ ★

living vs. alive vs. live vs. lively

☞ 前三個字都有「**活著的**」，但與名詞相對位置不一：living+N，N+living；N+alive；live+N.，living 與 alive 在形容人時，living 是指「**還健在的**」，但 alive 相對字是 dead；另外，lively 意思是「**充滿活力的，活潑的**」。

例 ① In my opinion, Kobe Bryant is one of the greatest **living** NBA players.
② Is your great grandfather still **living**?
③ In the plane crash, only three people were found **alive**.
④ We love watching **live** rock'n roll concerts.
⑤ It's fun to see **lively** kids playing around.

0843 ★ ★ ★ ★ ★

loading vs. workload

☞ loading 意思為「**（尤指車輛、動物、橋樑等的）負重、載重、負荷**」；而 workload 才是「**工作量**」。

例 ① All the new cars were transported to the port for **loading**.
② The newcomer is burdened with heavy **workload**.

0844 ★ ★ ★

loath vs. loathe

☞ loath 為「**不情願的**」= reluctant = unwilling，後加 to；loathe 則是「**憎惡**」，為及物動詞。

例 ① My little brother is **loath** to help me pick up the ball.
② Fred **loathes** graffiti left by unruly teenagers in the neighborhood.

location vs. locality

☞ location 是指「**地點**」，用於正式文體中或商業英文，「**一般地點**」用字則是選擇 place；locality 是指「**鄰近地區**」= vicinity。

例 ① Your house is in an excellent **location** near a school and the MRT.

② I'm glad there are no night clubs in the **locality**.

- -

locust vs. grasshopper

☞ locust 為「**蝗蟲**」，常出現於非洲及亞洲，會一大群飛行並啃蝕農作物；grasshopper 則為「**蚱蜢**」，一般草叢或草地會出現的昆蟲。

例 ① The corn fields are infested with **locusts**.

② Some **grasshoppers** are birds' favorite food.

- -

look at again vs. see again

☞ look at…again 意思是「**重新考慮某事**」；see...again 則是「**再看……一次**」。

例 ① My boss will **look at** my project **again** tomorrow.

② When can I **see** you **again**?

- -

lose vs. loss vs. loose

☞ lose 意思為「**輸掉……比賽，或損失……**」（lose-lost-lost）；loss 為名詞，意思是「**損失或喪失**」；loose 則為「**鬆掉的**」。

例 ① The team **lost** the game again without its captain.

② The death of Doctor Lin was a great **loss** to us all.

③ My grandmother found a **loose** tooth in her mouth.

loudly vs. aloud

☞ loudly 是指「**大聲地**」；aloud 則是指「**發出聲音地**」常跟 read，think，cry，laugh 等等。

例 ① My roommate snored **loudly** during the night.

② The lady laughed **aloud** because of the clown and his tricks.

---

louse vs. flea

☞ louse（複數為 lice）則為「**寄生於人體的蝨子**」；flea 則為「**寄生於動物身上的跳蚤，專吸動物的血，偶而也會跳到人身上**」。

例 ① Sam scratches his itchy head caused by head **lice**.

② My dog had **fleas** so I took him to a vet yesterday.

---

love vs. adore vs. prefer

☞ 三字都有「喜愛」的意思，但 adore 比 love 來的不正式，但喜愛程度比 love 來的強烈；而 prefer 則是「**（相較於……）比較喜愛……**」。

例 ① Josh **loves** to go/going windowing shopping with his mother.

② You know what? Mark has **adored** you for a long time.

③ I **prefer**（drinking）tea to（drinking）coffee.

④ I would **prefer** to read magazines rather than watch TV.

---

love vs. be loving

☞ love 當「**喜愛**」意思時，通常不能用進行式；但如果是要表達「**享受……的樂趣**」，則可用進行式。另外，like 也有類似用法。

例 ① Pan **loved** daydreaming when he was a child.

② We are **loving** our first trip to Venice.

0853 ★★★★

> ## lunch vs. luncheon

☞ 兩字都有「**午餐**」的意思，但 luncheon 為正式用字，通常翻譯為「**午宴**」。

例 ① I'm extremely busy today. I didn't even have time for **lunch**.

② Several celebrities attended the charity **luncheon** and donated quite a lot.

0854 ★★

> ## lusty vs. lustful

☞ lusty 意思為「**健康、強壯的**」；lustful 則為「**性慾很強的／好色的**」。

例 ① After hearing the **lusty** voice of her baby, the mother felt relieved at the delivery room.

② The **lustful** man committed another crime after being released from prison.

0855 ★★★

> ## luxuriant vs. luxurious

☞ luxuriant 意思為「**茂盛的**」；luxurious 則為「**奢華的**」。

例 ① Those **luxuriant** trees look even greener under the sun after rain.

② The rich man bought a **luxurious** palace-like villa in Hualien.

0856 ★★

> ## lynx vs. bobcat

☞ 兩字中文都翻譯為「**山貓**」，但 lynx 的體型會比 bobcat 來得大隻，毛色方面，lynx 毛色偏灰，bobcat 偏褐色。另外，分布的地點亦不相同。

例 ① **Lynxes** and **bobcats** can be very aggressive in the wild. Don't take them as cats.

Love me little, love me long.
愛情要細水長流

M

0857

0857　★ ★ ★ ★ ★

machine vs. machinery

☞　machine 為「**機械／機器**」，是一可數名詞；machinery 則是「**機器**」的總稱，為不可數名詞。

例 ①　If the **machine** is out of order, please contact the mechanic to fix it.

②　He has had a strong interest in **machinery** since he was a child.

- -

0858　★ ★ ★ ★

mad vs. angry vs. indignant vs. furious vs. rage

☞　前三字都有「**憤怒、生氣**」的意思，但 mad 比較口語，且為美式用法；angry 為英式用法；indignant 為正式用字；furious = very angry；而 rage 則是「**暴怒，大發雷霆**」的意思，但為名詞。

例 ①　Your students really drove me **mad**.

②　Can't you see how **angry** I am right now?

③　I am **indignant** at the way you treat your grandparents.

④　Knowing his son stole his money, Michael was **furious** and beat him.

⑤　Tom flew into a **rage** after knowing his car was smashed by his son.

- -

0859　★ ★ ★ ★ ★

made from vs. made of vs. made into

☞　made from 與 made of 皆有「**（成品）以……（原料）製成**」，「**差別在於如果製作過程變化大，導致成品表面看不到原料**」，則用 made from，如：葡萄酒與葡萄的關係；相反地，「**如果還看得到原料**」，則用 made of。另外，「**主詞換成原料時，可替換成**」：原料 be made into 成品。

例 ①　The chair was **made of** bamboo.

②　Plastic bags are **made from** petroleum.

③　Coffee beans can be **made into** clothes.

madness vs. craze

☞ 雖然 mad 與 crazy 都有「**瘋狂的**」之意思，但名詞的 madness 意思是仍為「**瘋狂**」；但 craze 則是「**一種（短暫）的流行**」＝ fad。

例 ① He was killed by his own **madness**. He went surfing on a typhoon day.

② The **craze** of the game "Candy Crush" has faded.

---

magnet vs. magnate

☞ magnet 為「**磁鐵**」，另外，也可引伸為「**某一吸引人前往的地方**」；magnate 則是「**企業大亨**」＝ tycoon。

例 ① Using a **magnet** helped Lisa find the needle in the pile of clothes.

② The Sun Moon Lake is always a **magnet** for many tourists at home and abroad.

③ Rich and powerful, the **magnate** donates millions of dollars to charity.

---

main vs. maim vs. mane

☞ main 意思為「**主要的**」；maim 指「**使……傷殘**」；而 mane 則是「**獅子的鬃毛或馬背上的鬃毛**」。

例 ① What's the **main** point of this article?

② Many soldiers were **maimed** because of the landmines.

③ That lion's **mane** is new and short; that means it is still young.

---

majesty vs. highness vs. almighty

☞ majesty 是用來「**尊稱國王或皇后**」；highness 主要是用來「**尊稱王子或公主，偶而也可用來尊稱國王及皇后**」。

例 ① Your **Majesty**, Princess Anna is here to see you.

② His **Highness**, you may need to come with me to the palace.

另外，the Almighty 則是「上帝」。

M

make vs. manufacture

☞ 兩字皆有「**製造**」的意思，但 make 為一般用字；manufacture 比較強調是「**透過機器大量生產**」= produce。

例 ① Mom is teaching me how to **make** a cheese cake in the kitchen.

② All products this factory **manufactures** are exported to Spain.

- -

make a good impression vs. do a good impression

☞ make a good impression 意思是「**留下好印象**」，可用 leave 替換 make；而 do a good impression of sb 意思則變成「**（為使人發笑而）模仿別人**」。

例 ① Anita tried her best to **make a good impression** on her interviewers.

② We laughed loudly when Ronnie **did a good impression** of our bossy boss.

- -

make coffee vs. brew coffee

☞ make coffee 是「**沖泡咖啡**」；而 brew coffee 則是「**現煮咖啡**」。

例 ① Father **made coffee** and tea for guests to choose from.

② It takes some skills to **brew coffee**.

- -

manly vs. mannish

☞ manly 指「**很有男子氣概，男子漢的（特質或體格）**」= masculine；mannish 則是指「**穿著打扮，行為舉止很男性的女性**」。

例 ① He looked so **manly** in the basketball jersey.

② That woman acts in a very **mannish** way.

---

man-made vs. artificial vs. synthetic

☞　man-made 意思為「**人造的**」；artificial 是「**人工的、仿真的、假的**」；synthetic 則是「**（化學）合成的**」。

例 ① This is the largest **man-made** lake.

　② I don't like **artificial** flowers. Bring me real ones.

　③ Some food can be produced in a **synthetic** way.

0869　★ ★ ★ ★

---

map vs. chart vs. atlas

☞　三字都是「**地圖**」，map 為一般用字；而 chart 是「**專門指海上／航海地圖或星象圖**」；而 atlas 則是「**地圖集**」，通常包含全球地圖。

例 ① Here is a treasure **map**. Go find the treasure and be rich!

　② Sailors need a naval **chart** to guide them to their destination.

　③ Little Granger knows where each country is by reading the **atlas**.

0870　★ ★ ★ ★

---

margin vs. edge vs. brim vs. brink

☞　margin 意思是「**書頁／文件的邊緣**」；edge 是「**物體或一個地區的邊緣**」；brim 指「**杯、盤、碗、帽子的邊緣**」；brink 則指「**懸崖的邊緣，或某不好事件發生的邊緣**」。

例 ① I usually leave some notes on the **margin** of the pages I like most.

　② Mary screamed out loud as soon as she saw a gecko on the **edge** of her bed.

　③ A red mark of the lipstick was left on the **brim** of the glass.

　④ The two countries are on the **brink** of war.

0871　★ ★ ★ ★ ★

---

marital vs. martial

☞　marital 為「**婚姻的**」；martial 則為「**軍事的**」。

例 ① Jason is engaged in dealing with his **marital** affairs. He's getting divorced.

　② **Martial** areas are normally not pinpointed on online maps.

M

marry vs. wed

☞　兩字互為同義字，但 wed 主要「**用於文學，新聞標題**」，並且不用於進行式。

例 ① She finally got **married**. We are all happy for her.

② Prince William is to **wed** next Monday.（新聞標題）

---

massage vs. message

☞　massage 意思是「**馬殺雞（按摩）**」；message 則是指「**訊息**」。

例 ① Having a full-body **massage** relieves me of all stress from work.

② Bees send **messages** to each other by dancing.

---

masterful vs. masterly

☞　兩字皆可指「**（技術）純熟的**」；但 masterful 又可指「**善於控制情況或人的**」。

例 ① This dragon on the temple wall is a **masterful/masterly** sculpture.

② Watson handled the violent protest in a **masterful** way.

---

mathematics vs. arithmetic

☞　mathematics 為「**數學**」，可簡寫為：math（美式）或 maths（英式）；arithmetic 則是指「**算數**」。

例 ① **Mathematics** is always my nightmare.

② She is gifted for **arithmetic**.

---

mature vs. ripe

☞　mature 是指「**人生理上、心理上，或情緒上的成熟**」；ripe 則是指「**植物的成熟**」。

例 ① Watt is not **mature** enough to shoulder the responsibility of being a leader.

② Those grapes are so **ripe** and sweet that many sparrows are pecking at them.

may vs. might

☞　may 的可能性高於 might，前者「**大概 40-50%**」，後者「**大概 30%**」。

例 ① My father **may** come to our sports meet.

　② I guess it **might** rain in the afternoon.

> may 與 might 皆可用於「**請求**」。

例 ③ **May** I help you?

　④ I am wondering if you **might** give me a lift tomorrow.

說明 ➡（常用於間接問句）

> 另外，may 可用於「**祝福**」。

例 ⑤ **May** you have a happy marriage!

----

may / might as well vs. may / might well vs. had better

☞　may/might as well 意思為「**大可……**」通常是指沒其他重要或有趣的事可做，或是最好……；may/might well 是指「**很可能……**」；had better 則為「**最好……**」，是指「**有充分理由該做某事**」。

例 ① We **may as well** watch a movie now since we've got nothing to do.

　② She **may well** turn down your invitation to dinner.

　③ You'**d better** make a reservation beforehand since the restaurant is always crowded.

說明 ➡（可換成 had best）

例 ④ You **better** leave sleeping dogs lie.

說明 ➡（非正式用法可省略 had）

----

mean + to V vs. mean + Ving

☞　mean 後加 to V，意思為「**企圖／有意去做……**」；mean 後加 Ving，意思則是「**包含（做）……**」。

例 ① I didn't **mean to offend** you. Could you forgive me?

　② This task **means finding** five sponsors in a week.

★ ★ ★ ★ ★

meanwhile vs. meantime

☞ 兩字都是「在……發生的同時」，常用片語為 in the meanwhile ＝ in the meantime，但 meanwhile 可單獨使用，而 meantime 則必須搭配成片語。

例 ① The movie will start soon. In the **meanwhile/meantime**, please turn off your cellphone or switch it to the vibration mode.

② I'm taking out the trash ; **meanwhile**, could you walk the dog, honey?

★ ★ ★ ★

mechanic vs. technician

☞ mechanic 是「機械工，專門利用工具，親手修理機器」；technician 則是指「工程師，指透過電腦診斷機械毛病或調整使其運作順利」。

例 ① Our car broke down. We need to find a car **mechanic**.

② Thanks to the computer **technician**, we were able to use the Internet again.

★ ★

mediate vs. arbitrate

☞ mediate 翻譯「為調停／調解，角色為協助溝通協調，所做出的決定並不一定有法律上的約束力」；arbitrate 則是「仲裁，是一法律程序進行，故所做的決定是有約束力的」。

例 ① The village chief was asked to **mediate** in the dispute between the two men.

② The court is going to **arbitrate** a patent dispute between the two smartphone companies.

★ ★ ★ ★ ★

medicine vs. drug vs. pill vs. tablet vs. capsule
vs. medicine powder vs. antidote

☞ medicine 泛指「藥」為不可數名詞；drug 亦為「藥」但為可數名詞；pill 及 tablet 都是指「（硬的）藥丸／片」；capsule 是指「膠囊」；而 medicine powder 則是指「藥粉」。

例 ① Take the **medicine** three times after meals.
② A new **drug** for treating hepatitis B was found.
③ I prefer taking **pills** to **medicine powder**.
④ **Capsules** come in a variety of colors for people to accept visually.

另外，antidote 則是指「（中毒或疾病的）解藥」。

例 ⑤ There is still no **antidote** to this poison.

0884　★ ★ ★ ★ ★

meet vs. **meet with**

☞ meet 是指「在預定的時間點與他人見面；或指不期而遇；或指初次見面」；meet with sb 則是「為了開會而與他人見面」。

例 ① I will **meet** my client this afternoon.
② You never guess who I **met** today.
③ Nice to **meet** you, Mr. Roger.
④ He **met with** some representatives from other companies.

0885　★ ★ ★ ★ ★

meeting vs. **conference**

☞ 兩字都是「會議」，但 meeting「規模較小，參與人數較少，也比較不正式，時間上可持續幾個小時」；相對而言，conference「規模大，人數多，較正式，議程可持續好幾天，另有提供住宿服務」。

例 ① Let's have a **meeting** this afternoon to discuss the marketing of our new product.
② Prof. Huang is flying to Hong Kong for a three-day **conference**.

0886　★ ★ ★ ★

melt vs. **thaw** vs. **dissolve** vs. **molten**

☞ melt 是指「加熱後由固體轉變成液體，可以是冰塊、金屬」；thaw 則專指「冰、雪的溶化」；dissolve 是指「固體溶解於液體中」；molten 詞性為形容詞，只置於名詞前來修飾，意思是指「金屬或岩石因為高溫而熔化為液體」。

例 ① The iron tube was heated to **melt**.
② The snow on the roof started to **thaw**.
③ Sugar can **dissolve** in water faster if you stir it.
④ **Molten** lava can destroy almost everything in its way.

> 另外，melt 用在人身上，則指「某人不再那麼生氣，變得比較有同情心」。
> thaw 用在人身上，是指變得「比較友善，不拘謹」。

例 ⑤ Seeing her child crying, Julia **melted** and tried to be gentle.

⑥ After drinking some brandy, Randy **thawed** a little and began to talk about his sad past.

0887　★ ★ ★ ★ ★

memorial vs. memorable

☞ memorial 意思是指「**紀念的，特別是指為了紀念已死去的人**」；memorable 則是指「**令人難忘的**」＝ unforgettable。

例 ① This **memorial** hall was built for those who died for our country.

② Beating the champion in the game was the most **memorable** experience for Usher.

0888　★ ★ ★ ★ ★

memorize vs. remember

☞ memorize 意思為「**背誦、記憶**」；remember 則是「**記得⋯⋯**」。

例 ① Colin made an effort to **memorize** an English poem by William Shakespeare.

② Do you still **remember** how to pick a juicy watermelon?

0889　★ ★ ★ ★

method vs. methodology

☞ method 是指「**方法**」；methodology 則是「**方法論**」（研究「**方法**」的理論）。

例 ① Your **method** doesn't work here.

② There have been plenty of English teaching **methodologies** so far.

0890　★ ★ ★

middle-aged vs. Middle Ages

☞ middle-aged 是指「**大概 40-60 歲左右，中年的**」；Middle Ages 則是「**中世紀**」。

例 ① The police are searching for a missing **middle-aged** man with long hair and a broken leg.

② Life in the **Middle Ages** was quite different from modern life.

midnight vs. in the middle of the night

☞ midnight 是指「**凌晨零點**」；in the middle of the night 則是「**半夜，大約是凌晨 2-3 點**」。

例 ① I saw him stay up for the rehearsal until **midnight**.
② I heard a bang **in the middle of the night**.

---

military vs. militant

☞ military 意思是「**軍事的**」；militant 則是「**好鬥的、好戰的**」。

例 ① I have finished the **military** service and am beginning to seek for a good job.
② The **militant** king was about to invade the neighboring country.

---

mimic vs. copycat

☞ mimic 是指「**善於模仿他人動作、聲音等的人**」= impersonator；copycat 可翻譯為「**跟屁蟲**」，指「**沒主見，愛學他人所做所為的人，甚至是穿著，通常用於小孩子間的模仿行為**」。

例 ① I like to be with Leo. He is a good **mimic**.
② Don't be a **copycat**. Be yourself, please.

M

mine vs. mime

☞ mine 除了是「**第一人稱 I 的所有格代名詞**」，也是「**礦**」的意思，如：gold mine, coal mine；mime 則是指「**默劇**」。

例 ① I know your bike was stolen ; you can use **mine** if you need to.
② Many people rushed to San Francisco for the gold **mine** from 1848 to 1855.
③ They will perform a short, interesting **mime** for the children in the orphanage.

minus vs. subtract

☞ 兩字在數字計算中，都有「**減法**」的意思，但 minus 為介係詞；subtract 為動詞＝ take away。

例 ① Twenty **minus** nine leaves eleven.

② Ten **subtracted** from nineteen is nine.

---

minute vs. minutes

☞ minute 是「**分鐘**」的意思；但恆為複數的 minutes 則是「**會議記錄**」。

例 ① There will be only ten **minutes** left before the exam is over.

② It is my turn to take the **minutes** this time.

---

miscarriage vs. abortion

☞ miscarriage 是指「**流產**」；abortion 則是「**墮胎**」。

例 ① She had a **miscarriage** and now is on leave.

② Some people strongly object to **abortions**.

---

misplace vs. displace

☞ misplace 意思為「**亂放東西，以致短時間找不到該物**」＝ mislay；displace 則是「**取代**」的意思＝ replace。

例 ① Could you help to find the watch I **misplaced**?

② Robots are hoped to **displace** humans in most factories.

Miss vs. **Mrs.** vs. **madam**

☞ Miss（Ms.）可用於「**稱呼女性，不管對方結婚與否**」；Mrs. 是用於「**稱呼已婚女士**」；madam（ma'am）則是用於「**尊稱女性**」，為一正式用字。

例 ① **Miss** Lee, I didn't mean to break your window. It was an accident.

② **Mrs.** Carlos never quarrels with her neighbors.

③ **Madam**, is this seat taken?

- -

mix vs. **blend**

☞ 兩字都有「混合」的意思，但 mix「**所混合的東西，都還有保留原本的特性**」；和 blend 則是「**混合完，原本的特性都難以分辨開來，融合在一起**」。

例 ① It is impossible for us to **mix** water and gasoline.

② To make a cake, the chef began to **blend** eggs, flour and sugar.

- -

mixture vs. **compound**

☞ mixture 為「**混合物，所混合的東西之間無產生化學變化**」；compound 為「**化合物，物質與物質間是有化學反應的**」。

例 ① A **mixture** of lettuces, tomatoes, and a vinaigrette dressing is my favorite salad.

② This **compound** is more stable than anything created before.

- -

M

momentous vs. **momentary**

☞ momentous 意思是「**重大的**」；momentary 則是「**瞬間、短暫的**」。

例 ① That was a **momentous** moment. My boyfriend proposed to me.

② Material happiness is always **momentary**.

monkey vs. ape vs. gorilla vs. chimpanzee

☞　monkey 是指「**一般的猴子**」；ape 是「**人猿**」；gorilla 指「**大猩猩**」；chimpanzee 則是「**黑猩猩**」。

例① **Monkeys** in the Monkey Mountain of Kaohsiung can steal tourists' food.

② **Apes** act like humans in the movie Rise of the Planet of the Apes.

③ You just mistook **gorillas** for **chimpanzees**.

---

mistake vs. error vs. fault vs. slip

☞　mistake 與 error 大部分情況都可相通，但 error 會比較正式（make/commit an error），mistake（make a mistake）在口語中廣泛被使用；另外，在教學領域中，error 是「**學習者未學過，測驗時而犯的錯**」；mistake 是「**已學過，但還犯的錯**」。fault 則是指「**機器或系統有問題，或是要批評別人／自己犯的過錯時**」。

例① There are several spelling **mistakes/errors** in your composition.

② People make **mistakes** so don't blame yourself too much.

③ It's all my **fault**! Is there anything I can do to make up for this?

④ It sounds like（that）there is a **fault** in the microphone you're using.

另外，slip 通常是「**因為粗心所犯下的錯誤**」。

例⑤ It's only a **slip** of tongue.

---

monastery vs. convent

☞　monastery 是「**給和尚修行用的修道院**」；convent 則是「**給尼姑修行用的修道院**」。

例① The **monastery** is for monks to live in and the **convent** is for nuns.

money vs. cash vs. currency

☞ money 的意思為「**錢**」，可以指紙鈔或硬幣；cash 則為「**現金**」，用的時機是：為了強調是現金，而不是信用卡等；另外，currency 則是指「**貨幣**」。

例 ① Could you lend me some **money**? I've been hard up recently.

② Do you want to pay in **cash** or by credit card?

③ This bank doesn't offer to exchange foreign **currency**.

---

monogamy vs. bigamy vs. polygamy

☞ monogamy 為「**一夫一妻制**」；bigamy 為「**重婚**」；polygamy 則是「**一夫多妻制**」。

例 ① **Monogamy** is common in Taiwan while **bigamy** is illegal.

② The practice of **polygamy** is prohibited in most countries.

---

monument vs. memorial

☞ monument 是指「**為紀念某人所蓋之建築物，或雕像**」等等，可翻譯為「**紀念館**」；memorial 則偏向是「**紀念碑**」的意思。

例 ① A **monument** was built to remember the Taiwan 228 Incident.

② The **memorial** was engraved with the name of the famous Taiwanese poet.

M

moral vs. morale vs. ethic

☞ moral 是指「**道德的**」；morale 則是指「**士氣**」；另外，ethic 則是「**倫理**」的意思。

例 ① It is **moral** to try to save a drowning person.

② The **morale** of our team is good enough to beat any team.

③ The clerk doesn't have any work **ethic** at all.

另外，moral 可當作「**故事的寓意**」。

例 ④ The **moral** of this story is preparing for the worst and preparing in advance.

morning vs. mourning

☞　morning 是指「**早上**」；mourning 則是「**哀悼**」= grief。

例 ① In the **morning**, Tony usually goes swimming for fifteen minutes before going to work.

② Mr. Carlos was in **mourning** for his beloved wife.

---

most vs. most of

☞　most 後加名詞，是泛指「**大多數的……**」，並無限定是哪一個範圍；相反地，most of the ／所有格，後加名詞，則是指「**所限定範圍內的人事物中的大部份**」。

例 ① **Most** birds can fly.

② **Most of** the papayas in the basket were rotten.

③ **Most of** my friends are in Changhua.

---

most of the time vs. most times

☞　most of the time 意思是「**大多數時間**」；most times 則是「**最多次**」，time 此處為次數，為可數名詞。

例 ① **Most of the time**, this village is quiet, except on weekends.

② Among us, Peter was elected class leader **most times**.

---

motionless vs. stationary

☞　兩字都可翻譯為「**靜止不動**」，但 motionless 所指稱範圍較廣，可形容人或事物 = still；但 stationary 則常指車輛等的靜止不動。

例 ① Some snakes just lie **motionless** waiting for prey to come.

② The drunk driver hit a **stationary** car and later got away.

motorcycle vs. scooter

☞ motorcycle 是指「跨坐的摩托車（如：重機，通常都需要打檔）」；scooter 則是指一般「有可讓雙腳踩踏板的機車（如：常見的 125cc 機車）」，另外，scooter 亦可指「滑板車」。

例 ① It is unusual to see a woman ride a big **motorcycle** like that.
② There are way too many **scooters** on the streets of Taipei.
③ Hank fell from his **scooter** in the park and bruised his legs.

- -

0915 ★ ★

mould vs. forge

☞ mould 是「將……塑形，或將其倒入模具內，以成型」；forge 則是指「將金屬鍛造成形」。

例 ① First, **mould** this dough into the shape of a heart. Then, bake it.
② This samurai sword was **forged** hundreds of times.

- -

0916 ★ ★ ★ ★ ★

mouse vs. rat

☞ 就體型而言，mouse 比較小，常指「家鼠，也可能生活在田裡」（複數 mice）；rat 則是「體型較大，特別指會傳播疾病或是破壞農作物／食物的田鼠」。

例 ① On seeing a **mouse** in her room, Linda let out a scream and cried out loud.
② Some **rats** were poisoned on my grandfather's corn field.

- -

M

0917 ★ ★ ★ ★ ★

movies vs. the movies

☞ movies 為 movie 的複數；若加了 the，則可指「電影院；電影業」。

例 ① There are many new **movies** coming up this summer.
② Sandra wants to know what is on at **the movies** this week.

must vs. may vs. might

☞ 三個助動詞都可用來表達「**對現在或未來的推測**」，但肯定程度及語氣強弱由大至小分別為：must ＞ may ＞ might ＝ could。

例 ① The rumor **must/may/might** be true.

---

mustache vs. beard vs. goatee vs. whisker

☞ mustache 是指「**人中部位的鬍子**」；beard 是指「**下巴上的鬍子**」；goatee 指「**山羊鬍**」；whisker 則是指「**落腮鬍**」。

例 ① Peterson hasn't shaved his **mustache** for a week.
   ② After divorce, he started to grow a **beard**.
   ③ His **goatee** took him a year to grow.
   ④ The man with **whiskers** doesn't look friendly to me.

---

mustn't vs. don't have to

☞ 否定的 mustn't 是指「**強烈禁止**」，若要表達「**不必……**」則需用：助動詞 +not+ have to。此外，must 與 have to 皆為「**必須**」差別在於：前者為助動詞，語氣強，通常表達者為說話者本身；後者為動詞片語，表達者通常為第三者（非當事人），但漸漸，也可用於說話者本身。

例 ① You **mustn't** cross the road when it is a red light.
   ② She **didn't have to** get on the boat until she was asked to.
   ③ I **must** get there before it is too late.
   ④ He **has to** find out as many mistakes in his writing as possible.

另外，must 沒有過去式，若要表達「**過去之必須**」，則使用 had to。

例 ⑤ We **had to** send the registered letter to Mrs. Johnson before Sep. 5th.

myth vs. legend

☞ myth 意思為「**神話，涉及解釋自然或歷史事件**」；legend 則為「**傳奇，傳奇所談到的文物或事件，可能為真，亦可能為假**」。

例 ① The **myths** of Greek gods are very interesting to me.

② **Legend** has it that Liao Tien Ding, "Taiwan's Robin Hood," robbed the rich to help the poor.

M

Murder will out.

如要人不知，除非己莫為

N

0922

0922 ★ ★ ★ ★ ★

naked vs. bare

☞ 兩字都是「**赤裸／裸露**」的意思，但 naked 通常是指「**裸露整個身體**」；bare 則是指「**只裸露身體的某個部分**」。另外，在慣用片語中：to the naked eye，則不可用 to the bare eye。

例 ① He was drunk and found sleeping **naked** on the sidewalk.

② It hurts me a lot to walk on this country road with **bare** feet.

0923 ★ ★ ★

nationalistic vs. patriotic

☞ nationalistic 意思是「**民族主義的（者），國家主義的（認為自己國家比其他國家來得優越）**」；patriotic 則是指「**愛國的**」。

例 ① The politician took advantage of the **nationalistic** sentiment among the populace to canvass for votes.

② The **patriotic** player wore a T-shirt with the national flag on it.

0924 ★ ★ ★ ★

naval vs. navel

☞ naval 意思是「**海軍的**」；navel 則是「**肚臍**」。

例 ① The countries are engaged in a **naval** battle.

② Claude had her **navel** and tongue pierced.

near-sighted vs. **short-sighted**

☞ 兩字都有「**近視**」的意思，但 short-sighted 另外還有「**目光淺短**」的意思，near-sighted 則無此用法。

例 ① One of my nightmares would be losing my glasses because I'm heavily **near-sighted**.

② This is a **short-sighted** policy of increasing taxes without cutting down on unnecessary expenditure.

---

need vs. **need to**

☞ need 可當助動詞及一般動詞使用，但當助動詞使用時，常出現在疑問句及否定句。

例 ① **Need** I milk the cows when you are away?

② You **needn't** water the flowers since it is about to rain.

③ He **needs** to be more confident when talking to the girl he likes.

④ She doesn't **need to** tell me where she is or what she is doing.

---

needle vs. **safety pin** vs. **pin** vs. **tack** vs. **paper clip**

☞ needle 是指「**縫衣物的針**」；safety pin 是「**安全別針**」；pin 是「**別針**」；tack 則「**圖釘**」；paper clip 則是「**迴紋針**」。

例 ① Give me a **needle** and some thread. Let me mend the hole in your pocket.

② The mother used a **safety pin** to have the pacifier fixed onto the baby's clothes.

③ We bought some **pins** and tacks for posters on the bulletin.

④ **Paper clips** are useful when you want to have pieces of paper together.

---

neglect vs. **ignore**

☞ neglect 是指「**有意或無意地忽略或忽視**」；ignore 指「**有意地忽視或忽略**」。

例 ① Some evidence was **neglected** in the process of investigation.

② The parents **ignored** their crying baby in the middle of the night.

0929 ★ ★ ★ ★

negligible vs. negligent

☞ negligible 意思為「可忽略的」；negligent 則是形容人「輕忽的」。

例 ① It's a **negligible** mistake. Don't take it to heart.

② The boss punished the worker for being too **negligent**.

0930 ★ ★ ★ ★

nerd vs. bookworm

☞ nerd 有「書呆子（但很聰明）」的意思，但 nerd 在人際社交這塊不擅長＝ geek；bookworm 則是「非常喜愛閱讀的人」。

例 ① Leonard is a computer **nerd** ; he seems to know everything about computers.

② She is a **bookworm** who frequents bookstores and has plenty of books in her room.

0931 ★ ★ ★ ★ ★

next vs. the next

☞ next vs. the next 與 last vs. the last 之差異有異曲同工。若本日為 10 月 10 日，next month 則為 11 月；the next month 則為 10 日往後推 30 天這期間，也就是說 10 月 10 日至 11 月 10 日期間。

例 ① I will be seeing you **next** week.

② There will be a series of celebrations for **the next** month.

0932 ★ ★ ★ ★ ★

Nice to meet you. vs. Nice meeting you.

☞ 兩句用的時機不同：Nice to meet you. 用於「剛剛見面時，或初次見面」；Nice meeting you. 則是「已經交談過，要離開時會說的話」。

例 ① A：**Nice to meet you.**

B：**Nice to meet you** too. Come on in!

② **Nice meeting you.** I'm looking forward to seeing you again.

no admittance vs. **no admission**

☞ admittance 與 admission 基本上在大多數情況都是可互換使用，但 no admittance 是「閒人勿進」；no admission 則是「免入場費（免費入場）」。

例① He donated 10,000 dollars to gain **admittance/admission** to the golf club.

② Didn't you notice the sign "**No admittance**"? Please leave right now.

③ Welcome to the party! It is **no admission**.

0934 ★ ★ ★ ★ ★

nod off vs. **doze off** vs. **nap** vs. **siesta** vs. **slumber**

☞ nod off 與 doze off 都有「打瞌睡」的意思；nap 與 siesta 都是指「午睡」，用法為 take a nap/siesta。另外，slumber 也是「睡覺」，但是為文言用法。

例① The movie was too boring so I couldn't help **nodding off/dozing off**.

② I am used to taking a **nap/siesta** after lunch.

③ A big bang woke up the princess who was **slumbering**.

0935 ★ ★ ★ ★

noisome vs. **noisy**

☞ nolsome 意思為「惡臭的」；noisy 則是「吵雜的」。

例① Undoubtedly, the **noisome** smell must be from the chemical factory.

② I can't stand those naughty and **noisy** children any more.

0936 ★ ★ ★ ★ ★

none vs. **neither**

☞ none 用於「三者以上之否定」；neither 則用於「兩者間之否定」。兩字都擺主詞位置時，正式用法使用單數動詞；非正式用法則用複數動詞。

例① **None** of my cousins make/makes a habit to exercise three times a week.

② **Neither** of my parents get/gets a speeding ticket.

not only…but also vs. as well as

☞ 兩個片語意思相近，但若連接兩個主詞時，因為強調重點不同，所以決定動詞的主詞，則有異。Not only A but also B + V，以 B 決定動詞之單複數；A as well as B + V，則以 A 決定動詞之單複數。

例 ① **Not only** we **but also** Mark is about to inflate the balloons for Xmas.

② You **as well as** Herbie are going to join the car race.

---

novel vs. fiction

☞ novel 是「**小說文體**」，是相較於 prose（散文）或 poem（詩）等而言，novel 內容「**可能寫實也可能虛構（為可數名詞）**」；但 fiction「**內容一定是虛構（為不可數名詞）**」。

例 ① I love reading **novels** because they are full of imagination and creativity.

② Some science **fiction** is adapted for popular movies.

> No cross, no crown.
> 不經一番寒徹骨，怎得梅花撲鼻香

0939

0939 ★ ★ ★

---

objective vs. objection

☞ objective 意思為「**目標**」＝ goal；objection 則是指「**反對**」，常跟介係詞 to 連用。

例 ① Paul never sets realistic **objectives**. No wonder he never succeeds in anything.

② Local residents raised **objection** to the building of a chemical factory.

0940 ★ ★ ★ ★

---

observation vs. observance

☞ observation 意思為「**仔細的觀察**」；observance 則是「**遵守（法律或宗教上的教義規定），甚至是慶祝某一節慶**」。

例 ① Randal was sent to hospital for further **observation** for his concussion.

② We ask for strict **observance** of laws no matter who you are.

③ What do you do for New Year's **observance** in your country?

0941 ★ ★ ★ ★

---

obtain vs. attain

☞ obtain 為「**經過一番努力後，才得到……**」；attain 則是「**一段長時間的努力後，才成功做成某事**」。

例 ① I finally **obtained** the opportunity to interview Bruno Mars.

② After years of trying, Collins finally **attained** his goal of being a well-noted filmmaker.

O

obviously vs. apparently vs. evidently

☞ obviously 是指「**客觀層面而言，大家都看得出來的顯而易見**」；apparently 則是指「**主觀認定事情是顯然地**」；evidently 更是指「**有充分證據下，事情顯然地**」。

例 ① The player **obviously** injured his left knee due to the severe collision with his teammate.

② Josh **apparently** lied to me. He must have gone out with another girl!

③ He is **evidently** a shopaholic. He goes shopping every three days.

> 另外，形容詞 apparent 不置於名詞前來修飾名詞。

例 ④ It is **apparent** that she is out of this world when it comes to singing.

----

occupied vs. taken

☞ occupied 用於「**是指座位上已經有人坐在上面**」；taken 則是「**座位已被預約／預定**」= reserved。

例 ① Every seat is **occupied**. We have to stand during the whole show.

② Is this seat **taken**? If not, could I sit here?

----

occur to vs. come up with

☞ occur to 後加人，可用來指「**人突然想到某事**」= strike，但主詞常為虛主詞 it；而 come up with 主詞則為人，意思為「**想到……**」，但不強調突然想到某事。

例 ① It never **occurs to** me that we can use the hair dryer to help remove a sticker.

② I just **came up with** an idea that we should go to KTV since we got nothing to do.

----

oculist vs. optician vs. occultist

☞ oculist 意思為「**眼科醫師**」；optician 則為「**（眼鏡行）驗光師**」。

例 ① The **oculist** is examining the patient's sore left eye.

② I was just told by the **optician** that I was near-sighted.

另外，occultist 則是「研究神秘學學者」。

例 ③ Mr. Lin is an **occultist** and has been acting strangely over the past ten years.

0946　★★

odious vs. odorous

☞　odious 意思是「**令人討厭的／不悅的**」；odorous 則是指「**有味道的，可能為芬芳的，也可能是臭的**」。

例 ① The man is so **odious** that he can hardly make new friends.
　　② Our stuffy attic is full of things and smells **odorous**.

0947　★★★★★

of vs. 's

☞　兩字都有「**所有格**」的用法，但 of 通常用於「**無生命事物的所有格**」；'s 則通常是用於「**有生命的生物之所有格**」。

例 ① How could the man still drive the car with one **of** the tires missing?
　　② Betty**'s** irresponsibility has irritated most of her colleagues.

然而，若是「**表時間、距離、重量、價格之所有格**」，則可在字尾直接加 's。

例 ③ It is only a kilometer**'s** distance from here to the airport.
　　④ The factory destroyed five million dollars**'** worth of toxic cooking oil.
　　⑤ After browsing the headlines of today**'s** newspaper, Willy went out to work.

0948　★★★★★

of course vs. off course

☞　of course 意思為「**當然**」＝ by all means；off course 則是「**（船隻，飛機等）偏離航道**」。

例 ① **Of course**, studying in England is costly for foreign students.
　　② The ship went **off course** before it hit an iceberg and sank.

official vs. officer

☞ official 是指「**政府機關或某一組織的官員**」；officer 則可指「**軍官，警官**」等等。

例 ① Government **officials** are told to be efficient at work and kind to people.

② Obeying every order from army **officers** is the top priority for a solider.

0950 ★ ★ ★

offspring vs. posterity

☞ offspring 是指「**子女、孩子**」，且為不可數名詞，常用於幽默用語；posterity 意思為「**子孫後代**」，恆為複數，但不加 s。

例 ① Parents should educate their **offspring** in a new way, rather than the way they were raised.

② It is important to love and conserve our earth for our future **posterity**.

0951 ★ ★ ★

official vs. officious

☞ official 意思為「**官方的；正式的**」；officious 則為「**好管閒事的**」。

例 ① There is an **official** announcement that toll fees will not be collected until the mileage is over 20 km.

② Olivia is so **officious**. She likes to tell people what to do.

0952 ★ ★ ★

omnipresent vs. omnipotent vs. omniscient

☞ omnipresent 意思是「**無所不在的**」；omnipotent 為「**無所不能的**」；omniscient 則是「**全知的**」。

例 ① To me, phubbers seem to be **omnipresent** around me.

② Christians believe God is **omnipotent**.

③ The narrator in this novel is **omniscient**.

on business vs. in business

☞ on business 意思是「**因公務而至某地**」，與 on vacation「**度假**」意思相反；而 in business 則是指「**從事商業活動；準備就緒**」。

例 ① Are you here **on business** or on vacation?

② This insurance company has stayed **in business** for a decade.

③ Once the projector is turned on, we are **in business**.

---

on end vs. in a row

☞ 兩個片語都是「**連續地**」，但 on end 不與數字連用；in a row 則與數字連用，如：five days in a row（一連五天）。

例 ① The researcher worked on her project for hours **on end**.

② This year's Halloween celebration will last three days **in a row**.

---

on sale vs. for sale

☞ on sale 為「**（商品）打折的**」（放於要修飾名詞的後面）；for sale 則為「**可出售的**」。

例 ① There are several items **on sale** in the stationery section.

② Jonas is moving to Switzerland, so he is looking for houses **for sale** or for rent.

---

on the contrary vs. in contrast vs. on the other hand

☞ on the contrary 後接的句子「**通常與前一句表達相反意思或否定前一句的觀點（主觀判斷及觀點）**」；in contrast 則是「**客觀地比較兩個人／事／物，兩者是相異其趣**」；on the other hand 則是「**提出事情的另一面**」。

例 ① A：Did you fall asleep during the boring speech?

B：No. **On the contrary**, I enjoyed it a lot.

② American parents are liberal to children；**in contrast**, traditionally, Chinese parents are more conservative.

③ Working part-time during your school days can help earn some money, but, **on the other hand**, it will take you the time when you are supposed to study.

on the news vs. **in the news**

☞ 兩個片語都有「**在新聞裡**」的意思，但 on the news 是某事或某人在電視或收音機上有報導；而 in the news 則是某事或某人正在新聞頻道或報紙討論著。

例 ① The bank robbery case has been **on the news** for a week.

② The Australia wildfire is **in the news** now.

---

on the other hand vs. **on the other side**

☞ on the other hand 是指「**另一方面而言**」；on the other side 則是用於「**比賽時，介紹選手用**」。

例 ① On（the）one hand, working overtime can earn you extra money ; **on the other hand,** it can also cost your health.

② On the one side, we have Billy Jones ; **on the other side,** we have Rock Damon.

---

on the whole vs. **as a whole**

☞ on the whole 意思為「**大體上、基本而言**」；as a whole 則為「**整體而言**」。

例 ① Your thesis **on the whole** has nothing to be desired.

② We have to consider the thing **as a whole**.

---

on time vs. **in time**

☞ on time 為「**準時**」；in time 則為「**及時**」。

例 ① All employees have to come to their offices **on time**.

② I'm **in time** for the train because it doesn't arrive on time.

---

one by one vs. **one on one**

☞ one by one 是「**一個接一個**」；one on one 則是「**一對一**」。

例 ① The customers entered the shopping mall **one by one**.

② It's warm outside. Let's play **one on one** on the basketball court.

0962 ★ ★ ★ ★ ★

one day vs. **some day**

☞ one day 可指「**將來或過去的某一天**」；而 some day 只能指「**未來的某一天**」＝ someday。

例 ① **One day** the princess happened to meet the evil witch.

② I believe that corruption will be ended **some day/one day**.

0963 ★ ★ ★ ★ ★

open vs. **opened**

☞ open 當形容詞時，意思是「**打開的狀態**」；opened 則是指「**打開這個動作**」。

例 ① Don't leave the door **open** ; otherwise, my cat may go out.

② The door was **opened** by the clerk and closed by the wind.

0964 ★ ★ ★ ★ ★

open vs. **start** vs. **establish**

☞ 三字都有「**創設（商店）**」的意思。但，open 常跟「**小商店，餐廳連用**」；start （start up）則跟「**公司**」運用；establish 則常後「**接組織，機構，或是大型公司**」。

例 ① The convenience store was newly **opened**.

② Mr. Roger **started** his own company from scratch.

③ It took effort and money to **establish** such a giant organization.

0965 ★ ★ ★ ★ ★

open vs. **turn on**

☞ 兩字詞都有「**打開**」的意思，但 open 是用於「**翻開（書本）、開店、打開（門窗）**」等等；turn on 則是「**打開電器產品**」。另外，open 的相反詞為 close；turn on 的相反詞為 turn off。

例 ① Do you mind **opening** the window for me? It's stuffy in here.

② Nelly **turned on** the stereo, poured himself some red wine, and started to enjoy his night.

operation vs. surgery

☞ 兩字的意思皆是「**手術**」，但 operation 為可數名詞，surgery 則為不可數名詞。

例 ① The doctor carried out an **operation** on the patient's liver.

② Michael needs knee **surgery** to be able to walk again.

---

opportunity vs. chance

☞ 意思為「**機會**」時，兩字幾乎一樣，差別於 chance 比較沒那麼正式，且亦可當動詞或名詞，意思為「**碰巧**」，另外，也有「**可能性**」的意思。

例 ① Leo got a **chance**/an **opportunity** to preside over the farewell party.

② Dickson **chanced** to/happened to meet his old flame in the theater. How awkward!

③ Dickson met his old flame in the theater by **chance**（= by accident）. How awkward!

試比較：

例 ④ After losing ten thousand dollars in the lottery, Baker refused to take a **chance** this time.（冒險）

⑤ He took an **opportunity** to field the questions asked by the reporters for his boss.（把握機會）

---

oppose vs. object

☞ 兩字都有「**反對**」的意思，但 oppose 除了「**表達反對外，更有阻止所反對之事成功的意思**」，另外，oppose 為及物動詞，object 為不及物動詞，需搭配介係詞 to，再接受詞。

例 ① Clark's parents **opposed** him meeting his netizen alone.

② We **objected** to the proposal the committee made about water rationing.

0969　★ ★ ★

opposite vs. apposite

☞　opposite 詞性為介係詞或形容詞，是指「**在……對面**」＝ across from 或是「**相反的**」；apposite 則是指「**非常適合於……的**」。

例 ① The man sitting **opposite** me looks excited while talking on the phone.
② You just went in the **opposite** direction. No wonder you couldn't make it on time.
③ He can always cites an example **apposite** to any topic related to nanotechnology.

0970　★ ★

oppress vs. repress

☞　oppress 意思為「**鎮壓**」＝ suppress；repress 除了有「**鎮壓**」的意思外，更常用於「**壓抑（情感）**」。

例 ① The protesters were brutally **oppressed** by the police with tear gas and water cannon.
② Men are trained or taught to **repress** their feelings, especially when they want to cry.

0971　★ ★ ★ ★

outcome vs. result vs. consequence

☞　三字都有「**結果**」的意思，但 outcome 是指「**事情最後的結果，並無強調因果關係**」；result 則是比較「**強調因果，由一件事導致另一件事的發生**」；consequence 通常用複數，用來指「**不好的結果居多**」。

例 ① I cannot wait to know the **outcome** of the general election.
② The **results** of this research are widely cited in the scientific field.
③ No one can imagine the disastrous **consequences** if the Ebola virus spreads globally.

or vs. **or rather**

☞　or 可「**解釋前面的概念**」，有同位格功能；or rather 則是用於「**更正前面所提之人事物**」。

例 ① Leukemia, **or** cancer of white blood cells, is fatal.

　　② I'll be there at 8 am—**or rather**, 9 am.

---

oral vs. **aural** vs. **verbal**

☞　oral 為「**口頭的或是有關口腔的**」；aural 則為「**聽覺上的**」。兩字都主要使用在教學法上。另外，verbal 除了可以指「**口語外，亦可指文字上的**」。

例 ① I just reached an **oral** agreement with the contractor.

　　② Ruby uses a wide variety of **aural** material to teach pre-school kids.

　　③ The guide dog can understand his trainer's **verbal** instructions.

---

orange vs. **tangerine** vs. **citrus**

☞　orange 是指「**柳丁**」；tangerine 是指「**橘子**」；citrus 則是「**柑橘類**」的總稱。

例 ① I'd like some **orange** juice after dinner please.

　　② The dry **tangerine** peel can keep mosquitoes and flies at bay.

　　③ My father grows some **citrus** trees in the backyard.

---

ordnance vs. **ordinance**

☞　ordnance 為「**大砲**」= artillery；ordinance 則是指「**城市或鎮裡公布的禁令**」。

例 ① We destroyed all the enemy's **ordnance** and vehicles.

　　② An **ordinance** says that a curfew will be imposed from June 3rd.

oriental vs. eastern

☞　兩個字都可指「**東方國家的**」，特別是日本，大陸等國家，但 eastern 又可指「**東邊的**」，反義字為 western。另外，oriental 有貶義，相反詞為 occidental（西方國家的）。

例 ① He decided to experience some **oriental** cultures this summer.

② There will be some showers in the **eastern** part of Taiwan.

- -

originate in vs. originate from vs. originate with

☞　此三個片語都有「**起源於……**」，但 originate in 地點或時間；originate from 後加事物；originate with 後加人。

例 ① Kiwis **originated in** Australia.

② Most martial art **originated from** China.

③ It is said that sandwiches **originated with** an England Earl.

- -

ought to vs. should

☞　除了 should 比 ought to 語氣強外，ought to 主要用於「**客觀的應該……**」；should 用於「**說話者主觀應該……**」。

例 ① You **ought to** find a gas station as soon as possible because we're running out of gas.

② You **should** pay more attention to the pedestrians while driving. The way you drive actually is pretty dangerous!.

另外，對於「**過去應該做而沒做**」，則需使用完成式。

例 ③ You **ought to/should** have delivered the goods by 5 pm.

- -

out of the question vs. out of question

☞　out of the question 意思為「**不可能（辦得到）的**」；而 out of question 則已經很少人在使用，可用「**without question 或 beyond question（無疑的）**」替代。

例 ① It is **out of the question** that you can finish the hot coffee in three seconds.

② **Without question**, the sun can never rise in the west.

---

overdue vs. expire

☞ overdue 是指「**借的書／DVD、帳單、作業等的過期**」；expire 則是指「**食品、藥物、證件期限等的過期**」。

例 ① The books you borrowed from the school library have been **overdue** for three weeks.

② The chocolate snack **expired** three days ago, so don't eat it.

- -

---

oversee vs. overlook vs. look over

☞ oversee 意思為「**監督**」；overlook 則是「**疏忽……；原諒……的過錯**」。

例 ① The foreman **oversaw** the construction of the giant bridge.

② If you keep **overlooking** the details, you're doomed to failure.

③ It is kind of you to **overlook** my faults.

另外，look over 則是「**快速地檢視，但並無太注重小細節**」。

例 ④ Before handing in your test sheet, remember to **look it over**.

- -

---

overture vs. overturn

☞ overture 意思為「**（戲劇等）的序曲**」或指「**嘗試與他人／公司，甚至是國家建立起友善關係**」；overturn 則是指「**推翻（政府／決議／判決等）**」。

例 ① I was totally attracted by the **overture** of this opera.

② To my disappointment, the pretty girl rejected my friendly **overture**.

③ To **overturn** a government is always the last resort of its people.

> One turnip, one pit.
> 一個蘿蔔一個坑

P

0983

0983 ★ ★ ★

paddle vs. **peddle**

☞ paddle 是指「**划槳／划船**」；peddle 則是「**推銷**」的意思。

例 ① Only by **paddling** in the same way can we move this little boat.

② She is good at **peddling** the latest smartphone cases.

0984 ★ ★ ★ ★ ★

painful vs. **in pain**

☞ 兩者都有「**疼痛**」的意思，但 painful 主詞為身體的部位；而 in pain 則是以人當主詞。

例 ① The wound on my finger is not bleeding now, but it's extremely **painful**.

② Shot by a gangster in the shoulder, the police officer was **in pain**.

0985 ★ ★ ★ ★ ★

paint vs. **draw**

☞ 兩字都可翻譯為「**繪畫**」，但 paint 是指「**有塗顏料方式的繪畫**」；draw 則是「**用（鉛）筆來作畫，有時只是畫出個輪廓**」。

例 ① Arthur **painted** a giant tiger on the wall ; it looked like a real one.

② She likes to **draw** her teachers' faces on her textbooks.

pallet vs. pellet vs. palette vs. palate

☞ pallet 是指「（搬運貨物、堆高機所插入的）棧板」；pellet 指「彈丸」；palette 為「（繪畫用的）調色盤」；palate 則是「（口腔中）的顎部」。

例 ① Workers stacked their goods on the **pallets** in order to move them onto the truck.

② A **pellet** was successfully removed from the dog's leg.

③ A painter can make all kinds of colors on his / her **palette**.

④ I just feel like something is wrong with my soft **palate**.

---

palpable vs. palatable

☞ palpable 是指「感覺上可察覺的／觸知的」；palatable 則是指「（味覺上）美味的」。

例 ① We can feel a **palpable** sense of cheerfulness among our children.

② Thank you for offering us **palatable** wine and a turkey feast.

---

paper vs. papers

☞ 當 paper 意思是「紙」時，為不可數名詞；但如果為可數名詞時，意思變為「報紙或文件」。

例 ① He jotted down the notes on a piece of **paper**.

② She stuffed **papers**（newspapers）into her wet shoes.

③ He is browsing through the **papers**, looking for the profit-and-loss statement.

---

paragraph vs. verse

☞ 兩字都可翻譯為「（一）段」，但 paragraph 是指「一般文章的（一）段」；verse 則是「詩或歌曲的（一）段」。

例 ① After reading the article once again, I found the second **paragraph** incoherent.

② Would you sing the first **verse**? Then, I'll catch up.

parameter vs. perimeter

☞ parameter 意思是「（控制事情該如何執行的）參數」；perimeter 是指「土地的邊界」；而在數學用語裡，是指「周長」。

例 ① For a newcomer, as long as he / she works within the **parameter**, a mistake can hardly be made.

② The farmer erected fences on the **perimeter** of his garden.

- -

parking space vs. parking lot

☞ parking space 是指「停車格」；parking lot 則是指「戶外的停車場」。

例 ① I always have difficulty finding a **parking space** in Taipei. It's way too time-consuming.

② Guests to the wedding banquet can put their cars in the **parking lot** next door.

- -

parlay vs. parley

☞ parlay 意思為「應用自己的技能或金錢讓……增值」；parley 為舊式英文，意思為「兩敵對的雙方，協議和平」。

例 ① He **parlayed** his old house into a three-story restaurant.

② It is time to **parley** with our enemy.

- -

part from vs. part with

☞ 兩片語皆為「與……分離」，但 from 後接東西，with 後加人。

例 ① She felt sad that she had to **part from** his family to study abroad.

② He was unwilling to **part with** his guitar which he kept for ten years.

partly vs. partially

☞　兩字都有「**部份地／不完全地**」，但 partly 習慣上與「**原因**」連用，如：partly because，partly because of；而 partially 則習慣修飾「**身體狀態**」，如：partially deaf。

例 ① He joined the army **partly** because he wanted to follow his father's footsteps.

② This gadget is mainly designed for those who are **partially** handicapped.

---

passed vs. past

☞　passed 為 pass 的過去式與過去分詞；past 則是可當名詞，形容詞，介係詞，甚至是副詞。

例 ① A Lamborghini just **passed** us.

② Don't dwell on the **past**. Look ahead!

③ We just sailed **past** a small island.

④ Did you see Richard go **past**?

---

path vs. lane

☞　path 意思為「**步道、小徑**」；lane 則是「**鄉間小路或指馬路上的車道**」。

例 ① My father is weeding the grass on the garden **path**.

② The speed limit for this **lane** is 50 km / h.

---

patient vs. invalid vs. outpatient vs. inpatient vs. patience

☞　前兩字都是指「**病人**」的意思，但 patient 是一般用字；invalid 則是「**患有慢性病，且需要他人照料的病人**」。

例 ① Several doctors are discussing the **patient**'s serious condition.

② The **invalid** needs 24-hour care but there is no bed for her now.

此外，outpatient 是指「**門診病人**」；inpatient 則是「**需要住院的病人**」。

例 ③ About twenty **outpatients** are waiting for the call in the hall.

④ There are no more beds for **inpatients** today.

而 patience 與病人的意思無關，是指「耐心」的意思。

例 ⑤ Eva has little **patience** with naughty kids.

0998 ★★★★

pay vs. **payment**

☞ pay 是指「工作應得的報酬」；payment 則是「購買……所應付的金錢」。

例 ① Watt never stops complaining about the low **pay** of his job.

② He doesn't have enough money for the down **payment** of the house.

0999 ★★

peaceful vs. **peaceable**

☞ peaceful 用來形容事物，是指「和平的，安詳的」；peaceable 形容人時，是指「溫和的，不愛與人爭吵的」。

例 ① Fortunately, the protest is **peaceful** without any irrational act.

② He is a **peaceable** person, not easy to quarrel with others.

1000 ★★★★★

pee vs. **piss** vs. **urinate** vs. **go to the toilet / bathroom / restroom**

☞ pee 與 piss 都是非正式用法，且 piss 為比較粗魯沒禮貌的用字；urinate 為正式用字常出現於專業文章中；一般講要「上廁所」，則使用 go to the toilet / bathroom / restroom 即可。

例 ① It is extremely rude to **pee / piss** in public.

② Desert animals seldom **urinate** and some even drink their own urine.

③ Excuse me. I guess I'd like to **go to the bathroom** right now.

1001 ★★★★★

P

peek vs. **peep**

☞ peek 有「偷窺」的意思，特別是指你不應該看而看；peep 則是指「快速地偷看一眼，特別是指從小洞看出去」。

例 ① Hey, I'm going to change clothes. No **peeking**!

② Peter is **peeping** at me through his fingers.

1002　★ ★ ★

> **peel** vs. **peal**

☞　peel 可指「**水果的果皮**」，或指「**剝……的果皮**」；peal 則是指「**（鐘）響**」。

例 ① Could you **peel** the apple for me? Please!

② The temple bell **pealed** twice a day.

1003　★ ★ ★

> **pence** vs. **penny** vs. **cent**

☞　penny 為美國貨幣單位的「**一分**」。penny 的複數，可為 pence 或 pennies，10 個 pennies 等於 one dollar。而 cent 等值於 penny

例 ① There are 100 **pence** in one pound.

② He doesn't even have a **penny**.

另外，1 nickel ＝ 5 cents；1 dime ＝ 10 cents；1 quarter ＝ 25 cents。

1004　★ ★

> **pension** vs. **annuity**

☞　pension 意思是「**退休金；撫恤金**」；annuity 則是「**（通常指定期且一直付到某人死亡的）年金**」。

例 ① The retired postman lives on his **pension**.

② Many people are complaining about the current **annuity** policy.

1005　★ ★ ★ ★ ★

> **percent** vs. **percentage** vs. **percentile**

☞　percent 意思為「**百分之……**」，前面會加數字；而 percentage 則為「**百分比**」，前面則依語意，會加 large, good, high, tiny, small 等字；另外，percentile 是統計學上的用字，意思是「**百分位數**」。

例 ① Seventy **percent** of the human body is composed of water.

② A small **percentage** of students need vaccination against hepatitis B.

③ A large **percentage** of this land is contaminated by heavy metals.

④ On the English grade, he ranks in the 19th **percentile**.

peremptory vs. preemptive

 peremptory 意思是「**專斷的，蠻橫的**」；preemptive 則是「**先發制人的**」。

 ① Our general manager gave a **peremptory** demand that every employee should not use Facebook or Line at work.

② Since we are outnumbered, we have to take **preemptive** action to win this battle.

---

periodic vs. periodical

 periodic 是指「**定期的**」，只放於名詞前（雖 periodical 亦有相同意思，但較不常用）；periodical 則是名詞，意思為「**每週或每月出版的雜誌，特別是指學術性質的雜誌**」。

① Checks on the machines in this factory are conducted on a **periodic** basis.

② Lee subscribed to the science **periodical** for his son.

---

permissible vs. permissive

 permissible 意思為「**（物）為被允許的**」；permissive 則為「**寬容的**」。

① Possession of guns is not **permissible** in Taiwan.

② Taiwan has a **permissive** society, open to different opinions.

---

permission vs. permit

 permission 意思為「**允許**」的名詞；permit 亦可當名詞，但意思則為「**許可證**」。

① If you don't have my **permission**, you cannot operate this machine.

② The foreign worker was deported because he didn't have a work **permit**.

P

perpetrate vs. perpetuate

☞ perpetrate 意思是「犯罪」；perpetuate 則是「使……延續下去」，通常是指壞的方面。

例 ① The man was sentenced to life imprisonment due to **perpetrating** some heinous crimes.

② Is there any way to stop **perpetuating** this injustice system?

---

perquisite vs. prerequisite

☞ perquisite 是指「薪水外的額外補貼」，例如：餐費，甚至是汽車的贈與；prerequisite 則是「某事要發生前的前提」＝ precondition。

例 ① A large number of applicants dream of entering this printing factory because of its excellent **perquisites**.

② A master's degree is a **prerequisite** for a salary raise in this company.

---

persecute vs. prosecute

☞ persecute 意思為「基於政治或宗教理由，對人加以迫害」；prosecute 則為「起訴的意思」。

例 ① Many pagans were **persecuted** and put into jail.

② The county chief was **prosecuted** for bribery.

---

person vs. people

☞ person 是指「個人（單數）」；people 則是「人們（複數）」。person 亦可加 s 來形成複數，會比 people 來得正式，且常出現在「法律或正式的公告中」。

例 ① One **person**'s meat may be another's poison.

② Putting a new ad on TV is aimed at attracting more **people** for the new sneakers.

另外，當 people 意思為「民族／種族」時，後面可加 s，來形成種族的複數。

例 ③ The president vowed to strive for the best for his American **people**.

1014 ★ ★ ★ ★

---

personal vs. **personnel**

☞ personal 意思為「**個人的**」；personnel 則是「**員工／職員（複數名詞）；人事（不可數名詞）**」。

例 ① Don't ask a woman a **personal** question, such as weight and age.

② All **personnel** are required to receive ten-hour job training.

③ Consult the **personnel** department if you want to resign.

1015 ★ ★ ★ ★

---

personality vs. **character**

☞ personality 是「**一個人的人格**」；character 則是「**一個人的性格**」。

例 ① This position calls for a person with a strong **personality**.

② She loves him very much in spite of his **character** flaws.

1016 ★ ★ ★ ★ ★

---

personally vs. **in person**

☞ 基本上，personally 與 in person 意思及用法相同，為「**親自地**」。但習慣上，personally 會放於形容詞前、be 動詞後、一般動詞前或句尾；in person 則放句尾較多。

例 ① This letter was **personally** written by my wife.

② My boss called me **personally** to tell me not to retire.

③ Peter gave me flowers and a card **in person / personally**.

1017 ★ ★ ★ ★

---

peruse vs. **pursue**

☞ peruse 意思為「**細讀**」；pursue 則為「**追求**」。

例 ① The lawyer **perused** the documents all night to prepare for the case tomorrow.

② A perfectionist always **pursues** perfection in whatever he / she does.

另外，對於「讀」尚有其他用字，如：read 是指「**一般的閱讀**」；pore over 也是指「**細讀**」；thumb through / leaf through / skim through 都是指「**快速瀏覽**」。

例 ③ After **reading** your latest novel, I think it'll be a bestseller.

④ You need to **pore over** this contract before you sign.

⑤ He is used to **thumbing through** the newspaper before going to work.

★ ★ ★ ★ ★

petroleum vs. petrol vs. patrol

☞ petroleum 意思是「**原油（crude oil）**」；而 petrol 則是「**石油（gasoline）**」的意思；另外，patrol 是指「**巡邏**」的意思。

例 ① Taiwan doesn't have **petroleum** which needs to be imported from other countries.

② The **gasoline** price is soaring so let's make good use of public transportation.

③ Two police officers are **patrolling** this crime-ridden area.

1019 ★ ★ ★ ★

photogenic vs. photographic

☞ photogenic 是指「**（拍照時）很上相的**」；photographic 則是「**與攝影有關的**」。

例 ① Tracy is the most **photogenic** girl that I have ever seen.

② Let's shop for some **photographic** equipment.

1020 ★ ★ ★ ★ ★

photographer vs. cameraman

☞ 兩字都可指「**攝影師**」，但 cameraman 主要是指「**電視公司或電影公司聘請的攝影師**」，photographer 則可能是指「**個人，也可能受雇於人，而且偏向拍照**」。

例 ① The TV company hired two more **cameramen** for the new show.

② She determined to become a world-famous **photographer** in ten years.

1021 ★ ★ ★ ★

physician vs. physicist

☞ physician 意思為「**內科醫生**」，相對於外科醫生：surgeon；physicist 則為「**物理學家**」。

例 ① We often consult our family **physician** for medicine use.

② The number of **surgeons** in Taiwan is decreasing dramatically.

③ The **physicist** explained complicated physics theories with plain words to the children.

picture vs. photo

☞ picture 除了可以指「**照片外，也可指繪畫，圖畫**」；photo 則專指「**照片**」，又等於 photograph。

例 ① Sammy is drawing a **picture** of her family.
② Could I take a **picture** with you guys?
③ Dad showed me the **photos** taken some thirty years ago.

- -

picturesque vs. picaresque

☞ picturesque 意思為「**如詩如畫的**」；picaresque 則是「**以惡棍及其流浪冒險為題材的**」。

例 ① The poet prefers to live near the **picturesque** lake rather than in a bustling city.
② A **picaresque** story always interests me a lot.

- -

pig vs. hog vs. boar vs. swine vs. sow

☞ pig 為英式用法，hog 為美式用法，都是指「**豬**」的意思；boar 為「**野豬**」；swine 則為舊式英文，亦是指「**豬**」的意思；另外 sow 為「**母豬**」。

例 ① Uncle Tom keeps some **pigs / hogs**, ducks, and chickens on his farm.
② Be careful of **boars** while you are hiking in this mountain.
③ It is useless to cast pearls before the **swine**.
④ The **sow** is wallowing in the mud to cool itself down.

- -

pile vs. heap

☞ 兩字都有「**將……堆積起來**」的意思，但 pile 比較偏向「**將東西整齊疊好**」；heap 則是「**雜亂地堆積東西**」。

例 ① Mother **piled** up the cups and bowls in the cabinet.
② All the hay was **heaped** in the barn for the horses.

P

pimple vs. acne

☞　pimple 是指「**單顆的痘痘，主要是因毛孔堵塞**」；acne 則是「**粉刺**」，通常是內分泌失調、基因、甚至是心理壓力造成。

例① Don't pop your **pimple**! It may leave a scar mark on your face.

　② Your **acne** results from too much pressure from life, so take it easy!

- -

pitfall vs. pratfall

☞　pitfall 意思為「**（隱藏）的陷阱、危險**」；pratfall 可指「**很尷尬地跌坐地上，或是指犯了很丟臉的錯誤**」。

例① Be cautious about the **pitfalls** when you are purchasing your first house.

　② All the media headlined the **pratfall** of the Hollywood movie star.

- -

plague vs. plaque

☞　plague 為「**瘟疫**」；plaque 則是「**匾額或是血液中的血小板**」。

例① Lee was arrested for spreading the rumor of **plagues**.

　② The mayor was awarded a **plaque** in honor of his contributions to the city.

　③ What disease caused the patient's **plaques** to decrease so rapidly?

- -

plain vs. ordinary

☞　plain 是指「**（相貌）平凡的，尤其是指女性**」；而 ordinary 則是「**平凡的；一般的**」，可指人或事物。

例① She is a **plain** woman but has a kind heart.

　② Today is another **ordinary** day.

plate vs. dish vs. saucer vs. tray

☞　前兩字都可指「**盤子**」，但若要指「**菜餚**」的話，只能用 dish。

例 ① The spaghetti on the **plate / dish** looks delicious.

　② I'd like steak for my main **dish**.

> dish 若為複數，則是指「鍋，碗，盤子等的總稱」。

例 ③ He was praised by his mom for doing the **dishes** tonight.

> 另外，saucer 為「碟子」；tray 為「托盤」。

例 ④ My friend gave me a fine cup and **saucer** as gifts.

　⑤ Coffee on the **tray** was spilled by the careless waiter.

---

pleased vs. pleasant

☞　兩字的皆有「**高興的／愉快的**」意思，但 pleased 主詞為人；pleasant 主詞為事物。

例 ① She was very **pleased** when hearing her kid call her mother.

　② I just had a **pleasant** conversation with Mrs. Jones.

---

plurals

☞　當縮寫字要變成複數時，字尾之 s 可直接加於縮寫字後，或再多一撇。如：CDs or CD's MC's or MCs（master of ceremony）

---

plus vs. add vs. and

☞　在數字的運算中，三字都有「**相加**」的意思，但 plus 為介係詞；add 為動詞；and 為連接詞。

例 ① Five **plus** three is eight.

說明 ➡ （動詞為單數）

例 ② **Add** four and seven to make eleven.

　③ One **and** two is / makes three.

pocket money vs. allowance

☞　這兩個字都是「**零用錢**」，但 pocket money 為英式用字；allowance 為美式用字。
另外 pocket money 另指額外賺的小錢，可以花在買喜歡的東西上面。

例 ① My parents give me 300 dollars a week **pocket money** / **allowance**.

---

podium vs. pulpit

☞　兩字都可翻譯為「**講桌**」，但 podium 為「**一般演講者用的講桌**」＝ lectern；pulpit
則是「**專指教堂內傳教用時的講桌**」。

例 ① Penny was at the **podium** slightly trembling when giving the speech.
　　② The preacher told a group of children Bible stories from the **pulpit**.

---

poem vs. poetry vs. poet

☞　poem 與 poetry 皆是指「**詩**」，但 poem 為可數名詞；poetry 為不可數；而 poet 則
是「**詩人**」的意思。

例 ① He is romantic. He often writes love **poems** for his girlfriend.
　　② I am interested in reading **poetry**.
　　③ Lee hopes to become a **poet** in the future.

---

police officer vs. policeman vs. policewoman vs. the police

☞　police officer 為「**警察**」，不分男女；policeman 為「**男警察**」；policewoman 為
「**女警**」；the police 則為「**警方**」，為複數。

例 ① A **police officer** is stopping a scooter rider without a helmet.
　　② It is reported that several **policemen** and **policewomen** were hurt in the
　　　 crackdown against drug dealers.
　　③ **The police** are exchanging fire with a bunch of gangsters.

politic vs. political

☞ politic 為「**精明的**」；political 則為「**政治的**」。

例 ① It is **politic** to eat something before you drink a lot of alcohol.

② He never brings up any **political** topics in class.

---

politician vs. statement

☞ politician 意思是「**從政者，但有時有貶義，為政客**」；statesman 則可翻譯為「**政治家**」，是比較受人尊重的。

例 ① What most **politicians** do is only for their own good.

② Winston Churchill was a true **statesman**.

---

pool vs. pond

☞ 兩字都有「**水塘或池塘**」的意思，但 pool 通常為「**天然形成**」；pond 則為「**人為所成**」。

例 ① **Pools** of water were formed after weeks of rain.

② There are a variety of fishes in the **pond**.

---

poor vs. needy vs. disadvantaged

☞ 三字都有「**貧窮**」的意思，但 poor 為「**最一般的用字**」；needy 則常用於 the needy，通常以群體來表示；disadvantaged 則是指「**不但指窮苦的，還有弱勢的**」的意思。另外，poor 亦可指「**可憐的**」。

例 ① The **poor** man can't even afford a loaf of toast.

② Our society needs to pay more attention to the **needy**.

③ Socially **disadvantaged** families can receive annual financial assistance.

④ **Poor** you. Come here and let me give you a hug.

P

populace vs. population

☞ populace 是指「一般的平民／民眾」，常與 the 連用；population 則是「人口」。

例 ① The new ice cream of the convenience store is widely popular with the **populace**.

② China has a **population** of more than 1.3 billion.

---

port vs. harbor vs. wharf vs. pier

☞ port 與 harbor 都是指「港口」的意思，不過 port 更強調是「城市或小鎮的港口」；wharf 則是指「碼頭」，如：淡水的漁人碼頭（Fisher's Wharf）。另外，pier 是「由岸邊所延伸出去的，可供船隻裝卸貨或供娛樂散步用，通常為木造並利用柱子撐離水面」。

例 ① As the typhoon was coming, many boats sailed into the **port**.

② Pearl **Harbor** is a well-known harbor.

③ At weekends, this **wharf** is always crowded with tourists.

④ Hank strolled along the **pier** watching the sun set.

---

possessive

☞ 當專有名詞字尾已經有 s，形成所有格時，可先加一撇再加 s，或只在字尾加一撇，如：Jones's 及 Jones'。

試比較：

例 ① John and Mary's car（John 與 Mary 共同擁有的車子）

② John's and Mary's cars（John 與 Mary 各別所擁有的車子）

---

possibly vs. perhaps vs. maybe vs. probably vs. likely vs. presumably vs. may be

☞ 以上各字意思都是「可能地」，但可能性由低至高依序為：

possibly ＜ perhaps / maybe ＜ probably / likely ＜ presumably

例 ① This complex math question cannot **possibly** be solved by the students.

② **Maybe** Jay will love this action movie by Jet Li.

③ Mag is **probably** at home. You can call her now.

④ Steve will **presumably** drop by as he said on the phone.

另外，may be 是助動詞 may 與 be 動詞，不要與副詞 maybe 搞混了。

例 ⑤ Hannah **may be** at home right now.

1046 ★ ★ ★ ★ ★

put …to sleep vs. **send …to sleep**

☞ put … to sleep 意思為「（使用藥物）讓（動物）安樂死」；用於人身上，則是指「開刀前用麻醉藥使人失去知覺」；而 send… to sleep 則是「使人睡著」。

例 ① The seriously injured dog was **put to sleep** at last.

② Warrick was **put to sleep** before the heart operation.

③ Soft music helps **send** the baby **to sleep**.

1047 ★ ★ ★ ★

practical vs. **practicable**

☞ practical 為「實際的；務實的」；practicable 則為「可實行的」。

例 ① This best-selling book includes both theoretical and **practical** aspects about marketing.

② It is perhaps a **practicable** way to deter crimes from happening by adopting caning.

1048 ★ ★ ★ ★ ★

pray vs. **prey**

☞ pray 是指「祈禱」；prey 則是指「獵物」，另外，若形容人則是指「這類的人容易受詐騙或傷害」。

例 ① We all **pray** for Sandy's quick recovery from surgery.

② Some snakes bite their **prey** first, release and then track it by the scent.

③ Old people are usually easy **prey** for those con operations.

precede vs. proceed

☞　precede 意思為「（發生）在……之前」；proceed 則是「繼續做……」。

例 ① Parents' giving out red envelops is **preceded** by having a get-together dinner.

　 ② The prince **proceeds** to take another challenge before he can marry the princess.

---

precedent vs. precedence

☞　precedent 為「先例」；precedence 則是「優先」= priority。

例 ① There is not much **precedent** for those who want to keep their jobs and also get paid when on leave for higher education.

　 ② The selfish man is learning to have more empathy and not let his needs take **precedence** over others'.

---

precipitate vs. precipitous

☞　兩字當形容詞時，precipitate 意思是「很倉卒的」= hasty；precipitous 則是形容「……很陡峭的」。

例 ① A **precipitate** decision usually ends up with a terrible result.

　 ② Few animals can possibly climb up that **precipitous** cliff.

---

preclude vs. prelude

☞　preclude 意思為「阻止……發生」；prelude 則是「一件事情發生前的序曲；或指歌曲的前奏曲」。

例 ① Nothing can **preclude** him from pursuing his dream of becoming a surgeon.

　 ② Provocation is regarded as the **prelude** of a fight or even a battle.

predictive vs. predictable

☞ predictive 意思是「**預測的**」；predictable 則是「**可預測的**」。

例 ① Many investors deeply believe the **predictive** remarks by the stock master.

② Simply from its premiere, the ending of the movie is totally **predictable**.

---

premier vs. premiere vs. debut

☞ premier 是指「**一個國家的首相、行政院長**」等等；premiere 則是指「**電影的首映會或指戲劇的初次公演**」。

例 ① The **premier** in Taiwan is nominated by the president.

② Did you see the **premiere** of the movie "Ironman 4"?

> 另外，debut 是指「**歌星、演員、運動員等的初次演出／上場比賽**」。

例 ③ Jason's **debut** album was a hit and earned him a Grammy award.

④ Jeremy Lin made his NBA **debut** as a non-starter guard.

---

premise vs. premises

☞ premise 意思為「**前提**」；恆為複數的 premises 則是指「**店家所使用的建築物及附近周邊的土地**」。

例 ① Here is the **premise**: you won't be able to borrow any books until you pay off the fines.

② The big shopping mall is seeking new and bigger **premises**.

---

prepare vs. prepare for

☞ prepare sth 是指「**準備某物**」；prepare for「**為……準備**」。

例 ① Mother is **preparing** the offerings for the Ghost Festival.

② All of my teammates are **preparing for** the relay race.

present + N vs. N + present

☞ present 置於名詞前，意思為「**當前的、現今的**」；而若置於名詞後，則為「**出席的，到場的**」。

例 ① Considering the **present** economic situation, saving money is a better choice.

② There are five hundred people **present** in the antique auction.

---

pressure vs. stress

☞ pressure 可指「**物理上與心理上之壓力**」；但 stress 則只能指「**心理上之壓力**」。

例 ① Poor Johnny has been under a lot of **pressure / stress** lately.

② High blood **pressure** keeps Nina from doing intense exercise too long at one time.

---

principal vs. principle

☞ principal 為「**校長；主要的**」；principle 則為「**原則**」。

例 ① Our **principal** decided to have an English-only day for each month, which made most students a little nervous.

② Natural gas is the **principal** resource of this country.

③ Could you stick to your **principles** this time?

---

prior to vs. before vs. ahead

☞ 前兩字都可指「**在……之前**」，意思上幾乎無任何差異，但 prior to 會比 before 來得正式。另外，prior 單獨使用時，為形容詞且只能放於名詞前來修飾名詞＝ previous，但 before 則無此用法。

例 ① Your utility fee should be paid **prior to / before** May 5th.

② Do you have any **prior** experience of saving people with CPR?

另外，ahead 可指「距離上的前方」，或指「時間上的未來」。

例 ③ The bar **ahead** is closed.
　④ There will be a sandstorm a week **ahead**.

1061　★ ★ ★

prisoner vs. **inmate**

☞　兩字都可指「**在監獄服刑的受刑人**」，但 inmate 另外又可指「**在醫院中接受治療的病人**」。

例 ① Several **prisoners** escaped during the fire which broke out last night.
　② The **inmate** needs immediate medical treatment right now.

1062　★ ★ ★ ★

problem vs. **question** vs. **issue**

☞　請注意搭配詞：solve the problem；answer the question；而 issue 為「**議題**」的意思。

例 ① I always rely on Ron to solve the computer **problems** for me.
　② No one can answer the teacher's **question** except Tammy.
　③ Air pollution is quite an **issue** for discussion in today's conference.

1063　★ ★ ★

proceedings vs. **proceeds**

☞　proceedings 意思為「**正式的會議記錄（恆為複數）**」；proceeds 則為「**收益／收入（恆為複數）**」＝ profits。

例 ① Could I have a copy of the **proceedings** of today's conference?
　② The **proceeds** of today's auction will go to Help Dog Foundation.

1064　★

proclivity vs. **propensity**

☞　兩字都有「**……傾向**」的意思＝ inclination，但 proclivity「**所指的傾向通常都是比較負面的**」；propensity 則「**正反兩面都有可能**」。另外，兩字都是很正式的用字。

例 ① He is not an ideal man for you because he has a **proclivity** for violence.
　② She has a **propensity** to act without thinking twice.

prodigious vs. prodigal

☞   prodigious 意思是「**非常巨大、強而有力、令人驚奇的**」；prodigal 則是「**回頭的浪子**」。

例 ① He has a **prodigious** swimming achievement which everyone envies.

② The **prodigal** was not welcome when he came home.

---

produce vs. product

☞   produce 當名詞時，意思為「**農產品**」，但為不可數名詞；product 則為「**（工廠所生產的）產品**」，為可數名詞。請注意 produce 的發音。

例 ① The farmer sells **produce** as the main source of his income.

② I found several defects in this **product**. Can you refund my money?

---

professor vs. teacher

☞   大學裡的老師，稱為「**教授**」professor，另外，「**講師**」為 lecturer，「**助理教授**」為 assistant professor，「**副教授**」為 associate professor，以上為美國及台灣的分法；teacher 則是指「**一般學校裡的老師**」。

例 ① I was told to meet **Professor** Wanka at his office at 3 pm.

② **Teachers** are not allowed to use corporal punishment at school in Taiwan.

---

prologue vs. preface vs. foreword

☞   prologue 是指「**書、戲劇、或電影的前言**」；preface 則是指「**書或一段演講的前言（開場白），通常表達作者寫作的目的或初衷**」；而 foreword 尤指（**了解作者或作品的**）他人幫作者寫之序、前言。

例 ① I am interested in reading the **prologue** to the novel.

② The **preface** tells readers why and how this book was written.

③ After reading the **foreword** of this novel, I decided to buy it.

prolong vs. lengthen

☞ 兩字都有「讓⋯⋯變長」的意思，但 prolong 是指「時間上的變長／久」；lengthen 則是指「實體長度的增長」。

例 ① I **prolonged** our conversation by bringing up one interesting topic after another.

② Shadows **lengthen** in winter and shorten in summer in the Northern Hemisphere.

③ Jerry **lengthened** the rope to hang more clothes with it.

---

prone vs. apt

☞ prone 是指「易於遭受到⋯⋯；或有做⋯⋯的可能性」，通常都是負面的，常搭配 to，其後可加名詞／動詞；apt 則是「天性有做⋯⋯的傾向」。

例 ① Taiwan is **prone** to earthquakes and typhoons.

② Workers are **prone** to make mistakes if they are not careful enough when operating the new machine.

③ This is an accident-**prone** curve, so slow down.

④ Lisa is **apt** to laugh really hard whenever she hears something funny.

---

proper + N vs. N + proper

☞ proper 置於名詞前，意思為「適當的、適合的」；當置於名詞後時，則為「本身的」。

例 ① I can't make a **proper** response to this awkward question.

② There will be some afternoon showers in Taiwan **proper**.

---

proscribe vs. prescribe

☞ proscribe 意思為「禁止」，是很正式用字；prescribe 則是「開藥方給⋯⋯」。

例 ① Sexual harassment is definitely **proscribed** in any country.

② The doctor **prescribed** some medicine for my hypertension.

P

prospective vs. perspective

☞　prospective 意思為「**預期的，可能做某事的**」；perspective 則是「**觀點**」＝ viewpoint ＝ point of view。

例 ① Our boss is interviewing several **prospective** employees.

② Although our **perspectives** differ, we can still talk these differences over rationally.

- -

1074　★ ★

prospectus vs. brochure

☞　prospectus 是指「**（學校或企業的）簡介、簡章**」；brochure 則是「**小冊子；資料（或廣告、旅遊等）手冊**」。

例 ① At my school, several college students were handing out the **prospectuses** of their department.

② People can pick up free travel **brochures** at the travel exhibition.

- -

1075　★ ★ ★ ★

prostrate vs. supine vs. recumbent

☞　prostrate 是指「**俯臥**」；supine 是指「**仰躺**」；recumbent 則是指「**仰躺或側躺**」。

例 ① People have different sleeping or lying gestures. Some like to **prostrate** ; others love to **supine** ; still others prefer to **recumbent**.

- -

1076　★ ★ ★ ★

protagonist vs. antagonist

☞　protagonist 是指「**一齣戲劇，電影等中的主要角色**」；antagonist 則是指「**競賽中的對手**」。

例 ① After years of hard work, Joey became one of the **protagonists** of the new movie.

② Before the game starts, we have done thorough analyses of our **antagonists** tonight.

protect vs. guard

☞ 兩字皆有「**保護**」的意思，但 protect 為「**一般用字**」；guard 則是「**在要保護的人或東西旁邊守護**」。

例 ① It's my duty to **protect** you from harm.

② The loyal dog has been **guarding** his injured owner on the roadside.

---

protest vs. demonstration

☞ protest 為「**抗議**」；demonstration 為「**示威遊行**」。前者是「**為了反對**」，但 demonstration 為「**可能是為了反對，也可能是為了支持**」。

例 ① A massive **protest** will be staged this Saturday over the recent tax increase.

② Citizens in Taipei held a **demonstration** to support the mayor and his policies.

---

provide vs. offer vs. supply vs. proffer vs. serve

☞ 前四個字都有「**提供**」的意思，但用法有所差異。

provide sb with sth, provide sth for / to sb；offer sb sth, offer sth to sb；supply sb with sth, supply sth to sb；proffer sb sth

例 ① This college **provides** free boarding for / to all its students.

= This college **provides** all its students with free boarding.

② She **offered** me a fantastic job.

= She **offered** a fantastic job to me.

③ This city **supplies** all the citizens with a violence-free living environment.

④ This city **supplies** a violence-free living environment to all the citizens.

⑤ Ken **proffered** me a cigar but I refused.

另外，serve 則是指「**餐廳等，供應食物或飲料**」。

例 ⑥ This Chinese restaurant **serves** different dishes every day.

P

public school vs. state school

☞ public school 在「**英國為私立學校，在美國則為公立學校**」，而英國的「**公立學校**」則稱為 state school。

例① Adele is considering sending her child either to **public school** or to **state school**.

---

publication vs. publicity

☞ publication 意思為「**（刊物的）出版、發表**」；publicity 則是「**（電視、報紙等）宣傳、廣告**」。

例① She is working on the **publication** of her new fashion magazine.
② A million dollars was spent on the **publicity** of the new labor insurance policy.

---

puncture vs. penetrate

☞ 兩字皆有「**刺入；穿透**」的意思，但 puncture 常指尖物刺入或輪胎等的刺破；而 penetrate 則指稱較廣，可指子彈、刀、釘子、光線、甚至是聲音等。

例① Boris is busy mending his bicycle **puncture** on the roadside.
② A couple of bullets **penetrated** the glass doors of the convenience store.

---

purposely vs. purposefully

☞ purposely 意思為「**故意地**」= on purpose；purposefully 則為「**有明確目的地**」。

例① Frank **purposely** stepped on my toes.
② Pitt handed the note **purposefully** to me.

> People who live in glass houses shouldn't throw stones.
> 投鼠忌器

1084

1084　★★★★★

quarter vs. **season** vs. **quarters**

☞　quarter 是指「**商業上的（一季）**」，也就是説，1 到 3 月為第一季，4 到 6 為第二季，以此類推；season 則是「**氣候上的季節**」，即春、夏、秋、冬全球各地分法皆有不同。

例 ① The business of this company was sluggish in the first **quarter** of 2011.
　② A：Which **season** do you like most?
　　 B：Fall.

另外，quarters 若恆為複數，意思為「**分配給傭人或士兵所居住的房間**」。

例 ③ Servants in this mansion are given free **quarters** to live in.

- -

1085　★★★★★

quit vs. **quite** vs. **quiet**

☞　quit 意思為「**戒除……、辭職、退出**」等意思，後若加受詞，需用名詞或動名詞；quite 是指「**相當地**」；而 quiet 則是指「**安靜的**」。

例 ① It is said e-cigarettes can help people **quit** smoking.
　② I **quit**! I can't stand my boss anymore.
　③ The dessert is **quite** good.
　④ She is **quite** an elegant lady.
　⑤ It is so **quiet** that I can even hear the tick of the alarm clock.

Q

quote vs. cite vs. quotation

☞　quote 是「引用原文或原說話內容」；cite 則是「引述支持論點的事件，不但可以與原文一字不差，亦可以概略的引用事例」。

例 ① She **quoted** a small passage from her favorite novel.

　② He **cited** some previous research results for his new study.

另外，quotation 意思與 quote（名詞）相同，不過比較正式用字。

例 ③ The novel started with a **quotation** from the Bible.

R

1087

`1087` ★ ★ ★ ★

rabbit vs. **hare** vs. **bunny**

☞ rabbit 是指「**一般的兔子**」，常被飼養當作家兔；hare 則是「**野兔**」，體型比 rabbit 略大，善於奔跑。

例 ① Ian feeds his **rabbits** with carrots in the morning.
　② It is nearly impossible for me to catch a **hare** in the wild.

另外，bunny 為「**兒童用語中的兔子**」。

例 ③ Easter **bunnies** are said to bring people Easter eggs.

- -

`1088` ★ ★ ★ ★ ★

rain vs. **drizzle** vs. **downpour** vs. **shower** vs. **sprinkle**

☞ rain 是「**下雨**」最一般用字；drizzle 是指「**毛毛雨**」；downpour 是「**傾盆大雨**」= It rains cats and dogs.（舊式英文）；shower 是「**陣雨**」；sprinkle 則是「**小雨**」。

例 ① We'll have a lot of **rain** this year.
　② **Drizzles** are lovely to me.
　③ **Downpours** are forecast for this whole week.
　④ April **showers** bring May flowers.
　⑤ Despite the **sprinkle**, we still took a walk outside.

- -

`1089` ★ ★ ★ ★

raindrop vs. **rainfall**

☞ raindrop 是指「**單一的雨滴**」；rainfall 則是指「**某一地區的某一時期之總雨量**」。

例 ① A big **raindrop** just hit the little bug off the leaf.
　② Taiwan is expected to have low **rainfall** this year.

R

1090 ★ ★ ★

rang vs. ringed

☞ ring 的動詞三態，隨著意思的不同，有兩種形式。當意思為「**按（門鈴）、打電話等**」，三態為 ring-rang-rung；當意思是「**包圍；環繞**」，三態為 ring-ringed-ringed。

例 ① Why don't you **ring** Jay and ask him to bring a bottle of whiskey?

② The police **ringed** the whole building where the two terrorists held one hostage.

- -

1091 ★ ★ ★ ★

rate vs. ratio

☞ rate 為「**比率**」；ratio 則為「**比例**」。

例 ① The unemployment **rate** has been on the rise for the five consecutive years.

② The **ratio** of hydrogen to oxygen of water is 2:1.

- -

1092 ★ ★ ★ ★

rational vs. reasonable vs. rationale

☞ rational 是指「**（人或其行為理性的），合邏輯的**」；reasonable 則是指「**（事情）合理的**」。

例 ① **Rational** people deal with things, not with emotion but based on reason.

② The price of this crib is **reasonable**.

另外，rationale 是指「事情的原因（基本原理）」= reason。

例 ③ The **rationale** for building this park is for inhabitants to exercise and relax.

- -

1093 ★ ★ ★

ray vs. beam

☞ 兩字都有「**光線**」的意思，但 ray 特別是指「**太陽光線**」；beam 則是「**人造光線**」，如：車燈。

例 ① I was blinded by the sun's **rays**, so my car nearly hit a tree.

② The pilot complained of being distracted by a laser **beam** before landing.

reason vs. cause

☞　reason 是講事情的「**原因**」，其後常與 for 連用；cause 則是講事件的「**起因**」偏具體的東西造成之後的後果，後常接 of。

例 ① Please give me your **reason** for doing it.
　② What is the **reason** that you overslept again?
　③ What's the **cause** of the midnight fire in the textile factory?

---

reach vs. arrive

☞　兩字都有「**抵達**」的意思，但 reach 為及物動詞；arrive 為不及物動詞，須加介係詞才能後接地方。

例 ① What time will you **reach** Tainan?
　② We're going to **arrive** in Kaohsiung at around 8 pm.

---

reality vs. realty

☞　reality 意思為「**事實**」；realty 則是「**不動產**」= real estate。

例 ① He doesn't want to face the **reality** that he got divorced.
　② She made a lot of money in **realty** business.

---

realize vs. know

☞　realize 是指「**對於某事由未知進入已知的動作（突然察覺）**」；而 know 則是指「**知道**」的這個狀態。

例 ① Unable to find my key, I **realized** that I locked myself out.
　② I **know** you won the lottery, so what are you going to do with that money?

R

really vs. do

☞ 這兩個字都有「**真地……**」，但 really 可用來強調動詞、形容詞、副詞；但 do
（does, did）則只能放在動詞前來強調，此時，動詞必須改為原形動詞。

例 ① It is a **really** cool movie.

② The athlete is running **really** fast!

③ Mr. Wang is wondering what **really** happened in his store.

④ Believe me. You **do** look pretty in this dress.

---

recital vs. recitation

☞ recital 是指「**（個人或小團體的）演奏會**」；recitation 則是「**（詩歌或文學作品的）
朗誦／朗讀**」。

例 ① Many people are lining up for a free violin **recital** tonight.

② After repeated practice, Gin won the English poetry **recitation**.

---

recreation vs. relaxation vs. entertainment

☞ recreation 與 relaxation 皆是指「**人們在沒工作時，所做的娛樂消遣**」，relaxation
「**有時候可指比較靜態的放鬆**」，如：聽聽音樂；entertainment 則是指「**娛樂本身**」，
如：電影，電視等等。

例 ① His only **recreation** is watching movies on TV.

② What do you usually do for **relaxation** after work?

③ This nightclub provides various **entertainment**.

---

red-hot vs. white-hot

☞ 兩個片語意思都是「**非常燙；非常熱**」；但就溫度而言 white-hot 會比 red-hot 高，但
如果在比喻運動場上，手感火燙，則只能用 red-hot。

例 ① Be careful! This fried chicken is **red-hot** / **white-hot**.

② Wow! That basketball player is really **red-hot**. He sank five balls in a row.

1102　★ ★ ★ ★

> **refer to** vs. **allude to**

☞　refer to 意思是「**直指……**」；allude to 則是「**暗指**」。

例 ① When I talk about the smartphone addict, I'm **referring to** Glen.

　② She **alluded to** being sexually harassed at work in the last conversation.

1103　★ ★

> **refinery** vs. **distiller**

☞　refinery 是「**煉油廠**」；distiller 則是「**造酒公司或造酒人**」。

例 ① The oil **refinery** is to blame for the air pollution in this area.

　② It is said the whisky from this **distiller** is the best.

1104　★ ★ ★

> **refund** vs. **pay back** vs. **rebate** vs. **reimburse**

☞　refund 是指「**店家退回你原本所付的錢**」，因為所購買的商品有瑕疵，而退貨；pay back 是「**還回原本跟別人借的錢**」；rebate 則是「**對方退回你多付的金額**」，如：退稅；reimburse 則是多指「**因公出差，或先墊付購買，之後請購核銷**」。

例 ① If the hair dryer doesn't work, you can take it back and we'll **refund** your money.

　② When will you **pay back** the money that you borrowed ten years ago?

　③ I'm looking forward to getting my tax **rebate** soon.

　④ We can be **reimbursed** by our company as long as we keep the receipts.

1105　★

> **regimen** vs. **regiment**

☞　regimen 是指「**養生之道／法，包含食物如何攝取以及運動**」；regiment 則是「**軍團**」。

例 ① This book tells readers a **regimen** of how to have a balanced diet.

　② A tank **regiment** leveled the whole enemy's hideout.

R

★ ★ ★ ★ ★

region vs. area

☞ 兩字都有「**地區**」的意思，但 region 通常指「**大範圍的地區，沒有明顯的界線**」；area 則可指「**大地區，亦可指小地區**」。

例 ① H1N1 has spread quickly in this **region**.

② The water rationing is limited to the southern **area**.

★ ★ ★ ★ ★

register vs. enroll vs. sign up

☞ 前兩字翻譯成中文，都有「**註冊**」的意思，但 enroll「**只限於註冊於某一學校或課程**」；而 register 除了「**有註冊課程的意思外，其他情況亦可使用，如：在美國註冊申報槍枝**」，因為 register 有「**將……的名字置於正式名單中**」的意思；另外，sign up 這個片語，則同時具有 register 及 enroll 雙重意思及用法。

例 ① Could I **register** for the English summer class?

② The couple **registered** their marriage on Valentine's Day.

③ My mother **enrolled** for the yoga class to lose some weight.

④ If you are not a member of our club, please **sign up** now.

★ ★ ★ ★

regret vs. repent

☞ 兩字都有「**後悔**」的意思，但 repent 常用於宗教方面，指「**懺悔**」，是一正式用字。

例 ① He **regretted** saying something mean to his grandma.

② She **repented** of what she had done to her son.

★ ★ ★ ★ ★

regrettable vs. regretful

☞ regrettable 為「**（事物）令人感到惋惜、抱歉的**」；regretful 則為「**某人感到惋惜，後悔的**」。

例 ① Not being able to land the job was **regrettable** to me.

② I felt **regretful** to have hurt your feelings.

remark vs. remarks

☞ remark 意思為「**對於某事發表的看法言論**」＝ comment；恆為複數的 remarks 則是指「**在正式演講中所講的內容**」。

例① He was criticized for making a sexist **remark** in the talk show.

② Job's introductory **remarks** were so intriguing as to catch everyone's full attention.

---

remind vs. recall

☞ remind sb of sth 是指「**（某事或某人）讓人想起過去的人事物**」；remind sb to V 是「**提醒某人去做預定要做之事**」；recall 則是指「**當事者自己回想起過往的事情，後加名詞或動名詞**」＝ recollect。

例① The delicious smell **reminded** Tim of the dish his mother cooked.

② You **remind** me of the girl whom I deeply fell in love with.

③ Please **remind** me to dedicate a song to my girlfriend on ICRT.

④ Sorry, I can't **recall** your name.

⑤ My grandfather usually **recalls** flying a warplane during the war.

---

reminder vs. remainder

☞ reminder 意思為「**提醒物**」；remainder 則為「**剩下之人／物**」。

例① The accident serves as a **reminder** that safety is the only way home.

② I ate two pieces of the pie and put the **remainder** in the refrigerator.

---

remiss vs. amiss

☞ remiss 意思是指「**粗心大意的**」＝ careless；amiss 則是指「**（事情）錯誤的**」。

例① It was **remiss** of Eve to drop her third smartphone and break it.

② Make sure there is nothing **amiss** in the procedure.

R

renew vs. update

☞ 兩字都可翻譯為「**更新**」，但 renew 是指「**證件、合約、租賃等的更新**」；update 則是指「**軟體、文件，甚至是書本的內容更新**」。

例 ① Malone forgot to **renew** his passport and was unable to get on the plane.

② It took me ten minutes to **update** my computer software.

- -

repair vs. fix vs. mend vs. renovate vs. service

☞ repair, fix, mend 意思很相近，都是「**修理（壞損的東西）**」，但 mend 另外可用於「**衣服上的修補**」；renovate 主要是指「**老舊房屋上的翻新**」；service 則是用於「**車子上的維修**」。

例 ① I can't **repair** your broken MP4 player this time.

② Dad is **fixing** the brakes on my bicycle.

③ Mom is **mending** my jeans. There is a hole in the pocket.

④ She has her old car **serviced** on a regular basis.

⑤ It cost an arm and a leg to have our forty-year-old house **renovated**.

- -

repeat vs. recur

☞ repeat 是指「**將說過的話或寫過的東西，再說／寫一次**」；recur 則是指「**事情，通常是不好的事，再發生**」。

例 ① Would you **repeat** that? I didn't quite catch that.

② My doctor warned me of the fact that the eye disease may **recur**.

另外，repeat 本身已經有「再一次……」，所以後面不宜與 again 連用。

replace vs. substitute

☞ 兩字都是「**取代**」的意思，但用法不同：replace sth old with sth new ＝ substitute sth new for sth old。

例 ① My father is planning to **replace** the broken refrigerator <u>with</u> a new one.

＝ My father is planning to **substitute** a new refrigerator <u>for</u> the broken one.

---

reportage vs. news report

☞ 兩字都是「**新聞報導**」，reportage 為不可數名詞＝ reporting；news report 為可數名詞。

例 ① Father always listens to **reportage** on his way to work.

② Each **news report** should be true and fair.

---

represent vs. stand for

☞ 兩字都可翻譯為「**代表**」，但 represent 是指「**代表（某單位組織、公司、甚至是國家等）**」；stand for 則是指「**某一符號代表著……**」。

例 ① Mr. Chang will **represent** our company for the trade negotiation.

② Few people know what this strange symbol **stands for**.

---

reserve vs. book vs. preserve vs. conserve

☞ reserve 是「**預約餐廳、機位、飯店房間**」等意思，在英式英文中，則用 book；preserve 是「**讓……保存在良好的狀態**」，如：食物、文化、傳統等；conserve 則是「**將東西留下，以免以後沒得用，通常與保育環境和動物連用**」。

例 ① Hello, I'd like to **reserve** a table for two this evening at 7 pm.

② It is better not to eat too much **preserved** fruit. It has many food additives.

③ **Conserving** the rainforests has been the top priority of our organization.

R

resist vs. desist

☞ resist 意思為「**抗拒、抵制**」；desist 則是「**不去做（某事）**」，通常會搭配介係詞 from。

例 ① Honestly speaking, I can't **resist** cheese cakes though I'm on a diet.

② He couldn't **desist** from drinking or gambling.

- -

respectful vs. respectable vs. respective vs. respecting

☞ respectful 為「**表示敬意的**」；respectable 為「**值得尊敬的**」；respective 是指「**個別的**」；而 respecting 則是「**關於……**」，為正式用法，相當於 regarding, concerning。

例 ① Miranda is always **respectful** of her parents' opinions.

② The general had done many **respectable** things on the battlefield.

③ The two smart TV makers have their **respective** hot-selling products this year.

④ **Respecting** your request, we will take it seriously.

- -

reply vs. answer

☞ 兩字都有「**回覆、回答**」的意思，但 reply 為不及物動詞，常與介係詞 to 連用；answer 則為及物動詞，後可接人、信、電話等。

例 ① Juno didn't **reply** to my letter yet.

② Could you please **answer** the phone for me now?

- -

responsible +N vs. N+ responsible

☞ responsible 置於名詞前，意思為「**有責任感的**」；當置於名詞後，則為「**該為……負責的**」。

例 ① We all trust Ronnie. He is a **responsible man**.

② The police are trying to find out **the woman responsible** for deserting this baby.

responsibility vs. **duty**

☞ responsibility 是指「**因為負責某事所產生的責任**」；duty 則是指「**道德及法律上的責任**」= obligation。

例 ① It is my **responsibility** to take good care of my cousin when his parents are away.

② Doctors and nurses in this hospital all have a strong sense of moral **duty**.

---

restless vs. **restive** vs. **restful**

☞ restless 意思為「**（小孩）不乖、愛吵鬧的、或指永不安寧的**」；restive 意思是「**焦躁的**」，通常是不滿於現況或覺得無聊，想改變現況的；restful 則為「**令人放鬆心情的**」= relaxing。

例 ① Sandy was displeased with her **restless** child at her friend's home.

② There is no way to comfort these **restive** fans lining up for the concert tickets.

③ I like the decoration of this cafe; it's very **restful**.

---

retire vs. **resign**

☞ retire 是指「**退休**」，可指「**工作到一定年資而退休，亦可指運動員因年紀或受傷以致再也無法上場比賽，而選擇退休**」；resign 則是指「**辭職**」。

例 ① Do you have a good plan for the life after you **retire**?

② The MLB pitcher **retired** due to the severe injury of his arm.

③ Unable to improve the economy, the minister **resigned** yesterday.

---

revenge vs. **avenge**

☞ 兩字都有「**復仇、報仇**」的意思，但 revenge 大多數情況是當名詞使用；avenge 則是當動詞使用，如：sb avenge sth, avenge oneself on sb 等等。

例 ① He swore to take **revenge** on the person who killed his son.

② She **avenged** herself on the man who scratched her new car.

R

revenue vs. avenue vs. income

☞ revenue 意思為「**收入；政府的稅收**」；avenue 則為「**林蔭大道**」。

例 ① TV companies make profits mainly from advertising **revenue**.

② Most of the tax **revenue** was wasted on building some "mosquito buildings" —buildings that are rarely used.

③ An **avenue** is a straight road lined with trees on both sides.

> 另外，income 主要是指「**個人的收入**」而言，偶爾亦可指「**國家的收入**」。

例 ④ People on an average **income** can hardly afford to buy a house in Taipei.

⑤ Thanks to tourism, there is a rise in this country's national **income**.

---

reward vs. award

☞ reward 意思為「**報償，賞金**」；award 則是「**獎品，或獎狀**」。

例 ① My parents gave me a **reward** for mowing the lawn.

② The **award** of the game is a Ford SUV.

---

rhyme vs. rhythm

☞ rhyme 是指「**（詩或歌曲）的韻腳**」；rhythm 則是「**旋律或節奏**」。

例 ① This song was written in **rhyme**, which makes it easy for us to sing in chorus.

② He is fast asleep. I can tell that from his **rhythm** of breathing.

---

rich vs. wealthy vs. well-off vs. affluent

☞ rich 是「**富有的**」最一般用字；wealthy 稍稍正式一點；well-off 亦是指「**有錢的**」，但常用於否定句；affluent 則是指「**非常富有**」。

例 ① There is a yawning gap between the **rich** and the poor in terms of income.

② The **wealthy** man doesn't show off what he has.

③ I come from a family which is not very **well-off**.

④ An **affluent** person can buy almost everything he / she wants.

right away vs. at once

☞ 兩片語皆有「**馬上、立刻**」的意思，但 at once 另外又有「**同時**」的意思＝ at the same time。

例 ① Mr. Lin, would you come to my office **right away / at once**?

② Eva says she cannot do two things **at once**.

---

right vs. privilege

☞ right 意思是「**一般人在法律上，社會上等所享有的權力**」；privilege 則是指「**特定某些人或團體所享有的特權**」。

例 ① Women in some Muslim countries are still fighting for their basic **rights**.

② Only our VIPs can enjoy the **privilege** of the tennis club.

---

right for vs. right about

☞ right for 意思為「**對於……是適合的**」；right about 則是指「**關於某事而言是正確的**」。

例 ① Everyone agrees that Ethan is the one who is **right for** the job.

② I guess you're **right about** Hunter's resignation.

---

ring vs. press

☞ 中文的「**按**」，英文有很多字可表達，但若是「**按（門鈴）**」，需用 ring；若是「**按（按鈕）**」，則用 press 或 push。

例 ① Who is **ringing** the doorbell?

② **Press** the button and the gate will open.

R

rioter vs. rebel

☞ rioter 是指「**暴民（常見行為如：對抗警察，或是任意破壞公共設施等）**」；rebel 則是「**對抗政府，甚至想推翻政府的叛軍**」。

例 ① Some of the **rioters** even threw petrol bombs at the police.

② A bunch of **rebels** are crossfiring with the armed police.

- -

river vs. brook vs. stream

☞ river 是「**河流**」的一般用字；brook 是「**小河**」；stream 不僅是「**小河，且是很細長的小河**」。

例 ① During typhoons, this **river** always overflows its bank.

② Grandfather likes to take a stroll along the **brook** in the early morning.

③ We used to catch shrimps and small fish in this **stream**.

- -

road vs. street vs. boulevard vs. way

☞ street 可用於「**市／鎮／鄉的道路，通常道路兩側有房子**」；road 不只「**有 street 的用法，另外亦可用於鄉間小路上**」；而 boulevard 則是指「**城市裡的大道**」。

例 ① Go down the **street** and then turn left at the intersections. You won't miss the bank.

② The kids are enjoying chasing and catching butterflies along the country **road**.

③ A police patrol car is following a suspicious car along the **boulevard**.

另外，way 通常「帶有方向」。

例 ④ This **way**, please.

⑤ I'm on my **way** home.

1140 ★ ★ ★ ★

roar vs. **soar**

☞ roar 有「**吼叫、咆哮**」的意思，可當名詞或動詞；soar 則是「**翱翔、高飛**」。

例 ① All the deer by the lake were frightened by the **roar** of a lion.

② An eagle is **soaring** above and looking for its prey.

1141 ★ ★ ★

rock vs. **stone** vs. **boulder**

☞ rock 是指「**（大塊）岩石**」；stone 指「**一般的石頭**」；boulder 也是「**岩石的意思，不過比較圓**」。

例 ① **Rocks** are easy to fall from the slope during rainy seasons.

② Kill two birds with one **stone**.

③ Amazingly, the sculptor turned the **boulder** into a turtle.

1142 ★ ★ ★ ★ ★

route vs. **itinerary**

☞ 兩字翻譯為中文都有「**路線**」的意思，但 itinerary 除了有 route 的意思外，還「**外加所要造訪的地點／景點**」。

例 ① The cab driver knows the best **route** to the airport from here.

② We are arranging our **itinerary** to Paris for this summer vacation.

1143 ★ ★ ★ ★

royal vs. **loyal**

☞ royal 意思是「**皇家的，盛大的**」；loyal 則是「**忠實的、忠貞的**」= faithful。

例 ① Yoko comes from a **royal** family.

② I'll be **loyal** to you and will never ever betray you.

Procrastination is the thief of time.
拖延是時間之賊

R

S

1144

---

safe vs. **vault**

☞ safe 意思是「**保險箱**」，常常是可攜帶或至少是可移動的；而 vault 則是「**金庫**」。

例 ① Mrs. Anderson put her precious necklaces and diamond rings in the **safe**.

② **Vaults** in any banks are usually highly guarded.

1145 ★ ★ ★

---

salty vs. **saline**

☞ 兩字都有「**含鹽的／鹹的**」意思，但 saline 多半放於名詞前，且為醫學上的專業用字，例如：saline solution（生理食鹽水）。

例 ① This fried fish tasted too **salty** for me.

② The nurse used some **saline** solution to clean my cut.

1146 ★

---

salon vs. **saloon**

☞ salon 意思尤指「**美容院、美髮廳、時裝店**」；而 saloon 則是「**（舊時美國西部的）酒館**」。

例 ① Hannah has her nails manicured at the beauty **salon** twice a month.

② The crazy drunkard was kicked out of the **saloon**.

1147 ★

---

sanguine vs. **sanguinary**

☞ sanguine 是指「**樂天的、樂觀的**」＝ optimistic；sanguinary 則是「**嗜血的、血腥的**」。

例 ① Hoffman is **sanguine** about his future after college graduation.

② The massive protest ended up with a **sanguinary** crackdown.

1148 ★ ★ ★ ★ ★

sanitation vs. hygiene

☞ 兩字都翻譯為「**衛生**」，但 sanitation 比較是指「**公共衛生**」；hygiene 則偏「**個人衛生**」。

例① The disease spread quickly around this area owing to poor **sanitation**.

② Polly's breath smells so bad because of poor dental **hygiene**.

1149 ★ ★ ★ ★

sarcastic vs. ironic

☞ 兩字都有「**諷刺、挖苦的、說反話的**」，但 sarcastic 通常帶有負面，也可能不懷好意；ironic 則是可以幽默，也可以有趣。

例① His remarks are kind of **sarcastic**. I can feel he cares about it very much.

② It is **ironic** to find my missing key in my own bag.

1150 ★ ★ ★ ★ ★

satisfactory vs. satisfying vs. satisfied

☞ satisfactory 是指「**對於你而言夠好，可接受，或達到某一標準或需求，有點差強人意的意思**」；satisfying 則是指「**（事物）令人滿意的（可給予你快樂或成就感的）**」；satisfied 則是指「**（人）感到滿意的**」。

例① The firewall system is not **satisfactory** for the company ; it was hacked last night.

② My math grades in this semester are **satisfying** to me. All hard work pays off.

③ Tom is not **satisfied** with his accomplishments in show business so far.

1151 ★ ★ ★ ★

save vs. rescue vs. salvage vs. bail out

☞ 四字都有「**搶救，或解救**」的意思，但 save 可用在「**解救人、動物、東西等免於受到傷害或死亡**」；rescue 可用在「**從危險狀況中，將人、動物解救出來**」；salvage 則用於「**將東西，從意外或不好的狀況中搶救出來**」；bail out 則主要是指「**以金錢援助別人**」。

例① The parents thanked the man for **saving** their choking child.

② All passengers were luckily **rescued** from the burning bus.

③ Some of the cargo was **salvaged** after the plane crash.

④ Jill is borrowing money to **bail** her husband **out**.

★ ★ ★ ★ ★

saw vs. sawed

☞ saw 為 see「看」的過去式，seen 為過去分詞；saw 的意思為「鋸……」，過去式及過去分詞皆為 sawed。

例 ① I **saw** two monkeys fighting for the bananas in the cage.

② Fisher **sawed** pieces of wood and assembled them to be a chair.

★ ★ ★ ★ ★

say vs. tell vs. talk vs. speak

☞ 試比較下列各句：

例 ① **Say** "Goodbye" to your teacher.

說明 ➡（通常是說一個詞或一句話）

② "I'm dog-tired," Depp **said**.

③ Mirada **told** me a scary ghost story.

④ Cathy **told** me that she had a bad dream last night.

說明 ➡（後可加名詞子句）

⑤ I **told** my son to behave well when nobody could accompany him at home.

說明 ➡（＝ ask sb to V）

⑥ Mike **talked** with / to his father about which college he should choose to go to.

⑦ Mother is **talking** on the phone.（電話上）

⑧ A：May I **speak** to Kitty?

B：Sorry. She is away.（電話上）

⑨ Hank can **speak** several languages.（語言）

★ ★ ★ ★

scan vs. scam

☞ 在閱讀技巧中，scan 為「**掃描，以找出某一訊息**」；scam 為「**快速瀏覽，以瞭解大意**」。

例 ① He **scanned** the classified ad for house-renting information.

② She **skimmed** the article, finding it full of patriotism.

★ ★ ★ ★ ★

scared vs. afraid vs. frightened vs. terrified vs. fear

☞ 這些字都有「**害怕**」的意思，但 scared 常用於口語中；afraid 不可用於名詞前來修飾該名詞；frightened 與 afraid 意思相近，但其可用於名詞的前後，來修飾；terrified 則是「**非常驚恐**」的意思；fear 除了可指「**當前的事物讓你害怕，亦可指未來可能發生的事令人感到恐懼害怕**」。

例 ① I felt so **scared** last night while walking home alone.
② Don't be **afraid**. I'll be with you.
③ She was **frightened** of toads jumping out of the grass.
④ The little child became **terrified** when finding her mother was not around.
⑤ The woman is in **fear** of losing her dying husband.

★ ★ ★ ★

scary vs. spooky

☞ scary 是泛指「**事物可怕的**」＝ frightening；spooky 也是指「**可怕的，但比較會牽扯到鬼魂**」。

例 ① Never will I go to see a **scary** movie again!
② Don't tell me any **spooky** stories before bedtime.

★ ★ ★ ★

scatter vs. spread

☞ 兩動詞皆有「**散布**」的意思，但 scatter 通常是指「**實體東西的四處散布**」，例如：種子，粉塵；spread 則常跟非實體的東西連用，例如：疾病，消息。

例 ① After **scattering** some watermelon seeds on the farm, the farmer then started to water them.
② A contagious flu **spreads** like wildfire in this school.

★ ★ ★ ★ ★

scene vs. scenery vs. view vs. sight vs. landscape

☞ scene 是指「**人所看到的景色、風景**」，為可數名詞；scenery 則是指「**某一地區整個迷人風景**」，為不可數名詞；view 指「**從某一定點看出去，常指在高處**」；sight 為對「**人或物印象中的外觀**」；landscape 則是指「**沿途一大片景色**」。

例 ① The sunrise of Mount Ali is a beautiful **scene**.

② The **scenery** of Taroko Gorge is magnificent.

③ I enjoy the fantastic **view** from the 20th floor of this building.

④ Our park littered with trash is an ugly **sight**.

⑤ The **landscape** of Taiwan's east coast is attractive to many tourists.

1159　★ ★

sceptic vs. septic

☞　sceptic 為「**懷疑論者**」；septic 為「**腐敗的**」。

例 ① **Sceptics** argued that the safety report of nuclear power plants is falsified.

② The meat in the refrigerator went **septic** already.

1160　★ ★ ★ ★

scold vs. call somebody names

☞　兩字都有「**罵**」的意思，但 scold 的意思是「**責罵**」；call somebody names 則是「**幫他人取一些侮辱性的名字**」。

例 ① Johnny was **scolded** by his parents for breaking his father's favorite vase.

② Some of my classmates often **call me names**. They are mean!

1161　★ ★ ★ ★

scramble vs. scale

☞　兩字皆有「**攀爬（climb）**」的意思。但 scramble 可指「**快速地爬上或爬下，甚至爬過某一物體**」，通常不是那麼好爬，還可能需用到雙手輔助；scale 則是指「**爬上很陡峭且很高的（山或峭壁等等）**」。

例 ① Little Watson climbed a tall tree but had trouble **scrambling** down.

② A group of my coworkers successfully **scaled** Mt. Jade.

1162 ★ ★ ★ ★ ★

search vs. search for vs. comb

☞ search 當及物動詞時，意思為「**搜（身）、搜（包包）等**」；search for 意思則為「**尋找**」= look for

例 ① The policewoman is **searching** the suspect and her bag.

② Dan was trying to **search for** his lost dog, but in vain.

另外，comb 原本意思是「梳子」，但當動詞時，則有「仔細，徹底搜尋某地方的意思」= scour。

例 ③ The police **combed** the room, trying to find any evidence related to the burglary.

- -

1163 ★ ★ ★ ★

seasonal vs. seasonable

☞ seasonal 意思是「**隨季節變化的、季節性的**」；seasonable 則為「**合時令的**」。

例 ① Some birds make **seasonal** migration.

② Chill and humidity are **seasonable** in winter in Taipei.

- -

1164 ★ ★ ★ ★ ★

security vs. safety

☞ 兩字都是「安全」的意思，security 是指「**確保國家，建築物，甚至是個人的安全**」；safety 則是「**個人的安全**」。

例 ① The **security** of the airports has been heightened.

② You shouldn't go alone in the middle of the night for **safety**'s sake.

- -

1165 ★ ★ ★ ★ ★

see vs. look (at) vs. watch

☞ see 是指「**張開眼睛，不管有意或無意的看**」；look at 是「**專注地看**」；watch 則是指「**看的通常是動態的景象**」。

例 ① Did you **see** that red Ferrari? It's so cool.

② Everyone is **looking at** Gina's strange haircut.

③ I sat on the bench **watching** the kids playing with the little puppy.

④ My family and I **watched / saw** "Avengers" on TV last night.

說明➡（電視上的電影，用 see 或 watch 皆可）

另外：

A.

例 ⑤　**Look** who is here.

⑥　Are you **seeing** anyone lately?（約會）

⑦　**Look** me in the eyes.（慣用法）

⑧　**Look** what you've done.（look 若後接 wh- 子句，則常省略 at）。

⑨　I couldn't **see** any point you made in the conversation.（了解）

B. 電影用 see 或 go to。

⑩　We **saw** a thrilling movie.

C. 電視節目，用 see 或 watch。

例 ⑪　My family usually **watched** the funny variety show on the weekend.

D. 至於如果是看運動競賽或娛樂節目表演，則用 see 或 watch。

例 ⑫　Did you **watch** the NBA finals last night?

E. see 後若加 about，意思則與「**看**」一點關係都沒有，而是指「**考慮……或處理……**」。

例 ⑬　We'll **see about** that tomorrow.

1166　★ ★ ★ ★ ★

> ### semester vs. term

☞　兩字都有「**學期**」的含意，但 semester 為「**一學年分為上下兩學期**」；term 則是「**一學年分為三學期**」= trimester（spring term, summer term, fall term）。

例 ①　As this **semester** is coming to an end, we are busy preparing for our final exams.

②　I'm going to register for the summer **term** of my favorite college.

1167　★ ★ ★ ★ ★

> ### sensible vs. sensitive vs. sensational

☞　這三字意思分別為：sensible「**明智的**」，sensitive「**敏感的；體貼的**」，sensational 則是「**轟動的；聳動的**」。

例 ①　It's a **sensible** idea to warm up before you jump into the swimming pool.

②　He is **sensitive** to what people say about him, especially criticism.

③　She is a **sensitive** girl who cares more about others' business than her own.

④　We can always see **sensational** reports or stories in some newspapers.

1168　★ ★ ★

sensual vs. sensuous

☞　sensual 意思為「**肉慾的；肉體的**」；sensuous 則是「**感官上舒服的**」。

例 ① The rich young man indulged himself in **sensual** pleasure.
　② The restaurant played **sensuous** music to create a soothing atmosphere for eating.

1169　★ ★ ★ ★

sentence vs. clause

☞　sentence 為「**句子**」，可包括 clause「**子句**」，而子句要包含主要子句（main clause）及從屬子句（subordinate clause）。文法上，主要子句可單獨存在，從屬子句則不行。

例 ① Sandy has trouble writing a correct **sentence**.
　② The adjective **clause** is usually very confusing to English learners in Taiwan.

1170　★ ★ ★ ★

server vs. servant

☞　當 server 是指人時，意思為「**（餐廳裡）的男服務生（waiter）或女服務生（waitress）**」；servant 則是指「**有錢人家所請的僕人**」，「**男僕人**」為 butler；「**女僕人**」為 maid。

例 ① **Server**, can I have another round of wine?
　② The rich old man relies on his **servant** to take care of him.

1171　★ ★ ★ ★ ★

sex vs. gender

☞　sex 是指「**天生生物特徵的男、女**」；gender 則為「**社會所賦予的男女性別關係**」。

例 ① I don't have many friends of the opposite **sex**.
　② Mrs. Anderson is an expert in / on **gender** studies.

sexy vs. **sexual**

☞ sexy 意思是「**性感的**」；sexual 則是「**性別的、有關性的**」。

例 ① Wow! Look at that **sexy** woman over there.

② Be careful when you talk about **sexual** issues in class.

---

shade vs. **shadow**

☞ shade 為「**陰涼處；蔭**」；shadow 則是指「**影子**」。

例 ① Let's cool down in the **shade** of the tree. It's scorching hot here.

② The puppy is playing around with its own **shadow**.

---

sheep vs. **ram** vs. **ewe** vs. **goat**

☞ sheep 是泛指「**綿羊**」；ram 是「**成年公綿羊**」；ewe 是「**成年母綿羊**」；goat 則是「**山羊**」；特別注意：sheep 單複數同形。

例 ① Several **sheep**, including two **rams** and three **ewes**, are drinking water by the pool.

② **Goats** are good at climbing and jumping.

---

shelf vs. **shelve**

☞ shelf 是指「**書架，貨架等的架子**」；shelve 則是動詞，意思是指「**擱置（法案等），或指將書放於架上**」。

例 ① Tom is not tall enough to get the book he likes on the top **shelf**.

② The bill was **shelved** due to strong opposition from the opposition party.

③ All clerks are busy **shelving** new books before their grand opening.

1176 ★ ★ ★ ★

shine vs. **glow** vs. **shimmer**

☞ 三字都是「**閃耀、閃著光芒**」，但 shine 通常指「**閃著亮光**」，如：太陽光；glow 「**閃著柔和的光**」；shimmer 亦是「**閃著微光，並且有稍微搖晃**」。

例 ① Today is cloudless. And the sun is **shining** brightly.

② The light for my new-born puppy **glowed** in the living room.

③ The lake is **shimmering** in the moonlight.

- -

1177 ★ ★ ★ ★ ★

shine vs. **sparkle**

☞ 兩字都有「**閃耀**」的意思，但 shine 常是指自體會發光的閃耀，如：太陽；而 sparkle 則是物體反射光線後的閃耀，相當於 glitter。

例 ① We chose to stay indoors because the sun was still **shining**.

② Zoe's necklace **sparkled** in the light of the moon.

- -

1178 ★ ★ ★ ★

shiver vs. **tremble**

☞ shiver 通常是「**因為冷而發抖**」，當然也有 tremble 的意思；tremble 則是因為「**害怕、緊張、興奮等而發抖**」。

例 ① Riding to work in such cold weather, I **shivered** all the way to my office.

② Waiting for my turn to bat, I couldn't help **trembling**.

- -

1179 ★ ★ ★ ★ ★

shone vs. **shined**

☞ shone 與 shined 皆為 shine 的動詞變化。shine-shone-shone 意思為「**發亮、發光**」；shine-shined-shined 則是「**把……擦亮**」。

例 ① The moon yesterday **shone** brightly.

② Mother **shined** all the plates and bowls in the cabinet.

shoot vs. shoot at

☞ shoot 是指「**射死或射傷……**」；shoot at 則是「**瞄準……並射擊**」，但有沒有射中目標物，並無法得知。

例 ① The wolf was **shot** dead on the spot.

② I **shot at** the water balloon but missed in the night market.

---

shop vs. store vs. grocery store vs. brick-and-mortar store vs. outlet

☞ shop 在英式用法中，泛指「**商店**」；在美式用法裡，shop 是指「**專賣一種固定商品，規模較小的店家**」，而其他的商店，泛稱為 store；grocery store 是指「**雜貨店**」；而 brick-and-mortar store 則是指有「**實體店面的商店**」，相對於「**虛擬商店**」：virtual store。

例 ① Let's go to the **store** to buy some vegetables and fruit.

② This **grocery store** sells almost all kinds of things you need.

③ I'd like to buy things at **brick-and-mortar stores**, rather than virtual ones.

另外，outlet 是指「**暢貨中心**」。

例 ④ The **outlet** is a paradise for some shopaholics.

---

short vs. brief

☞ 兩字都可指「**時間上短暫的**」，但 short 亦可指「**距離上（短的），或身材上（矮的）**」，brief 則無此用法。

例 ① Mr. Huang, would you give us a **brief** introduction about your project?

② Most insects usually have a relatively **short** life.

③ The hospital is only a **short** walk from here.

④ Jeff is too **short** to reach the champagne on the top shelf.

---

shorten vs. abridge

☞ shorten 泛指「**將……長度縮短**」；abridge 則是專指「**將文章長度修短**」。

例 ① Our vacation will be **shortened** due to the coming hurricane.

② You need to have your resume **abridged** to 200 words.

1184 ★ ★ ★ ★ ★

shout at vs. shout to

☞ shout at 意思為「**大聲斥責**」；shout to 則為「**對……大聲喊叫**」。

例 ① Sean's father **shouted at** him for breaking his mother's heart.

② Please **shout to** us when you get to the mountaintop.

1185 ★ ★ ★ ★ ★

show vs. indicate

☞ 兩字皆有「**顯示或指出**」的意思，而 show 是一般用字。

例 ① The research **shows** that motivation has a lot to do with learning.

② The evidence **indicated** Tommy was involved in the jewelry theft.

> 另外，若 indicate 的主詞為人的話，意思是「指出……的位置」。通常用於故事中。

例 ③ The servant picked up the towel which his master **indicated**.

1186 ★ ★ ★ ★

show up vs. crop up

☞ 兩片語都有「**出現**」的意思，但 show up 主詞通常為人，＝ turn up；crop up 主詞則只能為事物，而且都通常是「**問題或麻煩，令人措手不及地出現**」。

例 ① You finally **showed up**. I've been waiting for two hours.

② A glitch **cropped up**, stopping the machine from working.

1187 ★ ★ ★ ★

shrink vs. narrow

☞ shrink 是指「**衣服等浸水後縮水**」；narrow 則是指「**馬路等的變窄**」。

例 ① My $5,000 coat **shrank** from size L to M.

② Drive slow! This road **narrows** after this traffic light.

shut up vs. clam up

☞　shut up 是指「**使他人閉嘴或自己閉嘴不講話**」，是不禮貌的說法＝ be quiet；clam up 亦是指「**閉嘴不講話**」，但常是因為尷尬、悶悶不樂，或是為了保守某一個秘密而不講話。

例 ① Would you just **shut up** and listen to me for a second?

② She suddenly **clammed up** when we mentioned her ex-boyfriend.

---

signature vs. autograph

☞　兩字都有「**簽名**」的意思，但 signature 為一般用字；autograph 則是指「**明星／名人為崇拜者簽名**」。

例 ① Please leave your **signature** on the bottom of this application form.

② The popular singer is busy signing **autographs** for his fans.

---

silk vs. silken

☞　silk 是「**絲**」；silken 則是「**如絲的，柔軟的**」。

例 ① This scarf is made of 100% **silk**.

② I envy Joyce's **silken** hair.

---

simple vs. simplistic

☞　simple 意思是「**簡單的**」＝ easy、「**樸素的**」；simplistic 則是「**困難事情／問題簡單化的**」。

例 ① Most smartphones are **simple** to use.

② Winnie leads a **simple** life even though she's wealthy.

③ He always uses a **simplistic** approach to cutting the red tape.

1192 ★ ★ ★ ★ ★

sing vs. chant

☞ sing 泛指「唱歌」；chant 亦是指「唱歌或吟詠，通常是反覆的喊叫（隊呼，口號等）或吟唱（宗教歌曲，如：佛號）」。

例 ① It is romantic to **sing** a love song for the one you adore in public.

② The crowd is beginning to **chant** "Step down, step down."

1193 ★ ★ ★ ★ ★

sit vs. seat vs. perch

☞ sit 為動詞，「**坐下**」的意思；seat 則為名詞。通常「**請對方坐下**」，可說 Please sit down. Be seated, please. Please take a seat. 而 perch 本來是指「**鳥類棲息在……**」，用在人身上，意思則為「**坐在……的邊緣**」（非正式用法）。

例 ① Dickson **perched** on my bed, telling me one gossip after another.

另外，若 sit 單獨使用，則是「叫小狗坐下」。

例 ② **Sit**! Lucky.

1194 ★ ★ ★ ★ ★

situate vs. stand

☞ 兩字都指「**……坐落於……**」的意思，但 situate 常用被動式：be situated on / in / at ＝ be located on / in / at；stand 則是用主動式＝ lie, sit。

例 ① She used to worship at a temple **situated** on the hill.

② A tower **stands** in the middle of the field.

1195 ★ ★ ★ ★ ★

skilled vs. skillful

☞ 兩字皆有形容人「**熟練的**」之含意，但細分而言，skilled 之所謂熟練意思為「**指人擁有豐富訓練及經驗值，且能把事情做好**」；skillful（skilful）則是指「**指人擅長於做某事，特別是指需要特別訓練或能力的事情**」。

例 ① Our general manager is **skilled** at coping with any financial crises.

② Chris Paul is one of the most **skillful** NBA basketball players.

★ ★ ★ ★ ★

slim chance vs. fat chance

☞ 兩片語都可翻譯為「**機會渺茫**」，但 slim chance 只單純陳述某事的機會不大；但 fat chance 語氣上帶有一點諷刺意味，類似中文的「**門都沒有**」。

例 ① There is a **slim chance** that China will stop posing a military threat to Taiwan.

② A：You can get off work earlier today.

B：**Fat chance** of that.

- -

★ ★ ★

slip vs. skid

☞ slip 是指「**一般的滑倒**」；skid 通常「**用（車輛）在結冰的路面或濕滑的路面打滑**」。

例 ① Be careful not to **slip** on the slippery mountain path.

② The police car **skidded** and the police failed to hunt down the criminal.

- -

★ ★ ★

slug vs. snail

☞ slug 為「**蛞蝓（身體無殼保護）**」；snail 則是「**蝸牛（有殼）**」。

例 ① She said that seeing a **slug** crawling is pretty disgusting.

② The phrase "as slow as a **snail**" means somebody or something moves very slowly.

- -

★ ★ ★ ★ ★

small vs. little vs. minute

☞ 前兩字意思相近，但 small 比較偏客觀層面，指「**尺寸上的小**」；little 則「**帶有情感的形容……為小的**」。

例 ① It's a **small** car. We all can't pile into it.

② Who is this cute **little** boy?

> 另外，minute 當形容詞時，是指「非常小」的意思＝ tiny，發音也與名詞不同。

例 ③ A **minute** Chinese character was carved on the grain of rice.

1200 ★ ★ ★ ★ ★

smell vs. **odor** vs. **scent** vs. **aroma**

☞　四字都是「**氣味**」，smell 與 odor 通常會在字前面加形容詞來表示何種味道，如：delicious smell, bad odor 等等，但如果單單一個字，並無外加形容詞時，則往往指「**不好聞的味道**」；scent 只指「**香味**」＝ aroma，四字皆為可數名詞，但 odor 又有不可數名詞用法。

例 ① What's the delicious **smell** from the kitchen?

② Oh my God! Your brother has disgusting body **odor**.

③ In your garden, I can smell the lovely **scent** of flowers.

④ Each of my colleagues can't resist the strong **aroma** of black coffee.

1201 ★ ★ ★

smile vs. **simper** vs. **simile**

☞　smile 指「**微笑**」；simper 是指「**傻笑**」。

例 ① She **smiled** at me, which made me happy all day long.

② Don't **simper** at me. Give me the reason why you broke my window.

此外，chuckle 是指「咯咯笑」；giggle「咯咯笑（有點傻笑）」；smirk 指「假笑」（通常是對別人的不幸或自以為了不起）；grin 指「露齒而笑」；crack up 是指「突然地大笑」；laugh at 則是指「嘲笑」。

例 ③ The baby boy **chuckled** when I touched him on the cheek.

④ On seeing their favorite teacher, those girls **giggled**.

⑤ When I told him about my failure, he **smirked**.

⑥ Just **grin** and bear it.

⑦ As soon as I heard the joke, I **cracked up**.

⑧ They all **laughed at** my new bangs.

另外，simile 為「文章中的明喻／直喻」。

例 ⑨ This is one of the **simile** examples : He is as poor as a church mouse.

1202 ★ ★ ★ ★ ★

so vs. **such**

☞　此二字都有「**如此……**」的意思，但 so 後加形容詞或副詞；such 則加名詞（含可數單數名詞、複數名詞、不可數名詞）。此二字又常與 that 子句連用。

例 ① Your little daughter is **so** <u>lovely</u>.（adj）

② The man was **so** <u>hungry</u> that he searched for food in the garbage can.（adj）

③ The cheetah ran **so** <u>fast</u> that it caught the deer for dinner.（adv）

④ They are **such** <u>mean politicians</u>.（Ns）

⑤ Jean is **such** <u>a naughty girl</u> that she was grounded last weekend.

⑥ The volcano eruption was **such** <u>that every villager was evacuated</u>.（that S+V）

說明 ➡（such 當名詞用）

倒裝用法如下：

例 ⑦ **So** stinky was the food that the foreigner couldn't give it a try.

⑧ **Such** is his achievement in tennis that he is named player of the year.

1203 ★ ★ ★ ★ ★

> **so** vs. **such** vs. **very**

☞ 三字都有「**非常……**」的意思。但 so 與 such 後面常會「**帶出聽者已知的資訊**」。so 後面接形容詞，such 後可加單、複數可數名詞，或不可數名詞；而 very 則是「**聽者不知的新資訊**」。

例 ① The decoration of this mansion is **so** magnificent.

② Today is **such** a beautiful day! Let's go picnicking.

③ I can't stand **such** bad smell from the leftovers.

④ This moon cake is delicious but **very** expensive.

1204 ★ ★ ★ ★ ★

> **so that** vs. **in order that** vs. **so (…) as to** vs. **in order to** vs. **such…as to**

☞ 以上句型皆有「**如此……以致於……**」。so that 與 in order that 後加子句；so as to 與 in order to 則後加原形動詞。

例 ① The business tycoon donated a large amount of money **so that / in order that** he could get a tax cut.

說明 ➡（so that 比較口語；in order that 比較正式）

② A satellite was launched **so as to / in order to** help solve the communication problems in some remote areas.

③ Mr. Chang works **so hard as to** earn enough money to pay off his debt.

另外，such…as to 句型中，such 後要接名詞。

例 ④ She eats **such** a large amount of fruit **as to** relieve constipation.

380

1205　★ ★ ★ ★ ★

So is it. vs. **So it is.**

☞　So is it. 為「**（也的）倒裝用法**」，類似用法如：So does he. So will you. 而 So it is. 意思則是 It really is。

例 ① A：Flora will go hang-gliding tomorrow.

　　 B：**So will I**.

② A：Freddy is a nice guy.

　　 B：**So he is**.

1206　★ ★ ★ ★ ★

socks vs. **stockings**

☞　兩字都是「**襪子**」，但 socks 為「**短襪**」；stockings 為「**長襪**」，兩字常用複數。

例 ① Your **socks** smell so bad. Take them to the laundry, ok?

② We are hanging some colorful **stockings** onto the Christmas tree.

1207　★ ★ ★ ★ ★

social vs. **sociable**

☞　social 的意思是「**社會的**」；sociable 則是指「**友善的，易於與人交際的**」。

例 ① Drugs give rise to many **social** problems in Taiwan.

② I like to be with Kate. She is rather **sociable**.

1208　★ ★ ★ ★

soft vs. **tender**

☞　兩字都有「**軟**」的意思，但 soft 可指沙發、衣物、枕頭等的「**柔軟**」；而 tender 則是指「**（肉類等）軟嫩**」。

例 ① This towel feels **soft** and absorbs water well.

② Mom bought some **tender** meat for tonight's BBQ party.

solve vs. resolve

☞ 兩字都是「**解決**」的意思，但 solve 用在「**解決日常生活一般的問題**」；但 resolve 為「**解決一些衝突／難題**」等，如：crisis, dispute, conflict 等等。

例 ① It will take some time to **solve** this complex problem.

② Mr. Chen is good at **resolving** financial crises in his company.

----

some vs. any

☞ 基本上 some 用於肯定句；any 用於疑問句及否定句；但若問話者心理預設對方會回答 Yes，則 some 亦可用於疑問句。類似用字如：somebody vs. anybody；somewhere vs. anywhere；something vs. anything…。

例 ① I need **some** fresh air right now.

② I'd like **something** to eat now. I'm starved.

③ Did **somebody** come to my office today?

④ Kenny doesn't have **any** access to the Internet at home.

⑤ Did **anybody** call when I was feeding the baby?

----

some time vs. **sometime** vs. **sometimes** vs. **some times**

☞ some time 指「**一段還蠻長的時間**」；sometime 指「**未來的某一天**」= one day；sometimes 指「**有時候**」；some times 則是指「**有些次數**」

例 ① The mechanic said it might take **some time** to repair my old car.

② Mary believes that she can buy herself a house in Taipei **sometime**.

③ The weather has been unpredictable lately. It is **sometimes** sunny. Other times, it is rainy and windy.

④ I've been to Puli **some times**, enjoying my summer vacation there.

1212 ★★★★★

somewhat vs. somehow

☞ somewhat 意思是「**有幾分……**」，為副詞，常用於形容詞比較級前或一般動詞後；somehow 則是「**用某種方式地（雖然可能還不知道）**」，放於動詞前，或放於句子的前頭，來修飾整句。

例 ① This second-hand car is **somewhat** newer than I expected.
② The city bus system has improved **somewhat** since the mayor took office.
③ We'll make it to the mountaintop **somehow**.
④ **Somehow**, Brand has a strong feeling that his wife is cheating on him.

1213 ★★★★

song vs. anthem

☞ 兩字都有「**歌曲**」的意思，但 song 泛指「**一般歌曲**」；但 anthem 則是指「**某一團體，組織，甚至是國家的歌**」，所以，national anthem 為「**國歌**」的意思。

例 ① This **song** sounds very familiar. Whose song is it?
② Students are supposed to sing the national **anthem** at every flag-hoisting ceremony.

1214 ★★★★★

soon vs. fast

☞ soon 是指時間上的「**快**」= before long；fast 則是指動作上的「**快**」= quickly，但若指（車輛／飛機／火車等）的速度，則用 fast。

例 ① See you **soon**.
② The child can run as **fast** as an adult.
③ You are driving really **fast**!

1215 ★★★★★

sort of vs. kind of vs. type of vs. make of

☞ 談及「**種類**」，sort of, kind of, type of 皆可使用；而 make of 主要是指「**某公司產品名**」。

例 ① What **sort of**（a）smartwatch do you prefer?

說明 ➡（非正式用法 a 可加入）

② What **type of** coffee beans are you going to buy?

說明➡（後面的名詞也可用複數）

③ What **make of** car do you drive?

另外，sort of, kind of, type of 可用於模糊用語或和緩語氣。

例 ④ I **sort of** like you.

⑤ Brad has turned a new leaf, **kind of**.

1216 ★ ★ ★ ★ ★

sorry about vs. **sorry for** vs. **sorry to**

☞ sorry about / for / to 皆可表達「**對於做去做過的事，感到遺憾或後悔**」。

例 ① I am deeply **sorry about** the dent in your car.

② Don't be **sorry for** the mistake you made. I know it was an accident.

③ Paul is **sorry to** have two-timed you.

說明➡（to 後加完成式）

sorry to 若後加原形動詞，則可表達對「**目前之事或即將要做之事感到抱歉**」。

例 ④ I'm **sorry to** wake you up.

⑤ **Sorry to** tell you that I broke your glasses.

1217 ★ ★ ★ ★ ★

sound vs. **voice**

☞ sound 泛指「**一切耳朵聽得到的聲音**」；voice 則是指「**人聲**」。

例 ① What's the weird **sound** from the refrigerator?

② The rock star has a piercing and strong **voice**.

1218 ★ ★ ★

souvenir vs. **memento**

☞ souvenir 是指「**（觀光勝地所販售的）紀念品**」；memento 雖翻譯為「**紀念品**」，但比較是指「**引起回憶的東西／紀念物**」。

例 ① Remember to buy me some **souvenirs** when you're in Italy.

② I kept some maple leaves as a **memento** of my trip to Aowanda.

1219　★ ★ ★

spacious vs. specious

☞　spacious 是指「**寬敞的**」；specious 則是指「**似是而非的**」。

例 ① I feel comfortable in your house. It's so **spacious**.

　② In reality, it's nothing but a **specious** argument.

1220　★ ★ ★ ★ ★

speak (a language) vs. speak in (a language)

☞　speak 後直接加語言的話，意思是「**習慣講該種語言**」；speak in 加語言，則是「**在某種場合下，講該種語言**」。

例 ① She **speaks** English and Cantonese.

　② I have to **speak in** Taiwanese with my grandma because she can't understand Mandarin.

1221　★ ★ ★ ★

spectacle vs. spectacles

☞　spectacle 是指「**令人驚嘆的景色**」；恆為複數的 spectacles 則是指「**眼鏡**」，屬舊式用法，現代英文會用 glasses。

例 ① What a **spectacle** in this valley!

　② Professor Ryan wears **spectacles**.

另外，隱形眼鏡叫做「contact lens」。

1222　★ ★ ★ ★ ★

speech vs. talk vs. lecture

☞　speech 可指「**正式或非正式的演說**」；talk 是指「**非正式的演說**」；lecture 則是指「**針對某一主題或學術領域，來發表演講，特別是在學校或大學**」。

例 ① Marco is going to deliver a **speech** on global warming.

　② Mr. Huang is going to give a **talk** about his trip to Sweden.

　③ Many students attended Dr. Herrace's **lecture** on American Literature.

speed vs. velocity

☞ 兩字都是「**速度**」，但 speed 為「**一般用字**」；velocity 是正式用字，且常用複數，指「**物體朝著某一方向移動的速度**」。

例 ① Vehicles cannot travel over a **speed** of 50 kph on this country road.

② The speedy train can reach a **velocity** of 200 mph.

---

spiritual vs. spirituous vs. mental

☞ spiritual 是指「**精神／心靈上的**」；spirituous 則是指「**含酒精的**」；另外，mental 是指「**心理上的**」。

例 ① Dalai Lama is considered the **spiritual** leader by many people.

② Teenagers are not supposed to drink **spirituous** drinks.

③ He was diagnosed with a certain **mental** illness.

---

spray vs. sprinkle

☞ spray 是指「**從容器中（擠壓）出液體或水霧**」，如：噴香水；sprinkle 則是「**撒出（固體或液體）於某物上面**」。

例 ① Gina **sprayed** herself with perfume for her date with Mike.

② Mom often **sprinkles** some sesame on the rice we eat.

③ He **sprinkles** his cactus with water once a week.

---

squeeze vs. crush

☞ 兩字都有「**擠壓**」的意思，但 squeeze 是「**用手擠壓東西；或者將東西擠出水／果汁來**」；crush 則是指「**擠壓程度更劇烈，足以將所擠壓之物改變形狀，甚至是粉碎或摧毀**」。

例 ① Sean **squeezed** the bottle for recycling.

② Mrs. Adams is **squeezing** some oranges for her children.

③ The motorcycle was **crushed** under the gravel truck.

1227 ★ ★ ★ ★

squid vs. octopus

☞ squid 翻譯為「**烏賊**」；octopus 則是「**章魚**」。

例 ① Grilled **squids** are my favorite night market food.

② This **octopus** is reported to have the ability to predict which soccer team will win.

1228 ★

stalactite vs. stalagmite

☞ stalactite 為「**鐘乳石**」；但 stalagmite 則是「**石筍**」。

例 ① The ways to form **stalactites** and **stalagmites** are totally different.

1229 ★ ★ ★ ★

stamp vs. rubber stamp vs. seal

☞ 三字都有「印章」的意思，但 stamp 常用於「**個人的印章**」，rubber stamp 是指「**橡皮圖章**」，印章上有日期或是組織名稱等等；seal 則常指「**官方的印章，來顯示該文件為真或給予授權**」。

例 ① We'd better keep our bankbook and personal **stamp** in different places.

② The characters on the **rubber stamp** are unrecognizable.

③ I received a letter which bore a **seal** of the Ministry of Education.

1230 ★ ★ ★ ★ ★

stand up to vs. stand up for

☞ stand up to 意思為「**承受得住；經得起（不受損傷）**」；stand up for 則是「**維護某人或支持某理念或想法**」。

例 ① The little girl couldn't **stand up to** the bullies at her school.

② People can **stand up for** their belief but at the same time should respect others'.

star vs. **planet** vs. **moon** vs. **meteor** vs. **shooting star** vs. **meteorite** vs. **asteroid** vs. **comet**

☞ star 是指「恆星（自體會發光發熱，如：太陽）」；planet 為「行星（自體不會發光發熱，如：地球）」；moon 為「繞行行星的衛星」；meteor 與 shooting star （falling star）都是指「流星（在大氣中燃燒殆盡）」；meteorite 則是「隕石」；asteroid 是「小行星」；comet 則是「彗星」。

例 ① Humans can never live on **stars**.

② It is said the earth is the most beautiful **planet** in the universe.

③ Jupiter has sixty-seven **moons**.

④ Make a wish when you see a **meteor**. Your wish may come true.

⑤ A **meteorite** can be catastrophic if it is big enough.

⑥ **Asteroids** can be disastrous when they hit our planet.

⑦ Some **comets** travel past the earth every 100 hundred years.

starvation vs. **famine**

☞ starvation 是指「（個人）的飢餓」；famine 則是指「影響大範圍及相當多人的饑荒」。

例 ① The homeless child is dying because of **starvation** on the roadside.

② A serious **famine** struck people in Ethiopia and left thousands of people dead.

stationary vs. **stationery**

☞ stationary 為「靜止不動的」＝ still；stationery 則為「文具」（不可數名詞）。

例 ① The **stationary** spider is waiting for careless insects to fly onto its web.

② Our office ran short of **stationery**. Could someone volunteer to buy some?

status vs. **statute** vs. **statue** vs. **stature**

☞ status 意思為「狀態或地位」；statute 為「法令／法規」；statue 為「雕像」；stature 則為「身材體格」。

例 ① He never talks about his marital **status** in front of us.

② The special **statute** was passed in order to deal with any abuse in the military.

③ The **Statue** of Liberty was given by France to the United States of America.

④ Because of his high **stature**, he was drafted into the school basketball team.

1235　★ ★ ★ ★ ★

steal vs. **rob**

☞ steal 是「**偷竊**」，常與 from 搭配使用（steal sth from sb）；rob 則是「**搶劫**」，常與 of 連用（rob sb of sth）。

例 ① The man in black **stole** some jewels from the store.

② The bandit **robbed** me of all my possessions.

1236　★ ★ ★

stem vs. **trunk**

☞ stem 是指「**植物的莖**」；trunk 則是專指「**樹幹**」。

例 ① There are thorns on the rose **stem**.

② Bark on the **trunk** protects the tree from harm.

1237　★ ★ ★

step vs. **steps**

☞ step 是指「**步驟，或腳步**」；而恆為複數的 steps，意思則是「**梯子**」＝ stepladder。

例 ① Just follow the key **step** I told you. You'll get it done soon.

② I need **steps** to change the light bulb on the ceiling.

1238　★ ★ ★ ★ ★

sting vs. **bite**

☞ sting 意思是「**叮咬**」，主要是指「**蜜蜂、蠍子、黃蜂等的叮咬**」；bite 也可翻譯為「**叮咬**」，但是指「**蚊子或螞蟻、甚至是狗的啃咬**」。

例 ① A wasp's **sting** can be deadly.

② This morning, I found several mosquito **bites** on my legs.

stomach vs. tummy vs. belly

☞　三字都可翻譯為「**肚子**」，但 stomach 為一般用語；而 tummy 特別指小孩用語；belly 常常是帶有一點不禮貌的涵義。

例 ① My **stomach** is full of food and I can't eat anymore.

② The child cried with a **tummy** ache.

③ What a big **belly** the man has!

---

stop vs. station vs. terminal

☞　stop 是指「**路旁的（公車）站**」；station 是「**一般所謂的（公車，火車）站**」；terminal 則是用於「**航站、公車總站、渡輪站**」。

例 ① Does anyone know how far it is to the nearest bus **stop**?

② Many people going home for the holidays are waiting for their trains at the Taipei Railway **Station**.

③ Please board your plane at **Terminal** 2.

---

stone vs. pip

☞　stone 是指「**（李子、桃子、橄欖等的）果核**」；而 pip 則相對比較小，是指「**（蘋果、橘子等的）籽**」。

例 ① Who left these peach **stones** on the dining table?

② Lee accidentally swallowed an apple **pip**.

---

story vs. fable vs. folktale (folklore) vs. yarn vs. tale

☞　story 泛指「**故事**」；fable 是「**寓言故事**」；folktale 為「**民間故事**」；yarn 是「**奇聞軼事**」；tale 通常是指「**虛構的故事**」。

例 ① This is a **story** about a frog and a princess.

② When a child, I liked to hear my mom read **fables** before bedtime.

③ This drama is based on a **folktale**.

④ My grandfather used to spin us a **yarn** about what he did when he was a sailor.

⑤ The man always tells people his adventurous **tales** in Africa.

1243　★ ★ ★ ★ ★

student vs. pupil

☞　student 在英式用法中，指「**大學學歷以上的學生**」；美式用法裡，則泛指「**所有求學階段的學生**」。pupil 在英／美式用法裡，意思為「**小學生**」，差不多等於 schoolchild（複數 schoolchildren）。

例 ① All **students** were given summer assignments to do.
　　② Teaching **pupils** is difficult and takes a lot of patience.

1244　★ ★ ★

stylish vs. stylistic

☞　stylish 是指「**很時髦的**」；stylistic 則是指「**文體上的**」。

例 ① Most entertainers are **stylish**.
　　② These two articles have a striking **stylistic** difference.

1245　★ ★ ★

substantial vs. substantive

☞　substantial 是指「**大量的**」= considerable；substantive 則是「**實質的**」。

例 ① His composition, honestly, needs **substantial** improvement.
　　② What she said was of no **substantive** help.

1246　★ ★ ★ ★ ★

suburbs vs. outskirts

☞　兩字都有「**郊區**」的意思，且常用複數形，但搭配的介係詞不同：in the suburbs（of）；on the outskirts（of）。

例 ① I prefer to live in the **suburbs** of Taipei.
　　② Houses are comparatively cheaper on the **outskirts** than in the city.

succeed in vs. succeed to

☞ succeed in Ving「**成功做……**」，不可用不定詞；succeed to 則為「**繼承……**」。

例 ① Michael **succeeded** in solving the complicated calculus question.

② After the coup, he **succeeded** to the throne.

---

sudden vs. abrupt

☞ 兩字都是「**突然**」的意思，但 sudden 為一般用字；abrupt 通常「**帶有令人不愉快的感覺**」。

例 ① Taiwan is expected to experience a **sudden** change in the weather.

② Because of an obstacle, the taxi came to an **abrupt** stop.

---

suggest vs. advise vs. recommend

☞ suggest 屬於「**一般性的建議或暗示**」；advise 通常「**帶有權威性或自認比較有見解性的忠告，認為對方應該照所說的去做**」；recommend 則是「**推薦**」。

例 ① My father **suggested** that I（should）think twice before making any important decision.（OR …that I thought twice….）

② Carter **suggests** avoiding intense exercise right after meals.

③ The doctor **advised** me to eat less food with too much fat and additives.

④ What do you **recommend** for my main dish?

⑤ I **recommend** that he（should）take the honeymoon trip to Hawaii.

---

suitable vs. suited

☞ suitable 是指「**適合於某一目的或場合**」；suited 則是「**因為個人的特質，經驗，甚至是個性，適合某種工作或情況場合**」。

例 ① It is not **suitable** to swear in front of children.

② He is well **suited** to / for the job he has now.

1251   ★ ★ ★ ★ ★

suntan vs. sunburn

☞   suntan 是指「**曬到皮膚呈現古銅色**」；sunburn 則是「**曬傷**」，皮膚呈現紅腫。

例 ① Beyoncé went to the beach in order to get a perfect **suntan**.

② Apply some sunscreen to your body ; otherwise, you may get a **sunburn**.

1252   ★ ★ ★ ★

surely vs. certainly

☞   surely 比較屬於「**主觀認為一定會……**」；certainly 則屬於「**就客觀條件下想告訴對方一定會……**」。

例 ① The Miami Heat will **surely** win another NBA champion title.

② The oil price this week will **certainly** rise because of the volatile situation in the Mid-East.

1253   ★ ★ ★ ★ ★

surprise vs. amaze

☞   兩字都有「**驚訝**」的意思，但 surprise 偏重「**意外的吃驚**」；amaze 則是著重於「**對事物的難瞭解而感到驚訝**」。

例 ① Your visit this afternoon really **surprised** me.

② We are all **amazed** at the construction of the pyramids.

1254   ★ ★ ★ ★ ★

survey vs. investigation

☞   兩字都可翻譯為「**調查**」，但 survey 主要是「**調查人們的意見或行為**」等等；investigation 則比較偏「**調查犯罪，意外事件，甚至是科學領域上的問題**」等。

例 ① The magazine conducted a **survey** on the reactions of the public to sex before marriage.

② The police were asked to conduct an **investigation** into the kidnapping.

suspense vs. suspension

☞ 兩個名詞都是由動詞 suspend 衍生而來，但 suspense 意思為「**懸疑**」；suspension 則是「**停學／停賽；中止**」。

例 ① The director is good at putting the audience in **suspense** throughout the movie.

② Due to the rain, the umpire called for a **suspension** of the tennis match.

- -

systemic vs. systematic

☞ systemic 意思為「**會影響整個……的**」，特別是指人體；systematic 則是「**做事很有系統性的／很有效率的**」。

例 ① The doctors are trying to find a cure for the **systemic** disease.

② Ronnie always does things in a **systematic** way.

- -

swallow vs. devour

☞ 兩字都有「**吞嚥**」的意思，但 swallow 為一般用字；devour 則是「**因為飢餓而狼吞虎嚥**」。

例 ① It is always hard for me to **swallow** herbal medicine.

② Charlie **devoured** two chicken legs, five pieces of pizza and some French fries.

Spare the rod, spoil the child.
玉不琢不成器

T

1258

1258 ★ ★ ★ ★

table vs. **form** vs. **diagram**

☞ table 是指「**表格**」，如：研究結果使用的表格，又如火車時刻表；form 亦是指「**表格，但表格內已有項目，填表人需依指示填入資料**」，如：健康檢查表；diagram 則是指「**圖表，通常有文字又有圖，且常為彩色**」，如：流程圖，植物光合作用過程圖等。

例 ① In this chapter, the researcher used **tables** and **diagrams** to show the results of the pilot study.

② Please fill in this **form** before you see the doctor.

1259 ★ ★ ★ ★ ★

take a rest vs. **take a break**

☞ take a rest 是指「**停下手邊的工作，去休息**」；而 take a break 也是「**停下手邊的工作，去做別的事，可能小睡片刻，看電視放鬆，或與朋友閒聊**」等等。

例 ① It has been a long day. Let's **take a rest** now.

② Let's **take a**（ten-minute）**break**. After that, we'll continue our lesson.

1260 ★ ★ ★ ★ ★

take after vs. **look like**

☞ take after 是指「**長相／行為舉止像（某某長輩）**」；look like 則可泛指「**長得像／看起來像……**」。

例 ① Glen really **takes after** his grandpa, especially the eyes.

② My friends said I **look like** Bruno Mars.

★ ★ ★ ★ ★

tasteless vs. distasteful

☞ tasteless 意思是「**沒水準的，低俗的（形容人的言行），用於食物上是指沒味道的**」；distasteful 則是「**指（事物）令人反感的**」。

例 ① Doesn't James know his remark is **tasteless**?

② Honestly, your steamed fish is **tasteless**.

③ His abusing the dog is **distasteful** to me.

★ ★

taut vs. taunt

☞ taut 是指「**（繩、線）被拉緊的**」；taunt 則為「**嘲諷某人**」。

例 ① Keep the rope **taut**. I want to hang our clothes with it.

② It is mean to **taunt** the boy about his curly hair.

★ ★ ★ ★

tax vs. duty vs. tariff

☞ tax 是指「**所買的東西，娛樂等，所加到該金額的稅**」，如：娛樂稅、營業稅；duty 則「**特別指從海外買入物品所課的稅**」，如：關稅；另外，tariff 亦是指「**關稅，但主要是國家為了保護該國產業對外來貨物所課之關稅**」。

例 ① We pay our income **tax** in May.

② You have to pay the customs **duty** on the item you bought.

③ A **tariff** has been imposed on imported foreign cars in Taiwan.

★ ★ ★ ★ ★

tax avoidance vs. tax evasion

☞ tax avoidance 是指「**合法地節稅**」；tax evasion 則是「**逃漏稅**」。

例 ① My accountant is working on **tax avoidance**, enabling my company to pay the least amount of tax.

② The tycoon was fined for **tax evasion** of up to NT$3, 000, 000.

technology vs. technique vs. science

☞ technology 意思是「**科技**」，為不可數名詞；technique 為「**做事的方法或技巧**」，為可數名詞；而 science 則為「**科學**」的意思。

例 ① With advanced **technology**, humans can make life more comfortable and convenient.

② Could you show me the **technique** of folding a paper crane?

③ There are still many things that **science** can't explain.

- -

telescope vs. binoculars

☞ 兩字皆有「**望遠鏡**」的意思，但 telescope 為單筒望遠鏡，常用來觀測星象；binoculars 則是雙筒望遠鏡。

例 ① Arthur is interested in studying the moon through the **telescope**.

② Through the **binoculars**, I found a small snake attacked by a mantis.

- -

temporary vs. temporal

☞ temporary 意思是「**臨時的、暫時的**」；temporal 則是「**世間的、世俗的**」。

例 ① Some houses were built as **temporary** shelters for the refugees.

② The king had a powerful **temporal** power.

- -

test vs. exam vs. quiz vs. mock

☞ test 可指「**大大小小的考試**」；exam 指「**為通過某種資格的集體大型考試**」，如：entrance exam, mid-term exams, final exams, etc.；而（pop）quiz 是指「**課堂上的小考**」；mock 則是指「**（正式考試前的）模擬考**」。

例 ① We'll have a math **test** tomorrow.

② The college students burned the midnight oil for their final **exams**.

③ **Quizzes** are for students to review what they've learned from the previous class.

④ I am a little nervous because the **mock** is around the corner.

term vs. terminology

☞　term 意思是「（一個）詞、字眼、用詞」；terminology 則是指「**專業術語**」＝ technical term。

例 ① The **term** "Linsanity" was coined to mean the basketball craze brought by Jeremy Lin.

② This paper is full of science **terminology**. I can't understand it at all.

---

terrible vs. terrific

☞　terrible 意思為「**糟糕的**」；terrific 則是「**很棒的**」。

例 ① Polly's debut today was totally **terrible**.

② You really did a **terrific** job!

---

than vs. then

☞　than 用於比較級形容詞或副詞時，意思為「**比……**」；then 則是「**那時候**」＝ at that time、「**然後**」等意思。

例 ① I can't come up with a more brilliant idea **than** yours.

② I still remember my mother took me to play on the swings in the park **then**.

③ Steve is on business to Italy and **then** to Spain.

---

the same as vs. that same that vs. the same with

☞　這三個片語為 the same 的衍伸，但 the same as…為「**與……相同（款式）**」；the same that…指「**就是同一個**」；the same with 則是「**後者與前者有相同情況**」。

例 ① I have a sedan which is **the same as** Rose's.

② This is **the same** bike **that** I lost last week.

③ I lost my pet. It is **the same with** Mike.

1273 ★ ★ ★ ★ ★

thank you vs. thanks

☞ 比起 thank you，thanks 稍稍沒那麼正式，另外，thanks 為名詞，thank you 為 I thank you 省略而來，但我們不會這樣説。

例 ① **Thank you** so much.

② Many **thanks**（to you）.

③ **Thanks** a lot. = Much obliged.（較正式）

另外，請注意 thank you for… 的用法：

例 ④ **Thank you for** the dinner.

⑤ **Thank you for** coming.

⑥（ X ）**Thank you for** your coming.

說明➡（動名詞前不加所有格）

- -

1274 ★ ★ ★ ★ ★

thank vs. appreciate

☞ 兩字都可表達「**感謝**」的意思，但 thank 後接的是人、上帝、神明等；appreciate 後接的是事物。

例 ① I want to **thank** you for what you've done for me.

② I really **appreciate** your concern.

③ I'd **appreciate** it if you would turn down the volume.

- -

1275 ★ ★ ★ ★ ★

thankful vs. grateful vs. gratified

☞ thankful 是用於閃過危險，或是一些不好的經驗，可翻譯為「**多虧……、幸虧……**」；grateful 則是「**感謝對方所做的一切**」。

例 ① We were **thankful** that we got home safe and sound in the pouring rain.

② I would be **grateful** if you could pick up my daughter on your way home.

另外，gratified 則是「**感到很滿意、很高興的**」。

例 ③ She is **gratified** by her boyfriend's proposal of marriage.

there is a … vs. there is the …

☞ 一般而言，there is / are…後接沒有限定的名詞，如：a policeman, kangaroos, gas, etc.；但例外情形是，如果是後接人名或回答並解決了對方問題，則可加定冠詞。

例 ① **There are** many tourists visiting Danshui each year.

② A：Who can we turn to when you're not available?

B：**There is** James, Kobe, and Durant.

③ A：I'm so tired. Where can I sleep?

B：**There are** always the guest rooms in my house.

另外，通常 there is 後加單數名詞，there are 接複數名詞，但口語上，有例外，如：

例 ④ **There is** a book and a pen in my school bag.

There you go. vs. There you go again.

☞ There you go. 這句話使用時機是：別人拿東西給你，並已遞到你的手上時，意思是「（東西）拿去吧；給你」；而 There you go again. 使用時機是：事情又再重複發生時，意思則是「你又來了」。

例 ① A：Pass me the salt, please.

B：**There you go.**

② **There you go again.** You forgot your car key!

補充學習：若是東西還在對方手上，對方會說：**Here you go.**

----

thesis vs. dissertation

☞ 一般而言，thesis 為「碩士班畢業之畢業論文」，複數為 theses；dissertation 則是指「博士班之畢業論文」。

例 ① The graduate students are working on their **theses** to graduate on time.

② My **dissertation** is mainly on how electromagnetic waves affect humans' brains.

T

thin vs. slim vs. slender vs. bony vs. skinny vs. willowy

☞ 這些字都有「瘦」的意思，thin 並無批評或稱讚之意；slim 與 slender 屬於正面的說法；bony 與 skinny 就是負面的講法，有「**骨瘦如柴**」的意思；willowy 則是指「**又高又瘦**」。

例 ① Most women always think they are not **thin** enough even though they really are.

② Sandy does yoga regularly to have a **slender / slim** body.

③ In fact, some super models are really **skinny / bony**.

④ Lincoln is a **willowy** man.

- -

this vs. that

☞ A. this 指「**比較靠近說話者的東西或人**」；that 則指「**離說話者比較遠的東西或人**」。

例 ① Check **this** out. This is my new smartwatch.

② **That** man who is watering the flowers was stung by a bee.

☞ B. 在陳述列舉事情時，that 代替「**前者**」，this 代替「**後者**」。複數則分別用 these, those。

例 ③ I take two courses **this** semester—English Writing and Phonology. I am into this more than **that**.

☞ C. this 可表「**喜愛**」之意，that 則是表「**厭惡**」。

例 ④ I would like to hear more about **this** new PE teacher of yours.

⑤ Honestly, I dislike **that** brother of yours.

☞ D. this, that 可修飾形容詞或副詞，分別為：「**這麼……**」，「**那麼……**」。

例 ⑥ It never occurred to me that your house is **this** spacious and magnificent.

⑦ I'm not **that** good as you think.

☞ E. 另外，that 與 those 可代替前面所提之名詞。

例 ⑧ The weather in Taipei is much colder than **that** in Kaohsiung in winter.

⑨ The roses in my garden are more beautiful than **those** in my neighbor's.

⑩ God helps **those** who help themselves.（those who = the people who）

This is the life! vs. That's life!

☞ This is the life! 這句話是「（因為對生活感到滿意、放鬆、舒服而說出）這才是人生啊。」；而 That's life! 則是「（因為對生活中發生不好的事或厄運而說出）這就是人生。」

例 ① Look at your new splendid house. **That is the life!**

② Something bad can still happen when you're already in trouble. **That's life!**

- -

1282 ★ ★ ★ ★ ★

though vs. although vs. but vs. however vs. as

例 ① **Although / Though** this is a small company, it made a huge profit last year.

= This is a small company, **but** it made a huge profit last year.

= This is a small company; **however**, it made a huge profit last year.

說明➡（however 是副詞）

> 另外，though 可擺句尾，為副詞。

例 ② A：This suit really suits you.

B：I agree. I don't have enough money, **though**.

特殊句型：在 though（not although）從屬子句中，可將主詞補語（甚至是動詞）移到句首，來表示強調，但注意：名詞移到句首時，要將冠詞拿掉。此時，though 亦可換成 as，用法一樣。

例 ③ Hot **though / as** it is, we still refrain from turning on the air conditioner.

④ Fast **though / as** Joyce ran, she still couldn't catch the bus she was supposed to take.

⑤ Taiwanese **though** he is, he speaks just like an American native speaker.

⑥ Try **as** Vicky may, she can't meet her boss' expectations as a good secretary.

> 另外，otherwise 也有「除了……之外」的意思，為副詞。

例 ⑦ I don't like the food at the hotel but **otherwise** it is quite nice.

1283 ★ ★ ★ ★

thread vs. string vs. line vs. cord

☞ thread 為「**細線**」，如：縫紉用的細線；string 是「**多條 thread 所構成的繩子**」＝ rope；line 是指「**一平面上所畫出的線；兩點之間的直線；或是電話線路等等**」；cord 則是指「**除了可指 thick thread 或 thin rope 外，亦可指實體的電線**」。

例 ① I need a needle and some **threads** to mend my pants.
② The package was tightly tied with two **strings**.
③ Could you put down your name on the **line** at the bottom of this form?
④ Sorry, the **line** is busy. Could you call again later?
⑤ Peggy was tripped by the extension **cord**.

- -

1284 ★ ★ ★ ★

throw vs. toss vs. fling vs. hurl vs. pitch vs. lob

☞ 四字都是指「**丟**」，但，throw 是「**將手中東西丟出**」的一般用字；toss 是指「**輕丟出去**」；fling 是指「**使力將東西猛力一丟，特別是憤怒時**」；hurl 指「**暴力地丟東西**」，如暴民丟擲攻擊物；pitch 是指「**（棒球）投手的丟出（球）**」；lob 則是「**東西往上沿拋物線丟（非垂直往上），讓其在空中一段時間**」，而在網球用語裡，為吊高球。

例 ① The angry farmer is **throwing** stones at those sparrows.
② Let's **toss** a coin to decide who has to foot the bill.
③ The manager **flung** the document on the desk to show his anger.
④ Some teenagers **hurled** bricks at the riot police.
⑤ The baseball player is good at **pitching** curves and slides.
⑥ The naughty boy is **lobbing** a cola can and making annoying sounds.

- -

1285 ★ ★ ★ ★ ★

throw at vs. throw to

☞ throw at「**是拿東西（帶有攻擊性地）丟某人**」；throw to 則是「**把東西丟過去給某人**」。

例 ① Little Connie was chased by a dog because she just **threw** a stone **at** it.
② Hey buddy, would you **throw** the basketball **to** me?

1286 ★ ★ ★ ★ ★

time difference vs. jet lag

☞ 兩片語都可翻譯為「**時差**」，但 time difference 是「**因處於不同時區所產生的時差**」；而 jet lag 則是「**因為搭飛機飛越太多時區，所產生的時差的不適**」。

例 ① Could anyone tell me what's the **time difference** between Taipei and London?

② Mr. Huang is still suffering from serious **jet lag** after a trip from Africa.

1287 ★ ★ ★ ★ ★

timetable vs. times table

☞ timetable 可指「**（公車，火車，飛機等）的時刻表**」，另外，亦可指學校的「**課表**」＝ schedule；而 times table 則是指「**（九九）乘法表**」。

例 ① Tourists can download this app for bus, railway, and HSR **timetables**.

② A：What time is the next class?

B：Let me check the **timetable**.

③ Students in Taiwan usually learn the **times table** in the elementary school.

1288 ★ ★ ★ ★ ★

tired vs. exhausted vs. tiring vs. tiresome

☞ tired 與 exhausted 主詞都是人，但 exhausted 有「**疲憊不堪**」的意思，tired 只是「**一般的疲累**」；tiring 的主詞為事物，意思為「**令人感到疲累的**」；tiresome 可形容人或事物，意思是「**（物）令人感到無聊的，以及（人）令人感到討厭、惹惱人的**」。

例 ① I feel **tired** after working overtime for seven straight days.

② After the marathon, he was **exhausted** and parched.

③ What a **tiring** day!

④ The boy is **tiresome** and always asks tiresome questions.

1289 ★ ★ ★ ★ ★

tissue vs. Kleenex

☞ 兩字都可指「**面紙**」的意思，但 Kleenex 由於原本是商標名，所以要大寫。

例 ① I always get a box of **tissue** for free whenever I fill my car with 20 liters of gas.

② She used up a box of **Kleenex** in one hour because of the flu.

too vs. either

☞　兩字都有「也」的意思。但 too 用於肯定句；either 則用於否定句。

例 ①　A：I love having fun with friends on weekends.

　　　 B：I do, **too**.

②　Lee, **too**, set aside lots of money for his dream car.

③　Dickey couldn't put up with the noise, **either**.

- -

tool vs. instrument vs. apparatus vs. utensil vs. gadget

☞　tool 泛指「**日常生活中的小工具**」，如：螺絲起子等；instrument 與 apparatus 主要是「**用於科學或醫療類的工具**」；utensil（正式用字）是「**用於料理上的工具（cooker）**」；gadget 則是「**一般講的小玩意、小機件**」。

例 ①　I need a special **tool** to open this box.

②　Seeing some dental **instruments** in the clinic is frightening enough for me.

③　The apprentice was supposed to thoroughly clean all the **utensils** once a week.

④　This new **gadget** enables you to open the door with your fingerprints.

- -

tourist vs. traveller

☞　tourist 意思為「**觀光客**」；traveller（traveler）則為「**旅行者**」。兩者差異點在於前者「**只重去各大景點走馬看花，拍拍照**」；後者「**則是會放慢旅行速度，細細體會當地文化**」。

例 ①　Where do those **tourists** come from? They're so noisy.

②　He tried to be a **traveller**, experiencing the local customs and culture.

touching vs. touchy

☞　兩字都是動詞 touch 的形容詞，但 touching 意思為「**令人感動的**」＝ moving；touchy 則是「**易怒的**」，常用於主詞補語位置，不常用於名詞前來修飾名詞。

例 ① What a **touching** story! I can't help but cry.

② She often gets **touchy** whenever we mention her husband in prison.

另外，touching 在 很 正 式 用 法 中，有「 相 關 的 」的 意 思 ＝ concerning ＝ regarding.

例 ③ Doctors are having a formal discussion **touching** containing the epidemic.

- -

tortuous vs. torturous

☞　tortuous 是指「**崎嶇難行的（路）**」；torturous 則是「**折磨人的**」。

例 ① Be careful when you travel along the **tortuous** road in the mountain.

② Waiting for the result of an important exam is **torturous**.

- -

toxic vs. venomous vs. poisonous

☞　三字皆指「**有毒的**」。但 toxic 常跟 gases, chemical 等連用；venomous 常指「**毒蛇，或昆蟲有毒的**」；poisonous 用法較廣，「**不但可指 toxic，又有 venomous 的用法**」。

例 ① During WWII, many Jews were killed by **toxic** gases.

② The escaping mouse won't live long due to the **venomous** bite of the snake.

③ Polluted by **poisonous** waste water, the river looked brown and smelled very bad.

1296 ★ ★ ★ ★ ★

turn on vs. **open**

☞ 「電器的開啟與關閉」，是用 turn on 及 turn off；而不是用 open 或 close。

例 ① Would you **turn on** the lights for me? It's pitch dark here.

② Don't **open** the door, or the mad dog will come in!

另外，turn sb on 與 turn sb off，則分別是指「使某人心動」及「使某人反感／反胃」。

例 ③ The beautiful idol really **turns** many nerds **on**.

④ That sick fat man really **turned** me **off**.

1297 ★ ★ ★ ★ ★

tuxedo vs. **tailcoat**

☞ tuxedo 意思是「**男士禮服，常與蝴蝶結或領帶搭配**」；tailcoat 則是俗稱的「**燕尾服**」。

例 ① The leading actor in that movie looks gorgerous, especially in a black **tuxedo**.

② It is strange to wear a **tailcoat** to a teenager's birthday party.

1298 ★ ★ ★

tranquil vs. **quiet**

☞ tranquil 意思是「**安寧的**」＝ peaceful ＝ serene；quiet 則是指「**安靜的**」。

例 ① I want nothing but a **tranquil** life in the country.

② To prepare for the entrance exam, Josh needs a **quiet** place.

1299 ★ ★ ★ ★ ★

transgender vs. **transsexual** vs. **transvestite** vs. **drag queen**

☞ 四個字都跟變性相關，但 transgender 是指「**內心覺得自己是另外一種性別的人，可指男或女**」；transsexual 是「**動過變性手術的變性人**」；transvestite 是「**愛以另一種性別打扮的人，尤指男子**」；drag queen 則是指「**男同性戀者打扮成女性來娛樂他人**」。

例 ① Anthony's speech is about **transgender** issues.

② The singer turned out to be a **transsexual**.

③ The **transvestite** raised some eyebrows on the street.

④ Chris will play a **drag queen** in his new movie.

transit vs. transfer vs. stop over

☞ transit 要翻譯為「過境」，指「從甲地出發，中途停乙地（可能是飛機加油或招攬客人等），再前往丙地，但搭乘的都是同一架班機也坐同一個位置」；transfer 則是「轉機」，「從甲地到乙地會換不同班機，所以會拿到另一張登機證，之後再由乙地前往丙地」。另外，stop over 則是「從甲地出發，在乙地停留超過 **24** 小時後，再飛往丙地」。

例 ① The flight we took **transited** at Amsterdam.

② We **transferred** at Bangkok for a new flight to Taipei.

③ He will **stop over** in New York for a short visit.

translate vs. interpret

☞ translate 可指「將口頭內容或書寫的文字翻譯出來」；interpret 則是「限於將口頭內容做翻譯」。

例 ① It takes excellent language proficiency to **translate** one language into another.

② Could you **interpret** what the German just said for me?

> 另外，口譯又可大致分為同步口譯（simultaneous interpretation）及逐步口譯（consecutive interpretation）。前者是指「口譯員幾乎以同步的方式，口譯出說話者的談話或演說內容」；逐步口譯，則是「演說者敘述一小段後，再由口譯員翻譯出整段內容」。

transparent vs. translucent

☞ transparent 意思為「透明的（可指物體或訊息）」；translucent 則為「半透明的」。

例 ① The bidding will be reviewed in an open and **transparent** way.

② I can see you hiding beside the TV through the **translucent** glass window.

1303 ★ ★ ★ ★ ★

transport vs. transportation

☞　兩字皆是「**運送；運輸**」，皆為不可數名詞，但 transport 為英式用字；transportation 為美式用字。

例 ①　Rail **transport** played a crucial role in the business development of this poor country.

②　It is convenient to travel in Taipei with public **transportation**.

- -

1304　★ ★ ★ ★ ★

travel vs. journey vs. trip vs. voyage vs. excursion

☞　A. travel 泛指「**旅行**」。

例 ①　Space **travel** is entertainment only for rich people.

☞　B. journey 指「**單程的旅行**」，旅行方式可包含海陸空，另外，journey 亦可當動詞使用，是比較文學用法。

例 ②　Are you making a **journey** to South Africa?

③　Thomas **journeyed** to a town, looking for an inn.

☞　C. trip 指「**來回的旅行**」。通常帶有特定目的，如玩樂或出差。

例 ④　Gina is on a business **trip** to South Korea for contract-signing.

☞　D. voyage 是指「**海上的旅行**」。

例 ⑤　She is on a **voyage** to Malaysia.

☞　E. excursion 則是指「**（短距離的）遠足**」，可指「**遊客或為了某一目的而走**」。

例 ⑥　The school kids are making an **excursion** to the candy factory.

- -

1305　★ ★ ★

treaty vs. protocol vs. convention

☞　treaty 是指「**國與國的條約**」；protocol 指「**國際間的協議**」；convention 則是指「**國際間的公約**」。

例 ①　No countries were willing to sign a **treaty** to end the war.

②　The Kyoto **Protocol** regulates the emission of greenhouse gases among all the countries.

③　The Geneva **Convention** states that prisoners of war can't be mistreated.

troop vs. army

☞ troop 指「**部隊**」，強調作戰的官士兵；army 則是「**偏重軍隊的整體**」；另外，army 也可單指「**陸軍**」，「**空軍**」則為 air force，「**海軍**」為 navy。

例 ① Three **troops** were sent to the front line of the battleground.

② China spends a large portion of budget building up its **army** each year.

---

troublesome vs. troubled

☞ troublesome 意思是「**煩人的，造成困擾的**」，可形容人或事物；troubled 形容人時，意思為「**擔憂的**」，若形容事物，則是「**有許多問題的**」。

例 ① His son is such a **troublesome** boy.

② A mosquito can be **troublesome** especially when I am trying to sleep.

③ I can tell she is very anxious from her **troubled** face.

④ The **troubled** company is on the road to bankruptcy.

---

truth vs. reality

☞ 兩字都有「**事實**」的意思，但 truth 意思更偏向「**真相**」；reality 則是「**已存在的事實**」。reality「**永遠都不會改變**」，但 truth「**可能因為新證據而被推翻**」。

例 ① The **truth** is Leo's wife cheated on him.

② Mrs. Chen still couldn't accept the **reality** of her son's death.

---

try vs. attempt

☞ 兩字都是「**嘗試**」的意思，也都可以當名詞或動詞，但 attempt 比較正式。

例 ① **Try** asking Uncle Eddy. He knows the ins and outs of the stock market.

② He **attempted** to win the girl's heart, but in vain.

③ Why not give it a **try**? You never know what will happen next.

④ She made an **attempt** to enter a national university and succeeded in the end.

但注意：try + Ving 意思為「試看看」；try to + V 意思則是「努力，盡力去做某事」。

例 ⑤ **Try ordering** the pizza as well as fried chicken this time.

⑥ Tillman **tried to live** up to his parents' expectations.

1310　★

┌───┐
│ **turbid** vs. **turgid**   │
└───┘

☞　turbid 意思為「**水渾濁（參雜泥巴的）**」；turgid 則是指「**文字作品無聊且難以理解的，（身體部位）腫脹的**」＝ swollen。

例 ① I found a loach in the **turbid** water after a heavy rain.

② Every time I read my **turgid** college books, I feel like sleeping.

③ Parker's sprained ankle became **turgid**.

1311　★ ★ ★ ★ ★

┌───┐
│ **turn in** vs. **in turn** vs. **by turns** │
└───┘

☞　turn in 為「**上床睡覺**」；in turn 為「**依序……**」；而 by turns 則有「**交替地、輪流地**」。

例 ① Xavier checked his friends' status on Facebook before **turning in**.

② We **in turn** got red envelopes from our grandparents.

③ They drove all the way to Hualien **by turns**.

1312　★ ★ ★ ★ ★

┌───┐
│ **turtle** vs. **tortoise**   │
└───┘

☞　英式英文中，turtle 是指「**海龜**」，tortoise 指「**陸龜**」；美式英語裡，turtle 可指「**陸龜或海龜（或 sea turtle）**」。

例 ① A pet **turtle** can live many years if you take good care of it.

② The **tortoise** crawled toward the beach in order to lay its eggs.

twister vs. tornado

☞　兩字都是「**龍捲風**」，但 twister 為非正式用法。

例 ① A strong **twister / tornado** ripped through Oklahoma, leaving twenty dead and reducing five houses to rubble.

---

typewriter vs. typist

☞　typewriter 是指「**打字機**」；typist 則是「**打字員**」。

例 ① **Typewriters** are seldom seen ; instead, people use computers.

② Due to frequent practice, Nina became the fastest **typist** in her office.

---

typhoon vs. hurricane vs. tropical cyclone

☞　三組字其實都是「**熱帶氣旋**」，只是地方不同，自然有不同稱呼。在亞洲，typhoon 為「**颱風**」；美洲稱 hurricane 為「**颶風**」；在印度洋，則稱「**熱帶氣旋**」為 tropical cyclone。

例 ① **Typhoons** bring Taiwan water but also can be destructive.

② **Hurricane** Katrina was one of the deadliest in the American history.

③ A **tropical cyclone** is reported to hit us next week.

The coat makes the man.
佛要金裝，人要衣裝

1316

U

1316　★ ★ ★ ★ ★

umpire vs. **referee**

☞　兩者都是「**裁判**」，但評判比賽類型不同，umpire 是主要使用於：「**裁判不會在比賽場地跑來跑去的比賽**」，如：badminton, tennis, swimming, volleyball 等等；referee 則主要用於：「**裁判會在比賽場地跑動的比賽**」，如：basketball, rugby, wrestling, hockey, soccer 等等。

例 ① The basketball **referee** accidentally sprained his ankle on the court.

② The tennis player gestured to the **umpire** that the spectators were so noisy as to disturb his serve.

- -

1317　★ ★ ★ ★ ★

unborn vs. **stillborn**

☞　unborn 為「**未出生的**」；而 stillborn 則是「**死胎的**」，亦可指計畫流產。

例 ① Mr. Cooper is extremely excited about his **unborn** baby.

② Mrs. Lin has been sad about her **stillborn** baby for two years.

- -

1318　★ ★ ★ ★

unconscious vs. **subconscious** vs. **senseless**

☞　unconscious 意思為「**無知覺的**」或「**未察覺的**」常與 of 連用＝ be unaware of；subconscious 則是「**潛意識的**」，或是「**下意識的**」。

例 ① Hit by a scooter, the dog was lying **unconscious** on the road.

② He has a **subconscious** fear of drowning so he seldom goes to the beach.

另外，senseless 除了指「無知覺的」＝ unconscious 外，亦可指「毫無意義」的。

例 ③ It is a **senseless** waste of time to be a couch potato all day long.

understand vs. grasp vs. follow vs. get

☞ 此四字都有「了解（概念，事實等）」的意思，但用於「語言上／文字上的了解」，只能用 understand；follow 則是比較口語用法，是「了解某一解釋或意義」等；get 亦是口語上的「了解」＝ see。

例 ① I cannot **understand** what you said and what you wrote.

② Barely could he **grasp** what the speaker said.

③ So simplistic is the explanation that she can easily **follow**.

④ I didn't quite **get** it. Could you elaborate on it?

understanding vs. understandable

☞ understanding 為「善解人意的」；understandable 則為「容易理解的」。

例 ① I really envy Lisa. She has an **understanding** husband.

② People like the series of the author's cookbooks which are **understandable**.

unqualified vs. disqualified

☞ unqualified 是指「不符合資格的」；disqualified 則是指「被去除資格的」。

例 ① Most the interviewees are **unqualified** for this job.

② He was **disqualified** from coaching the national team.

until vs. till

☞ 兩字都有「直到……」的意思，差別在 till 比較口語／非正式。且 till 不會用於句首。

例 ① Porter often works **until / till** 9 pm but doesn't get overtime pay.

② It was not **until** midnight that I realized my dog was missing.

③ Not **until** you texted me did I know you were stuck in traffic.

unusual vs. strange

☞ unusual 意思為「**不常見的、不尋常的**」；strange 則為「**奇怪的、陌生的**」。

例 ① It is **unusual** to see such a heavy fog in this area.

② **Strange** to say, Terry chose to stay home rather than hang out with his buddies.

- -

unwanted vs. unwonted

☞ unwanted 是指「**不需要的**」；unwonted 則是「**不尋常的**」。

例 ① Get rid of the **unwanted** stuff. We need space for another bed here.

② I was waken up by some **unwonted** sound last night.

- -

upbringing vs. education

☞ upbringing 是指「**小孩從小所受父母的教養**」；education 則是指「**學校教育為主**」。

例 ① I sincerely thank my parents for the **upbringing** they gave me.

② What Ellen does today is to receive higher **education** in the future.

- -

upcoming vs. up-and-coming

☞ upcoming 意思是「**即將來臨的**」；up-and-coming 則是「**有前途的；未來很可能成功的**」。

例 ① My brother felt edgy due to the **upcoming** job interview.

② Joyce, an **up-and-coming** actress, often hits the headlines.

★ ★ ★ ★ ★

update vs. up-to-date vs. to date

☞ update 意思為「**給……提供最新消息**」；up-to-date 為形容詞，意思是「**最新的（latest）**」；to date 則是指「**迄今（= so far, up to now）**」。

例 ① Could you **update** me on the latest election news?

② Thank you for bringing me the **up-to-date** information about fashion design.

③ There hasn't been any improvement on my math **to date**.

1328 ★ ★ ★ ★ ★

upon vs. on

☞ upon 可指 on 或 onto 的意思，且在正式用法中較常出現，例如：once upon a time（很久很久以前）；Upon Ving, S+V（一……就……）；miles upon miles（引申為很遠地）。

例 ① He threw a stone **upon** the roof.

② **Upon / On** seeing the big black dog, the thief ran away in no time.

③ His research results were based **on** a series of experiments.

1329 ★ ★

urban vs. urbane

☞ urban 是指「**都市的**」；urbane 則是指「**彬彬有禮、溫文儒雅的**」。

例 ① I still can't get used to **urban** life.

② A：What is your boyfriend like?

B：He's **urbane** and thoughtful.

1330 ★ ★ ★ ★ ★

use vs. usage

☞ use 是泛指「**一般使用**」；usage 則是指「**字的用法，或某物的使用量**」。

例 ① Any **use** of electronic devices is banned during this exam.

② There are some **usage** problems in your composition.

③ Electricity **usage** is predicted to peak in July.

used to vs. would vs. will

☞　used to 與 would 皆可表達「**過去習慣於……**」，但若指「**過去之狀態**」則只能用 used to。

例 ① Allen **used to / would** smoke after meals.

② William **used to** be in poor health in his youth.

> 另外，現在「習慣於從事（某事）」，則需使用：be used to / be accustomed to Ving

例 ③ My family **is used to** drinking some tea after meals.

> will 亦可表達「個人的習慣或癖好」。

例 ④ After dinner, my father **will** go to the balcony, gazing at the stars.

> 另外，試比較：be used to Ving 和 be used to V，後加原型動詞，是表示「……被使用來做某事」。

例 ⑤ The knife **was used to** cut the rope in half.

V

1332

1332　★ ★ ★

values vs. valuables

☞　恆為複數的 values，意思是「**價值觀**」；而 valuables 是「**個人的貴重物品**」，例如：珠寶等。

例 ① With time going by, some traditional **values** were challenged and even changed.

② Do not forget your **valuables** before you leave.

1333　★ ★ ★

various vs. variable

☞　various 意思是「**各式各樣的**」；variable 則是「**易變的**」。

例 ① We offer **various** Hello Kitty's items, all of which are directly imported from Japan.

② People are vulnerable to colds due to **variable** temperatures in spring.

1334　★

vendor vs. hawker

☞　vendor 意思為「**街上的小販，身份可為個人，甚至是公司**」；hawker 是指「**到處叫賣的攤販**」比較強調四處兜售。

例 ① I used to buy hot dogs from the street **vendor** near my home.

② The **hawker** travels around the community, selling hand-made ice cream.

1335　★ ★ ★ ★

venial vs. venal

☞　venial 意思為「**可寬恕的**」；venal 則是「**貪汙的**」。

例 ① I can forgive you since it is a **venial** fault.

② The **venal** politician was taken into custody.

vertex vs. vortex

☞ vertex 是指「**物體的頂點（最高處）或指兩條線所交出的頂點**」；vortex 則是指「**漩渦**」＝ whirlpool。

例 ① In math, a **vertex** is the point where two lines meet to form an angle.

② A ship was reported to be dragged into a **vortex** and disappeared.

very vs. very much

☞ 一般而言，very 用於形容詞之前，包含一些過去分詞但已變成形容詞功能，如：worried；very much 用於一般動詞前或過去分詞前。

例 ① It is **very** kind of you to fix my bike when you're still busy.

② I am **very** interested in reading your new book.

③ I **very much** like the way you teach. It's fun and motivation-arousing.

另外，very much 若用於名詞前，常用於否定句及疑問句。肯定句則使用 a lot of, plenty of, etc.

例 ④ Ben didn't have **very much** courage to face the music.

⑤ Do they have **very much** determination to fulfill the task?

⑥ Mothers are always willing to give their children **a lot of** love and care.

Ving vs. p.p. (as an adjective)

☞ 動詞變形容詞可將動詞字尾加 -ing 或將其改成 p.p.。Ving（現在分詞）當形容詞時，表「**主動或正在進行**」；p.p. 為過去分詞，當形容詞，則表「**被動或動作已完成**」的意思。

例 ① Humans cannot possibly drink **boiling** water.

② Eve donated money and food to the **starving** children.

③ Her **stolen** notebook was found two days ago.

④ America is a **developed** country.

但，如果是情緒動詞（如：amaze, surpirse, interest, bore, confuse, disappoint, etc.）改為形容詞時，現在分詞主要是修飾事物；過去分詞則修飾人。

例 ⑤ He was **disappointed** at what had happened to him—his girlfriend two-timed him.

⑥ This **interesting** story totally drew the children's attention.

不過有另外，interesting 與 boring 亦可修飾人。

例 ⑦ Tim and Mike are my newly-made friends. The former is **interesting** while the latter is **boring**.

1339　　★ ★ ★ ★ ★

visit vs. call on vs. drop by / in vs. visitation

☞　前三字皆為「**拜訪**」，visit 為一般用字，後可加人或地點；call on（sb）是指「**短暫的拜訪某人**」；drop by / in 後加地點＝ stop in / by，意思為「**事前無知會對方，順道拜訪**」，若是「**要拜訪某人**」，則後再加一介系詞 on。

例 ① Aunt Anna is going to **visit** us this coming Thursday.

② If it is not too much trouble, I'd like to **call on** you during my trip.

③ You can **drop by** anytime. You know you are always welcome here.

④ It surprised me a lot that Mark **dropped by on** me tonight.

另外，visitation 是指「**正式的拜訪**」，主要是以「**檢查……為目的**」；或指「**夫妻離婚後，對小孩的探訪**」等等。

例 ⑤ Today's **visitation** of your factory is to see if you really meet the sanitary standards.

⑥ Peter was given **visitation** rights to see his children twice a month.

1340　　★ ★ ★ ★

visual vs. visible vs. visionary vs. optic

☞　visual 意思是「**視覺上的**」；visible 是「**看得見的**」，反義字為：invisible；visionary 則是指「**有遠見的、有願景的**」。

例 ① Willy probably needs **visual** aids.

② North Star is **visible** when the sky is clear at night.

③ Our country needs a **visionary** leader.

另外，optic 是指「**眼睛的**」。

例 ④ Some of my **optic** nerves were seriously damaged.

★★★★★

vocabulary vs. word vs. lexicon

☞ vocabulary 指「**一個人所知道或會用的字彙**」（可數或不可數名詞）或指「**某一語言全部的字彙**」；word 則是指「**單一單字**」。

例 ① I expand my English **vocabulary** by reading tons of news.
　② The child only has a narrow **vocabulary**.
　③ Looking up any new **word** you come across after reading is the way to improve your English.

> 另外，lexicon 是指「某一語言的全部字詞或某一領域的專門用字」；亦可指「個人所知道的全部字詞」。

例 ④ The **lexicon** of some tribes in the world has already vanished.

- -

★★★★★

vocation vs. vacation

☞ vocation 意思為「**職業**」，是一個你認為很適合你的一份工作＝ calling；vacation 則是「**假期**」的意思。

例 ① Teaching English is my **vocation**, and I enjoy doing it.
　② During this summer **vacation**, I am going to conquer Mount Everest.

Variety is the spice of life.
變化是生命的調味品

1343 ★ ★ ★ ★

waffle vs. **muffin**

☞ 兩字都翻譯為「**鬆餅**」，但 waffle「**（格子鬆餅）外型如格子，一凹一凸**」；muffin 都是「**做甜的，並有水果餡**」。

例 ① Which do you prefer, chocolate **waffles** or peanut ones?

② When I saw the strawberry **muffins**, my mouth couldn't help watering.

1344 ★ ★ ★

waft vs. **drift** vs. **float**

☞ 三字都可指「**（物）在空中飄盪**」，但 drift 與 float 另外亦可指「**（物）在水面上漂流**」。

例 ① The smell of bread is **wafting** in the air, leaving everyone's mouth watering.

② There is smoke **drifting** upward from the apartment. Is it a fire?

③ A paper boat **floated** on the river and then got stuck between two rocks.

1345 ★ ★ ★ ★ ★

wage vs. **salary**

☞ salary 為每個月發的「**薪水**」。例如：公務人員或一般上班族；wage 則為每個禮拜發的「**薪水**」，如：有些工廠的員工，或臨時工。

例 ① Leon supports his family with his meager **salary**.

② The factory didn't pay its workers **wages** regularly, so the boss was sued.

1346 ★ ★ ★ ★ ★

wait vs. **await**

☞ 兩字都是「**等待**」，wait 為不及物動詞，常跟 for 連用；await 為及物動詞。

例 ① I cannot **wait** for the release of Bruno Mars' new album.

② Several prisoners are **awaiting** capital punishment.

1347 ★ ★ ★ ★ ★

wake vs. **waken**

☞ wake（up）與 waken 意思為「**喚醒……**」且用法一樣，只是 waken 是文學用字。

例 ① Cathy didn't **wake** up until 10 am.

② Please **wake** me up at 6 am.

③ The princess **wakens** from the kiss of the frog-turned prince.

= The frog-turned prince **wakens** the princess with a kiss.

1348 ★ ★ ★ ★ ★

wallet vs. **purse**

☞ 一般來說，wallet 指「**男用皮夾**」；purse 則為「**女用皮包**」。

例 ① I put all my licenses and some money in my **wallet**.

② She has only some change in her **purse**.

1349 ★ ★ ★ ★

wary vs. **weary**

☞ wary 意思是「**小心的**」；weary 則是「**非常疲累的**」。

例 ① Be **wary** of driving in a heavy rain on the highway. Do slow down.

② I am so **weary** right now. All I need most is nothing but a good sleep.

wasabi vs. mustard

☞ wasabi 是指「**山葵**」，顏色為綠色，辛辣，吃生魚片時常沾著食用；而 mustard 則是「**芥末**」，顏色為黃色，亦會帶點辛辣。

例 ① Japanese people usually eat sashimi with **wasabi** and soy sauce.

② A hot dog with **mustard** on it is my favorite.

---

wash vs. rinse vs. cleanse

☞ wash 通常是指「**用肥皂清潔**」；rinse 主要是「**以清水沖洗**」；cleanse 則是常指「**清理傷口或清潔皮膚而言**」。

例 ① **Wash** your dirty hands before you eat anything.

② If you touch this chemical accidentally, **rinse** your hands with a lot of water.

③ The doctor is **cleansing** the wound on my knee.

---

wasteful vs. extravagant

☞ wasteful 是指「**浪費的**」，用來形容事物；extravagant 則是指「**愛亂花錢的；奢侈的，鋪張的；浪費的**」，可形容人或事物。

例 ① **Wasteful** packaging always creates a garbage problem.

② They broke up because of the man's **extravagant** spending.

---

water vs. waters

☞ water 當不可數名詞時，意思為「**水**」；但恆為複數的 waters 則是指「**海洋，特別是靠近某一國家或屬於某一國家的海洋**」。

例 ① Would you give me some **water**? I'm extremely thirsty.

② A cargo ship sank near the territory **waters** of South Africa.

waterfall vs. cascade

☞ 兩字都可翻譯為「**瀑布**」，但 waterfall 是指瀑布的一般用字；而 cascade 則是指瀑布群中的小瀑布。

例 ① Before we saw the **waterfall**, we had already heard the sound of it.

② The students were told to paint **cascades** for this week's homework.

W

way vs. method vs. manner vs. fashion

☞ 前二字都可翻譯為「**方法、方式**」，但 way 用在「**非專業上，或非技術性情境**」；method 則是在「**涉及專業知識層面上**」。

例 ① The **way** you dealt with the thorny matter was very efficient.

② Children with different proficiency and personality need different teaching **methods**.

> 另外，manner 為 way 的正式用字；fashion 則是指「某一特殊的做事方式／方法」。

例 ③ The decision was made in a **manner** that was considered too hasty.

④ She always does things in an efficient **fashion**.

---

wear vs. put on vs. dress vs. dress up vs. throw on

☞ wear 是指「**穿／戴（的狀態）**」；put on 是指「**穿／戴（的動作）**」；dress 通常用被動來指「**穿／戴的狀態**」，另外 dress up 為「**盛裝打扮**」的意思。

例 ① The pretty girl is **wearing** a miniskirt and perfume to the night club.

② Jackie **put on** his jacket and rushed to work.

③ He is **dressed** in a blue t-shirt.

④ He is **dressed** in black.（可加顏色）

⑤ Linda is **dressed up** for the Christmas party.

> 另外，throw on 亦有 put on 的意思，但比較強調「迅速套上一件衣服」。

例 ⑥ Father grabbed a jacket, **threw** it **on**, and left home in a rush.

wedding vs. **marriage**

☞ wedding 是指「**結婚典禮**」；marriage 則是指「**婚姻的狀態或結婚的行為**」。

例 ① Many VIPs were invited to the **wedding** of the general manager.

② Some say that **marriage** is the grave of love but I don't think so.

③ Mary's **marriage** to the drunk is a disaster. She was violently treated.

---

well vs. **good**

☞ 當形容詞時，well 是指「**身體健康的**」；而 good 則比較偏重「**外表看起來**」。

例 ① He doesn't feel **well** today.

② You look **good** today!

What do you do? vs. **How do you do?**

☞ What do you do? 是用來「**詢問對方的職業**」；而 How do you do? 則是用來對於「**第一次見面的對方打招呼用語**」。

例 ① A：**What do you do?**

B：I'm an accountant.

② A：**How do you do?**

B：**How do you do?**

What does sb look like? vs. **What is sb like?**

☞ What does sb look like? 是詢問「**某人的外觀、長相**」；What is sb like? 則是詢問「**個性、內在特質**」等。

例 ① A：**What does your new boyfriend look like?**

B：Well, he is tall and gorgeous.

② A：**What is May like?**

B：She is kind and generous.

wheedle vs. coax

☞ wheedle 是指「**用甜言蜜語，使他人去做或給予你想要的東西，通常所說都與事實不太相符**」；coax 則是「**藉著技巧性的說話方式，哄騙對方去做他人原本不願意去做的事**」。

例 ① Jill **wheedled** her boyfriend into buying an LV purse for her.

② Hector was **coaxed** into seeing a dentist by his mother.

1362 ★ ★ ★ ★ ★

when vs. what time

☞ when 的問句可詢問「**事情發生的時間，可指長時間亦可指時間點**」；但 what time 的答句，則須回答「**時間點**」。

例 ① **When** you are enjoying your summer vacation, I am doing part-time jobs.

② A：**When** did you come home?

B：About midnight.

③ A：**What time** does the plane take off?

B：3 pm.

1363 ★ ★ ★ ★ ★

Where am I? vs. Where was I?

☞ Where am I? 是指「**（迷路時）我現在哪裡？**」；而 Where was I? 則是指「**我剛剛說到哪了？**」。

1364 ★ ★ ★ ★ ★

which vs. what

☞ which 與 what 皆可用來詢問「**哪一個……**」。但習慣上，which 比較喜歡用在「**說話者內心沒說出選項，或說出有固定選項**」上，另一方面，what 比較「**容易出現在開放性答案的回答上**」。請注意：which 或 what 後不但可接事物，亦可接人。

例 ① **Which / What** train is leaving for Hualien on Platform 2?

② **Which / What** student is supposed to represent our school to attend the speech contest?

③ **Which** of the following description is not correct?

④ （X）**What** of the following dscriptions is not correct?

⑤ **Which** would you like to drink, milk or soybean milk?

which vs. as

☞　兩個連接詞，功能都「**引導非限定子句，可代替前一整句**」。

例 ① 　Mac's gallery drew a large number of people, **as / which** we expected.

差別在於，which 子句「**不可至於句首**」。

例 ② 　（ X ）**Which** we expected, Mac's gallery drew a large number of people.

③ 　（ O ）**As** we expected, Mac's gallery drew a large number of people.

另外，若為「**主格關代功能時**」，as 子句後，動詞只能接 be 動詞，而 which 後加的動詞，則無限制。

例 ④ 　Pompli's debut brought the roof down, **as** was expected.

⑤ 　Nelson recently converted to vegetarianism, **which** surprised all of us.

---

which vs. that

☞　兩字在文法上都稱為「**關係代名詞**」，基本上 which「**出現的形容詞子句都可以用 that 代替，除了逗點後或介係詞後，不用關代 that**」。

例 ① 　Please return to me the screwdriver **which / that** I had lent to you.

② 　This is the church in **which** I was baptized.

另外，which 可「**代替前面一整個句子**」，但 that 不可。

例 ③ 　Air pollution here is so terrible, **which** is the reason that I prefer living in the country.

---

while vs. awhile

☞　兩字都有「**一段短時間**」的意思，但 while 為名詞，用法為：for a while, in a while 等等；awhile 本身則為副詞，常用於文學、正式用字。

例 ① 　We were told that Mrs. Pink will be with us in a **while**.

② 　I hope we only need to wait **awhile** for our pizza.

whistle at vs. whistle to

☞　兩片語皆有「**對⋯⋯吹口哨**」的意思；但 whistle at sb 是「**因為對方很吸引人而吹口哨**」；whistle to sb 則是「**為了引起對方注意而吹口哨**」。

例 ① Some men **whistled at** the young lady, which made her quite embarrassed.

② I **whistled to** Derek but he didn't hear it.

1369   ★ ★ ★ ★ ★

why vs. how come

☞　how come 意思與 why 相同，但 how come 後面則需要直述句方式書寫。

例 ① **Why** does the sun rotate?

② **How come** you didn't come for the New Year countdown?

1370   ★ ★ ★ ★ ★

widow vs. window

☞　widow 是指「**寡婦**」；window 則是「**窗戶**」。另外，widower 是「**鰥夫**」的意思。

例 ① The **widow** always keeps her distance from her neighbors and relatives.

② Open the **window** and let our house be ventilated.

③ Rich and charming though the **widower** is, he never thinks about marrying another woman.

1371   ★ ★ ★ ★ ★

will vs. shall

☞　will 可用於各個人稱，可指「**將⋯⋯**」、「**請求**」等等意思；shall 基本上用於第一人稱，有「**邀請、建議，或主動提供協助**」的意思，如：Shall I turn on the lights? 另外，在正式用法中，可用於「**命令**」的情境中，此時，就不限人稱。

例 ① You **will** be grounded if Mom found out you bullied me again.

② **Shall** we go now? It's almost 6 pm.

③ Every test taker **shall** stop writing as soon as the bell rings.

will vs. testament vs. suicide letter

☞ will 與 testament 都可指「**遺囑**」，差別於 testament 比較屬於法律用字；而 suicide letter 則是指「**（自殺）遺書**」。

例 ① The dying man hasn't made his **will / testament** but his children have already been involved in the inheritance dispute.

② Mr. Jones committed suicide last night without leaving any **suicide letter**.

----

wind vs. breeze vs. gust

☞ wind 泛指「**風**」；breeze 是指「**微風**」；gust 是指「**突然的強風**」= blast = gale。

例 ① Flowers in my garden are nodding in the **wind**.

② The **breeze** blew into my room, cooling me down.

③ A **gust** of wind blew off the candles on the birthday cake.

----

wink vs. blink

☞ wink 是「**有意的眨眼（可能是為了示意等）**」；而 blink 則是「**生理反應自然的眨眼**」。

例 ① Kelly is **winking** at me to let me know she likes what I just said.

② I **blinked** as you took the picture. Could you take another one for me?

----

wiretap vs. eavesdrop vs. overhear

☞ wiretap 是指「**監聽電話**」；eavesdrop 是「**有意偷聽他人的對話**」；overhear 則是「**不小心聽到他人對話**」。

例 ① The government was accused of illegally **wiretapping** people's telephones.

② Ian was blamed for **eavesdropping** outside his parents' room.

③ I **overheard** the conversation between a policeman and a street vendor.

wise vs. smart vs. intelligent vs. brilliant vs. cunning

☞ wise 是指「**有智慧的，通常是經驗或知識的累積**」；smart 為一般「**聰明**」用字；intelligent 比較正式用字，意思為「**非常聰明**」的意思；brilliant 指「**極度聰明**」的意思；cunning 則是有「**狡猾**」的意思。

例 ① People in this community often ask the **wise** old man for advice on investing.
② He is such a **smart** person and always makes correct decisions.
③ The **intelligent / brilliant** student can easily get high scores on every subject.
④ Laurence is a **cunning** child. Thus, he often succeeds in cheating his mother.

wise man vs. wise guy

☞ wise man 的意思是「**有智慧的男人**」；但 wise guy 則是「**自作聰明的人**」。

例 ① My father is a **wise man** ; he can always give me practical advice.
② Stop being a **wise guy** and pretending you know everything.

with child vs. with a child

☞ with child 的意思為「**懷孕**」，但有點不是那麼禮貌的講法，或是幽默講法；with a child 則是「**帶／跟著一個小孩**」。

例 ① Mavis is **with child**. = Mavis is pregnant. = Mavis is expecting.
② Mavis is **with a child**.

withstand vs. endure

☞ 兩字都有「**承受**」的意思，但 withstand 是指「**承受壓力、高溫或低溫**」；endure 則是「**忍受令人不愉快事件**」的意思＝ bear ＝ put up with。

例 ① This new kind of glass can **withstand** 1,000 kilograms.
② I cannot **endure** his bad temper any more. I'm breaking up with him.

★ ★ ★ ★

wizard vs. witch vs. sorcerer

☞ wizard 為「**男巫師／法師**」= sorcerer；witch 則為「**女巫師／法師**」。

例 ① The **wizard** used some magic to enchant those illiterate people.

② Our king did whatever the evil **witch** told him.

- -

★ ★ ★ ★ ★

wok vs. pan

☞ 兩字都是「**鍋子**」，但 wok 是用於「**一般中式炒菜用鍋**」；pan 則是「**一般的平底鍋**」。

例 ① Mom is cooking a fish in the **wok**.

② Stainless steel **pans** are very durable and useful.

- -

★ ★ ★ ★

wonder vs. wander vs. stroll vs. ramble

☞ wonder 意思為「**想知道……**」；wander 是「**無目標地四處閒晃**」。

例 ① I'm still **wondering** why he failed to keep his promise.

② The homeless man **wandered** around collecting recyclable trash.

另外，stroll 也是「散步」，但比較強調「很放鬆地散步」；ramble 比較是指「在鄉間愉快地散步」。

例 ③ A couple of my friends **strolled** home, laughing and teasing each other.

④ My family usually spends the weekend **rambling** in the countryside of Nantou.

- -

★ ★ ★

wont vs. won't

☞ wont 當形容詞，意思是指「**很可能去……**」，是一正式用字；won't 則是 will 與 not 的縮寫。

例 ① The president is **wont** to nominate Prof. Yeh as the next Premier of Executive Yuan.

② Forget about it. I **won't** help you cheat on the exam.

wood vs. forest vs. jungle vs. grove

☞ wood 當不可數名詞時，意思為「**木頭**」，若為可數名詞時（常用複數），可當「**一大片樹林**」；forest 則是指「**森林**」；而 jungle 則是指「**熱帶地區的叢林**」。

例 ① A piece of **wood** can be a piece of art in the hand of an artist.

② Several hunters are seeking wild boars in the **woods**.

③ A **forest** is a big biologically diverse system.

④ In reality, the rule of **jungle** is cruel.

另外，grove 是專指「**果園**」的意思。

例 ⑤ The mango **grove** was totally destroyed by the mudslide.

---

workman vs. laborer

☞ 兩字都可翻譯為「**工人**」，但 workman「**除了須付出體力外，所做的工作還會牽涉到技術**」；但 laborer 就「**純粹是苦力，工作不會牽涉到技術層面**」。

例 ① We are in need of extra **workmen** to finish building the tower on time.

② Walker is a **laborer**. He works hard outdoors but doesn't earn much money.

Workers' Day vs. Labor Day

☞ 兩節日都是「**勞動節／勞工節**」，但 Workers' Day 為「**國際性的勞動節（五月一日）**」，但 Labor Day 為「**美國的勞動節（九月的第一個星期一）**」。

例 ① **Workers' Day** is celebrated the world over.

② On **Labor Day** this year, there will be a large-scale demonstration.

---

worry about vs. be worried about

☞ 兩組片語都有「**擔心……**」的意思，但 worry about 可用現在簡單式來解釋，表示「**長期、習慣性動作**」；be worried about 若亦為現在式，則比較強調「**現在，對眼前人事物的擔心**」。

例 ① Jason **worries about** his future because a good job now is hard to find.

② I'm **worried about** your sister who has been lost for three days.

worse than vs. less good than

☞　兩個片語皆有「**沒……那麼好**」的意思。但 worse than 暗指比較的兩者皆很差；less good than，暗示兩者皆不錯，只是其中一個更好。

例 ① For me, nothing is **worse than** stepping in dog poop.

② My new smartphone is **less good than** yours.

- -

worth vs. worthy vs. worthwhile

☞　三字都是「**值得……**」。但請注意三個字的用法：be worth + N / Ving；be worthy of + N / Ving；It is worthwhile to V / Ving。

例 ① This diamond is **worth** a fortune.

② Venice is **worth** visiting at least once in your life.

③ The soldiers on the front line are **worthy** of our deepest respect.

④ It is **worthwhile** to read / reading the novel once again.

- -

wound vs. injure vs. hurt vs. damage vs. pain

☞　wound 可指「**刀傷、槍傷等武器攻擊而受傷，也可指人心理受創**」；injure 特別指「**是在意外中或攻擊中受傷**」；hurt 也是「**因為意外而受傷，也可指人心理受創**」；damage 是指「**造成物品或人身體上的受損或受傷**」。

例 ① Mrs. Huang was **wounded** by a kitchen knife.

② Honestly speaking, he was deeply **wounded** by what you said about his weight.

③ Timberlake was seriously **injured** in the car accident because of DUI.

④ Colliding with his opponent, the NBA player was **hurt** on the knee.

⑤ Too much exposure to the sun will **damage** your leather jacket.

另外，恆為複數的 damages 是「賠償金」。

例 ⑥ The victim was given one million dollars in **damages**.

pain 當動詞時，有「使人難過」的意思，句型常為：It pains sb to V…。

例 ⑦ It still **pains** me to recall my first romance with Sarah.

wreck vs. ruin

☞　wreck 是指「**飛機、汽車、火車等的嚴重受損後的殘骸，甚至可指沉船**」；ruins（常用複數）是指「**房屋嚴重損害或拆除後的斷垣殘壁**」。

例 ① Miraculously, he was alive and was saved from the car **wreck**.
　　② Some treasure hunters are looking for the ship **wreck** for gold and jewelry.
　　③ The police found a safe among the **ruins** of the collapsed house.

- -

1392　★ ★ ★ ★ ★

writer vs. author

☞　writer 指「**作家**」，意思較廣；author 則是指「**一本書或一篇文章的作者**」。大部分情況下，writer 與 author 可以互通。

例 ① Eve dreams of becoming a **writer** in the near future.
　　② Who's the **author** of this poem?

What goes around comes around.
十年河東，十年河西；風水輪流轉

1393

1393

1393 ★ ★ ★ ★ ★

xerox vs. **copy**

☞ xerox 是原本為「**影印機的商標名**」，後來轉變成一般用字，意思為「**影印**」；copy 可指用「**抄寫或影印方式，來複製文件**」。

例 ① Could you **copy / xerox** the file for me?

② Would you lend me your notes? I need to **copy** them.

- -

1394 ★ ★ ★ ★ ★

Xmas vs. **X'mas**

☞ Xmas 為 Christmas 之簡寫；但並無 X'mas 此字。

例 ① We always have a family gathering on **Xmas**.（當天）

② He plans to have a family outing at **Xmas**.（假期間）

1395

1395 ★ ★ ★ ★ ★

yet vs. **already**

☞ 兩字都有「**已經**」的意思。yet 用於疑問句與否定句；already 主要用於肯定句，但若說話者預期回答是肯定時，亦可加入句中使用。時態方面 yet 與 already 皆可用於過去式或完成式。

例 ① Did you google the term which you found on the science magazine **yet**?

② The patient hasn't taken in anything **yet**.

③ The Christmas tree has **already** been decorated.

④ Did you **already** recycle the trash in the kitchen?

ye vs. but

☞　兩字皆可當連接詞，意思為「**但是**」。另外，yet 又可做為副詞。

例 ① Mike is said to be reticent, **but / yet** actually he is quite talkative.

　 ② Hold on a second. I haven't finished it **yet**.

---

younger vs. junior

☞　兩字都有「**較……年紀小**」的意思，但 younger 為一般的比較級，故與 than 連用 junior 則是與 to 搭配。

例 ① She looks **younger** than she really is.

　 ② James is **junior** to me, but he looks much older.

> 另外，older 與 senior 的差別，亦同於 younger 和 junior 差別。

例 ③ This banyan tree is **older** than any other trees in our school.

　 ④ We can always learn something from those who are **senior** to us.

---

yours faithfully vs. yours sincerely vs. yours truly

☞　三個片語都用於「**信件的結尾敬詞**」，但信的開頭若是 Dear Sir / Madam（不知對方姓名時），結尾用 Yours faithfully；若是開頭為 Dear Mr. Gary（有稱謂及姓氏時），結尾用 Yours sincerely；而 Yours truly 則是用於熟識的朋友之間。

---

youth vs. teenager

☞　兩字都有「**年輕人**」的意思，但 youth 年齡「**大概介於 15-25 歲中間，而且專指男性**」，並常與負面的字眼連用，如犯罪；teenager 則是指「**13-19 歲**」= adolescent，不分男女。

例 ① She did a lot of crazy things with a gang of **youths**.

　 ② A **teenager** can't drink alcohol in this country.

Z

1400

1400 　★ ★ ★

> **zero** vs. **o** vs. **zilch** vs. **love** vs. **nil**

☞ 　以上五字都有「**0**」的意思，zero 為一般用字＝ nought；o 為「**0 的口語用法**」，特別是用於報電話號碼時；zilch 為「**0 的俚語用字**」；love 和 nil 則分別為網球比賽及橄欖球比賽中，「**0 的比分**」。

索引 | index

索引 index

索引 index

索引 index

索引 index

索引 index

索引 index

索引 index

索引 index

國家圖書館出版品預行編目（CIP）資料

英語易混淆字速查辭典【第二版】／黃百隆著 . --
初版. -- 臺中市：晨星, 2019.02
　　面；　公分. --（語言學習；02）
ISBN 978-986-443-550-0（平裝）

1.英語　2.辭典

805.139　　　　　　　　　　　　　107020171

語言學習 02

英語易混淆字速查辭典【第二版】

作者	黃百隆
審訂	Kevin Jay Piangenti
編輯	余順琪
封面設計	王志峯
美術編輯	林姿秀
錄音	Lussier Eric
創辦人	陳銘民
發行所	晨星出版有限公司
	407台中市西屯區工業30路1號1樓
	TEL：04-23595820　FAX：04-23550581
	行政院新聞局局版台業字第2500號
法律顧問	陳思成律師
初版	西元2019年02月01日
初版三刷	西元2022年11月10日
讀者服務專線	TEL：02-23672044 / 04-23595819#212
	FAX：02-23635741 / 04-23595493
	E-mail：service@morningstar.com.tw
網路書店	http://www.morningstar.com.tw
郵政劃撥	15060393（知己圖書股份有限公司）
印刷	上好印刷股份有限公司

線上讀者回函

定價 450 元
（如書籍有缺頁或破損，請寄回更換）
ISBN：978-986-443-550-0

Published by Morning Star Publishing Inc.
Printed in Taiwan